Anne Kuhn

Kehrwoche im Paradies

Anne Kuhn

Kehrwoche im Paradies

ROMAN

Silberburg-Verlag

1. Auflage 2011

Sprachberatung schwäbisch: Iris Merkle, Stuttgart;
sächsisch: G. und U. Biedermann, Ludwigsburg.
Umschlaggestaltung: Christoph Wöhler, Tübingen.
Coverfoto: © Liette Parent – Fotolia.
Druck: Gulde-Druck, Tübingen.
Printed in Germany.

ISBN 978-3-8425-1112-5

I

Elsa lehnt sich aus dem Pfarrhausfenster und hält den Atem an. Das kann doch nicht gutgehen. Der kleine schiefe Laster, schwankend unter dem Gewicht einer gewaltigen Bauschutt-Mulde, rollt rückwärts in die Garageneinfahrt, der Fahrer hängt halb aus der Wagentür und betätigt dabei noch Gaspedal und Lenkrad.

Warum muss sie sich das antun? – Doch, sie muss. Zu lange schon modert der alte Schuppen hinten im Garten vor sich hin, wird von Jahr zu Jahr schiefer und baufälliger, mit Plastiktüten statt Fensterscheiben. Beherbergt nur noch ein paar Gartengeräte und jede Menge Gerümpel, das sich mittlerweile bis zum Dach stapelt. Da hilft kein Räumen und kein Flicken mehr. Da muss etwas passieren. Der Schuppen muss weg.

Oha, jetzt die Bordsteinkante. Vor- und zurückschaukeln.

»Mama, was is 'n da?« Klein-Robert will auch sehen, was da so spannend ist.

Dann passiert alles auf einmal. Robbi lehnt sich über den Tisch und wirft seinen Becher um, der Kakao ergießt sich über Annes Zeichnung, die stößt einen grellen Schrei aus und versetzt ihrem kleinen Bruder mit der flachen Hand einen Schlag auf den Kopf.

»Du Doooofmann, pass doch auf, du hast alles verdorben!!«

»Maaama, ich hab doch gar nichts gemaaacht!!!«

Gleichzeitig schrillt der Küchenwecker, das Telefon düdelt, die Waschmaschine bleibt mit einem hohlen Rülpser stehen und draußen gibt knirschend ein Gartenzaunpfosten unter dem Laster nach.

Elsa schließt die Augen und atmet ganz tief ein und aus. Eigentlich ist doch gar nichts Schlimmes passiert. Wir sind eben alle vor unsere Aufgaben gestellt und wollen sie frohen Herzens erfüllen, hat Oma Gertrud schon immer gesagt. Der Pfosten wird sich auch nicht wieder aufrichten, wenn Elsa jetzt hinausstürmt. Also trennt sie die beiden Streithähne, wischt flüchtig die Kakaolache vom Tisch und greift zu den Topflappen. Als der Nudeldampf sich verzogen hat, fällt ihr Blick auf eine Doppelspur von Kakaofußstapfen vom Tisch bis zur Küchentür. Das waschlaugentrübe Auge der Waschmaschine starrt reglos ins Leere.

Nun hat der Muldenlieferant beim zweiten Versuch doch noch die Garageneinfahrt getroffen. Der wuchtige Kasten senkt sich langsam über die Betonplatten, setzt kettenrasselnd auf – und begräbt Roberts heiß geliebten Sandkipplader unter sich. Hatte sie nicht die Kinder mehrfach ermahnt, die Garageneinfahrt zu räumen? Vielleicht hätte sie doch selbst noch einmal nachschauen müssen. Zu spät. Am besten gar nicht drüber nachdenken. Jetzt aber schnell hinaus und den Lasterfahrer in Sachen Zaunpfahl dingfest machen, bevor der sich aus dem Staub macht. Man glaubt gar nicht, wozu die Leute fähig sind.

JOHANNES blinzelt in die Frühlingssonne und wird in einer Welle von Hochgefühl davongetragen. Ein voller Erfolg! Die letzten Hürden in Richtung Konfi-Camp sind endlich genommen! Jetzt kann das Projekt in die Zielgerade einbiegen. Alle sind sich einig, alle ziehen an einem Strang. Etwas bewegen. Wunderbar.

Vier Tage Konfi-Camp, es ist an der Zeit, überall ringsum im Dekanat macht man so was schon lange. Das war ein weiter Weg: Erst mal die eigenen Kirchengemeinderäte überzeugen, dann Gelder und Personal festklopfen, Sitzungen und Thesenpapiere, Allianzen schmieden, Gesamtkirchengemeinde, Jugendwerk ... Aber jetzt läuft die Sache.

Der Artikel mit Johannes' Konterfei in der Zeitung war da natürlich gerade zur rechten Zeit gekommen: Einem wie ihm, der gerade erst die Kirche so positiv in den Medien platziert hat, schlägt man ungern ein Anliegen ab. »Johannes, du bist der Stolz des Dekanats!«, hatte Hellmuth ihm zugerufen – peinlich, aber durchaus der Sache dienlich. Vielleicht war da sogar ein bisschen Ironie im Spiel gewesen? Immerhin hätten Hellmuth und Mathilda, das Pfarrerehepaar von der Sonthausener Jakobskirche, allen Grund, ein wenig neidvoll auf Johannes und seine Gemeinde zu blicken.

Ja, er hat es zweifellos gut getroffen mit seiner Pfarrstelle an der alten Pfarrkirche von Martinswald, einem behaglichen Vorort von Stuttgart, fernab vom Getriebe der Großstadt hinter einem bewaldeten Bergrücken gelegen. Heute hat sich in dieser idyllischen, einst ländlich geprägten Gemeinde eine wohlsituierte Klientel von hohem Bildungsstand eingefunden. So konnte es ihm gelingen, zahlreiche Aktionskreise ins Leben zu rufen, erfolgreich hat er Problematiken fokussiert, das Ehrenamt aktiviert und eine Gesprächskultur auf hohem Niveau etabliert.

Ähnliches haben zweifellos auch schon andere geschafft, aber es kommt noch etwas hinzu: Pfarrer Johannes Lichtenfeld steht in besonderem Maße im Licht der Öffentlichkeit. Die Ursache dafür ist schwer auszumachen, nein, er hat sich wahrlich nicht danach gedrängt. Eine wesentliche Rolle spielt aber gewiss – da ist sich Johannes ganz sicher – seine Art der Rede, auf die er besondere Aufmerksamkeit verwendet: *Eure Rede sei allezeit freundlich und mit Salz gewürzt, dass ihr wisst, wie ihr einem jeden antworten sollt,* das hat er sich zu Herzen genommen. Und schließlich fehlt es in der Welt nicht an Fragen, die auf Antwort warten. So hat Johannes immer einen Satz parat wie: »Kirche ist heute gefordert, auf einladende Art auf die Menschen zuzugehen« oder: »Es gilt, mit dem Evangelium eine andere Dimension der Wirklichkeit sichtbar zu machen« oder: »In der Art, wie wir unseren Glauben leben, muss für alle seine befreiende Kraft erfahrbar werden.« Dazu immer gern ein Foto, mit oder ohne Talar … – die Presse dankt es ihm.

Vorläufiger Höhepunkt: Die Podiumsdiskussion über »Werte in der globalisierten Welt«, als es ihm gelang, seinen Kontrahenten, den berüchtigten neoliberalen Hardliner Rowald »Backstuben«-Hoppe, mit der Kraft des Wortes niederzuringen. Spätestens seitdem gilt Johannes Lichtenfeld als Fürsprecher der Verlierer unserer Leistungsgesellschaft und als Speerspitze aller, die guten Willens sind. Ob er will oder nicht.

Nun also, erstaunlich genug, hat sich nach aller Anerkennung von außen auch innerkirchlich etwas bewegt. Für die Konfirmanden aus Martinswald und Sonthausen vier Tage Campingplatz am Bodensee – nun gut, andere fahren eine Woche an den Lago Maggiore, aber für den Anfang nicht schlecht. Sowieso kommt es vor allem auf die Inhalte an. Und das Konzept steht schon lange.

Es ist dir gesagt, Mensch, was gut ist. Das ist das Motto. Großartig, da steckt alles drin! Nicht sonderlich originell vielleicht, aber immer wieder: einfach gut. *Es ist dir gesagt, Mensch, was gut ist und was der Herr von dir fordert, nämlich Gottes Wort halten und Liebe üben und demütig sein vor deinem Gott.* Zwei Thementage, drei Stichwörter, total intensiv; mit der Liebe werden sie sich etwas ausführlicher beschäftigen als mit dem Wort und der Demut, das kommt bei den Konfis einfach besser.

Jetzt gibt es natürlich zuerst mal jede Menge handfeste Dinge zu organisieren. Johannes seufzt. Das ist nicht so seine Sache, seine Stärken liegen mehr im Entwickeln, Anschieben, Artikulieren. Aber man muss auch mal etwas abgeben können! Schließlich *haben wir verschiedene Gaben nach der Gnade, die uns gegeben ist.* Elsa wird das schon machen. Elsa mit ihrer genialen Mischung aus klassischem Pfarrersfrauenethos und emanzipiertem Selbstbewusstsein. Kinder, Haushalt und vor allem die Gemeinde – Problemlöserin, Organisatorin, Anlaufstelle für alle. Eine Powerfrau. Ja, auf Elsa ist Verlass. Und sie freut sich immer, wenn über die Alltagsroutine hinaus eine große Sache ansteht, etwas außer der Reihe, wo sie so richtig mit anpacken und sich beweisen kann. Elsa, die hat alles im Griff.

ELSA lässt das Küchenhandtuch sinken und lauscht. Was ist das? Ein seltsames, fremdes Geräusch in dieser gutbürgerlichen Wohngegend im Schatten der alten Pfarrkirche. Auch Nina, die auf ihrem Katzenkissen schlummert, blinzelt und dreht die Ohren. Motorräder nähern sich – und kommen direkt vor dem Pfarrhaus röhrend und knirschend zum Stehen.

Ach so, na endlich, die Herren von der Arbeitslosen-Initiative. Das kann ja heiter werden. Sie hatte doch gleich gesagt: »Johannes, warum nehmen wir nicht einfach wieder zwei Studenten? Die sind zwar manchmal etwas schmalbrüstig, aber meist ganz pfiffig, und manche haben sogar ein bisschen Respekt vor dem Pfarrhaus.«

Dagegen stand freilich die gute Sache, die man fördern muss. Und nun gut, den maroden alten Schuppen abbrechen, das ist vielleicht nichts für Anfänger. Bei der Arbeitslosen-Ini hat man ihr sogar einen »Mann vom Fach« versprochen.

Das war beim letzten Mal, bei Schwiegermamas Umzug, freilich nicht anders gewesen. Damals sollte es einer mit jahrzehntelanger Erfahrung im Möbeltransportwesen sein, mit seinen Tragegurten geradezu verwachsen. Doch leider erschien der angepriesene Mitarbeiter nicht zum vereinbarten Termin. Es ist ihr unvergesslich, wie sie dastand, zwischen all den mühevoll fristgerecht gepackten Kisten, den knapp kalkulierten Terminplan vor dem inneren Auge, und wie es ihr da in einem Anflug von Zorn entfuhr: »Ich hab's ja kommen sehen!« Da sah Johannes sie sehr, sehr verwundert an, sein Mund sagte: »So was kann doch überall mal vorkommen«, doch seine Augen sagten: »Aber Elsa, schäm dich, was für Vorurteile!!«

Nun, diese zwei hier sind immerhin zur rechten Zeit am rechten Ort erschienen und verwandeln sich nun, indem sie ihre Helme abziehen, von gesichtslosen, roboterhaften

Fremdlingen in durchaus menschliche Wesen, von denen das eine mehr durch Breite beeindruckt, das andere durch Länge. Schwere Schritte auf dem Gehweg. Ein Gang wie die Herren der Welt. Jetzt aber rasch, bevor sie die Haustür eintreten. Elsa hastet nach vorn und öffnet die Türe schon vor dem Läuten.

»Holla, wir werden erwartet!«, ruft der Längere.

Ein Witzbold. Aber er hat hübsche braune Augen. Das dunkle Kraushaar hat er im Nacken zu einem üppigen Pferdeschwanz gebunden.

Der Dickere ist auffallend zweifarbig, mit hellem zotteligem Haupthaar zum roten Bartwuchs. »Hallo, mir kommet von dr Arbeitslosa-Initiative wegga dem Schuppa«, sagt er.

Wieso sind diese beiden wohl eigentlich arbeitslos? Sie sehen doch ganz lebenstüchtig aus. Der rote Bart mag in den Vierzigern sein, der Lange wohl um einiges jünger. Wenn die keine Arbeit bekommen, dann stimmt wohl etwas nicht mit dem Arbeitsmarkt, was freilich nichts Neues wäre. Oder es stimmt etwas nicht mit ihnen.

Bei all diesen Gedanken achtet Elsa streng darauf, auf ihrem Gesicht den Ausdruck positiver Aufgeschlossenheit zu bewahren. Das wäre nicht anders gewesen, selbst wenn ihr Gegenüber drei Arme und zwei Köpfe gehabt hätte, denn das ist für eine Pfarrersfrau einfach der passende Gesichtsausdruck.

»Schön, dass Sie da sind. Ja, dann wolln wir mal ...«, antwortet Elsa und geht voran, ums Haus herum, an der Garage vorbei, in den hinteren Teil des Gartens.

Dabei hört sie genau, wie hinter ihr der Lange dem andern zuraunt: »Die ist ja gar nicht so ohne, die Frau Pfarrerin.« Das sagt er nicht mal besonders leise.

Kein Zweifel, der nimmt gern in Kauf, dass sie es hört. Eine Provokation? Die beiden Herren können sicher nur schwer damit leben, dass ihnen jetzt eine Frau sagen wird, was sie zu tun haben.

Und nun fährt er auch noch mit nur mäßig gedämpfter Stimme fort: »Was für 'n Jammer, dass so was im Pfarrhaus versauert.«

Ja natürlich, das war nicht anders zu erwarten. »So was«. Die Frau als Sache, als Objekt.

Elsa bleibt abrupt stehen und wendet sich um. »Ich bin übrigens gar keine Pfarrerin, ich bin die Frau vom Pfarrer.«

Damit hat sie zwei Fliegen mit einer Klappe geschlagen. Zum einen hat sie demonstriert, dass sie in der Tat alles genau gehört hat, und zum andern deutlich gemacht, dass sie zu ihrer Rolle als »Nur-Ehefrau« ein ganz ungezwungenes Verhältnis hat.

Und jetzt setzt sie gleich noch einen drauf: »Was meinen Sie eigentlich mit ›Gar nicht so ohne‹?«

An sich verträgt es sich nicht mit ihren Prinzipien, andere Menschen bloßzustellen. Aber der hier kann es sicher vertragen.

Ein Volltreffer. Der Typ ist, weil sie den Weg versperrt, zwangsläufig vor ihr zum Stehen gekommen und wirft seinem Kumpel einen hilflosen Blick zu.

Der grinst breit und sagt: »I glaub, der hat was mit Dutt on Faltarock erwartet.«

Da, schon wieder. »*Was* mit ...« Aber wenn man solche Leute auf ihre Sprache aufmerksam macht, dann grinsen sie immer nur blöde, drehen die Augen zum Himmel und stöhnen: »Ne Emanze!« Das kennt sie schon. Also hebt sie nur die Augenbrauen und wendet sich zum Weitergehen.

»Tja, der alte Schuppen da soll also weg«, sagt Elsa, als sie hinten im Garten angekommen sind.

Der rote Bart steckt die Hände in die Hosentaschen und sagt: »Jetz gucka mr erscht mal.«

Ach so, denkt Elsa, und morgen fangen wir dann eventuell an zu arbeiten. Und gleich fragen sie, wo das Bier steht.

»Ach, mit dem Ausräumen können Sie doch gleich anfangen, die Mulde ist schon da.«

»Ois nach ’m andra«, sagt der rote Bart, geht langsam um den Bau herum und nimmt sogar eine Hand aus der Hosentasche, um hier und da zu klopfen und zu rütteln, dann verschwindet er im Innern. Das ist wohl der Mann vom Fach. Der andere sieht sich auffällig unbeteiligt ringsherum um, und Elsa fragt sich, ob er womöglich über eine günstige Einstiegsmöglichkeit ins Pfarrhaus nachdenkt.

Die haben die Ruhe weg. Elsa sieht auf die Uhr. Zeit läuft, Geld rieselt.

Vom gegenüberliegenden Ende des Gartens dringt das ungeduldige »Maamaa!« ihres Jüngsten an ihr Ohr. »Maaamaaa, kooomm maaal!«

»Robert, wenn du was möchtest, komm bitte her!«

Robert kommt missmutig herangestapft. »Mama, ich kann meinen Kipplader nicht finden.«

Elsa zuckt zusammen. »Der – der wird schon wieder auftauchen, Schatz.«

Vielleicht wird er den Kipplader vergessen. Nein, er wird ihn nicht vergessen, den hat ihm der Papa geschenkt.

»Mama? Was sind das für Leute?«

Gottlob, er ist abgelenkt.

»Die sollen den alten Schuppen abbauen, damit ihr nicht mehr drin rumkriechen könnt und ich immer Angst haben muss, das Ding könnte einkrachen.«

Damit ist Robert zufrieden und marschiert wieder davon, er hat Wichtigeres zu tun.

Der Lange hat begonnen, ungeduldig von einem Fuß auf den andern zu treten. »Äi, Alter, haste dich da drin verlaufen?«

Sein Kumpel taucht wieder auf, kratzt sich raschelnd unter dem roten Borstenkinn und sagt: »Solide Bauweise. Des wird net so oifach.«

Aha, denkt Elsa, gleich sagt er: Das kostet leider alles dreimal so viel wie gedacht.

»Was heißt das?«, fragt sie besorgt.

»Mr muss des Deng von oba abtraga, wegga de Dachziegel. Wellblech wär oifacher gwesa.«

»Ach was«, mischt sich der andere ein. »Du musst dich einfach mal oben aufs Dach setzen, dann kracht das ganze Ding zusammen und wir müssen nur noch abräumen.«

Elsa findet die Idee gar nicht so schlecht. »Wie Sie's anpacken, möchte ich ganz Ihnen überlassen, meine Herren, aber ich würde vorschlagen, Sie fangen jetzt einfach mal an.«

»Auf geht's!«, ruft da zu Elsas Überraschung der Lange und klatscht wie zum Startschuss in die Hände.

Der andere legt die Jacke ab, krempelt sich feierlich die Hemdsärmel hoch und zieht Arbeitshandschuhe über.

Elsa wirft abermals einen Blick auf die Uhr. Endlich verschwinden beide im Schuppen. Wenn das Ding nun zufällig gerade jetzt zusammenbrechen würde, ob dann die Versicherung zahlt? – Was für ein zynischer Gedanke, schäm dich, Elsa!

Aus dem Fenster heraus wird sie unauffällig kontrollieren können, ob sich die Mulde in angemessener Geschwindigkeit füllt.

Auf dem Rückweg zur Küche passiert Elsa den Flurschrank. Mit einer einzigen Bewegung befördert sie eine herumliegende Haarbürste in die Schublade und hängt einen Schlüsselbund ans Brett. Beiläufig wirft sie einen Blick in den Spiegel. Im Pfarrhaus versauern – was der sich wohl vorstellt? Versauern! Nun ja, in der Tat ist da ein säuerlicher Zug um ihre Mundwinkel. Ob der schon festgewachsen ist? Sie nähert sich dem Spiegel. Die Falten werden nicht weniger. Und da blitzt schon wieder etwas Graues im dunklen, sauber schulterlang geschnittenen Haar. Eine ordentliche Frisur, passend zum ordentlichen Hausfrauengesicht. Oma Gertrud wäre zufrieden gewesen.

Was soll's? Sie versucht zu lächeln. »Na, Elsa, mies drauf heute?«, sagt sie zu sich selbst und beginnt, allerlei Schuhe in den Schuhschrank zu stopfen. Musste jetzt auch noch die

Waschmaschine streiken? Lieber Gott, mach, dass das Ding morgen wieder läuft. Wär das schön, wenn das so einfach wäre. Oma Gertrud hat immer so getan, als ob es so einfach wäre. Elsa kramt die Gebrauchsanleitung der Waschmaschine heraus und macht sich ans Werk. So ein technisches Gerät muss doch eine gewisse Logik haben. Klares Problem, klare Ursache. Man muss sie nur finden.

JOHANNES streift das dunkle Jackett über und rückt die Krawatte zurecht. Krankenbesuch bei Herrn Kienle, da hat er auszusehen wie ein Pfarrer der alten Schule. Der betagte Herr Kienle hat Krebs, und das schon seit Jahren. Wie wird es ihm heute gehen? Dunkles Tal der Verzweiflung? Hoffnungsschimmer am Horizont? Resignation? Zorn? Ergebenheit?

Aber wie immer das Befinden gerade ist, wie auch das Gespräch verlaufen mag, früher oder später wird Herrn Kienles Miene versteinern, und er wird sagen: »Stellen Sie sich das vor, Herr Pfarrer! Vierzig Jahre für die Firma, alles mit aufgebaut, und dann plötzlich …« – Dabei muss das alles schon zwanzig Jahre her sein.

Johannes eilt den vertrauten Waschbetonplattenweg hinauf. Gelb-schwarze Stiefmütterchen schauen ihn melancholisch an. Die Art, wie Frau Kienle die Tür öffnet, gibt stets schon einen ersten Hinweis auf den Zustand des Hausherrn. Und es sieht nicht gut aus.

Frau Kienle spricht mit gedämpfter Stimme: »Gar net gut, Herr Pfarrer.«

Die Hände hat sie wie immer vor der Brust gefaltet, so als fühlte sie sich durch die Gegenwart des Pfarrers bereits in geheiligte Räume versetzt. Dabei aber bewegt sie beständig die Finger, dreht die Hände, knetet die Knöchel, eine seltsame Unruhe in dieser Geste, die doch eigentlich innere Sammlung verheißt.

Frau Kienle pflegt ihren Mann mit rührender Hingabe. Außerdem ist sie die tragende Sopranstimme beim sonntäglichen Kirchengesang und größte Stütze beim Seniorennachmittag. Und nicht zuletzt zählt sie zu den fleißigsten Lieferantinnen für Adventsbasteltisch und Orgelbasar, für Gebrauchtwarenbörse und Gemeindefest, für Kuchentheke und Salatbuffet. Ob Häkeldeckchen, Ringelsöckchen, Strohblumengesteck oder Kerzenständer – kein Tisch mit Handgefertigtem zum Verkauf für gute Zwecke ohne einen wesentlichen Beitrag von Frau Kienle.

»Ach, Herr Pfarrer, wie soll's bloß weiterganga?«

Bei Kienles hat der Herr Pfarrer keinen Namen, er ist der Herr Pfarrer, das muss reichen. Johannes lässt sich die aktuellen Krankheitssymptome schildern. Es riecht nach alten Teppichen und nach diesen ätherischen Ölen, die alle Leiden lindern sollen.

»Marianne, jetzt mach doch mal 's Fenschter uff, die Luft isch ja net zom Aushalta!«, sagt Herr Kienle schwach.

Was würde diesem kranken Mann wohl jetzt guttun, wie er da sitzt, so zusammengesunken in seinem Ohrensessel, mit seinen dicken Hausschuhen und seiner karierten Wolldecke trotz der frühlingshaft warmen Witterung? Ermunternde Worte? Stilles Mitgefühl? Ein warmer Händedruck? Am allerwenigsten jedenfalls kluge Sätze über das Leiden. Oder das Danach. Oder was auch immer.

»Marianne, jetzt mach doch bitte mal 's Fenschter zu, 's zieht!«, nörgelt Herr Kienle.

»A Tässle Tee, Herr Pfarrer?« Frau Kienle knetet ihre gefalteten Hände.

Die wuchtige Standuhr schlägt blechern vier Uhr. Ihr Ticktack zählt die verrinnende Zeit.

»Stellet Sie sich vor, Herr Pfarrer«, sagt Herr Kienle, »vierzig Jahr für d' Firma, elles mit aufbaut, on dann plötzlich … – d' Zahla stemmet nemme, hen se gsagt – on aus, vorbei! D' Zahla! Als ging's bloß om d' Zahla!« Herr Kienle sieht ins Leere.

Frau Kienle summt in der Küche Kirchenlieder. *O Haupt voll Blut und Wunden.* Elsa singt auch oft in der Küche, aber eher *Großer Gott, wir loben dich* oder *Auf und macht die Herzen weit.*

Stumm bleibt Johannes sitzen, nur gelegentlich mal ein Schluck lauwarmer Pfefferminztee, ein Nicken, ein »Das kann ich verstehen« oder »Das ist sicher nicht einfach für Sie«. Ob ihm als Pfarrer nicht doch etwas Besseres einfallen müsste?

»Mei Enkeltochter hat jetzt scho widder a Fehlgeburt ghet«, sagt Herr Kienle und hustet.

Nach zwanzig Minuten erhebt Johannes sich zum Aufbruch. Herr Kienle reicht ihm die fahle, faltige Hand. Seine Augen huschen hin und her, Johannes bekommt seinen Blick nicht zu fassen. Es ist einer dieser Momente, in denen er sich fragt, ob er eigentlich ein guter Pfarrer ist.

An der Tür löst Frau Kienle ihre Hände voneinander und reicht Johannes die rechte zum Abschied, mit einem kaum wahrnehmbaren Händedruck und einer leisen Bewegung auf und nieder aus den Knien heraus, das ist wohl der Rest eines Mädchenknickses. »Herr Pfarrer, mir sen Ihne so dankbar. 's tut 'm immer so gut, wenn Sie kommat. Er isch dann immer wie ausgwechselt.«

Johannes schlägt die Augen nieder. Wie mag er erst sein, wenn der Herr Pfarrer nicht vorbeikommt? Was führt diese Frau nur für ein Leben?

Aber andererseits: Wenn es nun wirklich vorbei wäre? Undenkbar! Wenn Herr Kienle einmal nicht mehr ist – keine Kirche der Welt könnte genügend Adventsbasare und Gemeindefeste ausrichten, um diese Lücke zu schließen, diese Leere in Frau Kienles Leben mit Inhalt zu füllen.

Hinter ihm schließt sich lautlos die Tür.

ELSA richtet sich auf und seufzt. Jetzt hat sie schon eine gute Stunde geschuftet und überhaupt nichts zuwege gebracht. Sie hat die Küche unter Wasser gesetzt, was Robert sehr lustig fand, sie hat den Küchenfußboden wieder getrocknet, die klatschnasse Wäsche herausgezerrt und keine Erklärung für die Waschmaschinenmalaise gefunden.

Kathrin kommt in die Küche getappt, ihre Busenfreundin Vanessa hinterdrein, und rümpft die Nase. »Was 'n hier los?«

»Die Waschmaschine ist kaputt. Was mach ich jetzt bloß mit der Wäsche? Zur Oma fahren?«

»Frag doch die neue Nachbarin«, sagt Kathrin in den Kühlschrank hinein. »Was sind das für Typen im Garten?«

»Was heißt denn hier ›Typen‹, hör mal. Die räumen für teures Geld den alten Schuppen ab. Rühr bloß die Wurst nicht an, die brauch ich fürs Abendessen, und außerdem ist das hier kein Selbstbedienungsladen.«

»Ach, Mama, ich hab aber Hunger, und Vanessa auch. Krieg ich den Joghurt?« Damit hat sie den Becher schon gegrapscht und den Deckel heruntergerissen.

Wenn Kathrin eine Freundin als Rückendeckung hat, ist sie immer besonders dreist. Und Vanessa ist ihre allerliebste, die beiden teilen und tauschen alles, Lippenstifte, CDs und selbst Spitzenunterhöschen. Demnächst womöglich auch die Jungs. Jetzt lehnen sie am Küchentisch und schaufeln im Wechsel Kirschjoghurt in sich hinein. Dabei blättert Kathrin mit einer Hand in der Zeitung.

»Mama, hast du schon gesehen? Papa ist wieder in der Zeitung. Mit Foto. Gut getroffen, guck mal!« Das sagt sie mit einem Besitzerstolz, als hätte ihr Meerschweinchen den ersten Preis im Kleintierzüchterwettbewerb gewonnen.

Elsa ist mit den Gedanken mehr beim Wäschekorb. »So? In letzter Zeit ist er ja bald jede Woche drin. Ich glaube, die Kirchenredakteurin hat einen Narren an ihm gefressen.«

»Kein Wunder, er ist ja auch mit Abstand der hübscheste Pfarrer weit und breit.«

Vanessa kichert.

Nun, das lässt sich nicht bestreiten. Elsa wirft einen Blick auf das Zeitungsfoto. Eine seltsame Sicht auf den eigenen Ehemann. Da steht er, ihr Johannes, bei seiner Ansprache zur

Einweihung des Ökumenischen Jugendzentrums, umrahmt von städtischen und kirchlichen Honoratioren. Groß und schlank, mit vollem dunklem Haar, männlich-markanten Zügen und diesem unerhört gewinnenden Lächeln. Gewiss ein Glücksfall für die hiesige Kirchenszene, die nun mit Hilfe von Pfarrer Lichtenfeld in unsrer Welt des schönen Scheins auch mal mithalten kann. Schließlich sichert man sich damit ein gutes Stück Aufmerksamkeit der Öffentlichkeit, besonders der weiblichen. Und das nicht nur in der regionalen Tageszeitung. Ob Podiumsdiskussion oder Hörfunkinterview, immer wenn eine Stellungnahme aus Sicht der Kirche gefragt ist – und zwar von einem draußen vor Ort! –, Pfarrer Johannes Lichtenfeld tritt vor Mikrofone und Kameras.

So geht auch das Gerücht, dass Johannes' Kirche nur deshalb immer so gut besucht sei, weil alle Sonntage in den ersten drei Reihen die weibliche Fangemeinde versammelt ist und dem angebeteten Pfarrer an den Lippen hängt. Alles Unsinn, sagt Johannes, die Damen seien allesamt Hausfrauen und Mütter, und dies sei der höchst engagierten Familienarbeit in der Gemeinde zu danken.

Wobei eins das andere ja nicht ausschließen muss, denkt sich Elsa.

»Ich brauch jetzt noch was Richtiges!«, ruft Kathrin. »Komm, wir holen uns 'n Hamburger!«

Was Richtiges. Als bekäme das Kind zu Hause nichts Richtiges.

»Hast du deine Hausaufgaben überhaupt schon gemacht?«, fragt Elsa mahnend.

Kathrin antwortet nur: »Oh Mann!«, dreht die Augen himmelwärts und stampft hinaus, Vanessa hinterher.

»Jetzt macht doch die Tür zu!«, ruft Elsa ihnen nach, und, leiser: »Bitte.«

Schlecht gelaunt, Elsa? Ja, schlecht gelaunt. Sie sollte sich nicht so gehen lassen. Aber die Idee mit der Nachbarin ist gar nicht so dumm. Warum ist sie nicht selbst darauf gekommen?

Nebenbei auch eine zwanglose Art, sich näher bekannt zu machen. Bisher hat sich der Kontakt mit Frau Przybilla-Nelling auf ein flüchtiges Gespräch über den Gartenzaun beschränkt. Immerhin hat Elsa dabei schon gelernt, dass sich der Name »Pschibilla« ausspricht. Ein guter Anfang.

Dr. Bernhard Nelling ist bekannt als erfolgreicher Chirurg am Katharinenhospital, Eliane Przybilla-Nelling als seine bildschöne Ehefrau und freischaffende Künstlerin. Eine unbekannte, eine fremde Welt. Eigentlich hätte man diese beiden eher in einem der Neubauten erwartet, die sich oben am Südhang in die Weinberge schieben. Aber hier unten sei man »näher am Leben«, hat Frau Nelling ihr erklärt, und vor allem sei ihr an dem weitläufigen Grundstück gelegen, für ihre Natur-Installationen, die sie in der Lebenswirklichkeit verorten wolle. Gern auch unter dem bergenden Klangmantel der Kirchenglocken.

Über Monate hinweg war das Nachbargrundstück eine Baustelle gewesen. Das alte bescheidene Haus mit Satteldach und Fensterläden, ein Zeitgenosse des Pfarrhauses, wurde um- und ausgebaut, um eine Doppelgarage ergänzt, und in dem gewächshausartigen Glasanbau vermuten die Kinder neidvoll einen Swimmingpool.

Trotzdem ist Elsa entschlossen, ganz unbefangen und natürlich auf die neue Nachbarin zuzugehen. So überlegt sie noch, als sie vor dem massiven schmiedeeisernen Gartentor steht und klingelt, wie wohl die unbefangenste und natürlichste Art aussehen mag, Frau Nelling zu begrüßen. Das Auge einer diskret seitwärts angebrachten Kamera beobachtet sie dabei misstrauisch.

Aus der Gegensprechanlage kommt ein weibliches fragendes »Ja bitte?«.

»Hier ist Elsa Lichtenfeld, Ihre Nachbarin, hallo! Ich hätte da ein Anliegen.«

»Ja gern, kommen Sie doch herein!«, antwortet der Lautsprecher, und der Toröffner summt.

Mit verbindlichem Lächeln tritt Eliane Nelling aus der Haustür. Sie sieht fabelhaft aus in dem schlichten Etuikleid mit U-Boot-Ausschnitt. Dergleichen kennt Elsa nur aus dem Versandhauskatalog. Modischer, jugendlich-unkomplizierter Kurzhaarschnitt, dekorativ angestrubbelt, mit langen Fransen in der Stirn und dezenten blonden Strähnchen.

Die Wäsche? Aber ja, gern auch sofort. Elsa eilt, ihren quittengelben Plastikkorb mit tropfnasser Wäsche zu holen. Im Nelling'schen Kellergeschoss hinterlässt sie zu ihrem Unbehagen auf den makellosen hellgrauen Fliesen eine Tropfenspur. Frau Nelling weist ihr mit einer eleganten Handbewegung den Weg zur Waschmaschine.

Ob es unangemessen wäre, wenn ich jetzt selbst Hand anlege?, fragt sich Elsa und zögert.

»Ist es Dreißig-Grad-Wäsche?«, fragt Frau Nelling leise und streicht sich mit dem Ringfinger eine Strähne aus der Stirn.

»Ja, Baumwolle«, antwortet Elsa, setzt mit einem unschönen Rums den Wäschekorb vor die Waschmaschine und beginnt, die Textilien in die Trommel zu stopfen.

»Mit drei Kindern kommt viel zusammen, nicht wahr?«, sagt Frau Nelling.

Aha, sie hat sich gemerkt, dass es drei Kinder sind.

»Jaja, wenn es wärmer wird, läuft ständig die Waschmaschine, den Kleinen muss ich alle Augenblicke umziehen, und die großen Mädels ziehen sich selber ständig um, schon ganz schön eitel, die beiden ...«

Frau Nelling lächelt. Elsa kommt sich ziemlich geschwätzig vor.

»Ach, jetzt habe ich das Waschpulver vergessen!« Sie ist ehrlich erschrocken. Es soll doch keiner denken, sie wollte so einfach zu den Waschmittelvorräten ihrer Gastgeberin greifen.

»Aber das ist doch gar kein Problem, bitte bedienen Sie sich nur!« Frau Nellings etwas raue, um nicht zu sagen rauchige Stimme passt nicht recht zu ihrer mädchenhaft zarten Gestalt.

Obwohl sich auf dem klassisch geschnittenen Gesicht im bleichen Neonlicht des Kellerraums erste Spuren des Alterns abzeichnen. »Ich nehme immer einen halben Becher.«

Erstaunlich kundig bedient Frau Nelling die Dreh- und Druckschalter der Hightech-Maschine, die sanft zu rauschen und zu surren beginnt.

»Hätten Sie noch Zeit und Lust auf eine Tasse Tee?«

Elsa zögert. »Ich – habe Handwerker am Haus … – aber, ach, das wird auch ohne mich gehen.« Elsa weiß, was sie den gutnachbarlichen Beziehungen schuldig ist.

Nach einer Dreiviertelstunde verabschiedet sie sich, nimmt eine Einladung zur Housewarming-Party mit und lässt eine Einladung zum Frauengesprächskreis – »Wir sind gar nicht so ausgesprochen religiös!« – zurück.

»Vielleicht nächste Woche, gern, erst einmal zum Kennenlernen«, sagt Frau Nelling und schließt mit verbindlichem Lächeln die Tür.

Johannes zieht den Schlips herunter und tauscht das schwarze Jackett gegen ein weinrotes. Jetzt ist er sich selbst wieder näher. Er wirft sich im Flurspiegel einen aufmunternden Blick zu.

Sein Auge fällt auf das Familienfoto vom letzten Jahr. Ein etwas steifes Studiobild vom Fotografen. Aus eigenem Antrieb wären sie natürlich niemals auf diese Art der familiären Selbstdarstellung verfallen. Vielmehr ist das Foto als Weihnachtsgeschenk für seine Mutter entstanden und fand dann, als es einmal da war, auch den Weg zu Freunden und Bekannten in aller Welt – und an diesen Platz im Flur des Pfarrhauses. Vorn Kathrin und Anne – beide, jede auf ihre Weise, rührend bemüht, wie Filmstars auszusehen. Aber sie sind auch wirklich hübsche Mädchen. Der kleine Robert als Einziger in kindlicher Unbefangenheit. Dahinter Elsa, zart lächelnd wie Mona Lisa und gesammelt wie Mutter Erde, auf einem Stuhl. Darüber, lässig auf die Stuhllehne gestützt, er selbst mit seinem bewährten Fotografiergesicht – mit diesem aufmunternd positiven Ausdruck, dem sich angeblich niemand entziehen kann.

Er mag das Bild nicht. Es ist nicht echt. Er, Johannes, hätte eigentlich nicht in diese dominierende Position gehört. Der Fotograf hatte aber argumentiert, dass die Frau im Zentrum der Familie stehe, alle anderen um sie herum angeordnet zu sein hätten, und Elsa fand das offenbar ganz in Ordnung, das hatte für ihn den Ausschlag gegeben. Dabei steht außer Frage, dass allein Elsa der Platz da oben zugestanden hätte. Elsa, die alles zusammenhält.

Elsa bleibt vor dem Flurspiegel stehen. Da hat doch wahrhaftig Johannes seine Krawatte auf dem Schuhschrank liegen lassen, ein knautschiges Knäuel zwischen einer halbleeren Kaffeetasse und der zerknitterten Pferdepostkarte, um die sich Robert und Anne gestern fast totgeschlagen hätten. Sie streicht die Krawatte glatt. Housewarming-Party. Was soll sie da überhaupt anziehen? Bestimmt wird sich bei diesem Event die ganze gehobene Stadtgesellschaft in ihrer Haute Couture präsentieren.

Hier kann Elsa sich gleich zweimal betrachten, einmal im Spiegel und einmal nebendran auf dem Familienbild vom Porträtfotografen. Völlig künstlich das Ganze, hart, wie in Stein gehauen. Oben ihr gnadenlos gut aussehender Johannes mit seinem unwiderstehlichen Lächeln, ganz der stolze Familienvater. Darunter sie, mit hölzerner Miene, etwas matronenhaft, wie die Glucke, die über die Küchlein wacht. Ganz vorn die Kinder. Kathrin hatte stundenlang vor dem Spiegel ihren Gesichtsausdruck geübt; entsprechend wächsern grinst sie in die Kamera, hat sinnloserweise den Kopf zur Seite gedreht und schielt den Betrachter aus den Augenwinkeln an. Mit Anne hatte es im Vorfeld die größten Kämpfe gegeben, weil sie sehr eigene Vorstellungen hatte, welche Kleidung und Frisur, welches »Geschmeide« für eine solche Aufnahme angemessen wären. Nun ist ihr leerer Blick in eine unermessliche Ferne seitlich der Kamera gerichtet. Sie scheint darüber nachzudenken, ob nicht doch das hellrosa Kleid mit Blümchenmuster ihrer Persönlichkeit mehr entsprochen hätte als die knallbunten Sommerjeans. Nur Klein-Robert zeigt sich in bewegter Natürlichkeit; sie hatte ihn, unsichtbar für den Betrachter, von hinten am Hosenbund festgehalten, damit er wenigstens für die erforderlichen fünf Sekunden an seinem Platz blieb.

Johannes hatte anfangs darauf bestanden, dass sie stehen solle und er sitzen. Als ob ihr Selbstbewusstsein davon abhinge, wo sie auf dem Familienfoto platziert ist! Der Fotograf hatte aber dringend empfohlen, die Familie in klassischer Weise anzuordnen, da das Bild doch in erster Linie für die ältere Generation gedacht sei; da hatte Johannes sich drein gefügt.

JOHANNES lässt seine Aktentasche im Flur fallen und streift das Jackett ab. Die Sitzung der Arbeitsgruppe Jugendgottesdienst war wieder einmal völlig fruchtlos. Aber jetzt ist endlich Feierabend.

Elsa blickt auf und lächelt, als er die Küche betritt. »Ach, hallo, da bist du ja. Du, der Blumenladen hat angerufen, da gibt's irgendwelche Probleme mit der Dekoration für Sonntag, und was wegen Orgel stimmen liegt auf deinem Schreibtisch, Frau Rölke sagt, die Altarkerzen sind schon arg runtergebrannt, und Herr Siebold hat seine Rechnung noch nicht bezahlt gekriegt.« Dabei sägt sie weiter riesige Scheiben von einem mächtigen Brotlaib. »Anne, sei so gut, hol ein Glas saure Gurken aus dem Keller. Ja, jetzt gleich.«

Johannes rupft eine Brotscheibe auseinander und stopft sich ein Stück in den Mund. »Gabsch bei dir wasch?«

»Nichts Besonderes. Ach so, beim Muldeabladen ist ein Zaunpfahl zu Bruch gegangen. Und die Waschmaschine ist kaputt. – Ach, ich muss gleich los zum Gesprächskreis. Würdst du mir den Gefallen tun und die Wäsche von Frau Nelling abholen? Dann lernst du sie auch gleich mal kennen.«

Auch das noch. Aber neugierig ist er schon.

Vor dem Eingang zum Nachbarhaus schluckt er den letzten Brotbrocken herunter. Was für ein bombastisches Tor, prätentiös und geschmacklos, typisch Neureiche. Johannes läutet und nimmt belustigt die Kamera zur Kenntnis, die auf ihn gerichtet ist. Ein aufmunternder Blick in das elektronische Auge kann nicht schaden, auch wenn man nicht weiß, wer am andern Ende auf den Bildschirm schaut. Vielleicht der Bodyguard?

»Ja bitte?«, sagt eine weibliche Stimme.

»Hier ist Pfarrer Lichtenfeld, ich bin in persönlicher Mission hier«, spricht er vergnügt in das Metallgitter über dem Klingelknopf und macht eine kleine Kunstpause. »Meine Frau schickt mich die Wäsche abholen.«

Die Frauenstimme lacht. »Ach so, ja, kommen Sie doch herein!«, der Türöffner summt.

Johannes springt die Treppenstufen hinauf. Was für ein gazellenhaftes Wesen, denkt er, als Frau Nelling ihm entgegentritt. Das Gartentor hat mit Sicherheit der Ehemann ausgewählt. Das passt nicht zu diesem schnörkellosen Kleid von klassisch eleganter Linie. Darüber: griechisch-strenges Profil, aber weiche große Augen. Und dann wiederum ein kaum wahrnehmbarer bitterer Zug um die Mundwinkel. Und dazu diese Stimme. Eine vielschichtige, eine widersprüchliche Person.

»Guten Abend, Herr Pfarrer!« Sie streicht sich mit dem Ringfinger eine Strähne aus der Stirn.

Ihr Lächeln und ein gewisser Unterton verraten, dass sie das mit dem Herrn Pfarrer nicht so ernst meint.

Er folgt ihr eine polierte Marmortreppe ins Untergeschoss hinunter. Vor seinen Augen kurze blonde Fransen, darunter ein zerbrechlich wirkender Nacken mit zwei grazilen Sehnen und einem auffallend tiefen Graben dazwischen, ein endlos langer, ganz leicht gebogener Schwanenhals, der schließlich in die ebenfalls überaus klar konturierten, schmalen, fast kantigen Schultern übergeht.

In der kalkweiß gekachelten Waschküche nimmt diese Frau sich aus wie eine Lilie im Gletschereis. Allein dieses furchtbare Licht! Dieses Neonlicht, das jeden Menschen alt und fahl aussehen lässt, das jede noch so kleine Unebenheit der Haut mit gnadenloser Härte zur Schau stellt.

Johannes wendet sich der Waschmaschine zu. »Äääḧm, wie geht die Tür auf?«

»Ach, Entschuldigung, der grüne Knopf.«

Johannes zerrt die Wäsche aus der Trommel in den Wäschekorb, richtet sich auf und bückt sich gleich wieder, denn zum Schluss muss man immer noch einmal genau hinschauen, ob womöglich ein Teil, ein vorwitziger kleiner Kinderstrumpf etwa, in der Wäschetrommel zurückgeblieben ist.

Während er das Innere der Waschmaschine abtastet, sagt Frau Nelling: »Ich gehe ehrlich gesagt fast nie in die Kirche, außer an Weihnachten, und wenn musikalisch etwas Anspruchsvolles geboten wird.«

»Da sind Sie bei uns gerade richtig, wir sind bekannt für unser Kirchenmusikprogramm. Direkt nächste Woche Donnerstag zum Beispiel« – er richtet sich auf und klemmt den Wäschekorb unter den Arm – »gibt es einen Serenadenabend, ich glaube, das ist genau das Richtige für Sie.« Er lächelt sein jungenhaftes Lächeln. »Sie sind herzlich eingeladen!«

Elsa gibt sich einen Ruck. So manches Mal kostet es sie ein gutes Stück Überwindung, sich am Abend, nach all dem Getriebe des Tages, noch einmal auf etwas ganz anderes einzulassen. Jeden zweiten Donnerstagabend steht der Frauengesprächskreis auf dem Programm. Johannes übernimmt Küche und Kinder, und sie kann einmal alles zurücklassen und sich nur mit sich selbst befassen. Und mit den anderen Frauen, versteht sich.

Aber dies ist beileibe keine Veranstaltung zum Abschalten und Entspannen. Hier heißt es: präsent sein, sich einbringen, sich öffnen, womöglich auch unbequeme Gedanken zulassen.

Aber wie sagte doch schon Oma Gertrud: »Wenn es keine Mühe macht, ist es nichts wert.« Immerhin, jetzt kann sie die Waschmaschine für eine Weile vergessen.

Ein buntes Stimmengewirr schlägt ihr entgegen.

»Heut isch mir doch tatsächlich die Tür vom Geschirrspüler rausbrocha!«, ruft Roswitha eben in die Runde.

»Das ist mir auch mal passiert«, sagt Stephanie, »da konnte ich grad einen neuen Spüler kaufen, so teuer wär die Reparatur gekommen.«

»Oh je!«, klagt Roswitha, aber Marie-Luise hat schon einen Tipp parat, bei Elektro-Rückert gibt es gerade Auslaufmodelle im Angebot.

Dann nimmt zum Glück Sibylle die Sache in die Hand. Sibylle hat die Gesprächsleitung. Sie ist ein echter Profi von der Diakonie, wo sie tagtäglich mit Suchtkranken, Suchtgefährdeten und suchtgeschädigten Angehörigen befasst ist. Sibylle ist ebenso sanft wie souverän, was Elsa immer wieder von Neuem grenzenlos bewundernswert findet.

»Ich glaube, wir sind jetzt vollzählig. Wir wollen uns nun auf unser heutiges Thema einstimmen«, sagt Sibylle mit warmer, leiser Stimme, die keinen Widerspruch zulässt.

Alle Gespräche verstummen, alle Gesichter wenden sich ihr zu. Zu Beginn gibt es eine Runde »Blitzlicht« – von jeder im Kreis ein paar Worte zur momentanen Befindlichkeit. Elsa überlegt angestrengt, aber ihr fällt rein gar nichts ein. Einen Moment lang hat sie den Impuls zu sagen: »Eigentlich find ich im Moment alles zum Davonlaufen – die Waschmaschine, der Gartenzaun, die Kinder, ständig bimmelt das Telefon …« Aber sie kann sich ganz genau ausmalen, wie nach einem so heftigen Ausbruch alle Gesichter sich ihr sorgenvoll zuwenden würden: »Aber Elsa, was ist denn los?«

Und was ist denn los? Nichts ist los. Wenn Johannes von einer Runde in der Klinik zurückkommt oder beim Notfallseelsorge-Einsatz von einem Unfallort, dann weiß er von Menschen zu berichten, bei denen etwas los ist. Bei ihr ist nichts los.

»Elsa?«

Oh, jetzt ist sie schon an der Reihe. »Ach, bisschen stressig im Moment, aber geht alles so seinen Gang.«

Roswithas Jüngster hat die Masern, und Marie-Luise kann im Dauerkonflikt mit ihrem Vermieter einen triumphalen Erfolg vermelden. Seltsam, die andern haben immer etwas zu erzählen.

Das Thema heute lautet »Aufbruch«. Zur Eröffnung und quasi als Aufhänger das schöne, fröhliche Lied von Mirjam, die auf die Pauke schlägt. Stephanie traktiert mit überschäumendem Vergnügen das Tamburin.

Wenn ich Mirjam wäre, denkt Elsa, dann wäre das Volk Gottes heute noch nicht im Heiligen Land angekommen.

Sibylle leitet behutsam zum Thema hin. »Wir wollen nachdenken über Aufbrüche in unserem Leben? ... Wohin sie uns geführt haben? ... Ob sie uns auf unserem Weg weitergebracht haben?«

Wenn sich ein Satz von ihr zu Ende neigt, dann senkt sie nicht etwa, wie die meisten Menschen das tun, abschließend die Stimme, sondern sie lässt ihre Worte nach oben ausklingen. Denn jede ihrer Aussagen ist ja nicht eigentlich eine Feststellung, sondern eine Einladung mit offenem Ausgang – eine Einladung, sich auf das Gesagte einzulassen, es mit der je eigenen Erfahrungswelt zu konfrontieren, wie Sibylle sagen würde.

Zur Halbzeit als neuer Impuls die »Stufen« von Hermann Hesse. ... *Nur wer bereit zu Aufbruch ist und Reise/Mag lähmender Gewöhnung sich entraffen ...*

Ist es vielleicht denkbar, dass es viel mehr Aufbrüche gibt, als wir denken? Aufbruch in jeden neuen Tag? Überwindung von Trägheit? Abschied von Gewohnheiten? Aufgeben von Sicherheit? Sich auf den Weg machen? Aber Elsa wird heute mit dem Thema nicht recht warm.

Im Laufe des Gespräches entwickelt sich zwanglos die Fragestellung, wohin der Aufbruch denn wohl – für jede

Einzelne von uns – gehen könnte? So beschließt man für den nächsten Abend das Thema »Ziele in meinem Leben«.

Nach dem Schlussgebet – für alle, die sich danach fühlen – tritt Sibylle auf Elsa zu und fragt mit gesenkter Stimme in unaufdringlich eindringlichem Ton: »Elsa. Gibt es noch etwas, worüber du reden möchtest?«

»Ach du, lieb, dass du fragst, aber nichts Besonderes, nur ein bisschen Alltagsfrust, war wieder ein ziemlich voller Tag heute …«

Vor Sibylle kann man aber auch nichts verheimlichen.

II

Elsa lehnt mit verschränkten Armen am Gartenzaun und überlegt, wie sie es sagen soll, ohne gleich als verklemmte Verfechterin bürgerlicher Tugenden dazustehen. Es ist halb zehn, neun Uhr war ausgemacht. Die beiden meinen wohl, am zweiten Tag kann man es gleich mal etwas ruhiger angehen lassen.

Nach zehn Minuten ist es dann so weit. Heute haben die Herren von der Arbeitslosen-Ini einen weniger spektakulären Auftritt mit einem hinfälligen, aber geräumigen Pkw, den sie, nach beiläufigem Gruß, zu entladen beginnen. Was für den heutigen Arbeitstag gebraucht wird: eine massive Schubkarre, ein Werkzeugkasten, ein gewaltiger Hammer sowie ein Ghettoblaster mit riesigen runden Lautsprecheraugen.

»Isch a bissle später worda, mir hen erscht no die Kischt klarmacha müssa«, erklärt der rote Bart und weist mit dem Kopf auf das Auto.

Nebenan fährt eben Frau Nelling mit ihrem City-Car vor, einem schneeweißen Cabriolet, und kommt vor der Garageneinfahrt zum Stehen.

Der Lange trägt heute einen Hauch von Bart rund um Mund und Kinn, außerdem eine fesche Schirmmütze, natürlich mit dem Schirm nach hinten. Einen Daumen hat er in eine Gürtelschlaufe gehängt, mit der andern Hand setzt er eine Dose Cola an und beobachtet dabei mit unverhohlenem Interesse, wie Frau Nelling aus dem Wagen steigt. Gerade öffnet er den Mund für einen Kommentar, da wird ihm von seinem Kompagnon die Mütze vom Kopf gezogen und ein gelber Bauarbeiterhelm übergestülpt.

Der Lange schüttelt sich. »Iih, nein! Damit seh ich so blöd aus!«

»Wenn dir em Schuppa en Dachziegel auf dr Kopf fällt«, schnauzt der rote Bart, »dann siehsch net bloß blöd aus, dann wirsch's au. On nemm die Handschuh mit. Mensch, muss mr dir denn emmer älles nachtraga?«

Frau Nelling grüßt flüchtig herüber. Dann öffnet sie den Kofferraum, hebt mit sichtlicher Anstrengung einen Terrakotta-Blumenkübel heraus, sucht mit den Augen einen passenden Ort, ihn abzustellen, findet aber keinen und setzt den Kübel unverrichteter Dinge wieder an seinen Platz im Kofferraum zurück.

Der Lange schleudert augenblicklich Schutzhelm und Coladose in den Laderaum des Autos und zieht sich die Schirmmütze wieder über. »Eine schöne Frau bedarf des Beistands!«, ruft er und stürmt auf Frau Nelling zu.

Elsa könnte im Boden versinken.

»Du Sau, da isch no was dren!«, brüllt der andere hinterher und greift nach der Coladose, die eine braune sprudelnde Lache um sich verbreitet.

»Ihr ergebener Diener!« Mit einer angedeuteten Verbeugung lupft der ungebetene Helfer seine Schirmmütze und greift, ohne eine Aufforderung abzuwarten, nach dem Blumenkübel.

Frau Nelling tauscht mit Elsa einen Blick, der so viel sagen dürfte wie: »Männer!«, dann lässt sie sich aber doch den Terrakottatopf ins Haus tragen, und noch drei weitere hinterher.

»Wow!«, ruft der Lange, als er nach einer Viertelstunde im Pfarrgarten erscheint, und winkt vergnügt mit einem Fünferschein. »Für die hätt ich noch ganz andere Sachen gemacht! Und zwar gratis!«

Elsa hört gar nicht hin.

JOHANNES zupft sich ein unordentlich quer stehendes Haar aus den Augenbrauen und tritt zurück. Tadelloses Outfit. Klassisch-gepflegt, aber auch am Puls der Zeit, und nicht mit Reizen geizen, denn Frau Anneliese von Rettenbach ist den schönen Dingen des Lebens in jeder Hinsicht zugetan. Die lässige Andeutung von Bartwuchs ist da gerade recht, das wird er sich nachher für Studiendirektor a. D. Alfred Ertle abrasieren.

Auch wenn er einerseits besonderen Wert auf zeitgemäße Ausdrucksformen von Kirche und Gemeindeleben legt, ist es Johannes doch andererseits auch sehr wichtig, an guten alten Traditionen festzuhalten, so den Geburtstagsbesuchen bei Gemeindegliedern. Ein zeitaufwändiges Unterfangen, doch lohnend in vieler Hinsicht. Die Menschen fühlen sich individuell wahrgenommen, und das Verbundenheitsgefühl mit der Gemeinde wird gestärkt. Eine engagierte Besuchsdienstgruppe übernimmt das Gros der Besuche, doch an runden Geburtstagen wird er, wenn irgend möglich, persönlich vorstellig – einem nagelneuen Konzept folgend schon ab dem Fünfzigsten. Dazu wird jeweils ein kleines Präsent individuell ausgewählt.

An diesem Tage zum Beispiel ist Frau von Rettenbachs siebzigster Geburtstag. Darauf hat Johannes sich schon lange vorbereitet. Elsa hat speziell für solche Zwecke von Herrn Siebold, dem Lieferanten von Besinnungsheftchen, Patenbriefen und Kindergebetbüchlein, einen sündteuer aussehenden Bildband »Kirchenarchitektur in der Neuen Welt« besorgt. Natürlich ein Restposten, wie Johannes auch gern zugibt, denn schließlich will man nicht den Eindruck erwecken, die Kirche hätte zu viel Geld. »Wir halten immer Ausschau nach solchen schönen Dingen«, pflegt er im Beisein des Beschenkten beiläufig zu erwähnen.

Frau von Rettenbach hat reichlich Lippenstift und Lidschatten aufgelegt und ist in höchst aufgeräumter Stimmung. Zu dieser frühen Stunde hat sich noch kein anderer Gratulant eingefunden.

Wie immer fragt sie als Erstes: »Herr Pfarrer, was macht Ihre Publikation?«, und wie immer antwortet er: »Ach, Frau Rettenbach« – als besondere Auszeichnung darf er das »von« weglassen – »die Zeit, die Zeit!«

Dann bespricht man bei einem alkoholfreien, aber raffinierten Cocktail den Niedergang der Kirchenmusik, der sakralen bildenden Kunst und der geistlichen Kultur im Allgemeinen, und überhaupt ist man sich einig, dass die hermeneutische Attitüde ein kreativer Vorgang sei, der erst dann zur Kulmination gelangen könne, wenn er die geistig-kulturellen Entitäten in ihrer Ganzheit zu erfassen suche. Und unlängst ist Frau von Rettenbach bei einer Vernissage einem außerordentlich vielversprechenden jungen Künstler – übrigens homosexuell – begegnet, der sich auch und nicht zuletzt mit religiösen Themen …

»Vielleicht im Kirchenvorraum ein Passionsweg zur nächsten Vorosterzeit?«, sagt Johannes.

»Was für eine wundervolle Idee, Herr Pfarrer!«

Zum Schluss zückt Frau von Rettenbach ihr Scheckheft und notiert eine Summe von 500 Euro zum Zwecke der Förderung kirchenkultureller Aktivitäten.

ELSA streckt die Nase in die Sonne. Es ist ein warmer Tag geworden. Die Kinder werden nach Sonnentops, Sommerkleidchen und kurzen Hosen schreien, wenn sie nach Hause kommen. Bestimmt sind sie schon wieder aus allem rausgewachsen.

Im Garten sprießt es mit Macht. Wie schön, wenn einmal etwas ganz von allein passiert. Zum Beispiel die Tulpen, die sich in allen Ecken aus der Erde schieben. Keiner weiß, wie sie dahin gekommen sind.

Elsa rupft hier und da ein paar vertrocknete Pflanzenreste vom vergangenen Jahr aus und wirft einen beiläufigen Blick zum Schuppen hinüber. Den Herren ist warm geworden, sie haben ihre T-Shirts abgelegt und ziehen schnaufend halb verrottete Balken und Bretter aus dem Schuppen. Dabei legt der Lange mit dem schwarzen Schopf nach Elsas Beobachtung mindestens die doppelte Wegstrecke zurück und redet dabei mindestens dreimal so viel wie der rote Bart, der zielstrebig und unaufhaltsam wie ein Ozeandampfer das Chaos durchpflügt. Neben alten Latten, Kacheln, Farbdosen und Dachziegeln sind mittlerweile auch ein rostiges Fahrrad und ein verrottetes altes Sofa sowie ein stockfleckiges Ölgemälde – Stillleben mit Anemonenstrauß – ans Licht gekommen.

Wie unterschiedlich Männergestalten doch ausfallen können. Der eine überall abgerundet, aber mit sehr respektgebietenden Oberarmen, eher massiv als massig. Wo der draufschlägt, da wächst kein Gras mehr. Der andere von der Bauart her das krasse Gegenteil: drahtig, sehnig, bei der kleinsten Bewegung wölben sich irgendwo eisenharte Muskeln. Elsa hat gar nicht gewusst, wie viele verschiedene Muskeln es an einem einzigen Arm gibt. Zum Beispiel der große, runde außen an der Schulter – der ist nicht einfach rund, sondern da geht noch ein Graben durch, der sich beim Heben der Arme abzeichnet ...

»Alles recht so?«, ruft der Lange plötzlich herüber und grinst breit.

Elsa fühlt sich erröten. »Ja, großartig, bitte weiter so!«, gibt sie forsch zurück, rupft noch ein Weilchen ziellos im Gestrüpp herum und marschiert dann ins Haus zurück.

Schließlich hat sie noch etwas anderes zu tun, als hier den Aufpasser zu spielen. Kaum hat sie den beiden den Rücken gekehrt, da dröhnt schon der Ghettoblaster los. Wie die ungezogenen Jungs, unglaublich!

Elsa nimmt sich eine Liste von Busunternehmen und Zeltverleihern vor, von denen Angebote einzuholen sind. Frau Thimm, die Dreißig-Prozent-Pfarramtssekretärin, würde Johannes was husten, wenn er ihr damit auch noch käme. Also macht Elsa das. Eine so gute Sache sollte schließlich nicht an solchen technischen Dingen scheitern. Zum Lohn wird Johannes dann wieder sagen: »Elsa, was wäre ich ohne dich.«

Bus mit oder ohne Toilette?

Draußen hört sie einen rufen: »Mensch Leo, komm mal her, ich glaub, ich träume!«

Das interessiert sie nun auch. Die beiden Männer stehen am Zaun und blicken zum Nachbargrundstück. Dort drüben ist Frau Nelling auf der Terrasse erschienen. Sie wähnt sich offenbar unbeobachtet, schwebt hierhin und dorthin, ergreift einen Blumentopf auf der einen Seite und platziert ihn auf der andern, zupft an einem Primelarrangement. Bemerkenswert ist vor allem der Hauch von Sommerkleid, der ihren Körper umspielt. So ist das: Die einen wühlen in Kinderkleiderschränken und suchen abgerissene Knöpfe, und die andern tragen ihre Haute Couture spazieren.

»Hä, guck mal, das is ja beinah durchsichtich!«, sagt der Lange und lehnt sich so weit über den Zaun, dass er hinüberzukippen droht, obwohl ihn das nur unwesentlich näher an das Objekt seiner Begierde heranbringt. »Die Lady is erste Sahne, sag ich dir. Wie findst du sie?«

»Zom Angucka ganz nett«, sagt der andere und hat mal wieder die Hände in den Hosentaschen, »aber für mi dürft's a bissle meh en dr Hand sei.«

So, ein bisschen mehr in der Hand. Jetzt werden die Frauen auch noch nach Masse eingeordnet. Wie am Metzgerstand: Dürfen's auch fünfzig Gramm mehr sein?

Elsa ist leise herangetreten und hat sich mit verschränkten Armen hinter den beiden aufgebaut. »Kleine Pause?«, fragt sie.

Schön, wie sie zusammenzucken.

»Nich schimpfen, Chefin«, sagt der Lange, »man muss doch auch mal was andres sehn im Leben.«

»Wo Sie grad da sen«, sagt der rote Bart, »könntet Sie eventuell die Wasserleitung da andreha?« Er weist auf den Wasserhahn am Haus.

»Wir trinken sie auch bestimmt nicht leer, Ehrenwort!«, ruft sein Kumpel.

Wie unaufmerksam von ihr! Die beiden schuften hier in der Mittagshitze, und sie hat ihnen überhaupt nichts zu trinken angeboten! Wie konnte sie das nur vergessen? Sie stürzt zum Haus und schleppt einen Kasten Mineralwasser heran.

»Leitungswasser hätt's au do«, sagt der rote Bart, greift sich eine Flasche Wasser und leert sie in einem Zug. Dann hebt er eine Faust vor den Mund, um das unvermeidlich folgende Geräusch zu dämpfen.

»Äi, du Ferkel«, sagt der andere, »vor einer Dame rülpst man nicht.« Er lässt sich reichlich Zeit beim Trinken und schielt dabei zur nachbarlichen Terrasse hinüber.

Um ihr schlechtes Gewissen zu beruhigen, lädt Elsa die beiden auch gleich noch auf einen Teller Linsensuppe ein – »von gestern, wenn es Ihnen nichts ausmacht, aber es heißt immer, aufgewärmt ist sie am besten.«

An der Terrassentür zögert sie und dreht sich zu den Männern um. »Dürfte ich fragen« – das ist ihr jetzt ein bisschen peinlich, eigentlich hätte sie schon viel früher fragen sollen –, »wie Ihr Name ..., ich meine, wie Sie heißen?«

»Leo«, sagt der rote Bart, »und des isch dr Mike.« Er weist mit dem Daumen hinter sich; Mike macht eine höfische Verbeugung.

Was soll man darauf sagen? »Elsa!«, sagt sie verlegen und reicht jedem an der Terrassentür die Hand.

Jetzt aber schnell das Mittagessen auf den Weg gebracht. Elsa rührt von Zeit zu Zeit im Nudeltopf und schnippelt Paprika und Zucchini für den Auflauf.

Mike schaufelt die Linsensuppe mit beeindruckender Geschwindigkeit in sich hinein. Halb auf dem Unterarm liegend, hat er das Kinn bis knapp über den Tellerrand gesenkt, um die Distanz zwischen Suppe und Mund zu verkürzen. »Köstlich!«, ruft er, »das hätte meine Omma nicht besser hingekriegt!«

So gut wie bei Omma, was will man mehr?

»Krieg i mal 's Salz bitte?«, fragt Leo.

»Das ist oben im Schrank.« Elsa weist nach rechts oben und schnippelt weiter.

Leo erhebt sich und schiebt dabei geräuschvoll den Tisch um einen halben Meter nach vorn.

»Äaiiiii!«, mault Mike, der seinen Teller entschwinden sieht.

Elsa lässt Heißwasser in die Spüle, schlägt sechs Eier auf und setzt einen Liter Milch für den Nachtisch auf den Herd.

Leo öffnet die Schranktür und bewegt sie ein paarmal vor und zurück. »Da müsst mr mal was an de Scharnier macha.« Er greift zum Streuer, nimmt eine Kostprobe aus der hohlen Hand und nickt befriedigt. Dann schiebt er sich wieder in die Bank und zieht den Tisch zurück.

»Äiiii!«, knurrt Mike, »biste jetz mal fertich?«

Nina kommt über die Terrasse herangeschlichen, schnüffelt misstrauisch an den fremden Männerstiefeln und drückt sich durch die Tür. Die Katze ist es gewohnt, dass hier alle Tage fremde Menschen sitzen – Nachbarskinder, Gemeindemitarbeiter, Besucher von nah und fern. Sie inspiziert den Futternapf, nimmt einen Happen und rollt sich dann, ohne irgendjemand eines Blickes zu würdigen, auf ihrem Kissen am Eckbankende zusammen, wo die Frühlingssonne eine Insel von Licht und Wärme gezaubert hat.

»Gibt's noch 'n Nachschlag?«, fragt Mike, während er geräuschvoll seinen Teller auskratzt.

Elsa setzt den Topf auf den Tisch. »Bitte, bedienen Sie sich doch selber!«

Mike hebt den Deckel. »Da is ja überhaupt keine Wurst mehr drin!!« Der Deckel knallt wieder auf den Topf. »Sag mal, Alter, hast du die letzten Würste aufgefressen? Das darf doch nich wahr sein.« Dabei versetzt er seinem Kumpel einen Boxhieb in die Seite.

Elsa hält im Durchschlagen der Eiermilch inne und sieht vorsichtig aus dem Augenwinkel zu ihren Gästen hinüber. Wollen die sich jetzt prügeln? Vor ihrem inneren Auge entfaltet sich ein Szenario der entfesselten Gewalten. Berstendes Geschirr, reißende Fenstervorhänge, krachende Stühle, ein zu Boden polternder Hängeschrank ...

Aber Mike hebt nur theatralisch die Arme. »Nimmt der sich einfach zwei Würste, und ich kann sehn, wo ich bleibe! Ist denn das christliche Nächstenliebe?« Dabei grinst er Elsa frech an. Aber sie ist zu erleichtert, um sich provoziert zu fühlen.

»Also gut, a halbe kannsch no han«, brummelt Leo.

»Was, 'ne halbe? Hör mal, du bist fett genug. Guck mich mal an!« Mike zieht sein Hemd auseinander und holt tief Luft, damit sich die Rippen abzeichnen.

»Spinnsch du? Zieh di wieder an, Mensch. Da hasch dei beknackte Wurscht«, und sie klatscht auf den Teller.

Dann wird die übrige Linsensuppe mit großem Schwapp direkt aus dem Topf auf die Teller gegossen, das gibt der Tischdecke den Rest.

Was ist das für ein brenzliger Geruch? Die Milch! Zu spät, schon ist sie über den Topfrand gestiegen und kriecht zischend über die Herdplatte. Hastig schiebt Elsa den Topf zur Seite. Autsch, das war heiß.

»Keine Panik, Chefin«, ruft Mike, wobei er die Linsen nur mit Mühe im Mund halten kann, »dasch kommt in den beschden Familjen vor!«

Ärgerlich gießt Elsa die Milch in einen anderen Topf und säubert notdürftig die Herdplatte. Musste das jetzt noch sein? Typisch Elsa. Mathilda wäre so was nie passiert.

Mathilda, die patente Pfarrerin aus der Nachbargemeinde Sonthausen. Die kann eine ganze Missionsdelegation aus Kamerun verköstigen – aber mit drei Gängen und Blumenstrauß auf dem Tisch –, hat augenblicklich wieder eine blitzblanke Küche und sieht dabei immer aus wie aus dem Ei gepellt. Gleichzeitig hat sie stets ein offenes Ohr für die Sorgen und Nöte der Menschen und hätte dabei doch niemals die Milch auf der Kochstelle aus den Augen verloren. Und die beiden schrägen Vögel dort hätte sie sicherlich wie geläuterte Chorknaben wieder ins Leben entlassen.

Die haben inzwischen ausgelöffelt, einer lehnt sich behaglich zurück und kratzt sich den Bauch, der andere gähnt zufrieden und stützt das Kinn in die Hand.

»So 'n Tässchen Kaffee wär jetzt was Feines«, stellt Mike fest.

»Au ja«, bestätigt Leo.

Elsa sieht auf die Uhr.

»In der Mittagspause könn' wir doch eh nich weitermachen, Chefin. Wir müssen jetzt nämlich mit Abbrechen anfangen. Ab drei schaffen wir dann das Doppelte, ährlich!«

Nun gut. Sie setzt die Kaffeemaschine in Gang, befördert den Auflauf in den Backofen und beginnt den Geschirrspüler auszuräumen.

»Die Kaffeemaschin röchelt ja fürchterlich«, bemerkt Leo, »die sott mal entkalkt werda.«

»Jetz mecker doch nicht dauernd, das gehört sich nicht.«

»I mecker net, ich sag bloß, wie's isch.«

»Bei dem muss man aufpassen«, erklärt Mike, »wenn der was in die Finger kriegt, repariert er's gleich, auch wenn's gar nicht kaputt ist.«

Leo grinst und versetzt ihm einen Tritt unterm Tisch.

Elsa verpasst jedem einen gewaltigen Pott Kaffee – für Mike »mit Zucker, bittschön, aber reichlich, ich bin ein Süßer!« –, gießt sich selbst einen Milchkaffee ein und lehnt sich an die Spüle. Nur leises Schlürfen erfüllt den Raum.

Mike lässt über den Kaffeebecherrand hinweg den Blick schweifen. Jetzt betrachtet er den Spruch an der Wand: *Bete und arbeite*. In Kreuzstich. Ein Erbstück von Oma Gertrud, für Elsa innig verbunden mit der Enge und Geborgenheit ihrer Kindertage in der großmütterlichen Wohnküche. Nach dem Blick zu urteilen, als Mike die Augen zu ihr weiterwandern lässt, denkt er wohl, das hätte sie selbst gestickt.

Nun nimmt er Elsa in Augenschein, einmal rauf, einmal runter, an bestimmten Körperpartien verharrt sein Blick. Elsa überlegt, ob sie die Knöpfe der Bluse ausreichend hoch geschlossen hat. Aber jetzt wäre es sowieso zu spät. Bloß nicht hinsehen!

Leo hat sich der Katze zugewandt und streicht mit zwei Fingern über ihr Fell. Nina blinzelt. Nun gleitet seine Hand über den ganzen Katzenkörper, vom Kopf bis zur Schwanzwurzel. Nina schließt genüsslich die Augen und macht breite

Backen. Noch einmal der Weg übers Katzenfell. Nina stellt den Motor an, sie schnurrt an- und abschwellend.

Elsa ertappt sich gelegentlich dabei, dass sie die Familienkatze beneidet, wie sie, satt gefressen, behaglich und träge, auf ihrem Kissen liegt und es gern gestattet, wenn eine freundliche Hand über ihr Fell streicht ... – Aber jetzt weiter. Sie gibt sich einen Ruck, stellt die Kaffeetasse ab, greift zum Spültuch und beginnt den Tisch abzuwischen, dass die Tischbeine quietschen und Leo und Mike erschreckt ihre Becher hochreißen.

Ob sie einmal fragen soll? Fragen kann nicht schaden. »Ach, ich hätte da ein Problem. Verstehen Sie sich eventuell auch auf Waschmaschinen?«

Mike hebt bedauernd die Schultern. »Tut mir leid, kann ich nicht mit dienen, ich versteh nur was von Hi-Fi und Autoscooter.«

»I guck mir's nachher mal an. Kann aber nix versprecha«, sagt Leo.

Elsa räumt das schmutzige Geschirr in den Spüler und sieht auf die Uhr. Oje, schon wieder halb eins, und den ganzen Tag noch nichts geschafft.

JOHANNES schlägt grimmig die Kühlschranktür zu. Wo ist der Rest vom Linseneintopf geblieben? Aber vielleicht werden ja beim nächsten Jubilar ein paar Appetithäppchen gereicht.

Bei Studiendirektor a. D. Alfred Ertle wird Johannes frisch gewaschen, glatt rasiert und im zeitlosen Anzug vorstellig. Man versorgt ihn mit einem leichten Crémant d'Alsace und platziert ihn im Kreise betagter Studienräte und -rätinnen aus allen Stuttgarter Gymnasien, die ihm sämtlich mit Name und Fachgebiet vorgestellt werden. Bekannt ist ihm nur die Kunsterzieherin, denn sie ist im selben Kunstverein wie Frau von Rettenbach, und man kennt sich von der Vernissage der Ausstellung »Engel um uns, Engel in uns«.

Mit der Ankunft des Pfarrers schwenkt das Gesprächsthema sogleich zum desolaten Bild der Kirche und ihrer Institutionen im Blick der Öffentlichkeit, worauf die Querelen in der Synode unlängst wieder ein grelles Licht geworfen hätten. Studiendirektor a. D. Ertle ereifert sich, dass man im kirchlichen Umfeld wohl meine, statt die unvergänglichen Werke der abendländischen Kultur zu würdigen, eher die unausgegorenen, prätentiösen Absonderungen homosexueller Jungkünstler präsentieren zu müssen. Die Kunsterzieherin schaut pikiert. Johannes verweist auf die Aufführung des Bach-Oratoriums in seiner Kirche und lässt die kostspielige Restaurierung des historischen St.-Dionysius-Fensters einfließen.

Zum Schluss nimmt der Studiendirektor a. D. ihn zur Seite, lobt den mitgebrachten Band über den Orgelbau im 19. Jahrhundert – Johannes hatte ihn in neuwertigem Zustand aus dem Nachlass eines verdienten Mitarbeiters erhalten – und überreicht einen Scheck über 300 Euro für denkmalpflegerische Erfordernisse.

Der Tag hat es in sich. Jetzt ist Frau Wenzel dran, die ihren Fünfzigsten begeht. Johannes zückt ein Gebetsbändchen der Art, wie sie nur im Lobpreis-Verlag zu bekommen sind, und zieht den Krawattenknoten fest. Als er die Einfahrt des properen Einfamilienhauses hinaufgeht, öffnet sich die Tür und Kollege Heitmann von der freikirchlichen Gemeinde tritt aus dem Haus. Man nickt sich verbindlich zu, fragt sich nach dem Ergehen und wünscht sich noch einen guten respektive frohen Tag.

Frau Wenzel bietet ihren selbst bereiteten Apfelsaft von der familieneigenen Streuobstwiese an und berichtet über das Fortkommen ihrer vier Kinder, während ihr Ehemann und ein halbes Dutzend Gratulanten in mittleren Jahren geduldig um sie herumhocken. Anschließend beklagt sie wie stets die mangelnde Gegenwart des unverfälschten Gotteswortes in allzu vielen Kirchen, und dabei sieht sie Johannes nicht an. Denn sie gehe doch nicht in die Kirche, um die Weisheiten der Indianer – also nichts gegen Indianer, aber … – oder Auszüge aus dem »Kleinen Prinzen« – gewiss ein schönes Buch, aber … – zu hören. Der Kreis der Gratulanten nickt beifällig. Sondern die ewigen

Wahrheiten der Bibel. Der Kreis der Gratulanten murmelt zustimmend. Johannes bringt das Gespräch auf das Engagement der Kirchengemeinde für die Bibelmission in Kenia.

Auf dem Weg hinaus greift Frau Wenzel nach ihrem gewaltigen Haushaltsgeldbeutel, zieht einen Zwanzigerschein heraus und drückt ihn mit einer heftigen Geste dem Pfarrer in die Hand. »Für d' Mission, Herr Pfarrer, und möge der Geischt des Herrn mit Ihne sein.«

Auf der Straße reibt Johannes sich den Nacken, seufzt und schaut auf seine Adressenliste. Nun noch Frau Jawlonski, die ihren ersten Mann im Russlandfeldzug verloren hat, dann mit ihrem zweiten Mann, einem Alkoholiker, fünf Kinder großzog und mittlerweile unter rheumatischen Beschwerden leidet, obwohl sie für ihre zweiundneunzig Jahre noch erstaunlich gut beisammen ist. Jenseits der neunzig kommt der Pfarrer auch an unrunden Geburtstagen. Zu diesem Anlass gibt es eins jener klassischen und unverwüstlichen Geburtstagsheftchen, die Elsa fünfzigerweise von Herrn Siebold bezieht; dieses hier zeigt einmal kein Friesen- oder Schwarzwaldhaus und auch keine Rosen mit Tautropfen, sondern Bahngleise im Abendlicht.

Johannes entschuldigt sich zuerst einmal für den Tag Verspätung, »meine Frau hatte ja Bescheid gegeben, Frau Jawlonski, unaufschiebbare Verpflichtungen, aber ich wollte doch selbst kommen.«

»Ach, ist mir ganz recht«, kräht Frau Jawlonski, »gestern war doch die Bude voll, wissen Sie, Herr Pfarrer, meine fünf Kinder waren da, das heißt, der Erwin konnte nicht, und alle Enkel und Urenkel, das sind jetzt, warten Sie, elf – nein, zwölf, und bei der Sabine ist eins unterwegs!«

Damit lässt sie den Herrn Pfarrer in ihrem Sofa versinken, das unter drei Schondecken verborgen liegt, damit es auch noch hält, wenn wieder einmal schlechte Zeiten kommen. Aus einer riesigen Porzellankaffeekanne gießt sie ihm einen tiefschwarzen Kaffee in eine Tasse mit verwaschenem gelbem Rosendekor und nötigt ihm ein Stück Streuselkuchen auf.

»Jaja, im Krieg hat es so was Gutes nicht gegeben. Mein erster Mann, wissen Sie, Herr Pfarrer, der ist ja im Krieg geblieben, und mein zweiter, unter uns gesagt, der hat getrunken, aber« – und sie lacht und schmatzt ein wenig mit dem Gebiss – »was soll's, die Kinder sind trotzdem was geworden.«

Gesundheitlich sei sie ganz zufrieden, nur das Rheuma!, und sie erläutert ihm ausführlich die Beweglichkeit jedes einzelnen Fingers. Zum Schluss wackelt sie auf krummen Beinen zu einer alten Blechbüchse, holt ein Zwei-Euro-Stück heraus und drückt es Johannes ganz tief in die Hand, als wollte sie sagen: Hier, mein Junge, kauf dir ein Eis dafür! Stattdessen sagt sie: »Sie werden schon was Rechts damit anzufangen wissen«, und Johannes verabschiedet sich mit einem warmen Händedruck und Gottes Segen, das hat er den ganzen Tag noch nicht gesagt.

Elsa nickt befriedigt. Zwei Stunden hat sie dem Ort des Geschehens fernbleiben müssen, um ihren Ehrenamtspflichten als Kinderchor-Leiterin nachzukommen, aber in dieser Zeit hat sich der Gartenschuppen endgültig in eine Ruine verwandelt. »Ganze Arbeit!«, ruft sie zu den beiden hinüber, so laut sie kann, um die heißen rockigen Rhythmen zu übertönen, die eher in eine verrauchte Disco passen würden als in einen frühlingshaften Pfarrgarten.

»Frau Lichtenfeld!?«

Schon beim ersten schrillen Ton ist Elsa klar, worum es geht. Im Gesträuch jenseits des Gartenzauns steht ihre Nachbarin von der Gartenrückseite, Frau Nägele.

»Frau Lichtenfeld!« Frau Nägele blickt leidend. »Den ganza Tag han i mir den – Krach scho anhöra müssa. Frau Lichtenfeld, bitte, muss des denn sei?«

Hätte Elsa sich auch denken können: Wenn sie nicht ständig hinterher ist, wird gleich der Ghettoblaster aufgedreht. Wahrscheinlich lauert Frau Nägele schon seit Stunden hinter ihren Forsythiensträuchern darauf, dass Elsa endlich einmal auf der Bildfläche erscheint.

»Ach, Frau Nägele«, ruft Elsa angemessen entsetzt und tritt zu der Nachbarin an den Gartenzaun. »Das tut mir jetzt aber leid! Nein wirklich! Ich hätte nicht gedacht, dass es bei Ihnen so laut ... Einen Moment!« Elsa wendet sich um und ruft: »Hallooo! Macht doch bitte mal die Musik leiser!«

Nichts geschieht.

»Leo! Mike!«, ruft Elsa. Aber wird ihre Autorität so weit reichen?

Jetzt stellen die beiden ihre Arbeit ein und sehen sich an.

»Oh Mann!«, stößt Mike hervor, setzt die Schubkarre ab und kommt herangeschlendert. Er hat beide Daumen in die Gürtelschlaufen gehängt und kaut auf irgendetwas herum. »Hab ich richtig gehört, wir sollen leiser machen? – Das sind aber keine Wiegenliedchen, was wir da hörn, die einem so ins Ohr säuseln.« Er zeigt auf sein Ohr, als hätte er es mit ganz Begriffsstutzigen zu tun. »Da muss schon bisschen Power dahinter.«

Frau Nägele schaut ihn mit schreckgeweiteten Augen an.

Elsa richtet sich auf. »Dann machen wir wohl besser ganz aus.«

Mike reißt die Augen auf und dreht sich langsam um. »Äi, Leo! Die mögen unsere Musik nicht!«

Leo kommt mit schweren Schritten heran, baut sich vor Elsa und Frau Nägele auf und verschränkt die Arme.

Frau Nägeles Finger schließen sich fester um die Latten des Gartenzauns, ihre Knöchel werden weiß.

»Tja«, sagt Leo, »dann müssa mr jetz wohl ausmacha.«

Elsa atmet auf.

»Oh nein!«, ruft Mike und windet sich plötzlich wie in Krämpfen. »Nein, nur das nicht! Mensch, das is Meat Loaf! Wie soll ich ohne diesen Sound im Ohr noch einen einzigen Dachziegel heben ...« Dabei läuft er rückwärts vor Leo her, um ihm den Weg zu versperren.

»Keine Gnade im Pfarrgarten!«, ruft Leo, und mit einem Knopfdruck ist es still.

Elsa hätte erwartet, dass Mike jetzt zusammenbricht und leblos liegen bleibt.

Aber stattdessen hebt er nur die Arme, ruft: »Dafür mach ich jetzt aber 'ne Pause« und setzt sich schmollend auf das verrottete Sofa.

Elsas Lächeln erstirbt, als sie in Frau Nägeles Gesicht schaut. Kein Zweifel, Frau Nägele fand das alles überhaupt nicht komisch! Elsa versucht, sie mit einem Kompliment für das unglaublich leuchtende Goldgelb ihrer Narzissen aufzuheitern. Aber Frau Nägele beklagt sich nur über die Primeln, die alles zuwuchern, dass es schon nicht mehr schön ist, und wirft ängstlich-feindselige Blicke hinter Elsas Rücken.

»Dann mach ich mir eben meine eigene Musik«, ruft Mike so laut, dass es jeder hören muss. Er hat einen alten blechernen Farbeimer hergenommen und beginnt rhythmisch darauf herumzutrommeln. Tamm-tata-tamtam – tamm-tata-tamtam. Mit den Händen. Nicht nur mit den Händen, mit den Schultern, mit dem ganzen Körper. Dann nimmt er noch einen schiefen alten Stuhl dazu und klopft auf die Sitzfläche. Das klingt schon wie Musik, ein bisschen afrikanisch, ein aufreizend pulsierender Rhythmus.

Leo grinst und stampft dazu mit den Füßen auf einem Brett herum. »Das ist Folklore!«, ruft er herüber. »Sie mögen doch Volksmusik?« Jetzt hat er auch noch die Dose mit den Saaterbsen gefunden und steckt dem Ganzen hell rasselnde Lichter auf.

Elsa bemerkt, dass ihr Becken und ihre Schultern unwiderstehlich im Takt zucken. Frau Nägele wirft ihr einen strafenden Blick zu. Sofort hört sie auf zu wackeln.

Inzwischen haben sich Kathrin und Anne im Garten eingefunden, und Kathrin zeigt, was sie in der Teenie-Disco gelernt hat. Mike trommelt sich in Ekstase, Leo hat die alte Regenwassertonne herangeholt und erzeugt mit Fußtritten eine polternde Unterstimme. Elsa schielt wieder zu Frau Nägele. Da! Sie hat es genau gesehen! Frau Nägeles Fuß hat rhythmisch gewippt! Aber die hat Elsas Blick bemerkt, bleibt sofort stocksteif stehen und wendet sich dann mit einem empörten »Oooglaublich!« zum Gehen.

Elsa geht erst trottend, dann tänzelnd zum Haus zurück.

»Wo habt ihr 'n das gelernt?«, schreit Kathrin.

»Wir ham mal zusammen inner Band gespielt«, ruft Leo zurück.

Frau Nägeles Forsythien bewegen sich unruhig.

Da lässt man nun seinen Schuppen preisgünstig einreißen, und schon hat man sich bei allen Nachbarn unmöglich gemacht. Aber an der dritten Seite ist zum Glück nur die Kirche, von dort droht keine Gefahr. Oder – weiß man das so genau? Elsa schaut am Kirchturm empor. Im selben Augenblick schlägt die Glocke einen tief dröhnenden Ton.

Johannes tritt in die Küche. »Elsa?«

Hier ist Elsa auch nicht. Stattdessen hockt da ein auffallend kräftig gebauter und ziemlich bärtiger Mann vor der Waschmaschine, daneben kniet Kathrin und lauscht aufmerksam den Erklärungen über die Geheimnisse des Waschmaschinenpumpsystems.

Johannes räuspert sich.

Kathrin wendet den Kopf. »'n Abend, Papa.«

»Sind Sie vom Kundendienst?«, fragt Johannes.

Der Mann mustert ihn ohne Eile. »Noi, i ben freischaffend.«

»Das ist Leo«, erklärt Kathrin, »von der Arbeitslosen-Ini«, dann, mit einer affektierten ausladenden Handbewegung: »Das ist Pfarrer Lichtenfeld, mein Vater.«

Leo nickt und wendet sich, ebenso wie Kathrin, wieder der Waschmaschine zu. »Soo, da onda sitzt dr Filter.«

»Hat Elsa aber schon angeguckt, hat sie gesagt«, sagt Kathrin.

»Elsa« statt »meine Mutter«, so redet Kathrin immer, wenn sie erwachsen wirken will.

Leo hebt die Schultern – »Doppelt hält besser« – und wühlt mit den Fingern in allerlei Winkeln. »Was hemmer denn da!« Er hält einen blauen Knopf in die Höhe.

In diesem Moment betritt Elsa mit einer Schüssel Kartoffeln den Raum. »Ach, Johannes, hallo – du, Herr Bechtle ...«

»Mama, guck mal, er hat's gefunden!«

Elsas Miene verfinstert sich, und sie schüttelt den Kopf. »Das versteh ich nicht. Ich hab alles genau abgetastet! Wo hat denn das gesessen?!« Sie setzt heftig die Schüssel auf die Spüle.

Jetzt wird sie den ganzen Abend schlecht gelaunt sein. Weil sie vor diesem Leo so dumm dasteht. Was musste sie den auch fragen?

Johannes gießt sich eine Tasse vom halb verdampften Kaffee ein. Schmeckt wie von vorgestern.

»Ja – aber vielen Dank natürlich«, sagt sie schnell hinterher. »Emm – was, äh, schulde ich Ihnen?«

»Was? Ach, nix«, sagt Leo, und zu Kathrin: »Jetz kannsch mal des Kugelventil reaktiviera.«

Kathrin macht sich mit Feuereifer ans Werk. »Beim nächsten Mal mach ich das dann alles alleine!«, verkündet sie.

Elsa wirft die Kartoffeln in die Spüle.

»Du, Mama, Leo hat gesagt, ich kann mal mit ihm hinten auf dem Motorrad mitfahren. Darf ich?«

»Auf dem Motorrad!?«, wiederholt Elsa zerstreut. »Aber ..., aber du hast doch keinen Helm. Ohne Helm kommt das gar nicht in Frage.«

»Leo hat gesagt, ich krieg den Helm von seiner geschiedenen Tochter – ich mein, von der Tochter von seiner geschiedenen – du weißt schon.«

Aha, geschieden ist er auch noch.

Kathrin lässt nicht locker. »Darf ich? Bidddeee!«

Elsa poltert mit den Kartoffeln im Wasser und scheint angestrengt nachzudenken.

Johannes betrachtet sein schemenhaftes Spiegelbild in der Kaffeetasse. Warum kommt eigentlich niemand auf die

Idee, ihn nach seiner Meinung zu fragen? Bei solchen Themen scheint seine Auffassung so wenig relevant zu sein, dass selbst seine Anwesenheit völlig ignoriert wird. Nicht dass er jetzt in diesem speziellen Falle eine eindeutige Meinung hätte, aber wenigstens könnte jemand danach fragen.

»Ist denn das nicht zu gefährlich?«, setzt Elsa schließlich wieder an. »Ich meine, hat denn ein Kind überhaupt die Kraft, sich da festzuhalten? Wenn's so in die Kurven geht, mein ich.«

»Ja klar, natürlich, ehrlich!«, ruft Kathrin verzweifelt entschlossen.

»Wenn des a Problem wär«, brummt Leo, »dann würdet alle Leitplanka voll Motorradfahrer hänga. Dafür legt mr sich ja in d' Kurv.«

»Ich weiß nicht.« Elsa trocknet sich umständlich die Hände ab. »Ich hab selber ja noch nie auf so einem Ding gesessen.«

»Wie wär's mit ra Probefahrt?«, sagt Leo.

»Au ja!«, ruft Kathrin, »fahr doch einfach selber mal mit. Oder – oder traust du dich nicht?«

Elsa schüttelt unwillig den Kopf. »Das hat mit trauen nichts zu tun. Aber wann sollte ich denn ...«

Kathrin springt begeistert auf. »Gar kein Problem! Ich pass dann auf die Kleinen auf!«

Elsa auf einem Motorrad! Eine absurde Vorstellung. Den lauten stinkigen Dingern wirft sie sonst immer nur feindselige Blicke nach. Aber sie ist schließlich erwachsen und muss wissen, was sie tut. Johannes schüttet den Kaffeerest mit einem lauten Platsch in die Spüle, dass es bis an die Kacheln spritzt. Aber selbst dadurch kann er Elsas Aufmerksamkeit nicht auf sich ziehen.

III

Elsa kommt sich vor wie ein Astronaut vor dem Start. Eingezwängt in Helm, Nierengurt und Handschuhe. Es ist ein großes Rätsel, wie irgendein Mensch sich beim Motorradfahren frei fühlen kann. Worauf hat sie sich da nur eingelassen.

»Du kannsch di da henta am Bügl feschthalta oder an mir«, sagt Leo.

Dann springt dröhnend der Motor an. Leo dreht auffordernd den Kopf nach hinten. Aufsitzen. Kathrin und Anne applaudieren. Wenn das Ding bloß nicht umkippt.

»On still sitza, net plötzlich zur Seite werfa!«, schreit Leo aus seinem Helm nach hinten, bevor er das Visier zuklappt.

Sehr witzig. Zur Seite werfen. Das wäre weiß Gott das Letzte, was ihr jetzt in den Sinn käme. Elsa sitzt straff aufrecht wie eine Statue und klammert sich hinten am Bügel fest.

Die Maschine rollt an. Ei, wie das zieht. Elsa wird nach hinten geworfen. Abbremsen – klack!, ihr Helm ist nach vorn an seinen geknallt. Was für ein ruppiges Gerät. Oder ob sie sich nur zu ungeschickt anstellt?

Jetzt geht es die Straße hinunter. Kathrin und Anne, die schreiend mitgerannt sind, bleiben zurück. Elsa wagt einen Blick seitlich aus ihrem Guckfenster hinaus. Nur gut, dass da draußen keiner erkennen kann, wer hier drinnen in diesem Motorradhelm steckt. Herr Kleymann ist emsig dabei, die Ligusterhecke zu einer präzisen grünen Mauer zurechtzustutzen, seine Gattin zupft in den Blumenkübeln herum. Ordnung muss sein.

Elsa zuckt zusammen. Jetzt hat sie vergessen, die Mülleimer hinauszustellen! Daran muss sie nachher unbedingt noch denken, sonst gibt es nächste Woche Ärger, überquellende Abfallcontainer, aufgetürmte, stinkende, geplatzte Plastiktüten.

Kreisverkehr, das Motorrad legt sich in die Kurve. Elsa hält den Atem an. Hui, in die Runde, fast wie Karussell fahren.

Ob Nina noch genug frisches Wasser hat?

Die Ampel springt auf Grün, sie biegen in die vierspurige Bundesstraße ein. Wie lange haben sie gegen den Ausbau gekämpft. Bürgerinitiative, Unterschriftensammlung, große Demo, Aktionstag, Pressearbeit. Eine gute, eine wertvolle Erfahrung, nun ja.

Kathrin wird bestimmt nicht daran denken, ihre Sportsachen zu packen. Das gibt morgen früh wieder den großen Stress.

Jetzt die Eisenbahnbrücke. Wie leicht das geht. Summ, schon sind sie oben. Das Abendlicht fällt ganz schräg auf die Gleise und verwandelt sie in ein Gemälde aus orange leuchtenden Linien. Wege, die sich kreuzen und wieder trennen. Wie auf dem neuen Geburtstagsgeschenkheftchen von Herrn Siebold, mit genau solchen Schienen auf dem Titelbild, *Auf allen deinen Wegen* Punkt Punkt Punkt, ab fünfundzwanzig Stück zehn Cent billiger.

Noch immer sind sie im Stadtverkehr eingekeilt, beschleunigen – bremsen – beschleunigen – bremsen.

Oje, sie hat keine Milch gekauft. Ob es zum Frühstück noch reichen wird? Sonst ist das Drama unausweichlich: »Maama, ich weiß nicht, was ich essen soll!!«

Jetzt kommt die Maschine langsam in Fahrt, fließende Bewegungen, ein Industriegebiet gleitet zügig vorüber. Mühelos erklimmen sie eine Anhöhe. Blick weit ins Land, die ersten Felder, orangerosa eingefärbte Wolkentürme.

Es könnte Regen geben. Hat sie die Terrassentür zugemacht? Außer ihr denkt bestimmt keiner daran.

Feuerrote Sonnenscheibe, schon nahe am Horizont.

O Gott, sie hat vergessen, Mesner Rölke Bescheid zu sagen, dass er für den neuen Flötenkreis das Gemeindehaus aufschließen muss. Zu dumm.

Im Geiste hört sie Johannes sagen: »Elsa, was ist denn los mit dir? Der Müll türmt sich, die Katze halb verdurstet, am Morgen verzweifelte Kinder ohne Turnschuhe und ohne Milch, das Wohnzimmer unter Wasser gesetzt und vor dem Gemeindehaus steht ein heimatloser Flötenkreis. – Elsa, du bist doch sonst immer so zuverlässig!«

Die kühle Abendluft riecht voll und würzig, nach Pflanzen, nach Erde, als könnte man die Luft trinken. Köstlich, sie nimmt ein paar tiefe Züge.

Wie anders das ist, als in einer engen Blechschachtel auf vier Rädern durch eine Landschaft zu brausen, die wie ein Film vor den Autofenstern vorüberrauscht. »Maama, sind wir bald da? Maama, ich hab Durst! Maama, ich langweile mich! Maama, ich muss mal Pipi!«

Sie tauchen in ein Waldgebiet ein. Ein anderes Motorrad kommt ihnen entgegen, Leo hebt grüßend die Hand, der andere auch. Ob die sich kennen? Und noch einer. Eigentlich sehen sie alle gleich aus. Nur hat der Letzte eine Begleiterin im Rücken, die so eng an ihm klebt wie ein aufgeschnallter Rucksack.

Der Fahrtwind ist unerwartet kühl, Elsa fröstelt ein wenig, obwohl die Luft doch eigentlich noch warm sein müsste. Beine, Rücken, Arme sind steif geworden. Vielleicht sollte sie es wagen und sich einmal anders platzieren. Sie rutscht ein wenig nach vorn und stützt die Hände auf die Knie. Hoppla, das war jetzt aber eine enge Kurve! Sie hält sich vorsichtig an Leos Seiten fest. Das muss wohl erlaubt sein. Schließlich sitzt jeder so auf dem Motorrad. Das kann er schwerlich missverstehen.

Auf einer gewundenen schmalen Straße geht es bergauf, bergab, sanfte Wellen, weite Bögen. Seltsam, von außen hatte sie Motorräder immer als laut und aggressiv empfunden. Jetzt spürt sie ganz wohltuend die Kraft, die in der Maschine steckt.

Aber wie viel Sprit da wohl verpulvert wird? Wie viel Abgase in die Luft gepustet? Johannes tut immer so, als würde jedem beim Jüngsten Gericht als Erstes die persönliche Ökobilanz vorgerechnet. So gesehen tut sie ihrem Seelenheil in diesem Moment sicher nichts Gutes.

Sie schließt die Augen. Das macht ein prickelndes Gefühl im Bauch: nicht wissen, ob es gleich nach links oder rechts, hinauf oder hinunter geht. Ein schönes Spiel. Es wird heller und wärmer. Sie blinzelt. Gleich linker Hand eine junge Schonung am Hang, der durchsonnte Boden verstrahlt die Wärme des Tages. Jetzt wird es dunkel, kühl und feucht. Sie durchqueren ein enges Bachtal. Dann wieder bergan, immer höher, immer höher. Schade, dass es nicht höher gehen kann als bis auf den Gipfel. Man müsste abheben können und weiterfliegen, immer höher, so ganz ohne Mühe.

Ohne Mühe. Wenn es keine Mühe macht, ist es nichts wert. Das hat Oma Gertrud immer gesagt, wenn Klein-Elsa keine Lust mehr hatte, Kirschen zu entsteinen oder Silberlöffel zu putzen.

Die Fahrt verlangsamt sich, es knirscht unter den Rädern, die Maschine kommt zum Stehen. Elsa bemerkt erst jetzt, dass sie ihren Fahrer fest umschlungen hat. Sie richtet sich auf und öffnet die Augen. Unter ihr erstreckt sich eine weite Ebene, soeben blitzen die letzten Sonnenstrahlen über den Horizont und färben den Hang um sie her tiefrot, unten senkt sich schon die Dunkelheit über das Tal. Die Felder, die Ortschaften, selbst das Heizkraftwerk sehen so traulich und friedvoll aus.

Das fehlende Motorengeräusch macht ihr ein taubes Gefühl in den Ohren. Sie hört nichts außer dem Pfeifen des Windes, der durch das geöffnete Helmvisier zieht.

Abendfrieden. Die Dunkelheit ist keine Finsternis, sie ist freundlich und sanft wie ein schwarzes Seidentuch, das die Welt einhüllt. Johannes hätte dafür sicher noch viel schönere Worte gefunden. Die Worte sind sein Element. Für ihn werden die Dinge erst dann zur Wirklichkeit, wenn er sie in Worte gekleidet hat. Nomen est omen. *Im Anfang war das Wort.* Johannes 1, Vers 1.

Leo sagt nichts.

Als das Sonnenlicht verloschen ist bis auf einen orangefarbenen Wolkensaum hoch oben am Himmel, sagt sie: »Schön ist das.«

Johannes schlägt auf die Tischplatte, dass alle zusammenfahren, und ruft: »Super! Das ist *die* Idee!«

Eigentlich hatte er nur mit Elsa das Konfi-Camp besprechen wollen und sich mitsamt Mappen, Listen und Hüllen am Küchentisch niedergelassen. Dort saßen aber schon die Kinder und waren eifrig mit Kneten beschäftigt, auch die großen Mädels, denn Kneten ist etwas für jede Altersgruppe. Mit großem Eifer werden aus weißlicher Modelliermasse wurst-, kugel- und kartoffelartige Gebilde gerollt und zu seltsamen Tierleibern zusammengesetzt. Kathrin versucht sich sogar an einer menschlichen Gestalt, und Anne macht es ihr nach. So ist die ganze Familie in der Küche versammelt, ein Augenblick von selten gesehener Eintracht.

»Das wär doch klasse fürs Gemeindefest!«, sagt Johannes, während ihn die andern mit großen Augen ansehen. »Jeder kann mitkneten. Kneten ist was für jede Altersgruppe. Und dann machen wir gemeinsam einen Paradiesgarten draus. Tolles Gemeinschaftserlebnis. Wird dann im Gemeindehaus ausgestellt. Da brauchen wir – ich mach jetzt sofort eine Liste – jede Menge Knete, die kriegen wir als Spende von Spielwaren Mossmann, das regel ich. Und – Elsa – dann brauchen wir grüne Tücher für den Paradiesgarten, Krepppapier und so, du weißt schon …«

»Aber Papa, dann sind ja die Tiere alle weiß«, sagt Kathrin, »wann sollen die denn angemalt werden?«

Johannes lehnt sich überrascht zurück. »Ach so. Ja, du hast recht. Da hab ich überhaupt nicht dran gedacht. Mensch toll, Kathrin, wenn ich dich nicht hätte! Hast du das gehört, Elsa? Das Mädel ist gut, die denkt echt mit! Dann – dann – nehmen wir eben tonfarbene Knete, das ist eh geschmackvoller. Und …«

»Papa, kuck mal, was ich geknetet hab!«

»Ja, Robert, ganz toll – ämm, wo war ich?« Es macht sich niemand eine Vorstellung, unter welchen Bedingungen hier konzeptionelle Arbeit geleistet wird. »Ja … – und dann machen wir noch Blumen, damit's schön bunt und fröhlich wird. Die können an einem andern Stand gebastelt werden. Da fragen wir Frau Preißler, die hat Bastelbücher am laufenden Meter ... « Er greift wieder nach Stift und Liste.

»Pass doch auf, Papa, mein Pferd!«

Da hätte er doch beinahe ein nilpferdartiges Etwas unter seinem Ellbogen zermalmt. Anne hält schützend ihre Hände darüber. Johannes stutzt, betrachtet einen Moment die Szene. Es ist anrührend – wie eine lebende Skulptur.

»Das ist gut. Natürlich! Dem Schöpfer liegt am Herzen, was er geschaffen hat! Er möchte, dass es bleibt, dass es nicht zerstört wird. Der Schöpfer liebt seine Schöpfung. Er ist fürsorglich. Es ist ein Teil von ihm. Genau. Das bring ich dann bei einer kleinen Schlussandacht. Da können das alle ganz unmittelbar nachvollziehen. Das ist gut.«

Er faltet die Hände hinter dem Kopf und schaut sinnend zur Decke. Ja, mit dem gleichen Motiv hat er schon einmal reüssiert. Damals war es ein Wendepunkt in seinem Leben. Damals, bei seiner Andacht zur Anti-AKW-Demo. Damals, als die Welt noch einfach und übersichtlich war und der Antichrist sich im Atom manifestierte – ob nun in Gestalt des Kraftwerks oder der Bombe. Alle Welt malte apokalyptische Szenarien an die Wand, ein einziges großes Jammern und Wehklagen, Hasstiraden gegen die skrupellose Atomlobby ... Und dann kam er: »Steht auf, bewegt euch, der Schöpfer will, dass seine Schöpfung bleibt! Ihr seid sein Werkzeug! Ihr alle« – damit meinte er auch und gerade die ganz vernagelten Linken –, »ihr alle, ob ihr es nun so sehen wollt oder nicht! Los jetzt – worauf warten wir noch? ...« Aufbruchstimmung. Power. Der Studentenpfarrer klopfte ihm auf die Schulter. Die kleine Blonde von der Studentengemeinde hatte sogar Tränen in den Augen. Es hatte damals schon alle Züge der klassischen Johannes-Lichtenfeld-Rede: durchdacht bis aufs i-Tüpfelchen und vorgetragen, als wär's ihm gerade so eingefallen.

Das war der Augenblick, als er beschloss, das Jurastudium an den Nagel zu hängen und doch Theologie zu studieren. Obwohl er seinem Vater, dem unvergessenen Dekan Lichtenfeld senior, hundertmal geschworen hatte, er werde diesen Pfarrerdynastieschwachsinn niemals mitmachen. Der Abschied von der Juristerei fiel ihm freilich nicht schwer. Diese ganzen etablierten Schnösel und die Mädels in karierten Röcken ließ er gern hinter sich. Zumal er auch im dritten Jurasemester einen Kommentar zum NT noch immer weit aufregender fand als einen Kommentar zum StGB, ihm auch die Ausarbeitung einer Andacht zum Internationalen Tag des Fahrrads leichter fiel als eine Hausarbeit zu der Frage, ob eine siebenhundertjährige Eiche einem Möbelabholmarkt weichen müsse. Vor allem, wenn – man möge es drehen und wenden, wie man will – dabei herauskommt, dass sie muss.

Und so ist er Pfarrer geworden.

»He, Anne, deinem Adam fehlt was!«

Es ist Kathrin, die ihn aus seinen Gedanken reißt. Sie zeigt mit dem Finger auf die Mitte des Knetemannes.

Das lässt Anne nicht auf sich sitzen. »P-hhh, so 'n Pimmel ist mir viel zu fitzelig.«

Elsa lässt den Putzschwamm sinken, mit dem sie an den Kacheln herumschrubbt. »Setz deinen Adam doch hin«, schlägt sie vor, »dann hast du damit keine Last.«

Elsa, die Praktische.

»Aber meine Eva steht!«, stellt Kathrin fest.

»Da ham wir's wieder.« Elsa wendet sich wieder den Kacheln zu. »Der Mann sitzt rum und die Frau steht. Und das schon im Paradies.«

Johannes holt Luft, aber Kathrin kommt ihm zuvor: »Na klar, einer muss ja die Früchte sammeln. Und dabei hat Eva dann die Schlange getroffen. Wenn sie auch nur rumgesessen wär, wär das nicht passiert. Aber dann ist sie's gewesen.«

Jetzt muss Johannes sich aber doch einmischen. »Ach, die neue feministische Theologie nach Kathrin Lichtenfeld!«

»Ich denke, du wolltest mit den Kindern nicht ironisieren?« Elsa lächelt spöttisch über die Schulter.

»Kathrin ist dafür schon alt genug.«

»Ich bin dafür auch schon alt genug!«, mault Anne. »Was ist noch mal femistisch?«

»Ich bin auch schon femistisch!«, ruft Klein-Robert und klebt sich einen Kneteﬂaden an die Stirn.

»Und bei deiner Eva sitzt der Busen voll verkehrt!«, sagt Anne.

»Wieso denn? Find ich nicht. Papa, was meinst du? – Mama, stell dich doch mal aufrecht und zieh dein T-Shirt stramm!«

»Muss ich jetzt auch noch für Eva Modell stehen? – Na gut.«

Im selben Moment hat sich die Terrassentür geöffnet. Leo kommt auf Socken hereingetappt und wirft Elsa einen seltsamen Blick zu, während sie ihr gestrafftes T-Shirt wieder loslässt.

Wie peinlich.

Leo marschiert umstandslos zur Spüle, wäscht sich die Hände und lässt sich auf den Katzenplatz am Ende der Eckbank plumpsen.

Ziemlich distanzlos, denkt Johannes. Nur bedauerlich, dass die Katze nicht an ihrem Platz gelegen hat. Dann wäre jetzt nur noch ein Rheumafell übrig. Und in dieser Form hätte Johannes das Tier am besten gefallen. Er kann Katzen nämlich nicht ausstehen. Das weiß nur keiner. Und warum sollte er darüber sprechen? Es ist ohnehin undenkbar, das Tier abzuschaffen. Warum sollte er also in der Familie sinnlose Verstimmungen erzeugen? Sie gehen sich aus dem Weg, er und die Katze.

Leo hat begonnen, sich ein Paar riesige, hinfällige Turnschuhe von undefinierbarer graugelber Färbung überzustreifen. »I muss grad mal in d' Stadt, was bsorga«, stellt er fest, nicht ohne beim Zuschnüren den schmuddeligen Absatz auf die Bankkante zu stellen.

Kathrin setzt die Ellbogen auf den Tisch und sagt betont zickig: »Was? In der Arbeitszeit? Das geht aber nicht!«

Anne, die direkt hinter Leo sitzt, packt ihm in die Haare und sagt: »Och, ganz weich, fühl mal, Kathrin.«

Kathrin langt an ihr vorbei, greift zu und verkündet fachmännisch: »Ja echt, Engelshaar!«

Dann kichern beide, während Leo den Kopf schüttelt, als müsse er lästige Fliegen vertreiben.

Wie kommt es nur, fragt sich Johannes, dass die Kinder gegenüber diesem Mann so zutraulich sind? Vielleicht, weil sein grüner Pullover sie an diesen Christoph von der Sendung mit der Maus erinnert? Oder überhaupt, dieses gewisse Bärige?

»Leeeoooo, ich will auch mal mit dir Motorrad fahren!«, jammert Anne.

»Geht nicht, dein Kopf ist noch zu klein für den Helm, weißt du doch«, sagt Kathrin belehrend.

»Aber Leo, wenn ich groß genug bin, dann darf ich mal mit dir fahren, ja?«

»Klar, sag mir Bscheid, wenn's so weit isch.«

»Aber, aber dann ist der Schuppen doch schon längst fertig abgerissen.«

»Dann rufsch mi halt an.«

Anne denkt nach. »Aber wenn Mama bis dahin deine Telefonnummer verschlampert?«

»Wie bitte?!«, ruft Elsa gespielt entrüstet.

Leo steht auf und scheint unter seinem Bartwald ein bisschen zu schmunzeln. »Also pass auf, dann schreib i dir jetz mei Telefonnummer auf.«

»LEO« schreibt er auf den Zettel und die Nummer. Anne ergreift diesen Schatz geradezu ehrfürchtig, und der Blick, den sie ihrer großen Schwester zuwirft, ist ein einziges großes Ätschbätsch.

Da wird die Terrassentür aufgerissen, ein feuchtkalter Luftschwall dringt zusammen mit Mike herein. »Äi, Leo, bringste mir noch was zum Abendessen mit, paar Koteletts oder so, aber ordentlich mit Fettrand, sonst schmeckt's nach nix, oder wenn's nich hat, paar Bratwürste oder Leberkäse oder so. Und 'n Ketchup.«

Wie ekelhaft. Johannes schüttelt es im Innersten.

»Ach, Leo«, fragt Elsa hingegen ungerührt, »könntest du mir auch noch was mitbringen? Einen Beutel Kartoffeln!«

»Hmm.«

»Also, möglichst Bio, wenn's hat. Aber auf alle Fälle keine Salatkartoffeln, sondern mehlige, also – richtig mehlig gibt's selten, ›vorwiegend festkochend‹ steht da drauf. Aber bitte kein Import aus Übersee, ich finde das pervers, wenn die Kartoffeln aus Ägypten hierhergeschafft werden.«

»War's des?«, fragt Leo mit hochgezogenen Augenbrauen. »Also Kartoffla. – Braucht sonscht no oiner was?«

»Gummibärchen!«, schreit Robbi sofort.

»Negerküsse!«, ruft Anne.

»Aber Anne!«, sagt Kathrin tadelnd, »das heißt doch ›Schwarzafrikanerküsse‹!«, und wirft Johannes einen verschmitzten Blick zu. »Ich will 'ne Cola.«

Hier ist jetzt Autorität gefragt, denkt Johannes und sagt laut: »Ich hör' wohl nicht recht! Ruhe jetzt! Wo sind wir denn hier?!«

»Bei den Hottentotten?«, ruft Anne fröhlich.

Wo hat das Kind das bloß her? Aber dieser Leo ist sowieso schon gegangen.

Robert matscht inzwischen etwas lustlos mit der Knete herum. »Papa! Papa, du, Papa, kuck mal, was ich geknetet hab!«

Eine formlose Masse liegt vor ihm auf dem Tisch.

»Mmmmh – ein Fisch?«

»Naiiinnnn! Das ist doch ein Nashorn!!«

»Ja klar, Robert, bin ich blöd, natürlich, ein Nashorn.«

»Nee. Is doch 'n Elefant. Und jetz mach ich Fannkuchen.« Mit wenigen Faustschlägen klopft er den Nashorn-Elefanten auf der Tischplatte breit.

»Das war jetzt doch ganz klar ein Dinosaurier!«, ruft Kathrin und sieht ihren Vater herausfordernd an. »Jetzt hat Gott es sich gerade anders überlegt und ihn wieder plattgemacht. Und danach geht dann die richtige Schöpfung los.«

Johannes wird sich hüten, darauf einzugehen. Aber jedenfalls graut ihm schon vor dem nächsten Jahr, wenn Kathrin in den Konfirmandenunterricht gehen wird.

»Habt ihr euch das mit dem Campingplatz auch gut überlegt?«, fragt Elsa unvermittelt. »Im Frühsommer regnet es gern mal, und das Konfi-Camp soll doch kein Survival-Training werden.«

Typisch Elsa. Sie muss immer gleich den schlimmsten Fall annehmen.

»Da mach dir mal keine Gedanken, das ist alles bedacht. Der Campingplatz hat einen riesigen Aufenthaltsraum, da passen bequem siebzig Leute rein, den kriegen wir reserviert. Und außerdem fahren wir schließlich nicht nach Sibirien, sondern ans Schwäbische Meer im sonnigen Süden.«

Als die Kinder ihre Menagerie vollendet haben und Johannes seine fünf Listen – »Konfi-Camp zelten«, »Konfi-Camp essen«, »Konfi-Camp Spiele« usw. –, werden Tee und Vollkornplätzchen aufgetragen.

Johannes wirft einen Blick auf die Uhr. Noch eine knappe halbe Stunde, bis die Leute vom Kulturamt kommen, die seine Kirche als potenziellen Aufführungsort für die Herbstkonzertreihe »Junge Musik Stuttgart« in Augenschein nehmen wollen. Ein Standort so weit vom Zentrum – das wäre eine echte Auszeichnung und würde auch das kirchenferne Bildungsbürgertum in die Kirche locken, das sich sonst bestenfalls zum Weihnachtsgottesdienst einfindet. Ein wichtiger Termin.

In der Zwischenzeit kann er doch gleich schon mal über Lieder fürs Konfi-Camp nachdenken. Guter Dinge holt er – was selten genug geschieht – seine Gitarre. Bis zum Konfi-Camp wird er noch ein wenig üben müssen.

»Au ja, wir singen was!«, ruft Kathrin.

Robbi fängt gleich an.

Bald sitzt die ganze Familie um den Tisch herum und singt. *Vergiss es nie: Dass du lebst, war keine eigene Idee ...* Das müsste öfter so sein. Johannes spürt, wie ihn ein seltenes Gefühl von Harmonie warm überrieselt.

Da geht die Türe auf, Leo kommt hereingestampft und lässt im Vorbeigehen seine Einkäufe auf den Tisch plumpsen: eine plastikumhüllte Reihe leichenbleicher Bratwürste, einen Beutel Kartoffeln im Kunststoffnetz, aus dem sich eine Lehmstaubwolke erhebt, und eine Tüte Weingummi-Colaflaschen. Mit einem Aufschrei stürzen sich die Kinder auf die Tüte wie Verdurstende auf die Wasserquelle. Johannes sieht angewidert zu. Leo grinst.

Das ist gegen die Spielregeln. Das kann nicht einfach so stehen bleiben. »Also, das macht mich jetzt ärgerlich«, beginnt Johannes. »Das muss ich jetzt mal direkt ansprechen. Ich finde das nicht in Ordnung. Wir versuchen nach Kräften, den Kindern ein vernünftiges Essverhalten zu vermitteln, und dann so was! Ich habe doch wohl deutlich genug gesagt, dass ich das nicht möchte.«

»Ach so? Hab i net ghört.« Leo sieht ihn von der Seite an und streift umständlich einen Turnschuh ab. »Wird scho koine bleibende Schäda gebba. – He, i will au a paar!« Er langt hinter sich über den Tisch, es gibt ein Gerangel, eine Saftflasche gerät in Schräglage. Aber bevor Johannes sich auch nur rühren kann, hat Elsa sie schon mit einem kleinen Hechtsprung gerettet, auch wenn dabei ein Stuhl zu Boden stürzt.

Chaos und Anarchie.

Kathrin zerrt an einem Ende der Tüte und Anne an dem andern. Die restlichen Colaflaschen verteilen sich über den Küchentisch und darunter.

Elsa will sich anscheinend überhaupt nicht zu dem Thema äußern, sie poliert jetzt wieder ihre Fliesen.

Johannes schnappt sich die Tüte und hebt das Corpus delicti gen Himmel: »Alles künstlich, und Unmengen von

Zucker, Aromastoffe, sonst nichts. Verdirbt den Kindern nur den Geschmack. Aber es ist ja heute einfach angesagt, so Zeug zu essen, da wird gar nicht hinterfragt, ob es nun wirklich schmeckt oder nicht.«

»Ihr Sohn frisst grad die Bratwürscht.«

»Wie bitte??«

»Ihr Sohn isst die Bratwürscht!«

Tatsächlich. Robbi hat sich ein Messer besorgt und säbelt eifrig an der Plastikhülle herum, die er bereits hier und da aufgeschlitzt hat. Mit schreckgeweiteten Augen blickt er – ertappt! – zu Johannes, zerrt ein halbes Stück Bratwurst heraus und stopft es sich in den Mund. Dann lehnt er sich befriedigt zurück. Das könnt ihr mir nicht mehr nehmen, sagen seine Augen.

»Ach, Johannes«, sagt Elsa vorwurfsvoll, »das scharfe Messer!«

Das hätte sie nicht zu sagen brauchen, das weiß er selber.

Leo sammelt noch eine vergessene Colaflasche vom Tisch und trollt sich. Die Kinder stürzen hinterher.

»Zieht euch Gummistiefel an!«, ruft Elsa ihnen nach, während sie den Tisch abräumt. »Robert iss den Keks auf Anne sind deine Hausaufgaben gemacht Kathrin denk an die Klavierstunde!«

ELSA gießt sich noch eine Tasse Tee ein. Welch himmlische Ruhe!

Johannes hat die Ellbogen auf den Tisch gestützt, wie er es in Gegenwart seiner Kinder niemals tun würde, und schaut stirnrunzelnd nach draußen. Da rennt Robert unermüdlich hinter Leo her, um sich in der entleerten Schubkarre auf schmalen Bretterstegen über die Sumpflandschaft rollen zu lassen.

Johannes zieht den Kartoffelsack heran und reicht ihn Elsa mit breitem Grinsen. »Festkochende Kartoffeln aus Zypern!«

Elsa wendet sich verärgert ab und hebt die Schultern. »Bewusste Ernährung ist wohl nicht sein Thema.«

»Nein, und das mit diesem Süßzeug fand ich unmöglich.«

»Er ist ja nicht alle Tage hier.«

Die Katze drückt sich durch die Terrassentür in die Küche, beschnüffelt eine Colaflasche, die am Boden liegt, und beginnt sie höchst possierlich mit der Pfote über die Fliesen zu schieben.

»Wir sollten das Zeug lieber aufheben«, sagt Johannes, »sonst isst Robert es noch vom Fußboden.«

»Ja, stimmt«, sagt Elsa.

Er sieht Elsa an.

Elsa sieht ihn an.

»Die Leute vom Kulturamt kommen gleich«, sagt er. »Ich geh schon mal in die Kirche. Schickst du sie rüber?«

Elsa schaut auf die Uhr. »Ist doch noch bisschen Zeit!« Sie nimmt die Schüssel vom Tisch und beginnt, die Kekse in die Dose zurückzufüllen.

Johannes schaut missmutig drein und verschwindet mit einer Kehrschaufel unter dem Tisch.

Elsa setzt die Dose in den Vorratsschrank und schließt energisch die Schranktür. Dazu muss man sie erst mit dem Fuß ein wenig anheben – aber nur ein wenig! – und dann mit sanfter Gewalt zudrücken. So ist das schon immer gewesen.

Es klingt ihr noch im Ohr: »Mensch, toll, Kathrin – das Mädel ist gut! Die denkt echt mit! ...« Welch eine Begeisterung. – Ob Johannes sich überhaupt eine Vorstellung macht, was sie, Elsa, alles im Kopf haben muss? Wenn sie das alles auf Listen schreiben wollte, dann müsste sie die ganze Küche damit tapezieren. Und dann soll sie möglichst auch noch dauernd bei seinen Ideen mitdenken!

Und wenn sie dann mal was sagt, dann kommt gleich ein Spruch wie: »Wir fahren ja nicht nach Sibirien.« Ha-ha!

Der Herr Pfarrer kriecht auf den Knien unter dem Tisch herum, die Katze umschleicht ihn dabei. Er versucht sich umzuwenden, die Katze springt zur Seite und faucht. Der Inhalt der Kehrschaufel verteilt sich wieder unter dem Tisch. Elsa kichert leise.

»Is was lustig?«, knurrt Johannes. »Ist das dreckig hier unten! Wischst du auch manchmal unter der Bank?«

Blödmann. Dauernd wischt sie unter der Bank. Aber klar, er ist schlecht gelaunt, weil er die Katze nicht ausstehen kann, und die Abneigung beruht auf Gegenseitigkeit. Aber gegen die katzenfreundliche Frauenlobby im Hause ist er machtlos.

Als Johannes gerade unter dem hintersten Winkel der Eckbank angelangt ist, klingelt es. Elsa bittet die Herrschaften – eine streng blickende Dame mit bizarrer Brille und einen blassen, eifrigen jungen Mann – um etwas Geduld. Aus der Küche dringt ein dumpfes Poltern an ihr Ohr.

Johannes steht am Küchentisch und reibt sich den Kopf. Eine blutige Kratzspur zieht sich über seinen Unterarm. Er blickt verlegen auf sein Knie, an dem ein schmuddeliges Stück Knete klebt, garniert mit Krümeln, einer Weingummi-Colaflasche und einem langen Haar von Anne.

Jetzt hätte sie ihn doch am liebsten in den Arm genommen. Aber nun sind leider diese Leute da.

JOHANNES drückt den Klingelknopf, neben dem in geschwungenen Lettern der Name »Preißler« geschrieben steht. Ein getöpfertes Tonmännlein mit einem Bauch voll kleiner rotspitziger Rosettenpflänzchen schaut ihm dabei lachend zu. Der rustikale Leiterwagen im Vorgarten biegt sich unter der gelbroten Blütenpracht von Tulpen und Primeln.

Jedes Jahr bestreitet Frau Preißler das Bastelprogramm auf dem Gemeindefest. Jedes Jahr muss Johannes von Neuem zu ihr gehen und sie ganz persönlich fragen, ob sie bereit sei, auch in diesem Jahr wieder das Bastelprogramm auf dem Gemeindefest ...? Mit Sicherheit würde es sie in tiefste Verzweiflung stürzen, wollte man ihr diese Aufgabe je entziehen. Aber jedes

Jahr muss er wieder fragen: »Frau Preißler – dürfen wir auf Sie zählen?!«

Frau Preißler wohnt im Obergeschoss des Drei-Generationen-Hauses und wartet oben an der Treppe. »Ja, Herr Lichtenfeld, was für a Überraschung!«

Dabei weiß sie ganz genau, was er von ihr will.

Das Befinden? Die Familie? Wie schön.

»Wisset Se, Herr Lichtenfeld, i han doch jetzt jeden Freitagmittag die Enkel. Sie könnet sich's vorstella! Dann isch hier was los! Aber – i mach's ja gern. A Tässle Tee?«

Johannes hebt an: »Frau Preißler, sicherlich ahnen Sie schon ...«

Das Telefon klingelt. Frau Preißler entschuldigt sich. Johannes beißt auf einen betagten Keks. Der Wellensittich zwitschert.

Frau Preißler lässt sich in einen Sessel fallen. »Wisset Se, Herr Lichtenfeld, i betreu doch da so a Frau em Altersheim, also, i bsuch se regelmäßig, emmer donnerstags – vorlesa, spaziera ganga, je nach Wetter, Sie wisset scho, die Menscha sen ja so einsam. Es isch scho a Aufgab ... Aber – i mach's ja gern.«

Jetzt aber schnell: »Frau Preißler, sicherlich ahnen ...«

Es klingelt an der Tür.

»Ja, am Mittwoch, des isch mir recht«, hört Johannes Frau Preißler sagen.

Der Wellensittich sagt: »Kutschi!«

»Wisset Se, Herr Lichtenfeld, der Mittwoch isch mein Gartatag«, sagt Frau Preißler. »Da schaff i mit meiner Tochter em Garta, wenn's Wetter mitmacht. Es schafft sich halt net von selber, jaja. Dabei krieg i's emmer so ens Kreuz. Aber – i mach's ja gern.« Sie nimmt einen herzhaften Schluck aus der Teetasse.

»Frau Preißler, sicherlich ...«

»Ach, Herr Lichtenfeld, Ihr Tee isch bestimmt scho ganz kalt. Den müsset Se aber nemme trinka. Ich schenk Ihne glei en neua ei. – Wisset Se, jeden Dienstagmittag hemmer so a nette kleine Kaffeerunde, i lad älle zu mir ei, weil, manche könnet halt nemme so, und mr hat scho au a bissle Lascht drmit, obwohl – i mach's ja gern. Die Frau Strohm kennet Se sicher aus 'm Seniorakreis, on die Frau Wolter au – au noi, die kommt ja nemme, oder doch? So a schöne Runde, i back emmer en Kucha, am Montag. Des isch gar net so oifach, sich jeden Montag ebbes anders eifalla lassa, aber – i mach's ja gern.«

Johannes setzt sich straff aufrecht und sagt: »Frau Preißler!«

Frau Preißler schaut ihn betroffen an. Das ist ihm wohl etwas zu scharf geraten. Rasch lässt er sich wieder ein wenig zurücksinken und bemüht sich um ein herzliches Lächeln.

»Am Sonntag ...«, beginnt Frau Preißler.

Nein, denkt Johannes, ich will nicht wissen, was sie am Sonntag tut. »Frau Preißler«, beginnt er rasch mit weicher Stimme, »wie Sie wissen, naht wieder unser Gemeindefest. Und da haben wir uns gedacht, ob Sie sich vielleicht wieder etwas Schönes für unsere Bastelrunde ausdenken würden?«

Frau Preißler legt die Hände in den Schoß und schaut zögernd zur Seite. »Ach, Herr Lichtenfeld, wisset Se – die Simone isch doch so schlecht worda en dr Schul, da muss oifach ebber nach ra gucka. Am Samstagmittag sitza mr emmer zamma. I moin, i mach's ja gern, aber i weiß gar net, wann ...« Sie beendet den Satz nicht, sondern lässt die Augen sinken und streicht ihren faltenlos straffen Rock glatt.

Johannes rutscht auf die Vorderkante des Sessels. »Die Nussschalen-Fische vom Vorjahr sind ja *so* gut angekommen!«

Frau Preißler blickt zaghaft auf. »Wisset Se, i han doch so allerhand Aufgaba ...« Sie lässt den Blick über die Alpenveilchen in die Ferne schweifen.

»Dieses Jahr ...« – er lehnt sich vor, als hätte er ein freudiges Geheimnis zu verraten – »... brauchen wir schöne Papierblumen für unseren Paradiesgarten!«

Frau Preißler wendet sich ihm wieder zu und verharrt einen Moment bewegungslos. Dann sagt sie: »Hen Se an Einzelblüta oder an Girlanda denkt?«

Jetzt hat er sie.

Johannes leert seine Teetasse. »Frau Preißler, wir dürfen auf Sie zählen?«

Frau Preißler zupft an der Tischdecke. »Ach, Herr Lichtenfeld – i mach's doch gern.«

ELSA findet das fast ein bisschen peinlich. Da hat sie nun Frau Nelling für den Frauengesprächskreis angeworben mit der ehrlich gemeinten Behauptung, man sei gar nicht so fromm, obwohl man sich im Gemeindehaus versammelt. Und dann eröffnet Sibylle entgegen jeder Gewohnheit den Abend ausgerechnet mit einem Bibelspruch: *Ich vergesse, was dahinten ist, und strecke mich aus nach dem, was da vorne ist, und jage nach dem vorgesteckten Ziel.*

Aber Frau Nelling, oder Eliane, denn im Gesprächskreis sind alle per Du, hat ja immerhin in ihrer kleinen persönlichen Vorstellung gesagt, sie sei da ganz ohne Vorbehalte und die Bibel sei für sie ein wirklich ganz wichtiges Buch.

Und nun sitzen alle da mit einem Blatt Papier und einem Stift und der Aufgabe, ihre derzeitigen Ziele zu notieren – »dem nachzuspüren, was uns vorwärts blicken lässt?«. Und Elsas Blatt Papier ist noch immer ganz, ganz weiß. Dabei hat Sibylle extra gesagt, es könnten kleine und große Ziele sein, auch ganz kleine, »einfach ganz entspannt den Blick in die erstrebens-werte« – so hat sie es betont – »Zukunft richten?«

Ganz entspannt.

Elsa schaut sich vorsichtig um.

Roswitha blickt zur Decke, seufzt tief und schreibt etwas auf ihr Blatt. Stephanie hat den Kopf schief gelegt und bearbeitet bereits die zweite Seite. Eliane, die gleich neben Elsa sitzt, füllt ihr Blatt mit wunderschönen, gleichmäßig geschwungenen Buchstaben. Elsa traut sich nicht, genauer hinzusehen, sonst sieht es noch so aus, als wollte sie abgucken.

Also, Elsa, du wirst doch irgendwas wollen in der Zukunft. Ob sie behaupten soll, dass sie wieder in den Beruf gehen will? Stimmt aber gar nicht. Nein, ehrlich, ein Leben als Lehrerin für Biologie und Religion erscheint ihr überhaupt nicht verlockend. Nicht nach diesem traumatischen Referendariat, Gymnasium Klasse 9, entsetzlich. Gewiss, Elsa liebt Kinder – solange es nicht zu viele auf einmal sind. Aber das war ihr leider erst nach sechs Semestern klar geworden. Nicht umsonst hat sie sich so bereitwillig auf die Rolle als Familienfrau eingelassen – Johannes liebt seinen Beruf, sie leidet an ihrem, so war es einfach die beste Lösung für alle ... – Aber halt! *Ich vergesse, was dahinten ist ...* Elsa, reiß dich zusammen!

Es dürfen ja auch ganz kleine Ziele sein. Den Gartenzaun streichen. Sie hebt den Stift.

Nein, das ist zu albern. Es fällt eben arg schwer, vom Siegespreis der himmlischen Seligkeit, den der Apostel Paulus so zielstrebig im Visier hatte, auf die kleine Welt der Elsa Lichtenfeld umzuschalten. Da kann Sibylle den Perspektivwechsel auf die eigene Lebenssituation predigen, soviel sie will.

Marie-Luise hustet und schaut sich um. Sind die andern etwa schon fertig?

Nein, gottlob, Eliane schreibt noch.

Elsa, jetzt, was machst du denn den ganzen Tag? Sie gibt sich einen Ruck und schreibt aufs Papier: Die Kinder auf einen guten Weg bringen.

Das ist aber ziemlich unkonkret. Da könnte sie auch gleich schreiben: Mein Ziel ist eine glückliche Familie. Und überhaupt, Elsa, definierst du dich eigentlich nur über die Familie?

Sie streicht den Satz wieder durch.

Wie Frau Nelling – Eliane – sich wohl vorkommen mag in diesem Hausfrauenclub? Lauter biedere Mütter, die hier sitzen, weil sie auch mal ihr Leben reflektieren wollen, statt immer nur den Kindern die Nase zu putzen.

Elsa fasst den Stift fester. Nächster Versuch: Mir Freiräume schaffen.

Aber Elsa, mal ehrlich: Wenn das dein erstrebtes Ziel ist, was tust du eigentlich, um es zu erreichen?

»Ja, ich glaube, wir können jetzt einmal zum Abschluss kommen?«, sagt Sibylle.

Marie-Luises großes Ziel ist es, ihre Kinder auf einen guten Weg zu bringen. Sibylle lächelt unbewegt und lässt das zunächst einmal so stehen, denn wir wollen ja erst einmal unsere Gedanken sammeln. Stephanie legt aber gleich los mit der Frage, wo sie denn als Person eigentlich bleibt, und schon ist sie wieder bei Harald mit seinen ewigen Überstunden, und wenn er keine Überstunden macht, dann geht er Tennis spielen. Nach zehn Minuten gibt Sibylle das Wort ganz behutsam weiter an Eliane.

Eliane streicht sich mit dem Ringfinger eine Strähne aus der Stirn und schüttelt ganz leise den Kopf. »Mir ist jetzt gerade erst bewusst geworden«, sagt sie in die atemlose Stille hinein, »wie viele Ziele ich in meinem Leben eigentlich schon aufgegeben habe. Ich …« – sie atmet tief ein – »… es fällt mir ein bisschen schwer, ich kann mich jetzt noch nicht so öffnen.«

Sibylle macht eine Kopfbewegung exakt zwischen Nicken und Verneinen und sagt so sanft wie das Fallen einer Daunenfeder: »Es fällt dir nicht leicht zu sprechen?«

Eliane nickt und schweigt.

Draußen flötet eine Amsel unanständig laut ihr Lied.

Aber dann kommt es alles, das lieblose Elternhaus, die gescheiterte erste Ehe, die ungeborenen Kinder, das Familienleben, das es nicht gibt, die Werke ihrer Hände und ihrer Kreativität. Ihr Ziel? – Ja, das auszudrücken, was aus ihr kommt. Der Welt – Eliane lächelt und schüttelt den Kopf über ihre eigenen Worte – der Welt etwas zu geben. Sie schaut in die Runde und alle schlagen die Augen nieder. Sie sagt es nicht, aber alle wissen es: Ihr, ja, ihr habt eure Kinder.

Wenn es Eliane jetzt schwerfällt, sich zu öffnen, so fragt sich Elsa, was hätte sie dann wohl erst zu sagen, wenn sie bereit wäre, sich zu öffnen?

»Und dann möchte ich sicherlich«, hebt Eliane neu an und setzt sich aufrecht auf ihren Stuhl, »ich will das so sagen: irgendwo zu einer Art Vollkommenheit gelangen. Also, ich meine, dass ich ganz persönlich zu mir selbst komme …«

Das ist das Stichwort für Sibylle, die ursprüngliche Fragestellung wieder aufzugreifen.

Aber Elsa sind alle persönlichen Freiräume vergangen. Sie beschließt, die Flucht nach vorn anzutreten.

»Mir geht noch das Bibelwort von vorhin im Kopf herum«, sagt sie mit fester Stimme, denn das ist ihr Heimspiel und sowieso letztlich das, worauf Sibylle hinauswollte. »›Ich vergesse, was dahinten ist‹ – ich glaube, das ist eine ganz wichtige Sache. Mal ganz unabhängig davon, um welches Ziel es geht. Dass ich etwas hinter mir lassen muss, um was Neues zu gewinnen.«

Bingo, Sibylles Miene erstrahlt, die zusammengesunkenen Leiber der Frauen strecken sich.

Roswitha sprudelt los: »Des isch au en Gedanka, der emmer wieder a große Rolle spielt, wenn's oms große Ziel der Jesusnachfolge geht, zom Beispiel bei Lukas 9, *Wer seine Hand an den Pflug legt und sieht zurück, der ist nicht geschickt für das Reich Gottes,* des isch wirklich radikal, regelrecht schockierend …« Roswitha hat immer eine Bibelstelle parat, jetzt ist sie in ihrem Element, nur hat sie mal wieder vergessen, dass sie nicht im Hausbibelkreis sitzt, sondern in der Frauengesprächsgruppe.

Zum Abschluss schmettern alle ein kraftvolles *When Israel was in Egypt's Land.* Dann stehen Sibylle und Eliane noch lange hinten am Fenster und sprechen leise, und Elsa weiß nicht, ob sie warten soll oder aufbrechen, sammelt die Liederbücher ein, bläst die Kerze aus und zieht die Tür ganz vorsichtig hinter sich zu.

JOHANNES sieht verstohlen auf die Uhr. Jetzt debattieren sie schon eine Dreiviertelstunde und sind immer noch keinen Schritt weiter. Normalerweise sagt er im Kirchengemeinderat lieber gar nichts. Denn da sitzt noch so mancher, der dem Pfarrer eine besondere Autorität beimisst. Das bekommt man einfach nicht aus den Leuten heraus.

Er räuspert sich. »Also, ich fasse zusammen: Wir brauchen demnach anstelle von dem alten ›Nicht-geräumt‹-Schild ein neues mit der Aufschrift ›Privatweg – Durchgang verboten‹ oder dergleichen.«

Es geht um den Pfad zwischen Kirche und angrenzenden Gärten, der von den Kirchgängern gern als Schleichweg zum Gottesdienstbesuch genutzt wird. Nun haben sich die Anwohner über die morgendliche Ruhestörung beklagt, und nach ihrer Darstellung muss es sich um eine allsonntägliche Volkswanderung zu einer religiösen Massenmanifestation handeln, was Johannes allerdings so noch nicht wahrgenommen hat.

»Durchgang verboten!!«, wiederholt Frau Lauster und rümpft ihre gepuderte Nase. »Aber wie das klingt! So abweisend. ›Verboten‹. Wir möchten doch eine einladende Kirche sein, und nicht den Menschen – den Weg verstellen! Wir wollen ihnen doch nicht sagen: Bleibt weg von hier!«

Wenn es nach Frau Lauster ginge, dann müsste auf dem Schild stehen: »All ihr Lieben! Um jener Menschen willen, die hier wohnen, macht es uns von der Kirche ganz schlechte Gefühle, wenn ihr diesen Weg geht. Aber es wäre uns wichtig, darüber auch noch einmal mit euch zu sprechen. Eure Kirchengemeinderäte.«

»Dann saget mr doch oifach: ›Durchgang nicht erlaubt‹«, schlägt Frau Häbich vor.

»Das ist aber ziemlich umständlich«, findet Winfried Wulf, der Erste Vorsitzende, »und wir wollen schließlich nicht sagen, was *nicht* ist, sondern was *ist*, auch wenn es etwas Negatives ist.«

Alle schauen verständnislos um sich.

Ja, Winfried Wulf macht sich immer viele Gedanken. Und er ist ein Skeptiker in jeder Hinsicht. Das merkt man schon allein daran, dass in fast jedem seiner Sätze mindestens einmal das Wörtchen »aber« vorkommt. Zum Beispiel: Aber kann eine Hoffnung, die sich jeder Vorstellung entzieht, wirklich eine Hoffnung sein? Oder: Die feuerrechtlichen Bestimmungen sind aber noch nicht berücksichtigt worden.

»I han's!«, poltert plötzlich Herr Hauser los, dass alle zusammenfahren.

Frau Lauster lässt vor Schreck ihren Kugelschreiber fallen.

Johannes ist sehr froh, dass in seinem Kirchengemeinderat auch ein eher einfacher Mensch wie Herr Hauser vertreten ist, aber eine solche Breite bezüglich Sozialstruktur und Bildungsniveau hat eben auch ihren Preis.

»I han's!« Herr Hauser schnauft vor Erregung. »Mir saget oifach: ›Koi Durchgang‹!«

»Großartig!«, ruft Herr Bechtle, der unersetzliche Prädikant. »Klar on kurz on bündig. So soll's sei! – ›Privatweg. Koin Durchgang‹.«

»Aber ›Privatweg‹ hört sich au irgendwie komisch an«, wendet Frau Häbich ein. »Des hat mi scho emmer gstört. I moin, die Kirch isch doch koi Privatperson. Oder wer wär da die Privatperson?«

Winfried Wulf hebt die Hand vor den Mund wie einer, der gerade etwas Schreckliches entdeckt hat. »Ja, das ist aber wirklich ein ganz wichtiger Punkt! Aber da bin ich jetzt überfragt! Wenn die Kirche eine Körperschaft des öffentlichen Rechts wäre, aber ... – nein, da bin ich jetzt überfragt.« Dabei macht er ein Gesicht, als stünde er vor den Trümmern seiner Selbstachtung. »Das muss aber unbedingt vor der Beschlussfassung abgeklärt werden!«

Also wird die Beschlussfassung vertagt. »Die Vorschläg, was uff dem Schild schdanda soll, müsset aber älle ens Protokoll, gell!«, ruft Herr Hauser noch.

Dass sein »Kein Durchgang« nur nicht verloren geht! Davon wird er seinen Enkelkindern noch erzählen, wenn es vielleicht wirklich eines Tages auf diesem Schild stehen sollte.

Nächster Punkt – aber nein!

Charlotte meldet sich zu Wort: »Was isch denn dann mit de gehbehinderte ältere Leut, die bisher die Abkürzung gnomma hen? Die müsset no alle en großa Umweg macha.«

»Ach, Charlotte«, rutscht es Johannes heraus, und eigentlich möchte er sagen: Wir haben das Thema doch abgeschlossen.

Aber Charlotte sieht ihn geradeheraus fest an. »Doch, Johannes«, sagt sie, »das ist mir jetzt wichtig.«

Drei Atemzüge lang herrscht gespannte Stille.

Ach, Charlotte. Generationen von kleinen Schülern hat sie mit Liebe und Geduld, aber auch Strenge an den Ernst des Lebens herangeführt. Mit der gleichen Liebe, Geduld und Strenge erhebt sie im Gemeinderat die Stimme. Und dabei nimmt sie nie ein Blatt vor den Mund. Ob ihr die Obdachlosenarbeit nicht hinreichend im Sinne der Bergpredigt erscheint oder die Vergabe kirchlicher Bauaufträge den Geist des Evangeliums außer Acht lässt – Charlotte sagt immer, was sie denkt. Charlotte ist so frei. Obwohl sie, man kann es nicht anders sagen, sehr fromm ist. Oder gerade deswegen. Nein, es ist nicht immer einfach mit ihr. Aber ihre unvergleichliche Kartoffelsuppe bildet noch immer das kulinarische Herzstück eines jeden Gemeindefestes.

»Ja – also – bitte«, sagt Johannes.

Alle schweigen ratlos.

»Vielleicht könntet mir en Abholdienscht organisiera!«, ruft Frau Häbich.

Frau Häbich sagt immer so frisch von der Leber weg, was ihr gerade einfällt. Auch wenn es der größte Unsinn ist.

»Aber ein Schild nützt doch sowieso nichts«, meldet sich Jens, der inoffizielle Jugendvertreter im Gemeinderat, mit schleppender Stimme zu Wort. Dafür hat er eigens seine meditative Betrachtung der schwankenden Birkenzweige vor dem Gemeindehausfenster unterbrochen und sich aufrecht auf seinen Stuhl gesetzt. »Da gucken die Leute drei Wochen drauf und dann laufen sie trotzdem wieder durch. Da müssten wir schon ein Tor vormachen und abschließen!«

Dieser Gedanke verrät, in Anbetracht seiner Jugend, ein erstaunliches Maß an Lebenserfahrung und Menschenkenntnis.

»Verschlossene Türa auf em Weg zom Gotteshaus!? Des darf net sei!«, ruft Herr Bechtle entrüstet aus. »Des kann i auf koin Fall mittraga!«

Kein Wunder, die beiden sind sich sowieso nicht grün.

»Hab ich doch gar nicht gesagt!« Jens dreht die Augen zum Himmel, oder vielleicht doch nur zur Zimmerdecke.

»Moment, Herr Bechtle!«, hebt Frau Lauster an. »Ich freue mich und es tut mir gut, wenn Sie diese Einschätzung mit mir teilen, aber Herr Aldinger hat nicht den Vorschlag geäußert ...«

In diesem Moment poltert Herr Hauser los: »Hatt 'r doch gar net gsaaagt!«

»Jetzt langsam!«, ruft Winfried Wulf und hebt beschwörend die Hände. »Einer nach dem andern! Bitte!« Er bekommt schon wieder einen roten Kopf.

Johannes lehnt sich zurück und schließt die Augen. Johannes, fasse dich. *In aller Demut und Sanftmut, in Geduld. Ertragt einer den andern in Liebe.* Ja.

IV

Elsa hat kein gutes Gefühl und weiß nicht warum. Es ist ein großer Augenblick. Alle sind im Vorgarten versammelt, Leo, Mike und die Kinder. Der Lkw-Motor dröhnt, rasselnd heben sich die Ketten an der Bauschuttmulde, jetzt randvoll mit Dachziegeln, Mauersteinen und Holzbalken. Die Ketten straffen sich, der Container hebt sich – oh Gott, natürlich – Roberts Kipplader, der zermalmt unter der Mulde begraben liegt! Zu spät! Kniehoch hat der Container sich gehoben und steigt unaufhaltsam. Elsa sieht in Roberts Gesicht. Es erstarrt – die aufgerissenen Augen – der grausame Augenblick des Begreifens, die verzerrten Gesichtszüge, der verzweifelte Schrei: »Mein Kipplader!!« Gerade noch kann Elsa zugreifen, sonst hätte ihr Jüngster sich unter die schwebende Mulde geworfen.

Als der Container mit einem Ächzen auf dem Laster aufsetzt, bringt eine betrübt dreinschauende Anne ihrem kleinen Bruder die sterblichen Überreste seines Kippladers. Kathrin legt dem schluchzenden Kleinen einen Arm um die Schultern. »Ist der aber platt!«, sagt Mike, und Leo dreht die flach gepressten bunten Plastikteile hin und her und schüttelt bedauernd den Kopf: »Da ben i au machtlos.«

Elsa würde am liebsten mitheulen. Sie kommt nicht mal an ihren Sohn heran, um ihn tröstend in die Arme zu schließen, weil alle andern um ihn herum sind.

»Seid ihr jetzt fertig mit eurer Arbeit bei uns?«, fragt Anne schließlich mit trauriger Stimme. Noch mehr Grund zum Trübsinn.

»Noi, jetz kommt dr Boda dran.«

So ist es, denn damit aus dem Standort des einstigen Gartenschuppens wieder Garten wird, ist mit Spitzhacke und Spaten noch viel zu tun.

Das ist eine gute Nachricht, die alle wieder aufleben lässt. Sie setzen sich auf das muffige alte Sofa, das auf die Sperrmüllabfuhr wartet, trinken Birnensaft aus eigener Pressung und essen selbst gebackene Nussplätzchen.

»Mamaaa?«, sagt Robert, während er mit dicken Backen kaut. »Du, Mama, krieg ich ein' neuen Kipplader?«

JOHANNES öffnet unschlüssig den Kleiderschrank. Mittwochnachmittag. Konfirmandenunterricht. Es ist ein sonniger Tag heute. Da werden die Konfis besonders widerwillig auf ihren Stühlen hocken.

Was anziehen? Eine luftige Bundfaltenhose? Viel zu bürgerlich. Die helle Sommerhose? Die hat einen Kakaofleck. Die enge Sommerjeans? Die ist richtig, ganz von dieser Welt. Schließlich hat schon so mancher kleine Konfirmand beim Anblick eines Pfarrers in Zivil zum ersten Mal entdeckt, dass Gott und Welt etwas miteinander zu tun haben könnten. Da drauf das Hemd mit den roten Streifen. Ärmel hochkrempeln. Fertig.

Heute gibt es Freiheit und Unfreiheit und wahre Freiheit. Hinführung zu den Zehn Geboten, dürfen die aber nicht wissen. Die sind nämlich mit allen Wassern gewaschen, die kleinen Konfis, vom Schulleben gestählt: Wer sammelt die meisten Pluspunkte? Wer sagt zuerst, was der Lehrer hören will? Die können gar nicht mehr anders. Johannes sagt »Schöpfung«, und die Konfis sagen »Umwelt«. Er sagt »fremd und ausgegrenzt«, und die Konfis sagen »Ausländer«. Bingo, der Kandidat hat hundert Punkte. Sie haben ihre Lektion gelernt. Das ist es, was im Leben zählt.

Stühlerücken, verdrießliches Füßescharren. Johannes' schwungvoller Gruß wird mit einem trägen Murmeln erwidert.

Jetzt erst mal Partnerarbeit: Wir erzählen uns, wo wir selbst, ganz persönlich, Freiheit vermissen, uns eingeengt und festgelegt fühlen, schreiben das natürlich auf, mindestens zehn Punkte. »Pro Kopf oder pro Zweiergruppe?« – Dass die nur keinen Handschlag zu viel tun! Minimaler Aufwand, maximales Ergebnis. Das ist es, was im Leben zählt.

»Zehn Minuten Zeit, Uhr läuft!« So, da werden sie ein bisschen wach.

Er lehnt sich zurück und versucht, sich zu sammeln. Völlig klar: Die Jungs und Mädels wären jetzt tausendmal lieber draußen, mit ihren Inlinern. Oder auf der Parkbank, Zigaretten rauchen.

Er schmunzelt in sich hinein. Tja, da hat er ihnen ein Bein gestellt. Wo es *ganz persönlich* an Freiheit fehlt! Nichts da Unterdrückung in fernen Ländern. Kleine arme Negermädchen, die nicht in die Schule gehen können. Oder Diktaturen, wo die Menschen nicht ihre Meinung sagen dürfen.

Bestimmt schreiben gerade jetzt alle auf ihre Blätter: »Ich hätte gern die Freiheit, am Mittwochnachmittag Inliner zu fahren oder auf der Parkbank zu rauchen, ich will aber trotzdem eines schönen Tages Konfirmation feiern und mindestens fünfhundert Euro einstreichen.«

Johannes setzt sich halb auf die Fensterbank und sieht hinaus in den sonnigen Pfarrhausgarten. Da drüben sitzen Elsa und die Kinder, und Leo und Mike, und lassen sich's wohl sein. Vergnügt und unbeschwert. Er wäre jetzt auch gern da draußen. In der Tat, es fehlt ihm an der Freiheit, jetzt einfach da draußen zu sein. Aber es gibt Regeln und es gibt Verantwortung, und wir sind frei, uns zu entscheiden, und so weiter und so fort. Das ist nämlich die Freiheit im biblischen Sinne. Das wird er gleich seinen kleinen Konfirmanden erzählen.

Er lehnt sich an die kühle Fensterscheibe und lässt den Blick über die Gruppe schweifen. Drüben kichern Birthe und Sandra, beide schon vierzehn und frühreif. Birthe mit verwegenem Ausschnitt, darin ein bodenlos tiefer Graben zwischen zwei kugelrundlich weichen Wölbungen. Hier ist der Geschmack in Kleidungsfragen deutlich weniger entwickelt als der Inhalt der Kleidung. Sandra trägt ein weich fallendes

T-Shirt. Bei ihr hat es mehr die Form einer halben Zitrone, wie bei den ganz jungen Negermädchen im Missionsblatt ...

Johannes stutzt. Was für Gedanken! Die Mädchen könnten seine Töchter sein! Er richtet sich energisch auf und räuspert sich. »Noch fünf Minuten!«

Es kommt wieder Bewegung in die Gruppe. »Oh nein, nur noch fünf Minuten!«, schreit Sebastian und macht keuchende Geräusche. Ein zartes Knäblein von dreizehn Jahren, ungefähr halb so breit und halb so schwer wie Birthe, aber doppelt so laut. Der Witzbold der Gruppe, der Konfi-Kasper.

Sein Partner ist heute Elmar, wieder ein ganz anderer Fall. Einen Kopf größer als Sebastian, schon im Stimmbruch, nicht dumm, findet aber alles total uncool. Es ist Johannes noch nicht gelungen, ihn zu überzeugen, dass Konfi echt cool ist. Es wird ihm auch nicht gelingen.

Vera hat mal wieder keinen Partner abgekriegt. Sie sitzt als fünftes Rad am Wagen in einer Dreiergruppe, das heißt, eigentlich liegt sie mehr auf dem Tisch, als dass sie säße, drückt mit der Faust die aufgestützte Backe breit und hat die Stirn tief gerunzelt. Es ist alles eine einzige große Zumutung.

Und all denen soll er nun die Frohe Botschaft vermitteln.

Johannes macht sich mit schweren Schritten auf den Weg, ein paar Mal an der Fensterfront auf und ab.

Elmar kritzelt heute so eifrig auf dem Papier. Johannes tritt hinter ihn. Neun Mal das Haus vom Nikolaus. Und immer fehlt eine Linie.

Elsa hat keinen rechten Appetit. Moussaka? Souflaki? Gegrillte Auberginen? Überhaupt soll man spät abends nicht mehr üppig essen, das setzt doch so an. Also Hirtensalat.

Johannes wird natürlich wieder seine üppige Grillplatte nehmen. Normalerweise meidet er Fleisch, nur im *Mykonos*, zwischen weißen armlosen Jungfrauen und griechischen Amphoren, da werden regelmäßig alle Gedanken an das ausgebeutete Mitgeschöpf über Bord geworfen.

Jeden zweiten Mittwochabend haben Elsa und Johannes füreinander reserviert. Da kann man sich endlich einmal richtig unterhalten. Nicht nur ein paar eilig hingeworfene Informationen im Vorbeigehen austauschen, das Dringendste über Kinder, Haushalt und Gemeindeleben, sondern man kann mal richtig reden.

»Kathrin hat in Physik eine Vier gebaut«, sagt Elsa.

Johannes hebt die Schultern und füllt sich ein Glas Rotwein aus der Karaffe. »Man kann nicht in allen Fächern eine Leuchte sein. Für mich war Physik auch immer ein Horror.«

»Aber ich glaube, sie ist nur faul. Sie hängt halt lieber mit Vanessa im Eiscafé rum, statt sich auf den Hosenboden zu setzen.«

»Ist doch auch wichtig für die Entwicklung«, murmelt Johannes und blättert unschlüssig zwischen zwei Seiten der Speisekarte hin und her.

Dabei nimmt er doch sowieso wieder die Athen-Platte. Mit Reis statt Pommes.

»Bleibt es dabei, dass Mathilda und Hellmuth am Sonntag zum Kaffee kommen?«, fragt Elsa. Dafür muss sie sich noch etwas Selbstgebackenes einfallen lassen. Am besten ein Vollkorn-Obstkuchen, das ist das Richtige für das Theologenkränzchen.

»Zum Tee«, korrigiert Johannes. »Ich nehm dann die Athen-Platte.« Er klappt entschlossen die Speisekarte zu und platziert sie exakt parallel zur Tischdeckenfalte. »Aber mit Reis statt Pommes.«

»Denkst du an die Housewarming-Party von Nellings am Samstag?«, fragt Elsa.

»Ach ja, gut, dass du mich dran erinnerst.« Johannes macht ein Auch-das-noch-Gesicht.

Dabei hat er doch damit die geringsten Probleme. Elsa weiß überhaupt nicht, was sie anziehen soll. Und ein angemessenes Präsent müsste auch noch her. Da ist es mit einem Gläschen selbst eingekochter Marmelade nicht getan. Vielleicht drei Gläser, verschiedene Sorten, und eine Flasche selbst gepressten Birnensaft? Und dazu einen Blumenstrauß. Aber wahrscheinlich wird das ganze Haus mit den edelsten Buketts überschüttet sein.

Johannes nimmt einen Schluck Wein. »Ich finde es wirklich ganz wichtig«, beginnt er, »dass wir ein richtiges Konfi-Camp machen, also mit Zelten. Nicht nur so was Richtung Jugendherberge. Alles ganz einfach und ein bisschen abenteuerlich. Und – bodennah, das ist es. Bodennah«, wiederholt er und lässt sich das Wort und einen weiteren Schluck Wein auf der Zunge zergehen. »Die wissen doch vor lauter Schreibtisch und Computer und Auto nicht mehr, wie sich der Boden anfühlt.«

Elsa schmunzelt in ihr Wasserglas. Das muss ausgerechnet er sagen, der schon die Fassung verliert, wenn eine Ameise über den Küchenfußboden spaziert.

Johannes beginnt, laut über die Witterung und die Qualität der Campingplätze an verschiedenen Orten Deutschlands nachzudenken.

Drüben, wo ein pittoresk ausgebreitetes Fischernetz voller Plastikfische und grellbunter Seesterne einen intimen Winkel vortäuscht, sitzen an einem kleinen Tisch zwei frisch Verliebte. Man sieht es gleich, sie haben die Hände und Füße ineinander verwoben und die Blicke ineinander versenkt. Jemand sollte endlich diese Tischplatte zwischen ihnen herausziehen, die sich in ihre Bäuche einschneidet und sie so hart und grausam trennt, *sie konnten zusammen nicht kommen*. Und der Tisch ist sowieso ganz überflüssig, das Essen spielt ja gar keine Rolle.

Gegenüber sitzt ein Paar in Elsas Alter. Die Frau redet unaufhörlich auf den Mann ein. Der Arme, er rührt schweigend in seinem Tsatsiki und kommt nicht zu Wort, während sie einen Wortschwall nach dem anderen auf ihn niedergehen lässt.

Elsa nippt an ihrem Mineralwasser. »Hast du schon gemerkt, dass die Wohnzimmertür überhaupt nicht mehr richtig zugeht?«

»Mir ist nur aufgefallen, dass sie so schwer aufgeht.«

Na schön, wenn er es so sehen will.

Jetzt zum Eigentlichen. Elsa rückt sich auf dem Stuhl zurecht. »Ich hab mir überlegt, ich engagier Leo, dass er mir ein paar Sachen im Haus repariert. Den Küchenschrank, wo immer die Türen schief hingen, hat er schon gemacht, tadellos. Ich glaube, er ist eigentlich Schreiner oder so was.«

»Was kostet denn das?«, fragt Johannes.

Seit wann interessiert sich Johannes dafür, was irgendetwas im Haushalt kostet?

Elsa lehnt sich zurück. »Schon ein bisschen. Aber das ist es mir wert, weißt du, sonst passiert ja nie was. Du hast doch keine Zeit, und richtige Handwerker sind einfach zu teuer.«

Der Salat kommt. Warum müssen da nur immer so unglaublich viele Zwiebelringe draufliegen? Die Grillplatte lässt noch auf sich warten.

»Fang doch ruhig schon an«, sagt Johannes, »dein Salat wird schlaff.« Er stützt die Ellbogen auf die Tischkante, nippt ab und zu an seinem Rotwein und sieht Elsa beim Essen zu.

Sie würde ihm ja gern etwas anbieten, aber er ist doch viel zu gut erzogen, um mit ihr aus einer Schüssel zu essen.

Johannes streicht eine Falte aus der Tischdecke. Da hat er nun einen Bärenhunger und sein Essen kommt nicht. Eigentlich könnte Elsa ihm wenigstens ein Stück Tomate anbieten.

So, diesen Leo will sie engagieren. Soll sie nur. Seine eigenen Heimwerkerkünste halten sich zugegeben in Grenzen. Zum Beispiel, wie er dieses große Bild im Wohnzimmer aufgehängt hat. Das war unglaublich schwierig, weil der Rahmen von zwei Nägeln gehalten wird, die genau auf einer Höhe sitzen müssen. Und außerdem dürfen sie keinesfalls krumm geschlagen werden, sonst wird doch noch alles schief. Als sie zum dritten Mal hereinkam, um zu sehen, ob das Bild schon hängt, da sagte sie zu ihm: »Johannes, an diesen Nägeln soll kein Raumschiff andocken, da wollen wir nur ein Bild aufhängen. « – Hinterher, als das Bild schließlich hing, da hat sie sich zwar überschwänglich bei ihm bedankt, aber bestimmt nur, um es wieder gutzumachen. Außerdem sah es zum Schluss doch so aus, als hinge das Bild schief, obwohl die Wasserwaage anzeigte, dass es genau waagerecht hing. Wahrscheinlich ist das Regal darunter schief. Oder das ganze Haus. Und der Physik ist sowieso nicht zu trauen.

Wo bleibt die Athen-Platte? Aus dem Lautsprecher rieselt süß der Sirtaki, wie leises Hohngelächter, und klingt immer und immer gleich. Wahrscheinlich lassen sie ein Endlosband laufen, das alle zehn Minuten wieder von vorn beginnt, merkt sowieso keiner.

Vielleicht hätte er doch besser den Grillteller Mykonos nehmen sollen. Da ist regulär schon Reis dabei.

Diese beiden an dem Tisch drüben – es ist eine Qual, zuzusehen. Die Frau spricht, stützt die Stirn in die Hand, schüttelt den Kopf, hebt beschwörend die Hände – es ist ihr wirklich wichtig, man sieht es, existenziell wichtig. Und dieser Mensch ihr gegenüber rührt die ganze Zeit nur missmutig in seinem Tsatsiki herum und bringt kein Wort heraus. Unglaublich. Die armen Frauen.

Die zwei hinten am Fenster, die sind in einer anderen Welt. Nur er und sie und sonst nichts. Der Mann beugt sich vor und sagt etwas mit leiser tiefer Stimme. Sie hebt das Weinglas lässig mit einer Hand, umschließt den Rand mit den Lippen und senkt den Blick tief hinein. Nimmt einen winzigen Schluck und blickt wieder auf, ein Lächeln umspielt ihren Mund, sie leckt sich ganz leicht über die Lippen. Er fasst ihre Hand fester. Wie gut, dass der Tisch zwischen ihnen ist, sonst wären sie schon übereinander hergefallen.

Eigentlich ist das Essen doch gar nicht so wichtig. Eigentlich könnte man diese Zeit auch ganz anders verbringen. Für das Geld wäre schon ein einfaches Hotelzimmer zu bekommen. Ein anregender Gedanke. Nur er und Elsa allein in einem Hotelzimmer. Ein sehr anregender Gedanke.

Er rutscht auf seinem Stuhl herum und leert sein Rotweinglas auf einen Zug. *Dein Schoß ist wie ein runder Becher, dem nimmer Getränk mangelt. Dein Leib ist wie ein Weizenhaufen, umsteckt mit Lilien.* Johannes! Johannes, was für Gelüste! Er zupft an seinen Hosenbeinen und schiebt sich auf dem Stuhl nach hinten. Ein Hotelzimmer! Ach was, Elsa würde ihn sowieso bloß auslachen. *Deine beiden Brüste sind wie junge Zwillinge von Gazellen.* Gazellen sind vielleicht nicht ganz das passende Bild in diesem Falle, eher ... – ihm kommen nur große weiche Tiere in den Sinn, nein, das trifft es auch nicht. Johannes, jetzt streng dich doch mal an, du bist doch sonst um schillernde Bilder nicht verlegen. Vielleicht, ja! – Wie wär's mit Löwinnen?

Nun ist es endgültig um ihn geschehen. Er rückt wieder nach vorn, klemmt die Füße hinter die Stuhlbeine und wendet seine ganze Aufmerksamkeit dem Bierdeckelständer zu, bis alle Bierdeckelkanten sauber aufeinander liegen.

Endlich, die Grillplatte! Fleischliche Begierden.

Bestimmt nicht aus artgerechter Tierhaltung und nachhaltiger Landwirtschaft. Aber man kann nicht alles haben, nicht immer Maximalforderungen stellen, wir leben in dieser Welt, da muss man auch mal Fünfe gerade sein lassen.

Jetzt haben sie doch Pommes als Beilage gebracht! Egal, Hauptsache essen.

V

Elsa fühlt sich überfordert. Das Buffet ist eröffnet, alles drängt sich mit höflicher Bestimmtheit an zwanzig Meter erlesener Köstlichkeiten heran, um sich maßvoll, aber zielstrebig mit den erwählten Leckereien zu versorgen. Nur sie kommt nicht recht voran. Zwei gegrillte Champignons kollern einsam über ihren Teller. Die Entenbrust ist unerreichbar umlagert. Also stattdessen eine vorsichtige Kostprobe vom Salat von Putenbrust mit Walnussstückchen und Melonenkugeln. Jetzt einfach noch ein Canapé oder zwei? Oder doch eine Portion von der Avocadocremesuppe?

Eine Frau neben ihr scheint ebenfalls unentschlossen. Vielleicht Gelegenheit zu einem unbefangenen Gespräch?

»Man weiß gar nicht, wo man anfangen soll, nicht wahr?«

Die Frau wirft ihr einen finsteren Blick zu und stößt dann hervor: »Ich verabscheue Meerrettich!«

Was soll man darauf sagen?

Elsa geht fünf Schritte weiter an der Tafel entlang. Ein dekoratives Bund Möhren mit frischem Grün liegt zwischen Platten und Schüsseln, so schlicht und vertraut. Elsa setzt kurzentschlossen den Teller ab, greift zu, beißt hinein, zermalmt das frische Gemüse, dass der zart süße, aromatische Saft hervorquillt und köstlich die Mundhöhle füllt, bis ihr Auge den entrüsteten Blick einer Dame trifft, die eben ein aufgespießtes Schinkenröllchen auf ihrem Teller platzieren wollte; nun aber starrt sie Elsa reglos ins Gesicht. Elsa mit ihren mahlenden Kiefern und je einer Möhre in jeder Hand. Rasch lässt sie die Möhren auf ihren Teller fallen und sucht das Weite.

Mit dem Rücken an eine weiß getünchte Säule gelehnt, schaut sie sich um. Widersinnigerweise findet Nellings Housewarming-Party vorwiegend im Freien statt. Der alte

Kirschbaum, einziges Überbleibsel aus vergangenen Zeiten, ist mit Lampions übersät, die weitläufige Terrasse erstrahlt in warmem Licht. Im, am und um das Haus sind Werke der Gastgeberin zu bestaunen: Geflochtenes und Getöpfertes, rundliche Skulpturen in Holz und Stein, Bilder in Öl, Aquarell und Kohlestift. Die Künstlerin Eliane Przybilla-Nelling scheint außerordentlich vielseitig zu sein. Ein gepflegtes Paar in mittleren Jahren beäugt eine Kaskade aus blaugrünen Sisalschnüren mit eingeknüpften Silberperlen, die sich in Augenhöhe aus einem Hängekorb ergießt. Der Mann hebt einen Arm. »Faszinierend!«, sagt er. »Ganz faszinierend!« Die Dame nickt heftig: »Wirklich unglaublich ausdrucksstark!« Sie sehen Elsa an. Elsa lächelt verlegen.

An der Hausecke haben drei junge Männer begonnen, Instrumente und Mikrofone auszupacken. Das lässt befürchten, dass später noch getanzt werden soll. Rundum gepflegte, gut gekleidete Menschen, die alle einander zu kennen scheinen. Gesprächsfetzen dringen an ihr Ohr.

»Ja, im Ernst, so ein richtiger alter Klunker, du glaubst es nicht«, sagt eine Frau, dann eine Männerstimme von hinten: »On dr Kleinaktionär kann wieder säh, wo er bleibt«, und von der andern Seite: »Baujahr 72 und absolut neuwertig, das gibt's nicht wieder!«

Elsa hat keine Idee, wie sie sich hier ins Gespräch einbringen könnte. Am Beginn der Party hatte Eliane versucht, sie mit anderen Neuankömmlingen bekannt zu machen, die Männer meistens mit einem Doktor davor, die Frauen entweder auch oder doch wenigstens mit einem Doppelnamen. Elsa fühlte sich unbehaglich. So einfach nur mit dem Namen des Ehemanns aufzutreten, das ist für eine Frau schon fast, als hätte sie ein Schild umhängen: »Ich bin gern Heimchen am Herd.« Aber selbst wenn sie es gewollt hätte – wenn man Elisabeth Große-Roßkämper heißt und einen Johannes Lichtenfeld heiratet, dann hat man eigentlich keine Chance, einen Doppelnamen zu tragen.

Mit einem Sektglas und einem Lachshäppchen zieht Elsa sich in die wohlige Dunkelheit des Gartens zurück, die nur von vereinzelten halbhohen Lichtsäulen erhellt wird. Ein metallisch glänzender hochbeiniger Vogel reflektiert die Lichter der Lampions. Elsa steckt sich den Rest des Lachshäppchens in den Mund und betastet den Vogelhals. Er ist kalt und glatt, sie folgt mit den Fingern der sanft geschwungenen Linie. Aber – oh! – der Vogel neigt sich zur Seite. Sie greift zu, um ihn zu halten – da stürzt das filigrane Gebilde mit einem blechernen Knirschen zu Boden.

Das ist es wieder. Dein Problem ist, dass du deine Hände nicht bei dir behalten kannst. Hat Oma Gertrud schon immer gesagt. Schau es an, freu dich dran, aber – nicht anfassen! Sie sieht sich über die Schulter um, richtet das Eisentier wieder auf und bringt es notdürftig ins Gleichgewicht. Ob sie es Eliane beichten soll?

Am Zaun bleibt Elsa stehen und betrachtet ihren eigenen Garten einmal von außen. Eine so andere Welt. Spärliches Licht fällt auf den grob angehäuften Sandberg. Der neue Sandeimer hat auch schon wieder einen Riss. Und wer hat denn – sie tritt näher heran – tatsächlich: die Eierbecher in den Sand verschleppt, und wozu? Zur Herstellung von Sand-Negerküssen vielleicht?

»So unterschiedlich können Gärten sein!«, sagt eine Stimme hinter ihr.

Ein Herr mit schulterlangem Grauhaar ist herangetreten und blickt jetzt neben ihr in Richtung Pfarrgarten.

»Gärten können so unterschiedlich sein wie Gesichter, nicht wahr? Aber die meisten verbergen mehr, als sie preisgeben, in ihrer Uniformität.«

Elsa nickt und lächelt halbherzig. Sie dreht sich um, mit dem Rücken zum Zaun, er auch.

»Diese gesellige Oberflächlichkeit liegt mir nicht.« Er weist mit einem ausholenden Schwenk des Sektglases auf die Partygesellschaft. »Aber wenn man eingeladen wird, will man schließlich nicht nein sagen, nicht wahr?«

Elsa nickt und nippt an ihrem Sektglas.

»Ein Jahrmarkt der Eitelkeiten. Wie gefällt Ihnen das Haus?«

Oha, eine direkte Frage.

»Sie können ganz offen sprechen!«, ergänzt er aufmunternd.

Also ist besondere Vorsicht geboten.

Elsa wägt genau ihre Worte. Nicht lügen und doch nicht verletzend sein. »Vorher war es ein ganz bescheidenes Häuschen, jetzt ist es doch ziemlich dominierend.«

Er seufzt. »Jaja! Wissen Sie, ich bin der Architekt. Völlig richtig, die Geschichte dieses Hauses kommt jetzt überhaupt nicht mehr zum Ausdruck. Aber was will man machen, diese Kleinräumigkeit, diese anrührende Enge, die den Charme des Gebäudes ausgemacht hat – die Bauherren haben ihre Bedürfnisse. Licht! Raum! Was will man machen? Immerhin konnte ich die grundlegende Formensprache mit diesem spitzgiebeligen Gestaltelement noch in die neue Zeit hinüberretten. Ist das für Sie eigentlich wahrnehmbar?«

Zum Glück wartet er keine Antwort ab, sondern redet weiter. Elsa gibt es auf, zuzuhören, und macht sich stattdessen langsam auf den Rückweg zur Festgesellschaft. Er folgt ihr auf dem Fuße.

Elsa trinkt noch ein Schlückchen Sekt und taucht von Neuem in die Menschenmenge ein. Jetzt, bei ihrer Rückkehr, kommt ihr die Gesellschaft schon nicht mehr ganz so fremd vor. Johannes plaudert sehr angeregt mit Eliane, die lacht, wirft den Kopf ein bisschen zurück und streicht mit dem Ringfinger eine Strähne ihres kunstvoll verstrubbelten Haares aus der Stirn. In seinem hellgrünen Sommerjackett sieht er wirklich unglaublich gut aus. Und sie erst. So was könnte Elsa niemals tragen. Spaghettiträger wirken einfach zu zart für ihre kräftigen Schultern.

Elsas Begleiter hat sich mit Oliven und Käse versorgt und ergreift nun wieder das Wort. »Kennen Sie hier eigentlich jemanden? Also, ich kenne eigentlich nur die Nellings selbst. Und natürlich da drüben Dr. Hengel von der Kulturredaktion und die Schneck-Rilling vom Denkmalschutz. Und Frau von Rettenbach, die ist bei mir im Kunstverein. – Wer ist denn eigentlich« – er beugt sich vertraulich zu Elsa herüber – »dieser gut aussehende junge Mann, der so auffällig mit Frau Nelling flirtet?«

Elsa unterdrückt ein Glucksen, neigt sich ebenso vertraulich zu ihm hinüber – dabei rollt sie schon einmal vielversprechend mit den Augen – und antwortet: »Aber das ist doch der Pfarrer von hier nebenan!«

»Ach, was Sie nicht sagen!!« Ihr Gesprächspartner hebt die Brauen. »Der Pfarrer? Sind Sie sicher?«

»Völlig sicher.«

Er schweigt einen Moment betroffen und wechselt das Thema: »Oh, ich habe mich ja noch gar nicht vorgestellt. Herbert Knoll, Architekt.« Er streckt ihr die Hand entgegen und sieht sie auffordernd lächelnd an.

»Elsa Lichtenfeld, die Pfarrersfrau von nebenan.« Damit ergreift sie seine Rechte, die augenblicklich erschlafft.

»Oh, ich ... – das ist mir jetzt aber ...«

Elsa wendet sich lächelnd ab und holt sich noch ein Getränk. Immerhin, jetzt ist sie ihn los.

Eliane flüstert Johannes gerade etwas ins Ohr. Dr. Nelling nähert sich von hinten. Johannes, aufgepasst!

Der Gastgeber sieht wirklich ganz so aus, wie man sich einen Chirurgen vorstellt. Hager, souverän, kontrolliert. Nicht vorstellbar, dass dieser Mann je, aus welchem Anlass auch immer, die Fassung verlieren könnte. Diese Sicherheit und Selbstgewissheit, ja, das hat was. Wenn man auf reifere Männer steht ...

Er zögert, scheint Johannes und Eliane einen Moment zu beobachten, ein unbestimmtes Lächeln umspielt seine Lippen. Gefällt ihm, was er sieht? Oder amüsiert es ihn? Jetzt tritt er mit einem Grußwort an die beiden heran. Johannes dreht sich sofort mit einem kleinen Schritt zur Seite, öffnet den Kreis für den neu Hinzugekommenen. Wie ganz selbstverständlich er doch diese schönen kleinen Gesten beherrscht! Schon sind sie im Gespräch. Wie er das nur immer macht? Worüber mögen die jetzt reden?

JOHANNES nickt zustimmend. »Das ist wirklich ein ganz herrlicher Abend. So warm ist es das ganze Jahr noch nicht gewesen.«

»In Ihrer Gesellschaft ist uns ja wohl auch der Beistand von oben sicher«, erwidert Dr. Nelling.

Nun ja, »Doktor« bedeutet nicht, dass einer immer etwas Intelligentes zu sagen hätte.

»Ich bin wirklich sehr beeindruckt, was Sie aus diesem baufälligen alten Häuschen gemacht haben«, sagt Johannes und denkt dabei heimlich: Hoffentlich hat er es nicht bemerkt – das unwillkürliche Zusammenzucken, als Dr. Nelling ihn plötzlich von hinten ansprach, und den hastigen kleinen Schritt zur Seite, weg von Eliane.

Aber Dr. Nelling spricht unverwandt über die Baufinanzierung und über die Wasserführungseigenschaften des lehmigen Bodens.

»Ja, man glaubt gar nicht, was in so einem Bau alles drinsteckt«, wirft Johannes bestätigend ein.

Delikatessen Fink hat sich mit dem Buffet wieder einmal selbst übertroffen. Allerdings haben die Garnelen überhaupt kein Aroma. Elsa steht drüben an der Bar und sieht ganz entspannt, in sich ruhend, dem Treiben zu. Die hat es gut.

»Dabei war wirklich ganz klar vereinbart, dass der Estrich erneuert wird«, sagt Dr. Nelling.

Das weich fließende Kleid verleiht Elsa etwas sehr Weibliches. Kein Wunder, dass sie gleich einen Verehrer im Schlepptau hatte. Wo ist der eigentlich geblieben? Gerade hatten sie doch noch so vertraulich geflüstert.

Dr. Nelling ist mittlerweile bei der Außenwärmedämmung angelangt.

»Die Handwerker stehen aber heutzutage wirklich mit dem Rücken an der Wand«, gibt Johannes zu bedenken.

Die pfarrermäßig versöhnliche Note.

Er wirft einen Seitenblick auf Eliane, die sich aber halb abgewendet hat. Die sanfte Mulde unter ihrer präzise, fast streng gerundeten Schulterkugel wird vom hauchfeinen Träger ihres Kleides überspannt. Eine aparte Kette aus zweifellos echten, außergewöhnlich großen Perlen im Wechsel mit langen silberglänzenden Röhrchen hebt und senkt sich kaum merklich im Rhythmus ihres Atems.

»An der Westseite schlägt bei starkem Regen die Feuchtigkeit durch, das ist nun wirklich nicht akzeptabel«, sagt Dr. Nelling und leert sein Weinglas.

Linker Hand macht sich eine Unruhe breit. Ein untersetzter Mann mit verrutschter Krawatte bahnt sich seinen Weg durch die Menge, links und rechts grüßend. Johannes kennt dieses Gesicht, oh ja, unvergesslich, die Podiumsdiskussion. Rowald Hoppe, der Semmelkönig, seinerzeit sein Gesprächspartner – nein, man kann ohne Weiteres sagen: Gegner in Sachen Sozialpolitik.

»Herr Lichtenfeld! Was für eine Überraschung!« Er greift Johannes' Hand, schüttelt sie heftig und hat dabei noch den zugehörigen Unterarm mit der Linken fest gepackt. »Mein Waterloo! Ha! Da haben Sie mich eiskalt erwischt damals. Nichts für ungut!« Er schlägt ihm wuchtig an die Schulter. »Nee, ich hab mit Nächstenliebe und all so Zeug gerechnet, und da kommt der Mann mir mit Zahlen. Knallharten Zahlen! Arbeitslose, Obdachlose, allein erziehende Mütter ...« Er sagt das zu Dr. Nelling gewandt, der ihn verständnislos ansieht. »Nee, das hat mich umgehauen.« Dazu schüttelt er unentwegt den Kopf.

Obwohl nur gelegentlich jemand herübersieht, hat Johannes das Gefühl, von lauter Ohren umgeben zu sein.

»Wissen Sie was?« Rowald Hoppe fasst Johannes vertraulich am Oberarm; dabei hat er seine Lautstärke gedrosselt und einen geradezu väterlichen Tonfall angenommen. »Wissen Sie was? Sie sind begabt. Bei denen« – er weist mit dem Kopf zum nahen Kirchturm – »können Sie doch nichts werden. Wissen Sie was? Ich hab Sie predigen hören.«

Johannes hebt überrascht die Augenbrauen.

»Ja, in der Hospitalkirche. Das war guuut! Mann, Sie verstehen sich zu verkaufen! Das war keine Predigt, das war – ein Plädoyer war das.«

Plädoyer. Johannes zuckt heimlich zusammen, aber er lässt sich nichts anmerken. In der Hospitalkirche? Richtig, jetzt fällt es ihm ein. Das muss damals beim Aktionstag »Brot für alle« gewesen sein, Hoppe war unter den zahlreichen Sponsoren – logisch, als Backstuben-Gigant der Region geradezu zwangsläufig. Soso, da hat der legendäre Gebäckmogul tatsächlich in der Kirchenbank gesessen.

Hoppe hebt eine Hand an die Stirn, um sich demonstrativ zu konzentrieren. »Ich weiß es noch, warten Sie … Das war diese Sache mit der Speisung der Zehntausend …«

»Fünftausend.«

»Wie?«

»Es waren fünftausend.«

»Ach, nur fünftausend, auch egal, Hauptsache viele, höhö. Jedenfalls ging's ums Teilen! Ja, ein Plädoyer fürs Teilen. Hinterher hätt ich am liebsten gleich meinen Mercedes verschenkt. Und 'ne Asylantenfamilie im Bungalow einquartiert. Hat sich natürlich schnell wieder gegeben, höhö. Aber, Mann, das war guuut. – Na schön, Sie haben natürlich auch die entsprechende Erscheinung, muss ich neidlos sagen, neidlos. Wer hat, der hat. Sie machen's richtig, Lichtenfeld. Was Ihnen die Natur gegeben hat, da machen Sie was draus. Genauso wie Astrid – Astrid, komm doch mal her! – ich muss Ihnen doch noch Astrid vorstellen, meine neue Assistentin!«

Eine schlanke Brünette tritt heran mit einem Lächeln, das ebenso geschäftsmäßig wirkt wie ihre Kleidung, aber auch das strengste Outfit lässt keinen Zweifel an den gerade avisierten naturgegebenen Vorzügen. Ganz und gar keine Bäckerblume. Hoppe wird sie jetzt wahrscheinlich stolz überall auf der Party herumzeigen, wie ein kleiner Junge, der ein neues Rennauto geschenkt bekommen hat. Johannes nickt dezent grüßend, wird dabei aber überflutet von der Vorstellung, wie Rowald Hoppe sich des Nachts über die naturgegebenen Vorzüge seiner Assistentin hermacht. Und es fällt unglaublich schwer, unter diesen Umständen den positiv-entspannten Gesichtsausdruck aufrechtzuerhalten.

»Lichtenfeld, kurz und gut« – Hoppe steht jetzt ganz dicht neben ihm und hat seine linke Schulter gepackt –, »ich rate Ihnen: Gehn Sie in die Wirtschaft! Da können Sie was bewegen! Marketing, PR – ich kenn Leute, die würden sich nach einem wie Ihnen alle zehn Finger lecken, ungelogen! Wär natürlich nicht schlecht, Sie würden vorher noch promovieren, so 'n Doktor macht sich immer gut, kann auch ruhig ein Dr. theol. sein, da fragt eh keiner nach. Aber wie ich Sie einschätze, Lichtenfeld, wie ich Sie einschätze, das schaffen Sie doch mit links.« Dabei versetzt er Johannes einen kumpelhaften Schlag aufs Schulterblatt. »Rufen Sie mich an. Hier ist meine Karte. Gruß an die Gattin!« Damit wendet er sich um und durchpflügt die Menge in Richtung auf das kalte Buffet.

Johannes atmet tief durch, leert sein Glas und ruft sich innerlich zur Ordnung. Jesus von Nazareth hätte sich von so einem vielleicht sogar zum Essen einladen lassen. Nicht auszuschließen. Allerdings wäre er dann bei Tisch nicht zu Wort gekommen.

ELSA lässt ihren Zeigefinger auf der pastellblauen Schlangenlinie entlanggleiten, die sich in Schulterhöhe über die Fliesen zieht. Luxus pur. Schon allein das Toilettenpapier, dick wie Daunen und mit rosa Blumen.

Das Bad nebenan steht den Damen zur Verfügung, um sich, wie es diskret hieß, »frisch zu machen«. Elsa lugt neugierig hinein. Zwei wuchtige Waschbecken mit großflächigen

Spiegeln, Dusche, helle Fliesen mit perlmuttartig schillernder Oberfläche. Eine Dame ist drin, da wäre es peinlich, einfach unverrichteter Dinge wieder zu gehen. Man könnte sie für neugierig halten. Elsa grüßt flüchtig und zückt ihre Bürste. Die Frau hat um sich herum eine Art Bereitschaftskoffer entleert und malt mit bewundernswerter Akribie eine Konturlinie um ihre Lippen. Weil sie etwas kleinwüchsig ist, steht sie dabei auf den Zehenspitzen und beugt sich weit über den Waschbeckenrand, eine Übung, die unglaubliche Körperkontrolle verlangen muss. Elsa verwirft rasch den Gedanken, die Dame auf das Fußbänkchen im Winkel des Bades aufmerksam zu machen.

Lippenstift. Sie weiß es noch genau, wie es war, als sie ihren ersten Lippenstift gekauft hatte. Jetzt kommst du dir wohl sehr schön vor, hat Oma Gertrud gesagt, mit diesem ganz besonderen, verächtlichen Blick. Daran muss Elsa noch heute immer denken, wenn sie, selten genug, einen Lippenstift zur Hand nimmt.

Die Fesseln der Dame nebenan beginnen zu zittern. Die Konturen füllt sie jetzt sorgsam mit grellrosa Lippenstift aus, wobei sie den Mund aufreißt wie ein Karpfen auf dem Trockenen.

Im Spiegel betrachtet Elsa verdrießlich ihre Augen. Lidschatten steht ihr nicht, und Wimperntusche nützt bei ihr sowieso nichts. Es ist ein unfairer Zug der Vorsehung: sie als Frau mit den paar dünnen kurzen Borsten an den Lidern, aber Johannes, der hat Wimpern, so lang und so dicht! Wenn der sein jungenhaftes Lächeln mit einem Augenaufschlag unterlegt, dann bekommt sogar Frau Zeisig von der Kirchenpflege weiche Knie.

Die Dame spitzt jetzt die Lippen, als wollte sie ihrem Spiegelbild einen Kuss geben, dann zieht sie den Mund breit zu einem künstlichen Lächeln und betrachtet sich mit tief gerunzelter Stirn. Plötzlich schüttelt sie den Kopf, reißt ein Tuch heraus und beginnt den Lippenstift heftig wieder abzuwischen.

Die Tür des Bades öffnet sich und Eliane tritt herein. »Ach, Elsa, wie schön, wir haben uns noch gar nicht richtig gesprochen. Ich wollte mich nur rasch für meinen großen Auftritt herrichten.« Sie lächelt selbstironisch und wirft einen kritischen Blick in den Spiegel.

Was sollte es da eigentlich noch herzurichten geben?, fragt sich Elsa.

Jetzt wäre der richtige Augenblick für die Beichte. Ob die Haftpflichtversicherung für Kratzer auf filigranen Metallvögeln aufkommt?

Aber Eliane hat ihr sinnlich dunkles Lippenrot bereits erneuert und spricht weiter. »Ach, was ich dich noch fragen wollte: Mit dem Garten komme ich gar nicht voran. Diese beiden, die bei euch den Schuppen abgerissen haben – sind die wohl zuverlässig?« Sie hat die Lider halb niedergeschlagen und begutachtet den Farbauftrag, der kunstvoll von grün schillernd bis elfenbeinweiß abgestuft ist. »Ich will keinen Landschaftsarchitekten engagieren, weil ich die Gestaltung ja selbst entworfen habe. Wenn die ihre eigenen Vorstellungen haben, das gibt nur Ärger.« Sie zupft sich eine Fluse von der Wimper. »Und es sieht so furchtbar aus draußen, es muss endlich einmal etwas geschehen. Ich habe schon aus lauter Verzweiflung eine Vogelskulptur in den Boden gesteckt, aber die fällt bei jedem Windstoß um, es ist wirklich eine Farce!«

Elsa schließt dankbar die Augen. – Ach so, sie war ja etwas gefragt worden. Die beiden können den Job sicher gut brauchen, sie muss sich richtig ins Zeug legen. »Doch, ja, nach meiner Erfahrung sind die beiden wirklich zuverlässig«, plappert sie drauflos. »Na ja, der Lange, Mike, ist manchmal ein bisschen ordinär« – Eliane schaut skeptisch – »aber harmlos, und ziemlich lebhaft, hast ihn ja selber mal erlebt« – Eliane lächelt dezent – »außerdem baggert er jede Frau an ...«

»Sogar dich?«, fragt Eliane.

Elsa stutzt. »Na ja, so 'n paar provozierende Bemerkungen immer mal. Aber arbeiten tut er wirklich gut, und wenn er's zu wüst treibt, dann ruft der andere, Leo, ihn zur Ordnung. Also, die kann ich wirklich empfehlen.«

Warum eigentlich hat Eliane gefragt: »Sogar dich?« Weil man eine Pfarrersfrau nicht anbaggert? Oder weil Elsa keine Frau zum Anbaggern ist?

Jedenfalls wird Leo den Blechvogel im Boden verankern, dass er auch dem nächsten Jahrhundertorkan standhält, wahrscheinlich mit Betonfuß.

Eliane hat sich währenddessen hier und da in den Haaren gezupft, lächelt sich jetzt zufrieden im Spiegel an und verstaut ihre Utensilien. »Ich ruf dich dann mal an wegen der Telefonnummer – so, jetzt muss ich aber raus.«

Die Dame nebenan steht wieder auf den Zehenspitzen und malt mit unendlicher Sorgfalt eine Konturlinie, die mit ihrer wahren Lippenform noch weniger zu tun hat als die vorige Version. Ihre Fesseln zittern.

Draußen ist alles bereit. Am Rande der Tanzfläche hat sich eine erwartungsvoll murmelnde Menge eingefunden. Eliane ergreift souverän das Mikrofon und lädt, nachdem der Applaus abgeebbt ist, ihre Gäste charmant zum Tanz ein. Johannes reckt den Hals und winkt fragend zu Elsa herüber. Sie schüttelt den Kopf und schwenkt abwehrend die Hände. Eine Nachfrage pro forma. Er weiß doch genau, dass sie nicht tanzt.

Nein, tanzen ist gar nicht ihre Sache. Rumba, Foxtrott, Cha-Cha-Cha ... Obwohl sie eigentlich musikalisch ist. Aber sie ist nie in die Tanzschule gegangen. Oma Gertrud war strikt dagegen, und Elsa hatte sich auch nie besonders darum bemüht. Denn Tanzen, das muss schwebend und schwerelos aussehen, hat sie sich schon immer gedacht, so wie bei der kleinen Porzellantänzerin in Oma Gertruds guter Stube. Und auf einer ihrer ersten Klassenfeten – ja, auch Elisabeth Große-Roßkämper hatte es irgendwann gewagt, auf eine Klassenfete zu gehen –, am Rande dieser Fete also, es klingt ihr noch im Ohr, Verena, die tolle Verena, Mittelpunkt der Klassenclique, sie hat es so laut gesagt, dass Elsa es auch bestimmt hört: So, wie die tanzt, müsste sie eigentlich Große-Roßhintern heißen. Nein, Elsa hat keine Lust zum Tanzen.

Dr. Nelling tanzt sehr korrekt und etwas steif, bis er nach ein paar Runden unvermittelt einem Unsichtbaren am Rande zuwinkt und von der Tanzfläche eilt. Kein stilvolles Benehmen. Aber Johannes springt sogleich ein und löst den Gastgeber ab.

Johannes ist ein eher durchschnittlicher Tänzer, ruft damit aber trotzdem immer wieder großes Erstaunen hervor, weil auch von einem evangelischen Pfarrer im Grunde erwartet wird, dass er sich niemals wesentlich anders bewegt als ein Mönch im Kreuzgang. Frau von Rettenbach jedenfalls lehnt mit einem Ausdruck seligen Entzückens am Rande der Tanzfläche und beobachtet das Traumpaar. Ja, sie sehen aus wie ein Traumpaar. Eliane so leicht und mühelos, ihr Kleid ist auf Figur geschnitten, man sieht jede Bewegung ihres Körpers.

Seltsam, den eigenen Ehemann so von ferne, von außen zu betrachten. Elsa hat es eigentlich nie recht verstanden, warum er sich eine breithüftige Landpomeranze wie sie zur Ehefrau erwählt hat. Aber er hat es freiwillig getan, und jetzt sind sie schon bald fünfzehn Jahre verheiratet.

Jetzt wird ein Walzer angesagt, und Johannes verneigt sich formvollendet vor Frau von Rettenbach. Er weiß eben, was sich gehört.

VI

Elsa steht am Gartenzaun, kratzt Lehm von ihrem Spaten und beobachtet die Geschäftigkeit auf dem Nachbargrundstück. Leo hat den Metallvogel in der Hand und Mike schleppt einen großen runden weißen Marmorstein. Leo spießt den Metallvogel in einer Ecke des Gartens in die Erde und Mike setzt den Stein daneben. Eliane hat einen großen Plan in der Hand. Sie tritt ein paar Schritte zurück und schüttelt den Kopf. Leo, Mike, der Vogel und der Stein ziehen um auf die andere Seite des Weges. Eliane winkt nach links. Alles ein paar Schritte weiter. Jetzt den Stein näher heran. Nein, weiter weg. Sie nickt. Sie wendet sich sinnend zur Sonne. Ruft etwas aus und hebt die Arme. Alles falsch! Leo mit dem Vogel und Mike mit dem Stein und Eliane mit dem Plan wandern in die andere Ecke des Gartens. Leo spießt den Metallvogel in die Erde und Mike setzt den Stein daneben. Eliane hält den Plan vor sich ausgebreitet, dreht ihn einmal um hundertachtzig Grad, dreht sich selbst halb um die eigene Achse und schüttelt den Kopf. Elsa will es scheinen, als hätte Leos Gesicht eine rötliche Farbe angenommen.

Am Vormittag haben sie auf diese Art und Weise immerhin schon einen Goldregenstrauch, zwei Zierkirschen und vier Bambusstauden in die Erde gebracht.

Ein Spatenstich! Seht und staunt, der Vogel hat seinen Platz gefunden. Jedenfalls bis auf Weiteres. Eliane verschwindet im Haus.

Mike kommt auf Elsa zugetrottet. »Hallo, schöne Nachbarin!« Er lehnt sich an den Gartenzaun, stopft sich ein Mars in den Mund und spült es mit einer halben Dose Cola hinunter.

Es bleibt ein ewiges Rätsel, warum dieser Mann nicht dicker wird. Von morgens bis abends Junkfood, und immer sieht er aus wie das blühende Leben. Heute hat er wieder einen Bart, der als schmales Band das Kinn umkränzt, aber die Haare sind jetzt zu einem topfschwammartigen Gekräusel kurzgeschnitten. Und so braunhäutig ist er und so schwarzäugig, wie man sich einen echten Spanier vorstellt, einen feurigen.

»Na, wie läuft's?«, fragt Elsa teilnahmsvoll. »Ist wohl alles nicht so einfach?«

»Kannste aber laut sagen«, erwidert Mike mit vollen Backen. »Weißte, sie macht in Fäng Schuui oder so. Wenn du da 'ne Holzbank in die falsche Ecke vom Garten stellst oder wenn der Tontopf zu nah am Wassersprudler steht, dann läuft dir der Mann weg, oder du kriegst Depressionen.«

»Und wenn ich dann die Holzbank in die richtige Ecke stelle?«

»Dann läuft dir der Mann wieder zu. – Mensch, Alter!« Mike winkt heftig zu Leo hinüber. »Tu mal deine großen Füße da weg, der Chi-Fluss kommt nich durch! – So, jetzt werd ich mal das Brunnenloch ausheben.«

»Hoffentlich hat sie sich gut überlegt, wo der Brunnen hin soll?«

»Hoffentlich nicht, umso länger könn' wir hier wühlen!«

»Leo kommt damit wohl nicht so gut zurecht?«

»Ne-he.« Mike lacht. »Der kriegt noch die Krise. Is sowieso schlecht drauf die Tage. Gerade ham sie 'n Kumpel von ihm von der Leitplanke gekratzt – Kurve, Ölspur, batsch! Außerdem hatter Zoff mit seiner Freundin. Die will in den Ferien unbedingt inne Ferienwohnung an der Ostsee, und die will sie auch noch bezahlen. Was der sich immer für 'n Stress macht mit den Frauen! Dabei hatter bis jetzt noch jede gekriegt, die er wollte.« Mike lässt das Papier fallen und ignoriert Elsas strafenden Blick.

»Er war wohl mal verheiratet?«, fragt Elsa zögernd, weil ihr die Frage eigentlich recht indiskret erscheint.

»Hajaaa, echt tragische Geschichte. Da war er endlich los vom Suff und kommt nach Hause und da hat sich schon 'n andrer da eingenistet. Verdammt dumm gelaufen. Und dann mit der Tochter ...« Mikes Miene hat sich tief verfinstert.

Verdammt dumm gelaufen – das ist für ihn wohl der tiefste Ausdruck menschlichen Mitgefühls.

Mike betrachtet seine Coladose und gibt sich einen Ruck. »Könnt mir nich passieren, so was!«

Elsa wechselt das Thema. »Ihr kennt euch wohl schon lange?«

»Haja, schon, von der Band damals, da hatter mich reingebracht. Das war 'ne heiße Zeit, super gut drauf damals. Und Leo, der war echt gut. Wahnsinn, echt gut.« Er schweigt in ehrfürchtiger Erinnerung.

Wahnsinn.

Leo hat inzwischen den Vogel platziert, kommt herangestampft und lehnt sich neben Elsa an den Gartenzaun. Der Zaun ächzt. Leo schwitzt. Das T-Shirt hat er schon abgelegt, seine Schultern sind von der Maisonne mit zahllosen Sommersprossen gesprenkelt.

»Na, Alter, steht der Blechvogel? Sauber!« Mike prostet Leo mit der Coladose zu. »Super Job, was?«

»Hmmmja«, brummt Leo.

»Mensch, das gibt 'n Haufen Kohle, 'n echt dicker Fisch an der Angel! Jetz guck doch mal bisschen glücklich, sonst wird die Elsa ganz traurig, die hat uns das immerhin organisiert. Hast du dich überhaupt schon anständig bedankt?« Mike versetzt Leo einen Knuff mit der Faust in den Oberarm.

»Noi, du vielleicht?«

»Schande, nö. Elsa!« Mike breitet die Arme aus und macht einen Schritt auf Elsa zu.

Elsa geht zwei Schritte zurück. Zum Glück ist der Zaun zwischen ihnen.

»Oh Mann!« Mike schlägt sich eine Hand vors Gesicht. »Jetzt darf ich hier nich mal meine Gefühle ausdrücken!«

»Lass deine Pfota besser bei dir«, knurrt Leo. »Mir könnet se ja zom Essa eilada.«

»Obergeile Idee!« Mike schlägt sich mit einer Hand auf den Oberschenkel. »Du magst doch Pommes?!«

»Na ja«, sagt Elsa.

»Einmal Rudis Fritten spezial, alles klar! – Sssso, und nun weitermachen!« Mike klatscht sich aufmunternd in die Hände, stellt die Coladose auf den Gartenzaunpfosten und macht sich beschwingt auf den Weg.

Leo zündet eine Zigarette an und schweigt.

»Nicht so einfach mit der Gartengestaltung?«, fragt Elsa.

Leo schnauft.

»Aber ist doch gut bezahlt«, sagt Elsa.

Leo legt die Stirn in viele Querfalten. »Geld isch net alles. Jetz hat se alle Baaguaa-Zonen durchanandergrührt on brengt's nemme auf d' Reihe. Außerdem will se am liebschta des Haus omsetza, weil die Zone für Ruhm und Erleuchtung jetz grad da dronter liegt.«

»Mike scheint das alles ja überhaupt nichts auszumachen.«

»Noi, noi.« Leo lacht bitter. »Der freut sich auf d' Kohle, on außerdem isch er scharf auf die Lady.«

»Auf – Frau Nelling?!« Da kann Elsa nur hell auflachen. »Da wird er wohl wenig Glück haben.«

Leo hebt die Schultern. »Woiß net, der kriegt von jeder Frau, was er will. Der hat's raus. Der hat für jede a anders Programm drauf, für die oine macht er den einsama Cowboy und für die andre den Kavalier, wie's grad passt.«

Elsa überlegt einen Moment. »Und welche Nummer hat er bei mir drauf?«

Leo runzelt die Stirn, denkt nach und drückt die Zigarette auf dem Zaunpfosten aus. »Dommer Schulbub, dät i saga.« Er lässt die Kippe fallen.

Elsa verfolgt den Zigarettenstummel mit den Augen und räuspert sich. Sie verschränkt die Arme. »Wie kommt er denn da drauf?!«

Leo bückt sich nach der Kippe. »Frag 'n doch selber.«

Elsa wechselt das Thema. »Ihr kennt euch von der Band her?«

»Hmmm, i han ihn entdeckt, könnt mr saga.« Leos Blick nimmt einen entrückten Ausdruck an. »Der war gut, der Kerle, auf dr Bühne isch der explodiert. Der hat mit achtzehn schon alle en d' Tasch gsteckt, mi au. Aus dem hätt was werda könna.« Er schaut vor sich hin und schweigt.

»Aber?«, fragt Elsa vorsichtig.

»Hatt kein Bock ghabt, nur Weiber em Kopf, bei dene hatt 'r sich net anstrenga müssa, emmer high life. Aber des langt net.« Er verschränkt die Arme und wippt am Zaun.

Elsa versucht ein bisschen dagegenzuhalten.

Eliane erscheint wieder auf der Terrasse. Gerade in diesem Moment stößt Mike den Spaten in den Erdboden, zieht sich das T-Shirt über den Kopf und schleudert es zur Seite. Mit dem Spaten in der Hand sieht er jetzt aus wie ein Arbeiterdenkmal, alles Muskeln und Sehnen. Makellos.

Eliane scheint das aber nicht zu berühren. Sie entrollt den Plan und gibt Leo ein Zeichen. Leo setzt sich seufzend in Bewegung.

»Kommst du nachher mal rüber wegen dem Treppengeländer?«, ruft Elsa ihm hinterher und wundert sich selbst über ihre nachlässige Sprache.

Leo wendet sich um und nickt dankbar.

JOHANNES wartet, bis die letzten Töne in der Weite des Kirchenschiffs verklungen sind. Dann klatscht er einmal sanft in die Hände, und schon, als hätte das Publikum nur auf sein Kommando gewartet, füllt der Applaus den Raum, ein noch immer ungewohntes Geräusch in diesen heiligen Hallen.

Das Streichquartett verneigt sich, Johannes tritt ans Mikrofon: »… darf ich noch einmal auf unsere Spendenkasse zur Renovierung des St.-Dionysius-Fensters hinweisen.« Und herzliche Einladung zu einem kleinen Umtrunk draußen vorm Haupteingang.

Eliane Nelling sitzt in gewagtem Violett in der dritten Reihe. Sie hat wahrhaftig einen Hut auf. Bei jeder anderen Frau hätte das gnadenlos albern ausgesehen. Und weiße Handschuhe, unglaublich, aber ganz apart.

Draußen vor der Kirche setzt Dr. Nelling sein Sektglas auf dem Bistrotisch ab und schnäuzt sich umständlich. »Ich habe eine Schallplattenaufnahme vom Reykjavík String Quartet, da kommt das Cello viel besser raus.«

Frau Nelling zupft an ihren Handschuhen und lässt sich bereitwillig ein zweites Glas einschenken. »Und, was macht die Spendenkasse, Herr Pfarrer?«

»Sehr dürftig.« Johannes hebt bedauernd die Schultern. »Ich glaube, ich werde noch mit dem Hut rumgehen müssen.«

»Haben Sie einen?«

»Nein, aber vielleicht dürfte ich für den guten Zweck Ihren ausleihen?«

»Für den guten Zweck ...« Frau Nelling zieht sich mit einer eleganten Bewegung den Hut vom Kopf und blinzelt aus den Augenwinkeln.

Dr. Nelling hebt mit Kennerblick das Glas gegen das Licht. »Schöne Farbe, feines Mousseux.«

»Ich glaube, der Sammelerfolg wird größer sein, wenn Sie selbst herumgehen«, sagt Johannes.

»Aber die Autorität des Pfarrers ist durch nichts zu ersetzen«, gibt Frau Nelling zu bedenken.

»Lieber Herr Lichtenfeld!« Frau von Rettenbach schiebt sich von hinten heran. »Haben Sie schon einmal daran gedacht, im Dionysiusfenster eine moderne Glas-Interpretation zu installieren? Ich kenne da einen jungen vielversprechenden Künstler, der macht ganz aufregende Sachen mit Altglas.«

Das hat Studiendirektor a. D. Alfred Ertle am Nebentisch gehört. »Sehr verehrte Frau von Rettenbach! Können Sie mir ein einziges Beispiel nennen, wo es überzeugend gelungen ist, moderne künstlerische Formen in historische Bausubstanz einzubringen?«

Nun gut, die beiden sind beschäftigt. Die sich kreuzenden Giftpfeile sind geradezu physisch spürbar.

»Ah ja, es ist ein Cava«, sagt Dr. Nelling und begutachtet mit heruntergeschobener Brille die Sektflasche.

Frau Häbich vom Kirchengemeinderat drückt sich hinter Johannes herum. Sie hat ihr kleines Schwarzes angelegt. Es ist so klein, dass Johannes an eine Leberwurst denken muss.

»Die Musiker hen wirklich wunderbar gspielt, Herr Lichtenfeld. Schade, dass se koi Zugab gebba hen.«

»Dürft i da mal dorch?« Herr Hauser ist auch da. Zwei Bistrotische wackeln bedenklich.

»Also gehen wir doch am besten zusammen«, sagt Johannes in Richtung von Frau Nelling.

Frau Häbich wirft ihm einen entsetzten Blick zu. Zu ihrer Zeit hatte »zusammen gehen« wohl noch eine ganz andere Bedeutung.

»Herr Dr. Nelling, darf ich Ihnen für einen Moment Ihre Frau entführen?« Johannes muss laut sprechen.

»Die Suche nach der zeitgemäßen Ausdrucksform darf doch vor Sakralbauten nicht haltmachen!«, ruft Frau von Rettenbach ziemlich schrill zum Nebentisch hinüber.

Sie werden sich noch mit Erdnüssen bewerfen.

Dr. Nelling starrt in sein Glas, als hätte er etwas darin verloren.

Johannes versucht es noch einmal. »Herr Dr. Nelling, darf ich – für den guten Zweck?«

»Bitte? Ach so, aber gewiss doch, viel Erfolg.«

Johannes holt das Schild mit einem Foto des Kirchenfensters und der Aufschrift »Spenden für die Renovierung unseres kulturhistorisch bedeutenden Dionysiusfensters« über einem klotzigen abwärts gerichteten Pfeil. Frau Nelling hält den Hut, er hält das Schild, Frau Nelling lächelt für die Herren, Johannes lächelt für die Damen. Eine geniale Konstellation: Die Damen lassen sich nicht lumpen und zücken ihren persönlichen Geldbeutel, auch wenn der Ehegatte bereits den seinen um einen Schein erleichtert hat. Ein persönliches Wort, ein erfreutes Lächeln, die Scheine quellen, nach einem halben Rundgang muss der Hut entleert werden. Und Eliane Nelling lacht dabei so ausgelassen, wie Johannes es kaum für möglich gehalten hätte.

Zum Schluss setzt sie den Hut mit einer kleinen Drehung des Handgelenkes wieder auf und lächelt unter der breiten Krempe herauf. »Herr Pfarrer, ich würde sagen, das war jetzt perfekte Teamarbeit.« Sie wendet sich ihrem Mann zu. »Bernhard, schau mal, jede Menge Scheine! – Aber Bernhard, du rauchst wieder?« Dr. Nelling drückt eine Zigarette aus.

»Darauf müssen wir mit einem Glas Sekt anstoßen«, sagt Johannes schnell und gießt Dr. Nelling demonstrativ zuerst ein.

Dann Frau Nelling. Das Glas steht so dumm, besser andersherum, hoppla, jetzt ist etwas danebengegangen. Er lächelt verlegen.

Sie lächelt zurück: »Das macht doch nichts.«

Der Sekt ist schon aufschäumend aus dem Glas gestiegen, da lächelt sie noch immer.

Elsa schaut prüfend in den Spiegel. Sie ist das Ausgehen nicht mehr gewöhnt. Schon gar nicht in solcher Gesellschaft. Pommes bei Rudi!

Da kann jetzt aber ruhig ein bisschen Farbe ins Gesicht. Lippenstift, diesmal kein dezentes Rosa, heute darf es der rote sein. Der blaue Lidschatten tut noch. Zu dumm, die Wimperntusche trocknet immer so schnell ein und krümelt. Jetzt noch was an die Ohren. Etwas altmodisch, das zarte Metallgehänge, aber besser als nichts. Sie strubbelt sich durch die Haare, legt den Kopf schräg und stemmt die Hände in die Hüften. Nicht schlecht. Jeanshose, Body mit mäßigem Ausschnitt, hauteng, das kann sie sich noch leisten, so oben herum, und die alte Jeansjacke drüber.

Kathrin kommt um die Ecke. »Wow, Mama, wie siehst du denn aus! Vererbst du mir die Jeansjacke?«

Elsa lacht. »Ich hoffe nicht, dass ich da jemals rauswachse. – Ich geh jetzt, tschüss!«

»Viel Spaß!«, ruft Kathrin ihr hinterher.

Sonst ist es immer andersherum.

Freitagabend. Einfach losgehen und alles zurücklassen. In fünf Minuten kommt der Bus, auf der andern Seite der Kirche.

Diese Jeansjacke ist wirklich uralt, älter als Kathrin. Und so selten getragen. Eigentlich Unsinn, mit so etwas den Kleiderschrank zu verstopfen. Aber nein, sie wollte sich auch nicht davon trennen. Vielleicht sollte sie die Jeansjacke besser in eine Kiste stecken. Eine Kiste, wo »Elsa« draufsteht.

Sie überlegt, was wohl noch in diese Kiste gehören würde. Die Porzellanfiguren von Oma Gertrud natürlich. »Die Kinder aus Bullerbü«, heile Kinderwelt, mindestens zehn Mal gelesen. Die Handvoll Muscheln von der Jugendfreizeit in Spanien, wo sie zum ersten Mal richtig verliebt war. Das Tuch vom Kirchentag, bei dem sie mit Johannes war. Und von den Kindern die Namensbänder aus der Klinik, dazu der erste Strampler von Kathrin, den haben alle Kinder getragen, sogar Robert. Alle anderen Babysachen hatte sie gerade zum Kinderkleiderbasar getragen, als sie wieder schwanger wurde. Sonst noch was?

»Ja grüß Gott, Frau Lichtenfeld!«

Elsa fährt zusammen.

Frau Nägele vom Hintergrundstück ist neben ihr an die Bushaltestelle getreten und mustert sie von oben bis unten. »I han Sie ja kaum erkannt!«

»Ach, ’n Abend, Frau Nägele«, sagt Elsa und versucht zu lächeln. »Was führt Sie denn so spät noch nach Stuttgart rein?«

Frau Nägele beginnt zu reden, etwas von Albverein und Weinstube. Elsa bemüht sich zuzuhören, aber es gelingt ihr nicht.

Der Bus kommt, natürlich ziemlich leer um diese Zeit. Elsa hat keine Wahl, sie muss sich neben Frau Nägele setzen.

»'s isch recht kühl für d' Jahreszeit«, sagt Frau Nägele und platziert energisch ihre ausladende Handtasche auf ihrem Schoß.

»Ja, da vertut man sich leicht mit der Kleidung«, sagt Elsa.

Frau Nägele spricht weiter.

Erben. Kathrin will die Jeansjacke erben. Also, wenn Elsa morgen sterben würde, dann würde Kathrin die Jeansjacke bekommen. Anne natürlich die Porzellanfiguren, die ganz geblieben sind. Robert das Buch und Johannes das Tuch. Die Muscheln werden im Garten verstreut, jedes Kind kriegt sein Band und der erste Strampler ist fürs erste Enkelkind.

»Der Rasa isch dermaßa voll mit Löwenzahn!«, sagt Frau Nägele.

»Ja, wenn man da nicht immer hinterher ist«, erwidert Elsa teilnahmsvoll.

Und die zerbrochene kleine Porzellantänzerin? Mit der kann keiner mehr was anfangen. Die kann mit ins Grab.

»Die Taglilia sen sehr dankbar«, sagt Frau Nägele.

»Ich habe meine schon zweimal geteilt«, sagt Elsa.

Ach, das war jetzt schon wieder verkehrt. Frau Nägele schaut reserviert und knetet ihre Handtasche. »I han emmer Angscht, dass dr Balla Schada nemmt«, sagt sie, »sonscht hätt i meine au scho längscht teilt.«

Am Hauptbahnhof verabschiedet Elsa sich erleichtert und flüchtet ins Gewimmel.

Treffpunkt Königsbautreppen.

»Die Sonne geht auf!«, ruft Mike zur Begrüßung. »Elsaaa! Du siehst ja zum Anbeißen aus!«

Zugegeben, er versteht es, Komplimente zu machen. Gern hätte sie ihm jetzt einen kühl-überlegenen Blick zugeworfen.

Stattdessen lächelt sie verlegen und kommt sich vor wie ein alberner Backfisch. Jetzt aber schnell.

Sie wirft den Kopf zurück und erwidert: »Das würde ich dir nicht raten.«

Mike grinst. »Jetz kuck doch mal, Leo, was für 'n wunderschöner Kaktus.«

Leo hat sie nur einmal kurz von oben nach unten und von unten nach oben betrachtet und ist jetzt damit fertig. »Dann wolla mr mal«, sagt er, steckt die Hände in die Hosentaschen und setzt sich gemächlich in Bewegung.

Die Königstraße, Stuttgarts Konsummeile. Elsa ist zuletzt hier gewesen, um eine Winterjacke für Kathrin, einen Tortenheber für Schwiegermama und einen blauen Übertopf für die Zitronengeranie zu kaufen. Eilige Menschen schleppen dickbauchige Plastiktüten und schauen auf ihre Armbanduhren. Heute gehört sie nicht dazu. Wie seltsam, so ganz zweckfrei hier entlangzuschlendern. »Ohne Sinn und Zweck«, würde Oma Gertrud sagen.

Als Erstes gibt es ein Eis für alle, »als Vorspeise«, jeder drei Kugeln. »Pistazien ist hier saugeil!«, stellt Mike fest. Elsa betrachtet von der Seite die zwei großen Jungs, wie sie Eis schleckend die Schaufenster betrachten und sich über die Preise lustig machen. Mike ahmt erst die affektierten Posen der Schaufensterpuppen nach, dann imitiert er Passanten, die vor ihm laufen: die Dame in Pumps, den coolen Jugendlichen mit Zigarette ... Elsa kichert erst leise, aber bei Mikes Interpretation einer rüstigen Seniorin mit flottem Trolley muss sie dann doch laut loslachen.

»Laufa mr odr fahra mr?«, fragt Leo am Ende der Königstraße und weist mit dem Kopf zum U-Bahn-Einstieg.

»Geh ma!«, sagt Mike, »bei dem schön' Wetter!«

Elsa ist einverstanden.

Was für eine seltsame Gegend hier. Elsa ist in der Fußgängerzone kaum je weiter gekommen als bis zur Karstadt-Ecke, und an der breiten Querstraße ist die bekannte Welt endgültig zu Ende. Viel Verkehr, laut und stinkend, hohe Häuser, Großstadtkulisse. Das soll Stuttgart sein? Sie könnte ebenso gut in Duisburg stehen. Jenseits wird gleich alles billiger. Lidl, McDonald's, Schlecker.

Am Ende der Fußgängerzone haben sich allerlei Motorräder, Mopeds und Motorroller versammelt. Es ist Elsa schon früher aufgefallen, dass diese Fahrzeuge sich wie Herdentiere verhalten. Sie suchen die Gesellschaft von ihresgleichen, vor allem, wenn sie ruhen. Um ein besonders wuchtiges und glänzendes Motorrad herum hat sich ein kleiner Menschenauflauf gebildet, meist Männer, die alle so ähnlich aussehen wie Leo oder Mike.

»Guck mal. Richie«, sagt Leo und steuert auf die Gruppe zu.

Dabei hat sich sein Gang seltsam verändert. Die Schritte sind länger geworden, langsamer, etwas schlurfend. Mike läuft so ähnlich und hat dabei noch die Daumen in die Hosentaschen gehängt, sodass die Ellbogen sich nach außen spreizen. Er sieht von hinten aus wie ein Cowboy, der gleich beide Revolver ziehen will.

»Neu?«, sagt Leo zur Begrüßung.

»Nö, echt alt«, sagt ein Typ, der so groß ist wie Mike und so breit wie Leo. Im Gesicht trägt er einen Schnäuzer, dessen Enden bis fast zur Kinnkante hinabreichen.

Dann beginnen die Männer ein Gespräch, zu dem alle etwas beizutragen haben und das, wie alle echten Männergespräche, vor allem aus Zahlen besteht. Im Grunde scheint es recht gleichgültig zu sein, worum es gerade geht, wenn nur die Zahl so beträchtlich ist, dass alle beeindruckt die Köpfe wiegen. Sie sind völlig in ihren Datenaustausch vertieft.

Elsa kommt sich vor, als ob sie gar nicht mehr vorhanden wäre. Sie sieht sich um und stellt fest, dass sich außer ihr noch drei weitere nichtvorhandene Frauen in der Runde befinden, die ebenso gelangweilt um sich schauen. Natürlich, man darf sich keine Illusionen machen. In dieser Männerwelt spielen

Frauen überhaupt keine Rolle, ja, sie werden nicht einmal wahrgenommen.

Doch jetzt – eine Bewegung! Die kleine Dunkle bietet der großen, vollbusigen Blonden einen Kaugummi an! Die akzeptiert mit einem schiefen Lächeln. Drüben lehnt eine mit dunklen langen Haaren und tief dunkelblauem Lidschatten an einer Hauswand und starrt angestrengt in eine andere Richtung. Folgerichtig bekommt sie keinen Kaugummi – oder guckt sie weg, weil sie keinen Kaugummi bekommt? Elsa bekommt sowieso keinen, rechnet aber auch überhaupt nicht damit, denn sie ist ja unsichtbar. Oder – ist da nicht gerade, als sie sich umwandte, ein Augenpaar weggehuscht?

Endlich sagt Mike: »Okeh, bis die Tage!«, und sie lassen die seltsame Versammlung hinter sich.

Als sie um die Ecke gebogen sind, kann Leo dann auch wieder ganz normal gehen. »Hasch gseh, dr Tommy hat scho wieder a neue Tussi«, sagt er.

»Jouu«, sagt Mike, »ich weiß, meine Güte, war die Gabi stinkig! Dabei hab ich gehört, sie is sofort zu Uwe übergelaufen.«

»Ja klar, der hat ja bloß drauf gwartet, der hechelt doch scho seit a paar Jahr hender der her on wartet auf sei Stond. – On d' Chrissie isch wohl au wieder auf dr Suche, hatt ja en Ausschnitt bis zom Bauchnabel ghabt.«

»Sieht aus wie 'ne Kuh auf der Weide beim Wiederkäuen mit ihrm Kaugummi und dem Rieseneuter.«

»Habt ihr auch noch 'n anderes Thema?«, fragt Elsa.

»Nö«, sagt Mike, hält aber trotzdem den Mund.

Inzwischen ist es dämmrig geworden. Sie gehen gesichtslose Stadtstraßen entlang. Ein Betrunkener schlingert über den Gehweg, verfehlt nur knapp Elsas Schulter, rempelt aber ein Verkehrsschild an und entschuldigt sich wortreich. Eine Taube, der ein halber Fuß verloren gegangen ist, pickt ziellos um einen überquellenden Papierkorb herum.

Vor ihnen erhebt sich eine wuchtige Hochstraße. Elsa wusste nicht, dass es so etwas hier gibt. Und seltsam, dahinter erhebt sich eine Kirche mit zwei stattlichen Türmen und alten Bäumen.

»Noch nie 'ne Kirche gesehen?«, fragt Mike.

»Sankt Maria, katholisch«, erläutert Leo. Sankt Maria zur Hochstraße. Völlig verrückt.

»Hier is ja überhaupt nix los!«, sagt Mike und beschleunigt seinen Schritt.

Geradeaus, links, rechts, eine dröhnende vierspurige Straße. Elsa hatte vergessen, dass es so hässliche Häuser gibt. Betonkästen und schmuddelig-schwarze Altbaufassaden. Und doch gleich seitlich, den Hang hinauf, Stäffele und grüne Idylle. Da wohnt man nun jahrelang vor den Toren einer Stadt und meint sie zu kennen, und dann ist alles ganz anders. Stuttgart von hinten.

»Hier isch mir z'viel los«, sagt Leo und biegt in eine ruhigere Seitenstraße ein. Eine alte Frau im verschlissenen Pelzmantel schlurft in Hausschuhen mit rosa Puscheln vorüber.

Plötzlich wird oben ein Fenster aufgerissen. Eine Frauenstimme schreit: »Neiiin!« Eine Männerfaust mit einem zappelnden Bündel erscheint hoch oben. Ein Hund.

Der Mann schreit: »Schwöre es, sonst lass ich los!«

Elsa bleibt stehen. Sie sehen nach oben.

»Was für 'n hässlicher Hund«, sagt Mike.

Tatsächlich sieht er aus wie eine Fleischwurst mit Beinen. Aber trotzdem.

»Das ist doch ein lebendiges Tier!«, sagt Elsa.

Sie sehen nach oben. Der zappelnde Hund nähert sich langsam wieder der rettenden Fensteröffnung.

Dann aber brüllt der Mann: »Das reicht mir nicht!« und stößt den Arm samt Hund wieder ins Leere.

Eine Frauenstimme schreit auf.

Leo misst den Abgrund mit den Augen und sagt: »Des überlebt der net.« Er steckt die Hände in die Hosentaschen.

Sie sehen nach oben. Die Frau lehnt sich aus dem Fenster und versucht nach dem Hund zu greifen. »Lass ihn, lass ihn!«, fleht sie und reckt sich so weit vor, dass sie vom Gewicht ihrer Brüste in die Tiefe gezogen zu werden droht.

»Isch jetz bald mal a Ruh da oba?!«, ruft Leo hinauf.

Das rot angelaufene Gesicht, das zu dem Arm gehört, erscheint im Fenster: »Verpiss dich, du Arsch!«

Elsa sieht geradeaus durch das kleine Schaufenster im Erdgeschoss – »Schlüssel aller Art, Schuhreparaturen« – in den hell erleuchteten Raum. Da steht ein junger Mann, der eine Schuhsohle schwungvoll mit einer glänzenden Paste einstreicht. Er hält die Sohle gegen das Licht. Dort noch ein bisschen. Ein Bild des Friedens.

»Man bräuchte so was wie 'n Sprungtuch«, sagt Mike.

Leo greift nach seinem Halstuch, zögert: »Noi, zu dünn.« Er zupft an Mikes Jackenärmel.

»Och nö, immer ich«, sagt Mike und streift widerstrebend die Jacke ab.

Es ist nicht so einfach. Die Jacke ist zu klein. Nachdem da oben nun auch noch ein jammerndes Kind nach dem Hund grapscht, ist noch mehr Bewegung in die Szene gekommen. Der Mann brüllt, die Frau kreischt, das Kind heult, der Hund winselt und schwebt dabei über dem Nichts nach links, nach rechts, vor und zurück. Mike und Leo, jeder zwei Jackenzipfel in den Händen, folgen den Bewegungen des Männerarms nach links, nach rechts, vor und zurück.

Elsas Blick fällt geradeaus in die Schusterwerkstatt. Der Mann dort hat den Schuh sinken lassen und blickt mit aufgerissenen Augen reglos in ihre Richtung, als hätte er einen Geist vorüberschweben sehen. Mike und Leo tänzeln vor und zurück. Er folgt ihnen mit den Augen.

Jetzt gerät er in Bewegung. Er stürzt aus dem Laden und schreit nach oben: »Heeee, Schröder, lass sofort den Quatsch! Ich sag mein Onkel, du kriegst morgen Kündigung, ich schwör!«

Die Familie im Fensterrahmen ist augenblicklich verstummt und erstarrt. Das rote Gesicht erscheint wieder und stiert mit verhaltener Wut nach unten. In die plötzliche Stille hinein winselt der Hund, jault, zappelt, windet sich – oh Schreck, er fällt!

»Waggiiiii!« Ein Schrei wie aus einem Munde von Mutter und Kind.

Der feiste Hundekörper plotzt auf den Rand der Jacke, die fast bis zum Boden nachgibt, und kollert auf die Straße. Elsa versucht ihn zu ergreifen. Das Tier bellt keifend auf, schnappt zu und beißt ihr in den Daumen.

Er ist verwirrt, das muss man verstehen.

Die Frau hängt über der Fensterbrüstung, als wollte sie sich hinter ihrem Waggi her in die Tiefe stürzen. »Oh Jesus Maria!«, ruft sie unter Tränen, »er ist gerettet.« Dann, in einem plötzlichen Stimmungswandel, fährt sie herum und schlägt ihre Krallen in das Gesicht des Mannes, das jetzt schreckensbleich geworden ist. »Du – du – du – er hätte tot sein können!!«

Sofort hat der Mann sich wieder gefasst und versetzt ihr eine schallende Ohrfeige.

»Total bescheuert«, sagt der junge Schuster und klatscht sich mit der flachen Hand gegen die Stirn. »Nichts wie Ärger mit diese Asoziale. Morgen Kündigung. Ich schwör.« Er kehrt kopfschüttelnd in sein Geschäft zurück.

Der Hund pinkelt an die Hausecke.

Elsa betrachtet die dunkelviolette Kerbe in ihrem Daumen.

»Kommet, mir gehn«, sagt Leo.

Sie traben schweigend nebeneinander her.

»Könnt schlimmer sein«, sagt Mike nach einer Weile, »andere werfen ihre Kinder aus dem Fenster.«

Elsa findet das überhaupt nicht tröstlich.

»Bei dir en dr Gegend gibt's so was wohl net?«, fragt Leo.

Mike antwortet für sie: »Nee, da machen die Leute ordentlich die Tür zu, bevor sie ihre Hunde schlachten.«

Nur fort von hier!

Ein Stadtplatz weitet sich vor ihnen, Verkehr vorn und hinten, oben und unten, Tunnelschlund und Hochbahn auf zierlichen Stelzen, vertraut blaue U-Bahn-Schilder: Marienplatz. Schon wieder Maria.

Da steht *Rudi's Imbissbude*, nach Mikes Auskunft die beste zwischen Lissa und Bonn. Rudi glänzt genauso fettig, wie seine Imbissbude riecht und seine Pommes schmecken.

»Fritten spezial« sind die Luxusausführung mit gebratenen Zwiebeln und Soße rotweiß. Elsa muss sich ein seltsames Wohlbehagen eingestehen, wenn sie eine Fritte mit den Fingern fasst, in die weiche Soße stößt und in den Mund steckt. Jetzt mal die rote Soße und jetzt mal beide zusammen. Unglaublich ungesund. Sie kratzt gerade den letzten Rest Soße von der Pappschale, als sie bemerkt, dass sich eine fremde Frau genähert hat. Eine fransige Rothaarige ist von hinten an Leo herangetreten und legt ihm eine langfingrige weiße Hand auf die Schulter.

Eigentlich könnte sie ziemlich gut aussehen, denkt Elsa, wenn sie nicht diese Schatten um die Augen hätte und diese Falten um den Mund.

»Ach, Leo«, sagt die Frau mit seltsam blecherner Stimme und hakt sich auch gleich noch bei ihm ein. »Leo, heute kostet's bei mir nur zwanzig, nur für dich!«

Der brummt und schüttelt den Kopf.

»Fünfzehn«, schnurrt sie und legt ihr Kinn auf seine Schulter.

»Nee, Daggi, nemm's net persönlich, heut net.«

»Zehn! – Ach Mensch, Mike, komm du her. Wir ham's uns doch schon manchmal so schön gemacht!«

Mike sieht auf seine Stiefelspitzen.

»Was 'n los mit euch!« Jetzt hat sie einen eher weinerlichen Ton. Dann plötzlich, lauter und schriller: »Ach, ihr Blödmänner! Was 'n los?« Sie wirft Elsa einen feindseligen Blick zu. »Wegen der da, oder was?«

Elsa steht ratlos mit ihrer Pappschale am Abfalleimer, guckt auf ein nachlässig abgenagtes Hähnchenskelett und weiß nicht, was sie sagen soll. Vielleicht am besten gar nichts?

»Wegen der Schlampe da lasst ihr 'ne alte Freundin hängen!«

»He, Daggi, mach mal halblang!«, ruft Rudi herüber. »Komm her, kriegst 'ne Lage Pommes.«

»Deine Pommes kannst du dir sonst wohin stecken!« Sie wendet sich um, schwankt ein wenig dabei, und stakst auf ihren überhohen Absätzen davon.

Elsa wagt wieder zu atmen.

Leo steckt die Hände in die Hosentaschen. »Denk dir nix dabei, nemm's net persönlich. Die braucht mal wieder en Schuss, sonsch isch die net so.«

»Die is sonst echt ganz nett«, bestätigt Mike, »manchmal isse sogar richtig süß, wenn sie ordentlich angetörnt ist. Bei der macht man echt besser Vorkasse, dann hat man mehr Genuss davon.«

»Du bisch a Arschloch«, sagt Leo.

Mike zuckt mit den Schultern. »Wieso denn, sie hat doch auch mehr Genuss davon.«

Elsa stopft langsam ihre Pommes-Pappe in den Abfalleimer. Jetzt klebt ihr ein Majonäseschmier am Daumen. Widerlich. Aber wenn er womöglich recht hat? Im Rausch ein Stück von der Erde weg, und in den Armen eines Mannes, der sie begehrt. Vielleicht ist das ja wirklich das Beste in ihrem Leben.

Leo richtet sich auf, wischt mit der Papierserviette ein paar Pommeskrümel aus dem Bart und sagt so laut, als wollte er ein neues Kapitel ankündigen: »So, jetzt kommet mir zom gemütlicha Teil des Abends.«

»Zu dir oder zu mir?«, fragt Mike.

»Ins *Racoon*«, sagt Leo.

Das *Racoon* ist eine Kneipe mit Grufti-Musik, schräg rüber am andern Ende in die Gassen und dann immer geradeaus. Das muss mal eine gute alte deutsche Eckkneipe gewesen sein, vor langer Zeit. Sie schieben sich in eine dicke Wolke aus Wärme und Lärm.

Hinten neben der Klotür findet sich auf der Bank an der Wand noch ein Sitzplatz. Ein bisschen viel Hin und Her, und wenn die Tür auf- und zugeht, riecht es etwas streng, aber sonst ganz gemütlich. Und die Musik ist wirklich gut. Elsa fühlt sich an ihre Jugendtage erinnert, wenn sie, selten genug, in solchen Kneipen herumhing, um von ferne und mit Herzklopfen irgendeinem Jüngling Blicke zuzuwerfen.

Es ist grausam laut. Um sich zu verständigen, muss man sich gegenseitig ins Ohr schreien. Rechts sitzt Leo und links sitzt Mike und sie sitzt in der Mitte eingeklemmt und hält ihr Rieslingglas umklammert. Mike schüttet sich ein Weizenbier in den Hals und Leo einen O-Saft. Elsa schaut sich um. Eigentlich gar nicht so übel hier. Sie schiebt ihr Hinterteil nach vorn und fläzt sich jetzt mal so richtig auf die Bank. So passt es.

Wenn Sibylle sie jetzt sehen könnte. Oder Johannes. Oder vielleicht sogar Kathrin. Sie denkt an das Pfarrhaus, aber das liegt irgendwo in einer anderen Welt.

Mike schreit vor ihrem Gesicht etwas zu Leo hinüber, was sich auf die Frauen in nächster Umgebung beziehen muss.

Leo grinst und schreit zurück: »Dann mach's doch, du Großmaul.«

Elsa bekommt von der Bedienung, die ihre Tochter sein könnte, ihr zweites Weinglas gereicht.

Mike legt lässig ein Bein quer über das andere. Jetzt hat sie sein Knie fast auf dem Schoß. Das kann kein Zufall sein.

Sie patscht mit der flachen Hand auf das Knie und schreit: »Mach dich nich so breit, äi!«

Er grinst, nimmt das Bein herunter und rückt sich zurecht, aber so, dass er noch ein bisschen näher herankommt.

Leo setzt sich auf, seine Hand wandert vor Elsa hinüber, klopft auf Mikes Bein, dass die Erschütterung bis zu Elsa hinüberdringt, und macht eine winkende Handbewegung. »Die sitzt mir glei auf'm Schoß!«, schreit er hinüber.

»Hättste was dagegen?«, schreit Mike zurück.

Elsa legt den Kopf hinten an die Wand und nippt an ihrem Wein. Hier hängen lauter Leute herum, wie sie ihr seit etwa fünfzehn Jahren nicht mehr begegnet sind. Nein, solche Gestalten kommen in ihrem Leben einfach nicht vor.

Die Musik dreht langsam auf, jetzt kommen die besseren Sachen, die, wo es einen nicht mehr auf dem Sitzplatz hält. Zuerst fängt Leos Bein gleich neben ihrem an, im Rhythmus zu zucken, und Mike trommelt auf seine Oberschenkel. Elsa ruckt nur mit den Pobacken. Aber dann muss sie sich auch aufsetzen und die Füße auf dem Boden wippen lassen und mit den Schultern mitschwingen, und dann kommt wieder der Refrain, *It's all right now,* Leo singt mit, alle singen mit, sie auch. Sie stehen auf. Der Wein durchnässt ihr Hosenbein.

Love hurts. Mike und Leo produzieren sich mit zweistimmigem Gesang. Bald sind sie von einem runden Dutzend Groupies umringt. Elsa wird immer weiter zurückgedrängt. Das passiert ihr immer. Deshalb kommt sie im Schlussverkauf auch nie an die Wühltische, bevor die besten Sachen weg sind. Damit sie überhaupt noch etwas sehen kann, steigt sie rückwärts auf die Bank an der Wand. Mike ist vor drei besonders attraktiven Groupies auf die Knie gefallen und wirft mit theatralischer Geste die Arme in die Luft. Die Frauen schlagen die Hände vors Gesicht und schütten sich aus vor Lachen.

Oh Lord, don't let me be misunderstood. Das geht ab. Hoppla, da wär sie beinahe von der Bank gerutscht. Jetzt fällt Leo aus dem Rhythmus und sieht sich suchend um. Er hat sie erspäht, ihre Blicke treffen sich. Er schiebt sich heran und streckt die Hand zur ihr hinauf. Eigentlich hätte er wenigstens fragen können, ob sie überhaupt da runter will. Aber die Leute weichen respektvoll zurück, was bleibt ihr übrig, sie steigt herab wie die Prinzessin aus der Kutsche.

»I hab scho denkt, du wärsch verlora ganga!«, schreit er ihr ins Ohr.

Die Musik dröhnt, der Raum vibriert im Rhythmus. Es ist heiß. Es ist laut. Es spült alles heraus aus Elsas Kopf, kein

Platz mehr für die schwankende Rothaarige, den winselnden Hund, den torkelnden Trinker, die wiederkäuende Kuh. Das Pfarrhaus und die Küche und das Telefon und alles. Nur laut und dampfend heiß.

Später steht Elsa draußen auf der Straße und atmet die frische Luft. So also riecht Luft, richtige Luft zum Atmen. Sie schließt die Augen und gerät darüber ein bisschen ins Wanken, aber links und rechts wird sie festgehalten. Einer sagt etwas, sie reibt ihre tauben Ohren mit den Handflächen und schüttelt den Kopf, um die Schleier zu vertreiben. »Was hast du gesagt?«, schreit sie, dabei ist es doch gar nicht mehr laut hier. Wovon ist sie eigentlich so heiser?

»Wenn du dr letschte Bus no kriega willsch, müssa mr ons beeila«, sagt Leo.

Ist es schon so spät? Langsam spürt sie wieder die Füße auf festem Boden. Schade.

»Nur keine Eile«, sagt Mike, »die Nacht ist noch lang.«

»Komm scho.« Leo marschiert los.

Mike jammert: »Du bist immer so furchtbar nüchtern« und setzt sich mit unstetem Schritt in Bewegung. »Hey, wir sind so 'n gutes Team«, fängt er wieder an, »wie wär's mit 'nem flotten Dreier?«, und zu Elsa: »Is' auch gahnich weit zu mir, gleich da drüben.«

Das musste ja kommen. »Aber ohne mich!«, stellt Elsa fest.

»Och nee, ohne dich peppt's nich richtig«, seufzt Mike.

In letzter Minute springt Elsa in die U-Bahn, die sie zum Bahnhof bringt. Da muss sie sich immerhin nicht überlegen, wie sie sich von den beiden verabschieden soll. Sie hebt nur kurz die Hand und lässt sich in einen Sitz fallen.

Von der U-Bahn in den Bus, sie setzt sich ganz vorn, schräg hinter dem Busfahrer. Die Stadtlichter verschwinden, Scheinwerfer pflügen ihren Weg durch die Dunkelheit. Straßenlaternen huschen vorüber. So sieht der Weg von einer Welt in die andere aus.

Morgen früh – nein, nachher, spätestens um sechs Uhr, wird Klein-Robert zu ihr ins Bett kriechen, dann ist die Nacht vorbei. Und den ganzen Vormittag lang wird ein böser kleiner Wicht in ihrem Gehirn sitzen und mit einem Hammer von innen gegen ihren Hinterkopf schlagen. Das ist immer so, wenn sie mehr als zwei Gläser Wein getrunken hat. Aber natürlich wird sie trotzdem tun, was zu tun ist. Im Geist entwirft sie schon einmal den Einkaufszettel für die Wochenendeinkäufe, bis sie einen Moment später aufschreckt.

»He, Fräulein!«, hat der Busfahrer gerufen. »Endstation, Martinswald Kirche!!«

VII

Elsa schließt die Augen und gibt sich ganz den sanften Fingern hin, die kraftvoll ihr Haar durchwühlen.

»Isch's recht so?«, fragt Yvonne. Heute Morgen ist wenig los beim Friseur, da wäscht Yvonne selbst.

»Ja, wunderbar.«

Diesmal trägt Yvonne wirre rote Locken. Letztes Mal hatte sie einen strengen blonden Pagenschnitt.

»So schönes, kräftiges Haar!«, sagt Yvonne.

Das sagt sie jedes Mal.

Die andern aus der Klasse haben früher Rosshaar dazu gesagt. Damals trug Elsa ihr Haar als Pferdeschwanz, weil es anders nicht zu bändigen war. Außerdem fand Oma Gertrud es unappetitlich und unpraktisch, wenn die Haare so herumflatterten.

»So wie emmer?«, fragt Yvonne.

Elsa zögert. Sie sieht in den Spiegel. Seit sieben Jahren dasselbe Gesicht. Nur ein bisschen älter, ein bisschen kantiger vielleicht.

»Vielleicht a bissle Farb?«, fragt Yvonne.

Das fragt sie jedes Mal.

Wenn einer wie Mike mit Hilfe seines Bartschnitts alle drei Tage ein anderer Mensch wird, könnte eine wie Elsa sich vielleicht wenigstens alle sieben Jahre mal einen neuen Haarschnitt leisten. Sie greift sich hinten in die Haare und hebt sie bis in Ohrenhöhe an, dreht den Kopf nach links und rechts.

Yvonnes Miene erhellt sich. »Vielleicht möchtet Se da mal gucka? Bloß so zur Anregung.«

Das ist eins von diesen Frisurenmusterbüchern voll makellos schöner Frauen, die allesamt einen völlig anderen Kopf haben als Elsa. Aber jetzt gibt es so leicht keinen Weg zurück. Und die da hat wenigstens dicke dunkle Haare, so wie Elsa.

»Vielleicht so die Richtung?«

Yvonne macht sich mit Feuereifer ans Werk. Schnipp schnapp, jetzt ist es passiert. Elsa versucht, an etwas anderes zu denken.

»Ond d' Kender?«, fragt Yvonne.

Nebenan sitzt eine alte Frau. Eine Friseuse dreht den hauchdünnen Haarflaum auf rosa Wickler auf.

»Alles bestens«, sagt Elsa.

Ein Küchenwecker rasselt, Elsa fährt zusammen.

»Anja, die Packung!«, ruft Yvonne.

»Nein, die Knie sind gar nicht besser geworden«, sagt die alte Frau am Platz nebenan. »Das neue Mittel hat auch nicht geholfen. Aber der Arzt sagt, wir versuchen jetzt noch eine andere Möglichkeit. Es gibt ja immer wieder neue Medikamente, wissen Sie. Es ist nur, ich komme doch so schwer die Treppe rauf.«

»Sind es denn viele Stufen?«, fragt ihre Friseuse teilnahmsvoll.

Nun bekommt die alte Frau ihre Haare eingepinselt.

»Meine Nachbarin ist schwerhörig«, sagt sie. »Sie macht ihr Radio immer so furchtbar laut, Sie können es sich nicht vorstellen. Und den Fernseher noch dazu, weil sie das Radio vergessen hat, sie hört es ja nicht. Und dazu singt sie dann auch noch laut. Und das bis tief in die Nacht. Ich weiß mir gar keinen Rat.«

»Ach, aber Sie brauchen doch Ihren Schlaf!«, sagt die Friseuse, dann beugt sie sich hinunter und legt der alten Frau eine Hand auf die Schulter. »Hier haben Sie Ihre Zeitung, Frau Schober, und in zehn Minuten geht's dann weiter.«

Die Frau schaut ihr mit einem dankbaren Lächeln nach.

Elsa betrachtet sich missmutig im Spiegel. Wie kann man sich überhaupt nur über seine Frisur so viele Gedanken machen? Andere Menschen haben ganz andere Probleme. Wie diese Frau hier gleich neben ihr zum Beispiel.

Johannes wird bestimmt sagen, dass es ungewohnt aussieht. Ganz egal, wie es aussieht, das wird er sagen. Und er wird sich heimlich fragen, was mit ihr los ist. Dabei ist gar nichts los mit ihr. Und man muss sich über seine Frisur auch überhaupt nicht so viele Gedanken machen.

»Des isch a ganz natürliche Tönung«, sagt Yvonne, »die pflegt sogar d' Haar.«

Wenn fertig geföhnt ist, kommt die Stunde der Wahrheit. Aber noch ist es nicht so weit. Elsa schließt die Augen. Alle Sorgen versinken im gleichmäßigen Rauschen des Föhns. Ein Schwall warmer Luft trifft ihren Nacken, ein kalter Schauer macht sich auf den Weg abwärts, rieselt über Oberarme und Rücken und verliert sich irgendwo in Taillenhöhe. Und der nächste. Was für ein seltsamer, reizvoller Kontrast: oben der warm umhauchte Kopf, unten das leise Frösteln. Oh, würde es doch nie ein Ende nehmen.

Der Föhn verstummt. Elsa öffnet die Augen. Sie dreht den Kopf. Eine dicke Haartolle fällt ihr tief in die Stirn. Das sieht ein bisschen verwegen aus, schade, dass sie es nur mit einem Auge betrachten kann. Mit einer energischen Bewegung wirft sie die Haartolle nach hinten.

Elsa, bist du's?

Johannes zeichnet ein säuberliches Quadrat auf ein freies Feld der Kirchengemeinderatssitzungstagesordnung und beobachtet das stetige Vorwärtsstreben der Linien. Warum sollte Elsa nicht einmal eine andere Frisur ausprobieren? Es sieht eben erst einmal ein bisschen ungewohnt aus. Dass dann auch noch Kathrin hereinstürmen muss und gleich losschreit: »Mama, wie siehst du denn aus?!«, das ist natürlich dumm gelaufen.

Der Mittwochabend mit Elsa ist inzwischen gestrichen. Nun gut, hatte sich vielleicht auch ein bisschen überlebt. Sie haben sich ganz offen über ihre Bedürfnisse ausgetauscht, und Elsa hat gesagt, sie bräuchte mal etwas ganz anderes. Gymnastik oder so. Hat Sportvereins- und Volkshochschul- und Familienbildungsstättenprogramme gewälzt. Warum es dann nun ausgerechnet afrikanischer Tanz sein musste? Das strafft die Rumpfmuskulatur, hat sie gesagt. Nun gut, welcher Mann hätte nicht gern eine Ehefrau mit straffer Rumpfmuskulatur.

Inzwischen hat er noch ein akkurates x-Kreuz in das Quadrat gemalt und eines der Dreiecke dunkelblau ausgefüllt.

Für sich selbst hat Johannes beschlossen, in der gewonnenen Freizeit bewusst Kontakte zu Männern zu pflegen. Es ist wichtig, sich als Mann auch mit den eigenen Geschlechtsgenossen auszutauschen. Das ist etwas, wo er außerhalb der beruflichen Zusammenhänge definitiv Defizite hat. Seither trifft er sich gelegentlich zu einem Männerabend mit Kollege Hellmuth aus Sonthausen, sie hecheln die Kirchenszene durch, und Hellmuth erzählt Kurioses aus seiner DDR- und Ex-DDR-Vergangenheit. Auf Männerthemen im engeren Sinne sind sie noch nicht so recht gekommen, obwohl Hellmuth sicher einiges zu sagen hätte, mit seiner Mathilda. Aber da muss erst noch mehr Vertrauen wachsen.

»Die Gestecke von Blumen Reuther sind nach meiner Empfindung einfach zu artifiziell«, seufzt eben Frau Lauster. »Ich finde, der sommerliche Altarschmuck braucht eine natürliche Frische und Lebendigkeit.«

»Ja, so richtig Saft on Kraft dr Schöpfung, so soll's sei!«, ruft Herr Bechtle, der unersetzliche Prädikant.

»Also i find die Gsteck eigentlich emmer ganz nett«, meldet sich Frau Häbich zu Wort.

»Aber – aber was wär denn jetzt der Antrag?«, fragt Winfried Wulf, schließlich ist er der Vorsitzende.

»Also, i fend, da braucha mr überhaupt net weiter dra rommacha«, verkündet Herr Hauser, »immerhin kriega mer die Denger von dem Lada omsonscht, da wära mr doch schee domm, wenn mr des uffgebba dätet.«

Dieser Holzklotz.

Frau Lauster atmet hörbar aus. »Ich finde es wirklich – es macht mich ganz traurig, wenn hier jetzt schon wieder nur das Geld in den Vordergrund gestellt wird. Es geht doch jetzt erst einmal um ein Anliegen, das auch das Bild unserer Gemeinde betrifft. Ich habe das Gefühl, dass das hier jetzt gar nicht ernst genommen wird.« Dabei sieht sie aus, als sei sie den Tränen nahe. Nach einem Augenblick des Schweigens ergänzt sie dann auch noch: »Und das tut mir weh.«

Herr Hauser rutscht unbehaglich auf seinem Stuhl herum. »I fend die Bloama aber au emmer ganz prima ...«, grummelt er.

Charlotte legt Frau Lauster eine Hand auf den Unterarm. Charlotte, die Gute, was wäre der Kirchengemeinderat ohne sie. Gleich tritt Ruhe ein, und alle besinnen sich auf ihre verantwortungsvolle Aufgabe in der Leitung der Gemeinde. Es ist etwas Eigenes um Charlotte.

Johannes steht wirklich allen Frömmigkeitsstilen ganz aufgeschlossen gegenüber und strebt an, alle vorbehaltlos ins Gemeindeleben zu integrieren. Und Charlotte sieht ihn immer so gütig an. Trotzdem kann er sich in ihrer Gegenwart nicht recht entspannen. Und sie hat ihn, den Pfarrer, den Seelsorger, auch schon an seine Grenzen geführt. Ja, es war ein Gefühl der Niederlage, damals, als Charlottes Mann gestorben war. »Ich habe gehört, du gehst nicht mehr in die Bibelstunde«, hatte er zu ihr gesagt. Da stand sie vor ihm, blass, mit roten Augen, nicht mehr sie selbst. »Ich kann nur noch weinen«, sagte sie. Was sollte er dieser Frau sagen, die ihren Glauben aus so tiefen, klaren Quellen speiste – Quellen, die gerade jetzt zu versiegen drohten? Irgendetwas mit schwere Zeit und tiefes Tal und Dunkelheit, was durchlebt werden will? Das war doch alles schon gesagt, mehr als einmal. Da stand er vor ihr und – ihm fehlten wahrhaftig die Worte!

Da dachte er: Was würde Charlotte sagen? Was hätte Charlotte zu einem gesagt, der so vor ihr steht? Und er sagte: »Jesus weint auch.«

Sie nickte stumm, drehte sich um und lief hinaus.

Nun, sie hat es überstanden. Auch ohne wohlgesetzte Worte ihres Pfarrers. Bald darauf saß sie wieder in der Bibelstunde. Verwundet, aber gefestigt.

»Herr Lichtenfeld?«

Johannes zuckt zusammen. »Oh, Entschuldigung, ich war in Gedanken.«

Alle sehen ihn erwartungsvoll an.

»Was meinen Sie zum Altarblumenproblem?«, fragt Winfried Wulf.

»Ich, äh – ich schlage vor, wir bilden einen Unterausschuss, der sich mit Alternativen für den Altarblumenschmuck befasst.«

Gesagt, getan.

Jetzt endlich ist der TOP Gemeindefest dran.

»Die Tontechnik wird aber sehr aufwendig«, gibt Winfried Wulf zu bedenken.

Musik ist ein großes Thema für die Jugend. Da wird selbst Jens Aldinger wach: »Leute, das wär echt am falschen Ende gespart! Die Musik ist total wichtig! Das ist doch, was so echt unter die Haut geht.«

»Da ist aber die Finanzierung noch nicht abgeklärt«, wendet der Vorsitzende ein.

Mit dieser Frage hat Johannes gerechnet. Darauf ist er bestens vorbereitet. Er nimmt ein Blatt Papier auf, nur weil das seinen Worten mehr Gewicht verleiht, und ruft fröhlich: »Für die Beschallung hat meine Frau jetzt ganz kurzfristig eine besonders preisgünstige Alternative aufgetan. Die beiden Leute, die bei uns im Garten den Schuppen abgerissen haben, die sind praktisch Profis auf dem Gebiet. Und bringen die ganzen Gerätschaften auch noch ohne Aufpreis selber mit!«

Nicht dass Johannes sonderlich begeistert über den Einfall gewesen wäre. Aber der Kostenfaktor ist nicht von der Hand zu weisen. Darüber hinaus wäre eine gewisse Professionalität in der Beschallung wünschenswert. Immerhin sollen zum krönenden Abschluss des musikalischen Programms Chor, Solisten, Jugendband und Trommelgruppe sich zum mitreißenden Finale zusammenfinden. Beim letzten Lied stehen alle auf und die Gemeinde singt mit. Eigentlich müsste man vorher Kerzen ausgeben, die dann geschwenkt werden können. Tolles, aufwühlendes Gemeinschaftserlebnis, fast wie beim Kirchentag ...

»Aber sind die auch zuverlässig?«, fragt Winfried Wulf und reißt Johannes wieder auf den Boden der Gegenwart zurück.

»Was sen denn des für Leut?« Frau Häbich kraust die Oberlippe. »Der mit 'm Bart? Und der Langhaarige?«

»Die mit de Motorräder!?« Herr Bechtle richtet sich auf seinem Stuhl zu voller Größe auf und atmet ein, als sollte die Luft für eine ganze Predigt reichen. »I möcht doch en der Runde zu bedenka geba – es handelt sich immerhin om a Gemeindefescht, a Fescht« – er hebt die Stimme um eine halbe Oktave – »zu Füßen unseres Gotteshauses! On dann sollet diese zwei gottlose Gsella ...«

Johannes hatte sich schon einen kleinen Monolog zurechtgelegt, in dem die Worte ausgrenzen, umdenken und Etatlücke eine wesentliche Rolle spielen, aber er braucht gar nichts zu sagen, denn jetzt kommt Charlotte.

»Gottlose Gsella?! Herr Bechtle!«, beginnt sie, und ihr Tonfall lässt Herrn Bechtle in sich zusammensinken. »Herr Bechtle!«, hebt sie von Neuem an. »Entschuldiget Se, dass i Ihne jetzt da ins Wort fall. Aber lasset Se mi's so saga: Gott lässt koin los! Also kann's au keine Gott-lose Gsella geba!«

Herr Bechtle schnauft und schweigt.

Wie sie das gesagt hat – so bestimmt, als sei es eine Gewissheit wie eins und eins macht zwei.

»Wir kommen zur Abstimmung. Die Tontechnik.«

Angenommen ohne Gegenstimme.

Elsa lächelt still vor sich hin. Alle, alle sind sie wieder gekommen. Das traditionelle Kartoffelnschälen am Samstag vor dem Gemeindefest ist längst zu einem Höhepunkt im Gemeindeleben geworden.

Beim ersten Mal hatte sie sich noch geärgert, dass nur Frauen kamen. Die männliche Kerngemeinde wurde also im nächsten Jahr vorsichtig angehalten, ihr Bild von geschlechtsspezifischer Arbeitsteilung zu überdenken, worauf fünf Männer kamen, knapp zwanzig Kartoffeln schälten und für jede einen Extraapplaus zu erwarten schienen. Anschließend wurde der heldenhafte männliche Einsatz in der Predigt, in den Abkündigungen, in der Ansprache zum Gemeindefest und in einem Gemeindebriefartikel wortreich gewürdigt. Daraufhin beschloss die weibliche Kerngemeinde, aus der Not eine Tugend zu machen. Jetzt werden die Kartoffeln nur noch von Frauen geschält.

Vorneweg der Seniorenkreis, aber auch der Besuchsdienst, die Krabbelgruppenmütter, der Frauen-Hauskreis, die Bastelgemeinschaft und die Flötengruppe, ja selbst Sibylle und die andern vom Frauengesprächskreis sind dabei.

Elsa hat ihren Platz bei den Betagten. Jedes Jahr treffen sie sich wieder mit ihren Schälmessern, manches davon in knorrigen Fingern, in zitternden Händen. Sie gedenken derer, die nicht mehr dabei sind, und manche sehen schon nichts mehr und schälen nur noch nach Gefühl, aber Charlotte und Elsa, vorgeblich zuständig fürs Herausschneiden der Augen, schälen sie alle, alle nach.

»Ja doch, Frau Jawlonski«, ruft Elsa, denn die Geräuschkulisse ist gewaltig, »Ihre Kartoffeln sind ganz wunderbar, einfach perfekt.«

Frau Jawlonski strahlt. Gewiss, für jede dieser Kartoffeln braucht sie eine Viertelstunde, und viele Male muss sie die Brille zurechtrücken und die Nase putzen und die Hände an der Kittelschürze trockenwischen. Aber dann ist die Knolle makellos.

»Ach ja, Frau Lichtenfeld, es geht halt langsam. Wenn nur das Rheuma nicht wäre. Sehen Sie, diesen Finger kann ich gar nicht mehr bewegen, sehen Sie hier? Und der ist auch schon ganz steif.« Sie ruckelt an ihren weißen faltigen Fingern herum. »Aber – solang ich halt noch kann ...« Damit greift sie nach der nächsten Kartoffel.

»Noch ein Gläschen, Frau Jawlonski?«

Traditionell versüßen sich die Frauen ihre Arbeit mit einem Gläschen Likör. Das haben Elsa und Charlotte sich ausgedacht – wenn schon, denn schon: Die Weiber hocken zusammen und schlürfen Likörchen, wie man sich das eben so vorstellt. Wenn Johannes dann zu vorgerückter Stunde vorbeischaut, um vor den verdienten Mitarbeiterinnen seinen Kotau zu machen, dann fällt die Begrüßung immer sehr vergnügt aus. »Guten Abend, Herr Pfarrer, je später der Abend ...«, »ein Gläschen in Ehren, prosit!«

»Zweiunddreißig Kilo!«, verkündet Charlotte den Status, »on jetzt senga mr a bissle, wie wär's?«

Aus der Fülle deiner Güte dreistimmig, was für ein Durcheinander.

Sibylle kommt heran und hebt stolz eine Kartoffelschalenspirale in die Höhe. »Schau mal, was ich für einen tollen Ringel gemacht hab! Ich glaube fast, ich hab den längsten!« Dazu kichert sie, als hätte sie einen total unanständigen Witz gemacht.

Elsa kichert mit. Das ist alles Charlottes gutem selbst gemachten Himbeerlikör zu verdanken. Manchmal kann Gemeindefest richtig schön sein.

Gottes Gaben für dich im Kanon, auf geht's.

Johannes macht einen Satz nach vorn. Das ist gerade noch mal gutgegangen. Fast hätte eine Sturmböe seinen Standbesetzungsplan mitgerissen, ein Dokument von unschätzbarem Wert.

Kaum hat er seinen Posten als Händeschüttler an der Kirchentür verlassen, den Talar abgestreift, da hat sich draußen vor der Kirche schon jene geheimnisvolle Maschinerie in Gang gesetzt, die dem Gemeindefest seine unerklärliche Eigendynamik verleiht. Auf Klapptischen und unter Pavillondächern werden farbenfrohe Bastelutensilien ausgebreitet. Eine Rauchwolke kündet vom Anbrennen der Grillkohle.

Frau Lauster stöckelt, eine kunstvolle Sahnetorte vor sich her balancierend, mit ratlos suchendem Blick aufs Gemeindehaus zu. Frau Bechtle ist zur Hälfte in der Eistruhe verschwunden, man sieht nur ihr gewaltiges Hinterteil, und aus dem Inneren dröhnt es dumpf: »Hier fendet mr ja gar nix! Wer hat denn des eigräumt!?«

Winfried Wulf eilt mit hochrotem Kopf vorüber und ruft: »Aber Ingrid! Wo ist denn das Wechselgeld!?«

Schon schleudert Jens Aldinger die ersten Würste auf den Grill.

Herr Bechtle gestikuliert abwehrend: »Lieber Herr Aldinger, die Glut isch längscht noch net hoiß gnug!«

Jens dreht die Augen zum Himmel und klaubt die Würste wieder herunter. Sehr unglücklich, dass die beiden gemeinsam am Grill stehen. Wie konnte das passieren?

Frau Lauster mit Sahnetorte und verzweifelt suchendem Blick stöckelt aus dem Gemeindehaus heraus.

Ein quadratmetergroßer Fetzen hellblauen Krepppapiers fliegt vorüber, gefolgt von einer grell orange leuchtenden Musterpapierblume und einem schrillen Aufschrei. Frau Preißler stampft mit überraschender Geschwindigkeit hinterdrein und stellt das flüchtige Stück Papier in einem Wirbel neben dem Getränkestand, wo Herr Hauser das Bier- und Weinsortiment verkostet.

»Herr Lichtenfeld! So geht's wirklich net!«, keucht Frau Preißler. »Der Wend reißt mir ja älles vom Tisch! Hier pfeift's so ums Eck, noi, des geht net, der Stand muss woanders na!«

Johannes schluckt und wirft einen panischen Blick in die Runde. Jetzt einen Stand verlegen? Eingreifen in diesen undurchschaubaren Mechanismus, irgendwo an einer Schraube drehen? Nie gerät das unbegreifliche Räderwerk des ehrenamtlichen Engagements so in Fahrt wie auf einem Gemeindefest – und da soll er irgendwo Hand anlegen? Das könnte dramatische, unvorhersehbare Folgen haben!

Im Gemeindehaus wird mit tonfarbener Knete der kreative Schöpfungsprozess nacherlebt, da passt kein Papierbastelstand mehr dazwischen. Und eine ausgedehnte Paradieslandschaft aus weich fallenden Tüchern in Grün- und Blautönen, von Eliane Nellings Hand kunstvoll drapiert, wartet schon auf ihre neuen Bewohner.

»Hu!«, ruft Frau Lauster, denn ein Getränkebon ist auf ihrer Torte gelandet. »Ach, Herr Lichtenfeld, wo ist denn bitte die Kuchenabgabe!?«

Johannes sucht hektisch seinen Standbesetzungsplan nach einem Hinweis ab, obwohl er das Blatt verkehrt herum hält. Man sollte künftig auch einen Standpositionsplan aufstellen. Aber es kostet schon viel Mühe, Elsa auch nur einen lückenlosen Besetzungsplan abzuringen. Das wird schon laufen, sagt sie, die Grillwürste macht doch immer Herr Bechtle, sagt sie, mit dem Geschirrspülen hat es noch nie Probleme gegeben, sagt sie, die macht es sich ganz schön einfach.

»Da drüba hängt des Schild ›Kuchenabgabe‹, des mit dem großa rota Pfeil«, stellt Frau Preißler streng fest. »Mir könntet doch da na, wo jetzt die Eistruhe steht, und die Eistruhe kommt hier ans Eck.«

Das hat Frau Bechtle gehört: »Noi noi, des geht aber net, dafür isch's Kabel von der Truhe net lang gnug!«, ruft sie triumphierend.

»Wenn Sie sich vielleicht einfach nebeneinander platzieren würden?«, flötet Frau Lauster, statt sich um ihre Torte zu kümmern.

Um Gottes willen, das darf nicht sein, Frau Bechtle und Frau Preißler nebeneinander! Diese Atmosphäre von schwelendem Hass könnte Johannes auf seinem Gemeindefest nicht ertragen.

»Ach noi, dann – dann zieht ja der ganze Wurschtdunscht zu ons rüber«, sagt Frau Preißler schnell. »Vielleicht in dem Eck da, am Treppaabsatz?«

Undenkbar!

»Das wird nicht gehen.« Johannes schüttelt heftig den Kopf, »da soll nachher der Flötenkreis spielen.« Oh nein, nur das nicht, diese sechs Frauenspersonen würden ihm den Marsch blasen.

»Herr Lichtenfeld!«, sagt Frau Preißler.

»Wie wäre es, wie wäre es ...«, stottert Johannes, »... – Elsaaaa!« Er dreht sich einmal um seine Längsachse.

Weit und breit keine Elsa zu sehen. Überhaupt ist es seltsam leer geworden. Sogar Frau Lauster ist mitsamt ihrer Torte verschwunden. Frau Preißler packt eine riesige Schere und platziert sie als Gewicht auf drei Lagen Buntpapier. Der Wind rupft an den knisternden Zipfeln und treibt einen Prittstift vor sich her, der über die Tischkante in die Tiefe stürzt. Es muss etwas geschehen. Eile ist geboten. Johannes sieht auf die Uhr. Das kann er jetzt alles überhaupt nicht brauchen. Schließlich kommt gleich der Gast aus Kenia, Pfarrer Ongombe, der im Rahmen des Gemeindefestes feierlich vorgestellt werden soll.

»Elsaa!«

Mesner Rölke kommt herangeschlurft.

»Ach, Herr Rölke! Herr Rölke, haben Sie meine Frau gesehen?«

»Ihr Frau?« Herr Rölke wiegt bedächtig den Kopf. »Vielleicht isch se ja da drenna.« Er weist mit dem Kopf hinter sich. »Em Gmeindesaal isch dr Teifel los.«

Das hört ein Pfarrer gar nicht gern.

Elsa rückt Frau Jawlonski den Stuhl heran und schreit ihr ins Ohr: »So, jetzt sitzen Sie gut hier drin. Draußen ist's halt arg windig!«

Aber Frau Jawlonski möchte sich gern noch weiter unterhalten. »Ich freu mich ja immer so, wenn Ihr Mann mich zum Geburtstag besucht«, kräht sie vergnügt und packt Elsa mit einem schraubstockartigen Klammergriff am Unterarm. »Zu mir kommt er alle Jahre, nicht nur zu den runden, das weiß ich wohl! Manchmal erst am nächsten Tag, aber er kommt!« Sie wendet sich an ihre Sitznachbarin und schreit hinüber: »So alt wie ich müssen Sie erst mal werden, dann kommt der Herr Pfarrer alle Jahre!«

Die Dame schaut sie verständnislos an, aber Frau Jawlonski strahlt über das ganze Gesicht.

Elsa legt sich die Hände als Schalltrichter vor den Mund und ruft Frau Jawlonski ins Ohr: »Aber, aber, das dürfen Sie doch nicht verraten, sonst werden die anderen eifersüchtig!«

Frau Jawlonski rollt mit den Augen und nickt Elsa verschwörerisch zu. Zum Abschied drückt sie noch einmal besonders kräftig. Elsa reibt sich verstohlen den Unterarm. Eigentlich ist es fraglich, ob Frau Jawlonski hier wirklich so gut sitzt. Denn Leo und Mike legen soeben letzte Hand an die Beschallungsanlage und werden dabei von den Konfirmanden und der sonstigen Gemeindejugend beobachtet wie zwei fremde wilde Tiere. Eine stattliche Phalanx von Mikrofonen, unzählige Kabel, ein respektables Mischpult mit Hunderten bunter Drehknöpfe, an denen Mike sich seit geraumer Zeit zu schaffen macht.

Leo hebt einen zappelnden Zweijährigen von der Bühne, der um die Mikrofone Slalom laufen wollte. Die Jungscharkinder spielen unter den Tischen Verstecken. Frau Häbich probiert schon mal ein Törtchen.

»Mach doch mal was ins Mikro!«, ruft Mike vom Mischpult her.

»Eins–zwei–drei«, sagt Leo.

»Haste auch was anderes drauf?«

»Vier–fünf–sechs.«

Die Konfis lachen, als hätten sie den besten Witz ihres Lebens gehört.

»Mach mal Lala.«

Leo hebt an mit ein paar Tönen *Angel of the morning*. Sofort bricht die Gemeindejugend in Jubel aus wie auf einem

Popkonzert, wenn endlich die Band auf der Bühne erscheint. Klatschen, Stampfen, Pfeifen.

»Geht's schon los?«, fragt Frau Jawlonski.

»Spinnst du?«, ruft Mike in höchster Entrüstung. »Was singst du denn da? Du bist doch hier nich in irgend'nem Bumslokal!«

»Wieso, kommt doch en Engel vor«, brummt Leo ins Mikro. »O.K. – *Oh when the saints – Go marching in …*«, dazu schnippt er mit den Fingern.

Frenetischer Beifall der Jugend.

»So, jetz machet mr mal die Mikros für dr Chor«, kommandiert Leo. »Da bin i alloi a bissle wenig. Wo isch die Band? So, ihr ganget jetz mal da na, on ihr« – er winkt den Konfirmanden – »stellt euch dort na, Elsa, gang du doch mal ans Mikro …«

Elsa stutzt. Was soll das? Der führt sich auf, als wär er hier der Boss. – Aber gut, ist ja sein Job.

Jetzt guckt er suchend im Saal herum. »Könnet Se senga?«

Der Angesprochene nickt stumm und steif und wird neben Elsa gestellt. Es ist Herr Kurz, der Kantor.

Leo baut sich in der Mitte auf. Man sieht, er ist in seinem Element. »Was könnet denn alle?«

»Stille Nacht, heilige Nacht!«, ruft Sebastian, der kleine freche Konfirmand.

Man einigt sich auf *Geh aus, mein Herz, und suche Freud.* Beim dritten Versuch klingt es schon ganz gut. Der Seniorenkreis applaudiert freudig. Nur Winfried Wulf, der KGR-Vorsitzende, steht am Programmaushang und ruft verwirrt und empört: »Aber das Musikprogramm beginnt doch erst um fünf!«

Dann versuchen sie sich an *Amazing Grace,* das gerät zwar etwas schräg, aber es klingt trotzdem sehr herzerwärmend. Außer Elsa kann keiner den Text, sie tritt etwas näher ans Mikrofon. Sie weiß noch jede Zeile, von damals, als sie mit der Acapella-Mädchenband »Die Friedenstauben« auf Tour ging. Als wäre es erst gestern gewesen.

Als die letzten Töne verklungen sind, ruft Mike mitten in das andächtige Schweigen hinein: »Das is jetz aber genug fürs Herz, jetz ma bisschen Drive in die Bude!«, springt auf und stürmt zur Bühne.

Frau Nägele reißt ihre Handtasche an sich, als er ihren Platz passiert. Mike stürzt sich auf die Trommeln.

Frau Jawlonski winkt Elsa fröhlich zu. »Frau Lichtenfeld, ich wusste ja noch gar nicht, dass Sie *so* gut singen können!«, und dazu wippt sie im Trommelrhythmus auf ihrem Stuhl hin und her.

JOHANNES blickt hilflos in die Runde. Wie soll er in diesem Tohuwabohu jemals Elsa finden? Der ganze Saal bebt in einem lasziv an- und abschwellenden Rhythmus, den dieser Mike mit bloßen Händen auf allerlei großen und kleinen Trommeln erzeugt. Direkt neben ihm, oben auf der Bühne, schwenken die Konfirmandinnen und die Mädels vom Jugendcafé ihre Hüften, und es macht ihm offensichtlich großes Vergnügen, diesen Jungmädchenkörpern den Takt zu geben.

Da, am Rande der Tanzgruppe, da ist ja auch Elsa! Johannes hebt die Hand, will winken, rufen – aber sie scheint sehr beschäftigt, sie ist ganz in Bewegung. Wie die Füße stampfen, die Schultern vor- und zurückrucken, der ganze Körper, und auf und ab. Und das vor allen Leuten. Die Mädchen versuchen es ihr nachzumachen, ja, sie ist ihre Vortänzerin. Jetzt lacht sie und probiert eine neue Bewegung, sie wippt mit dem Becken, eine sehr weibliche Bewegung, so um die Mitte herum vor und zurück. Johannes lässt die Hand langsam sinken. Er hatte sich nie eine rechte Vorstellung gemacht, was Elsa da allwöchentlich beim afrikanischen Tanzkurs in der Volkshochschule tut.

Leo steht am Mikrofon und wackelt auch. Durchaus erstaunlich, wie der es schafft, seine Körpermasse in so harmonische Bewegung zu versetzen. Dazu macht er afrikanische

Geräusche. Jedenfalls klingt es so. »Wuusa«, röhrt er kehlig ins Mikrofon, »Mombasa, kitandua«, der Trommelrhythmus schwillt an, immer schneller, »Pomba-pomba!«, ruft Sebastian und schüttelt sich ekstatisch. Selbst Eliane Nelling, die drüben am Fenster steht, klatscht mit über den Kopf erhobenen Händen. Die Trommeln fließen wieder ruhiger, »Asante! Mbombela!«, raunt Leo ins Mikro.

Johannes sieht auf die Uhr. Wenn jetzt nur nicht der Kollege aus Kenia kommt. Das wäre so, wie wenn Johannes sich als Gastpfarrer in Afrika vorstellen wollte und dort mit einer Schuhplattlerparodie begrüßt würde. Unglaublich peinlich.

Doch ein kühler Luftzug von hinten lässt ahnen, dass die Tür des Gemeindesaales geöffnet wird. Johannes wendet sich um. Jetzt ist es passiert, da ist er! Jetzt gibt es kein Zurück. Johannes tritt mit einer Grußgeste auf Pfarrer Ongombe zu, der ergreift seine Rechte mit beiden Händen und schüttelt sie stumm mit genau so einem blendend zahnweißen Lächeln, wie man es sich bei einem Schwarzen immer vorstellt. Johannes spürt die Schweißperlen auf seiner Stirn. Es ist wirklich sehr heiß hier. Mit einer fragenden Kopfbewegung weist er zur Tür.

Aber Herr Ongombe reagiert überhaupt nicht auf diese Geste. Stattdessen beginnt er, den Oberkörper im Takt zu wiegen, bahnt sich mit tänzelnden Bewegungen einen Weg zur Bühne und findet dort einen Platz neben Elsa. Sie lachen sich an, werden noch einmal vom Trommelrhythmus heftig durchgeschüttelt und kommen dann unter allseitigem Jubel und Applaus zum Stehen.

Herr Ongombe hebt die Arme und ruft in den abebbenden Applaus hinein: »Thank you, thank you very much. – I'm so happy!«

»Was hatter gsagt?«, fragt Frau Preißler, die Johannes in den Gemeindesaal gefolgt ist.

»Thank you. I'm so happy! God bless you!« Herr Ongombe hebt die Arme.

Die Gemeinde jubelt. Herr Ongombe zeigt seine Zähne. Rechts von ihm steht Elsa, und links steht Leo.

Elsa und Charlotte sind noch als Letzte in der Küche, spülen, trocknen, räumen, ordnen. Es ist so still und vertraut hier zusammen, ein guter Ort zum Reden.

Charlotte poliert emsig einen riesigen kesselartigen Kochtopf. »Saubere Arbeitsgeräte sen des A und O«, sagt sie dazu, fast wie zur Entschuldigung.

Bei Oma Gertrud hat es auch nie eine schmutzige Küche gegeben. Egal ob es Linseneintopf gab oder Bratkartoffeln, Nudelsuppe oder Verlorene Eier, immer sah die Küche hinterher aus, als sei sie seit Wochen nicht berührt worden. Als die Küche irgendwann einmal nicht aufgeräumt war, da wusste Elsa, dass es der Anfang vom Ende sein musste, und wirklich, sechs Wochen später wurde Oma Gertrud zu Grabe getragen.

»Des war ja a tolls Musikprogramm vorhin«, sagt Charlotte und stimmt noch einmal *Geh aus, mein Herz* an.

Sie singt laut und kräftig, manchmal ein bisschen schräg, aber mit sehr viel Überzeugung. Auch das war bei Oma Gertrud genauso. Diese zwei Dinge sind aber auch das Einzige, was Charlotte und Oma Gertrud gemeinsam haben.

»Du bist immer so guter Dinge«, sagt Elsa lächelnd, »so – positiv. Wie machst du das nur?«

Charlotte lacht. »Ach«, sagt sie, »es isch doch so: Was au passiert – i woiß, dass emmer oiner hinter mir steht, der's gut mit mir meint. Da kann i doch bloß froh on dankbar sei.« Sie hält einen Moment inne. »Aber i bin gwieß net emmer fröhlich, noi, 's gibt au ganz andere Zeita.« Sie schüttelt den Kopf. »Aber wenn i froh ben, dann kommt des net von mir, dann woiß i, 's isch mir gschenkt.«

Ja, Charlotte hat *es*. Diese unerschütterliche Gewissheit, dieses grenzenlose Vertrauen.

Elsa wirft mit Getöse die Gabeln in die Schublade. »Find ich echt toll. Du hast so einen Glauben – wie ein Baumstamm.

Ich komm mir vor, als hätt ich einen Glauben wie – wie ein Netz, eine Hängematte oder so, und dauernd reißt irgendwo eine Schnur und ich muss dran rumflicken.«

»Des isch a guts Bild«, sagt Charlotte, »des hett vom Johannes sei könna.«

Beide lachen.

Charlotte schiebt den Kessel in den Schrank und klappt energisch die Türen zu. »Aber i sag dir, der Baumstamm – wenn er dann doch mal wankt, dann gewaltig!«

»Er hat mal gewankt?« Das hätte Elsa nicht gedacht.

»Oh ja.« Charlotte betrachtet das Karo des Geschirrtuchs. »Damals, als der Hermann gstorba isch, mein Mann. Oifach so weggrissa.« Sie rafft das Handtuch zusammen und zieht es wieder auseinander. »I han emmer denkt: Der wollt doch so gern nommal en d' Berg. Warum hatter net wenigschtens nommal en d' Berg dürfa. I war so wütend on verzweifelt. I han net mal mehr beta könna. I war völlig leer. – Der Johannes hat mir damals sehr gholfa.«

»Johannes?!«

»Ja. I weiß no wie heut. ›Warum gehscht du nicht mehr in die Bibelstunde?‹, hatter gfragt, i hab gsagt: ›I kann net, i kann bloß no heula.‹ Er hat a Weile gar nix gsagt, dann hatter mi so gnomma« – Charlotte tritt auf Elsa zu und fasst sie an beiden Oberarmen – »on hat gsagt: ›Jesus weint auch.‹ «

Elsa schweigt betroffen.

»Ja, des isch eigentlich gar net sei Art, gell? Gar koi große schöne Rede.« Charlotte lacht ein bisschen, zieht ein Taschentuch heraus und schnäuzt sich geräuschvoll. »I woiß scho, des hatter extra für mi so gsagt. Ganz speziell bloß für mi.« Sie stopft ihr Taschentuch umständlich in die Tasche zurück.

Draußen hört man schwere Schritte. Leo erscheint in der Tür. Elsa spürt einen leisen Hüpfer in der Brust.

»Hallo Leo, seid ihr fertig?«, sagt sie möglichst beiläufig.

Leo lehnt sich an den Rahmen und verschränkt die Arme: »Hmmm, alle Kabel gwickelt. Wie sieht's mit dr Kartoffelsupp aus?«

»Hab ich heimlich für euch reserviert.« Elsa dreht sich auf dem Absatz um, ergreift den Topf in der Ecke und drückt ihn Leo in die Hand.

Der bekommt ihn nicht recht zu fassen, weil sie die Topfgriffe hält. Ihre Blicke treffen sich.

»Du kannst den Topf ja dann Montag mitbringen«, sagt Elsa.

»Alles klar. No en schöna Abend, die Dama.«

»Wirklich en sehr interessanter Mann, gell?«, sagt Charlotte, als Leo verschwunden ist. Dann macht sie eine Pause, während sie Elsa prüfend ansieht, legt ihr eine Hand auf den Unterarm und fährt mit gesenkter Stimme fort: »Aber, Elsa – lass ihn net zu nah an di rankomma.« Nickt ihr zu, drückt noch einmal, wie um ihr Mut zuzusprechen, und wendet sich langsam wieder der Spüle zu.

Elsa schaut sie verwirrt von hinten an. Was hat Charlotte sich nun dabei wieder gedacht?

JOHANNES kann wirklich zufrieden sein. Der Zeitung ist sein Gemeindefest einen Zweispalter mit Foto wert. Das stimmungsvolle Musikprogramm wird besonders gelobt, nun ja, und der Besuch aus Afrika gewürdigt.

Vor allem aber ist auf dem Foto endlich einmal nicht Pfarrer Johannes Lichtenfeld zu sehen, sondern im Mittelpunkt steht »die renommierte Künstlerin« Eliane Przybilla-Nelling, Schöpferin des Paradiesgartens aus Tüchern und Stoffbahnen, zarter Seide und grobem Rupfen in vielerlei Grün- und Blautönen, im Vordergrund des Zeitungsfotos in schnödem Schwarzweißraster nurmehr zu erahnen. Der Paradiesgarten war mit Sicherheit einer der Höhepunkte des Gemeindefestes, und es war eine schöne, ja geradezu kongeniale Zusammenarbeit mit Eliane – im Laufe der Vorbereitungen sind sie zum vertraulichen Du übergegangen.

Links neben Eliane ist auf dem Foto eine putzige Kinderschar zu sehen, rechts von ihr Herr Bechtle, der unersetzliche Prädikant. Er mustert Eliane aus den Augenwinkeln mit einem Ausdruck versteinerter Skepsis und scheint zu rätseln, ob dieses Wesen eher den Kräften des Lichts oder der Finsternis zuzuordnen sei.

Den Abgrund an Verwerflichkeit aber musste Herr Bechtle am späteren Abend erleben, als sich alle zum großen Schlusslied im Gemeindehaus versammelten. *Der Tag, mein Gott, ist nun vergangen,* mit Chor und Orchester. Beginnt dieser Mike doch schon beim Vorspiel, nach links und rechts im Takt zu schunkeln, eins-zwei-drei, eins-zwei-drei, verneigt sich ganz tief vor Elsa, und schon drehen sie sich im Walzertakt. Dann kommt auch noch Leo abklatschen, Elsa lächelt verlegen und lässt es sich gefallen. Mike greift sich die verwirrte Frau Lauster. Herr Ongombe sagt: »Oh, waltz«, und Charlotte nimmt ihn bei der Hand. Jens Aldinger stürzt sich hemmungslos auf Eliane. Sie tanzen, tanzen, *bis allen/dein großer, neuer Tag gehört.* Das war der Augenblick, als Herr Bechtle entrüstet den Gemeindesaal verließ.

Da konnte Elsa nun plötzlich Walzer tanzen. Auf Nellings Gartenparty konnte sie es nicht.

Walzer tanzen hat sie erst zu ihrer Hochzeit gelernt, eigens für den Eröffnungstanz hatte er es ihr beigebracht. Natürlich konnte sie es ganz schnell besser als er. Sie beide gingen als Erste auf die Tanzfläche, dann Johannes' Eltern, dann Elsas Eltern auf ihre verlegen-eckige Art, dann die andern Gäste. Aber er hat sie noch nie so entspannt und selbstgewiss tanzen sehen wie auf diesem Gemeindefest, so – vergnügt. Ob der gute Trollinger von Haidle Wein und Spirituosen das Seine dazu beigetragen hat?

Allerdings war es ihm vorgekommen, als ob ihre Augen dabei die Umstehenden streiften, wie wenn sie jemanden suchten – womöglich ihn? Wollte sie mit den Augen sein Einverständnis erfragen? Könnte es gar sein, sie hat erwartet, dass er kommt und mit ihr den Tanz beendet? Johannes hatte das kurz erwogen, aber gleich wieder verworfen. Denn das wäre eine besitzergreifende Geste gewesen, die seinem – und auch Elsas – Verständnis von Partnerschaft so gar nicht entspricht.

Im Übrigen – und vor allem: Ein Pfarrer kann nicht so ohne Weiteres zu einem Kirchenlied Walzer tanzen. Nicht zu einem Kirchenlied. Ein Pfarrer, noch dazu im Gemeindehaus, kann nicht einfach tun, was ihm gerade einfällt. Er muss an das ganze breite Spektrum seiner Gemeinde denken, mit all den so unterschiedlichen Vorstellungen davon, was im kirchlichen Umfeld angemessen ist – was heilig und unantastbar, was erlaubt und was verboten.

Herr Bechtle hat ohnehin schon um einen Gesprächstermin gebeten. Er wird ihm die Hölle heiß machen, weil er, der Pfarrer, nicht eingeschritten ist, nicht mit donnernder Stimme kraft seines Amtes diesem gottlosen Treiben ein Ende bereitet hat. Und Herr Bechtle wird abermals erwägen, in die freikirchliche Gemeinde abzuwandern. Und Johannes wird abermals nicht erkennen lassen dürfen, dass ihm das im Grunde ganz recht wäre.

VIII

Johannes sammelt sich. Freitagnachmittag. Zeit für die Predigt.

Der Predigttext. Eine Handvoll Notizen, auf Zettel gekritzelt. Ein Computerbildschirm.

Schönes Wetter heute. Er wirft einen Blick aus dem Fenster. Unten auf der Bank sitzt Leo, groß und breit, und macht Mittagspause. Tja, die einen arbeiten, und die andern machen Pause.

Nun also, der Predigttext. *Nehmt an, ein Baum ist gut, so wird auch seine Frucht gut sein; oder nehmt an, ein Baum ist faul, so wird auch seine Frucht faul sein. Denn an der Frucht erkennt man den Baum.* Ein unmittelbar einleuchtendes Wort, immerhin. Darf aber nicht zu eindimensional gesehen werden. Johannes sortiert seine Notizzettel auf zwei Häufchen: eins für den theologisch-hermeneutischen Zugang, eins für den menschlich-alltagsbezogenen.

Elsa kommt unten auf die Terrasse, mit zwei Bechern Kaffee. Johannes runzelt missmutig die Stirn. Da hätte sie ihm eigentlich auch einen raufbringen können.

So, wie machen wir denn mal den Einstieg. Über die Gartenarbeit? Hier in der Gemeinde werkelt alle Welt sommers im Garten. Das eint – vielleicht als Einziges – Alteingesessene und Neuzugezogene. Graben und Jäten, nun ja, vielleicht ein bisschen trivial.

Jetzt hat sie sich neben ihn auf die Bank gesetzt. Die unterhalten sich ja sehr angeregt.

Johannes trommelt mit den Fingern auf der Fensterbank den Radetzky-Marsch. Tatarammtamtam.

Dieser Leo ist nun wahrhaftig nicht der Typ, bei dem jede Frau gleich schwach werden müsste. Wuchtig, mit deutlich gerundet-protuberanter Bauchpartie, Tendenz zum Doppelkinn. Das strubbelige falbe Haupthaar beginnt sich oben bereits tonsurartig zu lichten und lässt, ebenso wie der rote Borstenbart, keinerlei Gestaltungswillen erkennen.

Was soll denn eigentlich rüberkommen? Klar, alle verstehen: *An ihren Taten sollt ihr sie erkennen.* Aber eigentlich geht es hier um etwas anderes, wenn man weiterliest. Ums Reden. – Ihre Worte werden sie verraten. Also: Hört genau hin! Vielleicht auch: Hört genau hin, was ihr selber sagt?

Wie geht's doch gleich weiter? Ach natürlich: *Wes das Herz voll ist, des geht der Mund über.* Zu Deutsch: Was das Herz erfüllt, das drängt aus dem Munde heraus. Kann jeder täglich an sich selbst beobachten. Wie oft sagen wir Dinge, die wir gar nicht so gemeint haben? Und wenn wir dann in uns gehen, haben wir sie vielleicht gerade eben doch gemeint.

Also: Höre auf dich selbst – wes Geistes Kind bist du? Nicht schlecht. Er hebt die Hände über die Tastatur.

Er zögert. Er runzelt die Stirn. Etwas gefällt ihm nicht. – Eigentlich ist dieser erhobene Zeigefinger gar nicht seine Sache. Man will die Leute schließlich einladen und nicht belehren. Er lässt die Hände wieder sinken.

Was die wohl Aufregendes zu diskutieren haben? Jetzt tippt Leo sich mit dem Finger an die Stirn, und Elsa springt sogar auf und fuchtelt mit der Hand in der Luft herum. Soso, jetzt streiten sie sich sogar schon. Ein solches Ausmaß an Intimität gibt ihm nun doch zu denken. Er stützt das Kinn in die Hand und vermeidet es, den leeren Computerbildschirm anzusehen.

Sein Blick wandert wieder zum Bibeltext. *Ein guter Mensch bringt Gutes hervor aus dem guten Schatz seines Herzens; und ein böser Mensch bringt Böses hervor aus seinem bösen Schatz.* Tja, ein guter Mensch – ein böser Mensch ... Was so ein richtiger Gutmensch ist, der würde sich jetzt gleich über die gnadenlose Schwarzweißmalerei der angeblich so gnadenreichen Kirche beklagen. Das ist diese typische eindimensionale Betrachtungsweise der Außenstehenden.

Der Punkt ist doch eigentlich, wie aus dem unfruchtbaren Baum ein fruchtbarer wird. Also nehmen wir jetzt noch den in Christus erneuerten Menschen dazu. Immerhin ein Ansatz. Aber nicht ganz einfach. Jede Woche dieselbe Gratwanderung: Die schlichten Gemüter nicht verunsichern und den Geistreichen Futter geben.

Sein Blick fällt auf die Rotweinflasche vom Vorabend, die an der Schreibtischecke steht. Wenn's schon keinen Kaffee gibt. Das fördert die Hirndurchblutung. Er zieht den Korken aus der Flasche.

Jetzt erscheint unten Kathrin auf der Bildfläche und setzt sich neben Leo auf die Bank. Alle drei in einer Reihe. Wie idyllisch. Die Bank wird noch zusammenbrechen.

Besser bei den Kernsätzen anfangen. Also jetzt, locker assoziieren! Johannes liebt es, mit drastischer Diktion und dramatischem Ausdruck seine Schäfchen aus dem Kirchenschlaf zu wecken. »Verdammt dazu, ein unfruchtbarer Baum zu sein???«, schreibt er auf den Bildschirm. Aber doch nicht in Times New Roman, diese altväterliche Schrift, die den Staub von Jahrhunderten atmet, da muss sofort was Modernes her! Er fährt mit der Maus auf dem Bildschirm herum.

Nanu? Jetzt ist aus dem Balken oben plötzlich ein Kästchen geworden. Das darf nicht sein. So kann man sich nicht konzentrieren, wenn der Bildschirm plötzlich ganz anders aussieht. Also: Computer aus, Computer an. Das dauert. Und das Resultat: auch nicht besser. Ein Klick hier, ein Klick da. Jetzt sieht es völlig chaotisch aus, ein Durcheinander von Kästen kreuz und quer. Außerdem teilt der Computer mit, er könne nicht zwei Programme gleichzeitig laufen lassen. Dabei hat das gar keiner von ihm verlangt.

Johannes nimmt noch einen Schluck Wein. Aber der erhoffte Geistesblitz will sich nicht einstellen. Also – der Griff zum letzten Notanker, auch wenn es schwerfällt. Er öffnet das Fenster und lehnt sich hinaus. »Kathrin, kommste mal? Der Computer spinnt!«

Kathrin verdreht demonstrativ die Augen – »Ach, Papa!« –, springt aber sogleich auf und kommt die Treppe heraufgerannt. Welche Freude, wenn sie's ihrem Vater mal wieder zeigen kann.

»Was hast du denn da angerichtet?«, fragt sie beim Blick auf den Bildschirm mit dem nachsichtigen Lächeln einer Mutter, die sich zu ihrem Kind niederbeugt, das seine Schnürsenkel verknotet hat. »Hast du abgespeichert?«

»Was ich bisher geschrieben habe, hab ich noch im Kopf.«

»Also nein.« Ein tiefer Seufzer.

Nach ein paar lässigen Handgriffen herrscht auf dem Bildschirm wieder die gewohnte Ordnung.

»Also, der *Computer* ist wirklich völlig in Ordnung ... – Weißt du was, Mama und Leo streiten sich drüber, ob die Bibel zur Unterdrückung der Menschen dient. Voll witzig. Weil drinsteht, die Sklaven sollen ihren Herren gehorchen.«

»Das kann man so aber nicht sagen.«

»Steht es nun drin oder nicht.« Es klingt eher wie eine Feststellung als wie eine Frage.

»Er meint wahrscheinlich ...«, Johannes langt hinter sich nach einer Bibel, aber Kathrin ist schon wieder verschwunden.

Das kann man aber so nicht stehen lassen. Also öffnet Johannes noch einmal das Fenster und ruft auf die drei hinunter wie der Pfarrer von der Kanzel: »Wahrscheinlich geht es bei euch um so was hier: *Ihr Sklaven, seid gehorsam euren irdischen Herren mit Furcht und Zittern, in Einfalt eures Herzens, als dem Herrn Christus!*«

»Ja, genau!« Leo verschränkt die Arme.

Das war vielleicht nicht so geschickt, kommt es Johannes in den Sinn, der Luther ist immer so drastisch.

»Jetzt nehm' wir erst mal eine andere Übersetzung. *Ihr Sklaven und Sklavinnen, gehorcht euren irdischen Herren und Herrinnen! Ehrt und fürchtet sie. Dient ihnen so aufrichtig, als dientet ihr Christus.* – Das klingt doch schon ganz anders, ohne Einfalt und ohne Zittern, nicht wahr?!«

Leo hebt die Schultern. »I seh da eigentlich koin großa Unterschied, außer dass die -innen scho erfunda sen. Aber wenn ihr lang gnug übersetzt, dann verschwindet des Fürchta on Diena vielleicht au no.«

Das ist wohl als offene Provokation zu verstehen. War ja nicht anders zu erwarten. Am besten gar nicht drauf reagieren.

»Der Punkt ist, dass ein paar Zeilen weiter ganz klar steht, dass die Herren ihre Sklaven im gleichen Geist behandeln sollen. Alle haben nämlich denselben obersten Boss!« Johannes weist lässig mit dem Daumen zum Himmel. Das hat er jetzt doch gut rübergebracht. »Außerdem muss man den Text im Kontext sehen«, fährt er fort. »Die Fragestellung in diesen Briefen der Apostel an die jungen Gemeinden …«

»Papa, bitte fass dich kurz!«

Johannes lässt mit einem Schnaufer die Luft ab, die eigentlich für die historisch-soziologisch-kulturelle Einordnung des Textes gedacht gewesen war. Aber bitteschön, dann also in aller Kürze: »Es war eben eine völlig andere Zeit damals, und außerdem dachten alle, dass die Wiederkehr des Herrn vor der Tür steht. Da war Klassenkampf einfach nicht angesagt, okeh?«

Er setzt sich wieder an seinen Schreibtisch und betrachtet den immer noch leeren Bildschirm. An der Frucht erkennt man den Baum. Nach den Früchten seiner bisherigen Arbeit zu urteilen, ist er reif zum Absägen.

Wes das Herz voll ist, des geht der Mund über. Das kann er gerade brauchen! Und wenn nun gar nichts aus dem Munde kommen will, was ist dann mit dem Herzen?

Ach Unsinn, jeder hat mal einen schlechten Tag. Er nimmt noch einen Schluck aus der Flasche und starrt eine Weile vor sich hin, ohne genau zu wissen, was er denkt. Dann springt er auf und hängt sich über die Fensterbank nach draußen. »Übrigens, bei Jesus selbst, da haben die Rangunterschiede ganz ausgesprochen keine Rolle gespielt, da haben Arm und Reich an einem Tisch gesessen, das war absolut revolutionär seinerzeit!«

Drei Augenpaare schauen ihn verwundert an. Das ist ihm jetzt wohl ein bisschen zu laut geraten.

»Find i ja au klasse«, sagt ausgerechnet Leo beschwichtigend, »aber aus dr Bibel sucht sich halt jeder raus, was ihm grad passt.«

Johannes hebt abwehrend die Hand. »Es ist keineswegs beliebig, was …«

»Papa, nun reg dich doch nicht so auf!«

»Ich rege mich überhaupt nicht auf, ich finde nur, ich muss hier ein paar Sachen klarstellen!«

»Aber du bist doch nicht der Papst.«

Elsa kichert in ihren Kaffeebecher, er hat es genau gesehen. »Weißt du, wir hatten das Thema eigentlich schon abgeklärt.«

Er ist aufrichtig überrascht. »Ach, und lasst ihr mich an euren Ergebnissen teilhaben?« Er kann sich einen ironischen Unterton nicht verkneifen.

Elsa und Leo sehen sich ratlos an, also erklärt Kathrin: »Na ja, Mama hat gesagt, die Bibel wär zwar missbraucht worden, um die Leute zu knechten, aber es steht nicht wirklich drin, das musst du mir einfach glauben, hat sie gesagt, und dann hatter nichts mehr gesagt, und das war's.«

Drei Augenpaare schauen ihn fragend an.

»Schön, freut mich, dann braucht ihr mich ja nicht mehr.« Johannes schließt mit einer heftigen Bewegung das Fenster und lässt sich auf seinen Schreibtischstuhl fallen.

So einfach kann man sich's natürlich auch machen. Einfach glauben.

Elsa irrt ratlos durch das Pfarrhaus. Ob das wirklich schon alles war? Da gab es doch immer so viele Dinge, die ihr unangenehm aufgefallen waren, kleine Mängel, Hinderlichkeiten im Alltag, gewohnt, aber lästig.

Zwei-, dreimal in der Woche findet Leo sich im Pfarrhaus ein, hier schrauben, dort leimen, hier gipsen, dort Maß nehmen, und dann bleibt er meistens noch zum Mittagessen. Mike hingegen scheint sich als Faktotum für Eliane Nelling etabliert zu haben, man sieht ihn drüben bisweilen Kieswege schütten, riesige Fensterscheiben polieren oder Mineralwasserkisten schleppen.

Elsa steigt die Treppe hinauf und sieht sich im Obergeschoss um. Der Wasserhahn im Bad tropft nicht mehr, das Klobecken ist festgeschraubt, und die lose Kachel, die Kathrin schlecht und recht mit Teppichklebeband befestigt hatte, ist sauber wieder eingefügt. Auch die ewig lose Türklinke liegt jetzt fest in der Hand. Die schiefen Scharniere, der wackelnde Stuhl, die knarrende Treppenstufe, die lose Fußleiste – alles, alles hat Leo wieder hergerichtet. Und nun drohen Elsa die Ideen auszugehen.

Sie trottet missmutig die Treppe hinunter. Elsa, jetzt denk mal nach. Das ist eine einmalige Gelegenheit, die muss voll und ganz ausgekostet werden, und es wäre sehr ärgerlich, wenn etwas ungetan bliebe. Mit einem feuchten Lappen wischt sie probeweise ein paar Flecken von der Küchentapete. Sie lösen sich tadellos, nein, man kann beim besten Willen nicht behaupten, die Küche bräuchte einen Anstrich.

Draußen klingelt ein Fahrrad.

Ja! Das ist es! Die Fahrräder, die haben es wirklich nötig! Beschwingt macht sich Elsa auf den Weg zum Telefon.

Johannes kommt sich langsam albern vor. Immer wenn er den Vorratsschrank schließen will, klemmt er den Fuß unter die Tür und hebt sie ein bisschen an. Seit er in diesem Hause lebt, ist das die einzige Methode, die Tür ohne Gewaltanwendung zu schließen. Aber seit Neuestem ist es gar nicht mehr notwendig, denn Leo hat die Scharniere gerichtet, und seither schließt die Tür glatt und makellos.

Und die Treppenstufe knarrt auch nicht mehr. Jedes Mal, wenn Johannes die Treppe hinaufgeht, hat er das Gefühl, etwas stimmt nicht. Ja, wenn er oben steht, kommt es ihm vor, als dürfte er eigentlich überhaupt noch nicht oben sein, denn das vertraute Knarren hat gefehlt. Natürlich ist es zu begrüßen, dass die gebrochene Geländersprosse nicht mehr mit hellblauem Klebeband umwickelt ist, sondern sauber verleimt. Aber es ist doch auch ein Gefühl der Fremdheit. Die Fußleiste oben im Flur ist früher bei jeder Berührung umgekippt. Johannes versetzt ihr einen Tritt. Nichts zu machen, bombenfest.

Er findet das schnurlose Telefon und nimmt es mit nach unten. Metzgermeister Kleemeier will noch zurückrufen wegen der Gemeindefestwurstabrechnung.

»Elsa?!«

Elsa ist nicht da. In der Küche ist sie auch nicht.

Draußen auf der Terrasse hantiert Leo mit einem Fahrradschlauch und einem Wassereimer. Kathrin steht daneben und redet auf ihn ein, pausenlos, ohne Punkt und Komma, es ist schon fast peinlich. Und was sie alles redet! Johannes kann es durch die offene Terrassentür alles mit anhören.

»... und was sagt die Tussi? Die sagt: Wenn du nicht einmal die elementaren Grundregeln – die redet immer so – wenn du nicht einmal die elementaren Grundregeln der deutschen Sprache beherrschst, dann solltest du dir einmal überlegen, ob du hier auf dem Gymnasium nicht fehl am Platze bist. Diese alte Schreckschraube!«

Von Leo hört man nur ein gelegentliches Brummen. »On dann?«, fragt er oder: »Was hasch du dann gsagt?« oder: »Isch ja die Härte.«

Kathrin hat schon wieder das Thema gewechselt. »... die hat schon ’n total dicken Busen und immer die tollsten Klamotten an, da bildet die sich voll was drauf ein. Wackelt immer vor den Jungs rum, so!« Sie marschiert im Entengang die Terrasse auf und ab und trällert mit quäkiger Stimme: »Schaut mal alle her, wie schööön ich bin. – Aber so was von blöde!«

Leo grinst und pumpt den Fahrradschlauch auf.

Johannes versucht sich auf das Sortieren der Post zu konzentrieren.

Elsa nähert sich mit einem dicken Blumenstrauß aus dem Garten und sagt im Vorbeigehen: »Kathrin, dem armen Leo fallen gleich die Ohren ab, jetzt lass doch mal gut sein.«

Leo blickt auf. »I werd's scho überleba.«

»… also jedenfalls denk ich nicht dran, mir diese ganzen blöden Jahreszahlen reinzuziehen«, schließt Kathrin ab und läuft hinter ihrer Mutter her in die Küche. Dort stemmt sie die Fäuste in die Seiten und verkündet: »Endlich ein Mensch, mit dem man mal richtig reden kann!« Und stampft zur Tür hinaus.

Elsa kichert. »Der Sturmwind ist vorübergebraust.«

Johannes findet das gar nicht zum Lachen. Das ist doch eigentlich eine ernste Sache. Endlich ein Mensch, mit dem man richtig reden kann – das sagt seine älteste Tochter ihren Eltern ins Gesicht. Als wären sie nicht immer gesprächsbereit.

Überhaupt sieht Elsa ganz unangemessen vergnügt aus, wie sie so die Blumen in eine blaue Emaillekanne stopft.

Johannes schließt die Terrassentür und bleibt noch einen Moment stehen.

»Leo bringt unsere Fahrräder in Schuss«, erklärt Elsa, »meine Reifen waren schon ganz runtergefahren, und bei Kathrin springt immer die Kette ab, und das alte Rad hatte einen Platten, und überhaupt, mal schmieren und so.«

Sie schauen ein Weilchen schweigend hinaus. Leo bemerkt sie nicht, er ist völlig in seine Arbeit vertieft.

»Irgendwie beneidenswert«, sagt Johannes.

»Was meinst du?«

»Ich tu alles nur, um fertig zu werden. Und während ich es tue, bin ich in Gedanken schon drei Schritte weiter. Und er – was er gerade in den Händen hält, das ist für ihn das Zentrum des Universums.«

Und wo ist *mein* Zentrum des Universums?, fragt sich Johannes.

»Zentrum des Universums, das hast du mal wieder schön gesagt«, sagt Elsa und lächelt.

Johannes verschränkt die Arme. Irgendwann muss das doch mal vorbei sein. Irgendwann muss doch alles repariert sein.

Elsa weiß nicht recht, was sie dazu sagen soll. An diesem Ding also hat Eliane die letzten drei Wochen gearbeitet. Tag und Nacht, wie sie sagt. Und fragt jetzt ausgerechnet Elsa nach ihrer Meinung.

»Weißt du, ich verstehe überhaupt nichts von Kunst«, sagt Elsa.

Eliane wirft den Kopf in den Nacken und lacht. »Ja eben, das ist es doch gerade!«

Sie trägt heute ein klein geblümtes Sommerkleid, in dem jede andere Frau aussehen würde wie ihre eigene Großmutter.

Elsa steht auf der Nelling'schen Terrasse vor einem bizarren mannshohen Gebilde aus verflochtenen Zweigen und Strohhalmen, hier und da ein Büschel Heu, aber auch große und kleine bunte Holzperlen und Sisalschnüre. Das Ganze erinnert an einen schiefen hohen Korb ohne Boden.

Eliane lässt die Hände über ihr Werk gleiten. »Es geht mir nicht darum, die Natur irgendwie nachzuahmen«, sagt sie. »Ich will ... – ich will sie in ihrem Wesen erfassen, wenn sie mit dem Menschengemachten zusammentrifft. Also, im Sinne von einem harmonischen Zusammenklang. So wie in einem schönen Garten. Das Paradies ist ja auch ein Garten. Keine Wildnis, ein Garten! Wenn das, was vom Menschen kommt, und das, was von der Natur kommt, wenn sich das zum Vollkommenen vereinigt, verstehst du?« Bei »vereinigt« hat sie die beiden Handflächen fest aufeinandergedrückt. »Es ist schwer in Worten zu sagen.« Sie tritt einen Schritt zurück und schweigt.

»Hmmm, es hat was ...«, sagt Elsa.

Aber Eliane schüttelt plötzlich unwillig den Kopf. »Nein. Nein – es ist lieb von dir, aber – nein, es ist nicht, was ich meine. Nicht wirklich.« Sie legt die Hände vor den Mund und lässt den Blick ins Leere wandern. »Ich brauche Holz.

Holz ist perfekt. Es ist Natur, und es ist Baustoff. Allein diese Maserung, dieses Fließen.«

»Wir müssen unsern alten Birnbaum absägen. Willst du den haben?«

Die Wirkung dieser Worte ist umwerfend. Eliane macht einen Schritt auf Elsa zu und packt sie erstaunlich kraftvoll an beiden Oberarmen. »Elsa! Oh das ist großartig! Das ist genau, was ich brauche. Komm, ich muss ihn mir ansehen. Er soll zu neuem Leben erwachen, der alte Birnbaum. Können wir gleich hinübergehen? Jetzt gleich?«

Sie gehen außen herum und durchs Pfarrhaus, denn Eliane kann in ihrem Kleid unmöglich über den Zaun steigen. Erst als es zu spät ist, als Elsa schon die Tür zur Küche geöffnet hat, kommt ihr in den Sinn, wie dieses Chaos auf Eliane wirken muss. Zu allem Überfluss ist Robert am Küchentisch damit beschäftigt, in einer Emailleschüssel ein Aquarium einzurichten. Sand und Grünzeug hat er sich schon aus dem Garten geholt.

»Ach Robert! Wo ist denn Kathrin, die sollte doch auf dich aufpassen. – Eliane, entschuldige das Durcheinander, es ist einfach ein bisschen eng. Und die Kinder ...«

»Aber nein!«, ruft Eliane aus und hebt beschwichtigend die Hände. »Es sind wunderbare Räume. Sie haben so viel Leben. Dieses Haus« – sie dreht sich mitten in der Küche einmal um die eigene Achse –, »es hat ein eigenes Wesen, ich kann es spüren. Ja, ich kann es spüren! Es hat eine Seele. Es ist einfach ein bisschen näher am Paradies.« Dabei lächelt sie beglückt. Dann verfinstert sich ihre Miene. »Ich hätte auch gern so ein Haus. Ein lebendiges Haus. Aber mein Haus hat kein Leben. Ich kann machen, was ich will. Es bleibt tot.« Sie sieht vor sich auf den Boden.

»Wer is tot?«, fragt Robert und rührt mit dem Finger in der Sandpampe herum.

»Niemand, Schatz, das sagt man nur so. – Nein, Eliane, ich finde deine Wohnung wunderbar, so hell und luftig und großzügig. Und sie hat auch sehr viel Persönlichkeit.«

Eliane wirft ihr nur einen leeren Blick zu und streicht sich mit dem Ringfinger eine Strähne aus der Stirn.

»Robert, warum bist du denn nicht auf die Terrasse gegangen zum Panschen?«

»Da is blöd, is so nass.«

»Eine wundervolle Terrasse«, sagt Eliane, als sie hinaustreten, dreht sich im Gehen um und sieht nach oben. »Ein lichter Raum zwischen drinnen und draußen. Hast du schon einmal daran gedacht, sie zu überdachen?«

»Vorsicht, da vorne wackelt die ...«, kann Elsa gerade noch sagen, da ist Eliane schon über eine hochstehende Kante gestolpert.

»Da fällt sons' immer der Papa drüber!«, verkündet Robert.

Gut, dass Johannes das nicht hören musste.

»Ups!«, sagt Eliane, »ist nichts passiert!«, und steuert zielstrebig auf den Birnbaum zu, umarmt ihn, streichelt die Rinde und legt ihre Stirn an den Stamm.

Robert beobachtet sie misstrauisch, tritt nahe an Elsa heran und fragt flüsternd: »Mama, ist die krank?«

Eine Überdachung über der Terrasse – natürlich hat Elsa daran schon gedacht. Daran hat sie schon oft gedacht – ein trockener Platz für Gartenmöbel, keine Pfützen mehr nach Regengüssen, etwas Schatten an heißen Sommertagen ...

Die schiefen Platten hätte natürlich Leo richten können.

Schon seit fast drei Wochen ist Leo jetzt nicht mehr da gewesen.

Er hätte die Platten richten können, aber wo anfangen und wo aufhören? – Da hätte er auch gleich alle neu verlegen können, und dann doch nicht die alten grauen, vermoosten Platten, sondern neue, wenn schon, denn schon.

Wenn schon, denn schon.

Ja, wieso eigentlich nicht? Die Terrasse. Elsas alter Traum. Eine neue Terrasse. Leo soll die Terrasse neu machen. Neue Platten und eine Pergola aus Holz, hinten mit Dach drüber, natürlich, warum ist ihr das nicht gleich eingefallen? Das kann Johannes ihr nicht abschlagen.

Vergnügt läuft Elsa zum Birnbaum hinüber, tätschelt seine Rinde und lacht in sich hinein.

Johannes kann diese Aufregung überhaupt nicht verstehen.

»Ich will nich in' Kindergarten«, kräht Robert, und die Mädchen gackern wie aufgeregte Hühner in der Küche herum.

»Wann kommt er denn?«, fragt Anne mit vollem Mund. »So 'n Scheiß, dass ich in die Schule muss.«

Elsa hat darauf nicht mehr zu sagen als ein kaum hörbares »Na na!«. Sie schwebt geradezu durch die Küche, singt im beschwingten Dreivierteltakt *Er weckt mich alle Morgen* und gießt sich schon die zweite Tasse Kaffee ein.

Es mag ja eine schöne Sache sein, wenn jetzt endlich die Terrasse neu gemacht wird, aber muss man deshalb so überschwänglich guter Laune sein?

»Ab in die Schule!«, ruft Johannes.

Anne schlürft lautstark die Milch aus ihrer Müslischüssel.

»Robert, jetzt iss endlich dein Marmeladebrot auf!«

Es ist Zeit für den Kindergarten, und dann muss Johannes ganz schnell in die Dienstbesprechung.

»Will keine rote Marmelade, will gelbe.«

»Jetzt iss dein Brot auf!«

»Papa aufessen.«

Johannes verdreht die Augen und stopft das Brot in sich hinein.

»Jetz gelbe Marmelade.«

»Nein, ich denke, du bist satt.«

»Nein, Hunger, ich will Marmeladebrot!«

»Nein, Schluss, du bist fertig mit dem Frühstück.«

»Maaaamaaaa!« Robert schüttelt den Kopf, strampelt mit den Beinen und klammert sich an der Tischkante fest.

»Ist das entsetzlich!« Kathrin hält sich die Ohren zu.

Aber nun kommt die Maamaa in ihrer unendlichen Güte und Geduld und spricht: »Lass gut sein, Johannes, ich bring ihn dann heute in den Kindergarten.«

»Mama Arm!«, befiehlt Robert.

Elsa nimmt ihn widerspruchslos auf den Arm und betrachtet ihn verzückt. Robert packt ihr Gesicht mit beiden Händen und gibt ihr einen dicken Kuss auf den Mund.

»Iiih, ein Mundkuss!«, schreit Anne, und Kathrin kichert.

Nur fort aus diesem Tollhaus. Johannes ergreift seine Aktentasche und stürmt davon.

IX

Johannes reibt sich skeptisch das Kinn. Dieser Leo als Konfi-Camp-Begleiter. Ausgerechnet. Ob Elsa sich das gut überlegt hat?

Nun gut, man kann nicht wählerisch sein. Musste Jens Aldinger sich nun auch in letzter Minute vor dem Start ins Konfi-Camp beim Inlinerfahren den Fuß verstauchen? Ist er doch weit und breit das einzige aktive Gemeindemitglied, das einigermaßen kompetent mit Zeltstangen, Gasanschlüssen und Lautsprecherboxen umgehen kann. Nun ist guter Rat teuer.

Gewiss, immerhin hat Leo sich bereit erklärt, ohne Bezahlung die vier Tage mitzukommen. Wie immer Elsa das geschafft haben mag. Man darf nicht undankbar sein. Aber wie soll dieser Macho wohl mit Mathilda von der Sonthausener Gruppe harmonieren? Die ist eine von den ganz emanzipierten Pfarrerinnen. Und überhaupt ist technische Kompetenz für ein Konfi-Camp schließlich nicht das einzige Kriterium. Eine gewisse Grundhaltung sollte schon da sein. Es muss zwar nicht jeder gleich ein leuchtendes Vorbild christlicher Gesinnung sein, aber auch nicht gerade das Gegenteil. Leo – ist das überhaupt zu verantworten? Vielleicht sollte er ihm weltanschaulich noch ein wenig auf den Zahn fühlen.

Johannes drückt sich auf der Terrasse herum. Die Blumentöpfe stehen jetzt alle in einer Ecke, weil Leo in der anderen neue Platten verlegt. Johannes prüft den Feuchtegehalt der Topferde, obwohl er es niemals wagen würde, unaufgefordert die Blumen zu gießen, und wendet sich dann beiläufig an Leo: »Leo, was ich Sie immer schon mal fragen wollte – wie stehen Sie eigentlich so zum christlichen Glauben?«

Leo sieht zu ihm hoch, schaut dann wieder auf seine Arbeit und sagt nichts.

Schließlich sagt er doch was: »I hab da so meine Probleme damit.«

»Zum Beispiel?«

»Zom Beispiel kann i beim beschta Willa net glauba, dass en Toter aus seim Grab aufsteht on romlauft.«

»Ich auch nicht«, sagt Johannes, bereut aber im selben Moment diese rigorose Aussage. Also ergänzt er rasch: »Ich meine, nicht in dieser physisch-konkreten Form.« Das ist ihm jetzt so rausgerutscht. Ob der das überhaupt versteht?

Leo blickt auf. »In welcher Form denn dann? Mehr so als unkonkreter Geischt, oder wie?« Er kratzt sich am Rücken, und nun hängt ihm auch noch ein T-Shirt-Zipfel aus der Hose.

Nur ruhig Blut, Johannes. Nicht in die Defensive drängen lassen. Er lehnt sich betont lässig an den Türrahmen, schaut zum Himmel und kramt in seinem Gehirn unter der Rubrik »Auferstehung verstehbar gemacht«.

»Mir geht es da um was anderes«, setzt er an. »Es geht mir nicht um Symbole. Auferstehung – da geht es im Kern um die konkrete Gegenwart Jesu im Hier und Jetzt.«

»Also doch konkret?«

»Aber ja, in der Wirksamkeit sehr konkret!«

Leo sieht ihn mit zusammengekniffenen Augen an. »Aha, on was soll des jetzt *konkret* heißa?«

Jetzt hat Johannes den Faden verloren.

»Anderschrom gfragt«, Leo lässt den Gummihammer sinken, »isch Ihne des net peinlich, wenn Sie im Gottesdienscht von wandelnde Tote erzählet, on es isch eigentlich alles net so gmeint? Und die Arme da unta meinet, sie müsstet des alles glauba.«

»Es ist schon so gemeint«, erwidert Johannes beleidigt, »und im Übrigen ist es jedem selbst überlassen, wie weit er sich auf die traditionellen Vorstellungen einlässt oder davon löst. Da *muss* keiner irgendwas glauben.«

Leo hebt die Augenbrauen. »Aha, also – jeder kann glauba, was er will.«

Zum Glück klingelt das Telefon.

ELSA tritt auf die Terrasse und steckt prüfend den Finger in einen Blumentopf. Da muss dringend gegossen werden. Warum eigentlich muss immer nur sie sich um diese Dinge kümmern? Eben war doch Johannes auf der Terrasse.

Sie lässt den Blick über den Garten schweifen.

»Wo ist denn Mike hin?«

Vorhin hatte sie noch beobachtet, wie er emsig nach Elianes Vorgaben die Borke vom Birnbaumstamm meißelte.

»Der schafft mit dem Sackkarra den Baumstamm nüber«, sagt Leo.

»Das Riesending? Ganz alleine?«

Leo lässt den Gummihammer sinken und grinst von unten herauf. »Jaja. Der macht des ganz gern alles alloi, da drüba.«

Was gibt es da eigentlich zu grinsen? Na, egal.

»Hast du dich mit Johannes über das Konfi-Camp unterhalten?«

»Nicht direkt. Mehr über Theologie.«

Das hätte sie nicht erwartet. »Ach ja? Worüber denn speziell?«

»Über Auferstehung.« Leo platziert eine Betonplatte.

Ein T-Shirt-Zipfel ist ihm aus dem Hosenbund gerutscht. Elsa würde ihn am liebsten wieder reinstopfen.

Auferstehung! »Und? Resultate?«, fragt sie.

»Mmmmh. Jeder kann glauba, was er will, solang dabei rauskommt« – nun hebt er mit einer gewichtigen Geste die Hand, wie der Pfarrer auf der Kanzel, und spricht auch so – »dass der Heiland im Hier und Jetzt *konkret gegenwärtig* isch! Aber unkonkret auferstanda. Alles klar?«

Elsa wundert sich. »Aber das hat Johannes doch so nicht gesagt!?«

»So net, aber sinngemäß.« Leo klopft sanft mit dem Hammer auf die Plattenkante.

Hoffentlich ist das Thema damit abgeschlossen, denkt Elsa und schämt sich gleichzeitig dafür.

Aber nein, Leo sagt: »Isch er für di *konkret gegenwärtig*?«

Oh je. Was gibt es jetzt für mögliche Antworten? Elsa probiert innerlich in Windeseile alle Möglichkeiten durch von »ja, sicher« über »weiß nicht« bis »nicht direkt« und überlegt, an welchem Punkt der Skala sie sich am ehesten zu Hause fühlen würde. Aber es funktioniert nicht. Immer, wenn sie sich mit einer Antwort angefreundet hat, sagt etwas am andern Ende ihres Kopfes: »Ja, aber …!« Ein Bekenntnis zwischen Tür und Angel. Ist Jesus für dich gegenwärtig? Sie hebt den Blick auf eine weiße Wolke, die gelassen am Himmel vorüberzieht, und versucht sich zu sammeln.

Also jetzt, Elsa. »Ich versuche so zu leben, als wäre er gegenwärtig. Und manchmal hab ich auch das Gefühl, dass es stimmt.«

Leo sieht sie von unten an, wobei sich seine Stirn in nachdenkliche Querfalten legt, und klopft dann weiter. Jetzt sitzt die Platte makellos. Er legt die Wasserwaage auf. Maßarbeit.

»Mir isch lieber, wenn i ois on ois zammazähla kann und woiß, was rauskommt«, sagt er nach einer Weile.

»Aber du wirst nicht denken, dass du damit die Welt erklären kannst?«

Er wiegt den Kopf. »Noi. Aber den ganza Chrischtaglauba dät i ehrlich ziemlich hirnrissig finda, wenn net so gscheite Leute wie du was damit am Hut hättet.«

»Ach, danke«, sagte Elsa. »Das ist wohl die Grundlage für jede gute Mission.«

»Dann kannsch du mi ja jetz a bissle missioniera.« Er nimmt die nächste Platte auf und grinst. »Also, ich höre?«

Soso, denkt Elsa, kleine Aufforderung zum Tanz.

»Für heute war das genug«, sagt sie, »nicht zu viel auf einmal«, und wendet sich zum Gehen. »Aber ich komme drauf zurück.«

Johannes dreht den Campingplatz-Standplan anhand des Sonnenstandes fachgerecht in Nord-Süd-Position. Dort muss es sein. Natürlich nicht am Seeufer, sondern landeinwärts in einer flachen Senke am Rand des Geländes. Aber das ist vielleicht auch besser so, sonst sind die Konfis mit ihren Gedanken nur noch in den Bodenseefluten statt bei Gott und Glauben.

»Da unta?!«, fragt Leo mürrisch.

Was hat er nun daran auszusetzen? »Ja, warum?«

Leo kratzt sich raschelnd unterm Kinn. »Wenn's Rega gibt, läuft's Wasser sofort en die Zelt nai.«

Diese Naturburschen denken immer gleich an Sturm und Unwetter.

Während die Konfirmanden um ihr Gepäck rangeln, macht Johannes erst mal einen Rundgang über den Zeltplatz. Thomas vom Jugendwerk und Tina vom CVJM werden das schon regeln. Und schließlich ist er verantwortlich und sollte mit den räumlichen Gegebenheiten vertraut sein.

Die Dauercamper auf ihren Liegen und Klappstühlen beäugen ihn misstrauisch zwischen Sonnenschirmen und Gartenzwergen hindurch. Nur eine fröhliche Männertruppe prostet ihm über eine Phalanx von Bierdosen hinweg zu. Nebendran schwitzen die Überreste eines gegrillten Spanferkels in der Sonne, die Rippenbögen liegen säuberlich blank, der fliegenumschwirrte leblose Schweinekopf hingegen lässt noch deutlich das Tier erkennen. Johannes wendet sich mit Grausen ab.

Vier Plätze weiter räkeln sich drei Grazien mit himmelblauen Getränken auf ihren Campingliegen wie die Auslagen im Schaufenster von Metzgermeister Kleemeier und kichern miteinander. »Gott, ist der hübsch!«, sagt eine halblaut, als Johannes vorübergeht.

Ist das alles hier jetzt Prediger 8,15: *... dass der Mensch nichts Besseres hat unter der Sonne, als zu essen und zu trinken und fröhlich zu sein,* oder ist das Galater 5: *... die Werke des Fleisches, als da sind: Unzucht, Unreinheit, Ausschweifung, Saufen, Fressen und dergleichen*?

Den Aufenthaltsraum hatte er größer in Erinnerung. Für fünfzig Leute wäre es sicherlich etwas eng, aber gerade gemütlich.

Das Konfi-Zeltdorf hat ganz ohne sein Zutun Gestalt angenommen. Leo steckt Heringe in den Boden, Birthe und Sandra gehen ihm zur Hand. Ausgerechnet Birthe und Sandra. Das kann kein Zufall sein.

Johannes zögert und beginnt, seitlich am Zelt sinnlos an den Schnüren herumzuzupfen, während er die drei unauffällig beobachtet. Sandra hat ein ganz knappes Höschen an, hockt sich aber trotzdem nicht hin, sondern bückt sich, wobei sie Leo ganz hemmungslos ihr Hinterteil entgegenstreckt. Der wirft auch gleichermaßen hemmungslos einen ausgiebigen Blick darauf, bis sie sich umdreht und ihm mit einer ebenso zarten wie überflüssigen Berührung einen Hering in die Hand legt. Jetzt strafft Birthe die Zeltschnur; dabei muss sich ein abgrundtiefer Blick in ihren Ausschnitt bieten.

Wann wohl ist der Punkt gekommen, wo Johannes eingreifen sollte?

Leo hat offenkundig noch immer den Blick in Birthes Ausschnitt versenkt, obwohl das Mädchen sich wieder aufgerichtet hat, die Hände in die Hüften stemmt und den Kopf schräg legt.

Leo runzelt die Stirn, scheint einen Moment zu überlegen und sagt dann: »Mädels, wenn ihr mi anmacha wollet, dann kommet lieber in zehn Jahr wieder.«

»Anmachen!?!«, ruft Birthe entrüstet.

Aber Sandra ist flotter mit dem Mundwerk. Sie wirft ganz cool den Kopf in den Nacken: »In zehn Jahren? Da gehst du doch schon am Krückstock.«

Leo stutzt. Dann grinst er und sagt: »Okeh, in fünf Jahr«, und setzt den nächsten Hering an.

Sandra und Birthe werfen sich einen triumphierenden Blick zu.

Derweil hat Johannes zwei Zeltschnüre so fest verknotet, dass man sie wahrscheinlich in diesem Leben nicht mehr auseinanderbringen wird.

»Ach, Johannes, hier bist du!«

So ein Schreck! Aber es ist nur Mathilda.

»Ich suche dich schon die ganze Zeit«, sagt sie. »Die Zelte bauen sich schon von allein auf. Wir brauchen deine Arbeitskraft woanders.« Sie macht eine kleine Kunstpause. »Beim Kartoffelnschälen.« Dabei umspielt so ein süffisantes Lächeln ihre Lippen.

Emanze. Wenn die wüsste! Johannes zählt nämlich mittlerweile zu den qualifiziertesten Kartoffelschälern weit und breit! Auch wenn er das beim Kartoffelnschälen zum eigenen Gemeindefest nicht ausleben darf, weil Elsa dieses Unternehmen zum reinen Frauen-Event erklärt hat, Männer raus! Mathilda wird Augen machen. Nur zu, dann kann er sich beim meditativen Knollendrehen noch mental auf den Eröffnungsgottesdienst nachher einstimmen.

Die Konfis vor dem Küchenzelt – auffallend ausgewogen Buben und Mädchen – beäugen ihn neugierig über ihre kantig verunstalteten Kartoffeln hinweg. Er ergreift eine Knolle und setzt souverän lächelnd den Schäler an.

Zum Kartoffelnschälen hat er schon deshalb ein ganz besonderes emotionales Verhältnis, weil er Elsa bei dieser Tätigkeit kennengelernt hat. Jedenfalls haben sie dabei ihre ersten Worte gewechselt. Er weiß es noch ganz genau. Es war auf einer Sommerfreizeit mit Jugendlichen, wo er als fortgeschrittener Student – raus aus der Studierstube – einmal handfeste Felderfahrung sammeln wollte.

Elsas erste Worte waren gleich ziemlich viele: »Neee, warum machst du nicht gleich Würfel aus den Kartoffeln! So 'ne Verschwendung. Pass mal auf!« – und sie zog einen Klappschemel heran, setzte sich vor ihn hin und drückte ihm eine frische Kartoffel in die Hand. »Merkst du was?«, sagte sie, »genau, die Kartoffel ist rund. So hat sie der Herrgott nun mal geschaffen, da kann ich auch nichts dafür.« Eine Frau, die neben ihr stand, kicherte albern.

Ja, ohne Zweifel, die Kartoffel war rund. Johannes ist es, als könnte er sie jetzt noch fühlen, damals drehte er sie ein bisschen in der Hand, so wie jetzt diese, und fühlte die sanfte Rundung. Und das, was er seinerzeit direkt vor seiner Nase in der farbenfrohen Bluse erahnen konnte, war auch schön rund.

»So«, sagte die Stimme über der Bluse, »und jetzt nimmst du das Messer und schälst knapp unter der Oberfläche schön in die Runde, sooo.« Sie hatte ihm die Kartoffel wieder aus der Hand gegrapscht und machte es ihm vor.

Johannes kam sich vor wie ein kleiner Schuljunge, betrachtete die kräftigen, geschickten Hände, wie sie mit geradezu zärtlicher Sorgfalt die Kartoffel drehten, und sagte etwas wie: »Och, ich find's eckig aber praktischer. Fritten sind doch auch eckig.« Dazu bot er sein gewinnendstes Lächeln.

Aber das half nichts, die beiden Frauen stöhnten im Duett.

»Ja weißte, damit fängt die Vergewaltigung der Schöpfung irgendwie schon an, überleg mal, was du redest«, sagte seine Kartoffelschällehrerin streng.

Jetzt hielten sie ihn zweifellos für so einen typisch männlichen technokratischen Quadratkopf.

»Immer schön üben!«, rief die junge Köchin noch zum Abschied und rauschte davon.

Sicher hatte sie ihn da noch gar nicht richtig wahrgenommen. Sie hatte ihm nicht einmal richtig ins Gesicht gesehen. Das war erst am nächsten Morgen, als er sich, weit vor der gewohnten Zeit, von seinem unbequemen Lager erhoben hatte und auf der Suche nach einem Morgenkaffee im Küchenbereich einfand. Die Kaffeemaschine hatte gerade ausgeröhrt, Elsa stand nicht weit davon, wühlte in Brötchensäcken und sah nur kurz auf, ihr Gruß war kaum mehr als ein Nicken, sie sprachen nur das Notwendigste, er: »Morgen! Willst du auch einen?«, sie: »Hmm, mit Milch – da drüben im Kühlschrank.«

Aber dann, als er ihr den dampfenden Becher reichte, sah sie ihn zum ersten Mal richtig an. Er meinte ein Flackern in ihren Augen zu sehen, sie schien ein wenig zu erröten und senkte schnell den Blick tief in die Kaffeetasse. Das war der Anfang.

Aber schon damals, als er kaum ein paar Worte mit ihr gewechselt hatte, noch nichts von ihr wusste, gleich von Anfang an war da dieses Gefühl, diese Gewissheit von Geborgenheit, von zu Hause angekommen sein.

Angekommen. Er hält inne und umschließt die Kartoffel ganz fest mit seiner Hand, betrachtet sie eine Weile reglos, schüttelt dann den Kopf und wirft einen schnellen Blick nach links und rechts. Hoffentlich hat es keiner gemerkt.

Wie sich die Zeiten ändern. Inzwischen ist er der präziseste Kartoffelschäler im Sprengel, wenn auch nicht der schnellste, und überhaupt hat er sich ernährungsmäßig vom Saulus zum Paulus gewandelt. Man kann nicht die Bewahrung der Schöpfung predigen und andererseits den eigenen Körper mit fettigen Grillhähnchen aus Massentierhaltung laben. Das wäre nicht authentisch.

ELSA lässt die letzte geschälte Kartoffel in den wassergefüllten Topf plumpsen. Aber sie steht nicht gleich auf, sie stützt das Kinn in die Hand. Wie friedlich es ist. Oder vielleicht kommt es ihr auch nur so vor, nach all der Aufregung, bis die Konfi-Truppe endlich mit Sack und Pack verstaut und auf dem Weg war. Sie sieht hinaus in den sommergrünen Garten.

Damals im Sommercamp, da waren die Töpfe noch viel größer, so viele Kartoffeln! Alle haben gestaunt, wie Elsa es schaffte, diese Großküche zu managen. Und wie sie Johannes, dem gut aussehenden jungen Theologen, Schwarm aller Mädchen im Camp, beim Kartoffelnschälen den Kopf gewaschen hat. Dem fielen vor lauter Verlegenheit nur noch irgendwelche dummen Männersprüche ein, er konnte einem fast schon leidtun.

Es war ja nicht das erste Mal, dass sie ihn wahrgenommen hatte. Bei der Ankunft hatte sie ihn schon von Ferne bewundert. Wie er mit einem zweirädrigen Handkarren am Gepäckbus stand, um Reisetaschen und Schlafsäcke auszuladen. Das Bild steht ihr noch vor Augen: Gerade versucht er, einen kleinen Koffer zwischen die fertig platzierten Reisetaschen zu stopfen.

Geht nicht. Also die Reisetaschen wieder raus und hochkant gestellt. Jetzt ist noch Platz, also ein Schlafsack und eine Gitarre dazu. Passt nicht, also die Reisetaschen längs statt quer. Passt der Koffer nicht, also den Koffer hochkant auf die Seite gestellt. Handwagen aufgenommen, angezogen – der Koffer kippt heraus. Also den Koffer wieder längs, die Reisetaschen quer ... In dieser Zeit hätte er schon mühelos zwei Fuhren hinter sich bringen können. So hübsch, und so unglaublich unpraktisch, hatte sie damals gleich gedacht. Als sie ihn dann mit den Kartoffeln sah, da war schon klar, was sie zu erwarten hatte.

Aber trotzdem ließ sie es sich am nächsten Morgen gern gefallen, in aller Herrgottsfrühe, nach dem Morgenkaffee, mit ihm eine Runde ums Lager zu gehen. Sogar noch ein paar Schritte in den Wald hinein, obwohl ihr die Brötchenausgabe auf der Seele lag, ein bisschen reden, er ging nah neben ihr, ihre Arme berührten sich manchmal. Er redete ziemlich viel, über sein Selbstverständnis im Rahmen der Amtskirche und die Vermittlung von Werten an die Jugendlichen und dass von der Kirche ein anderes Selbstbewusstsein gefordert sei und all solche Dinge, dabei ging er mal links, mal rechts, und einmal tappte er in eine tiefe Pfütze. Aber sein verlegenes Lächeln, als er den Fuß dann wieder aus dem Morast zog – da tat ihr Herz einen Hüpfer, sie kann es jetzt noch spüren.

Und als sie sich dann später beim Kirchentag wiedertrafen, war schon alles passiert. Da gab es kein Zurück mehr. Dieser sollte es sein. Und dieses unfassliche Glück: Er wollte sie auch! Es war völlig klar, gleich beim ersten Wiedersehen, beim ersten Aufeinanderzugehen. Im Geist sieht sie den jungen Johannes, wie er lächelnd auf sie zukommt und die Arme ausbreitet.

Ein schönes Bild. Eigentlich müsste sie sich darüber freuen. Aber jetzt macht es sie eher traurig. Es ist ein Bild von etwas, was einmal war und vergangen ist. Eine Art von Zauber, der nicht bleiben kann. Etwa so wie der erste Frühlingstag im Garten. Auch wenn dann der Sommer kommt – aber der ist eben anders.

Obwohl auch schön, natürlich.

Elsa streicht sich mit der Hand über das Gesicht.

Ja, so war das damals. Und dann hat Elsa doch wahrhaftig einen Pfarrer geheiratet. Oder erst mal natürlich einen Vikar. Schade, dass Oma Gertrud das nicht mehr erlebt hat, es hätte sie glücklich gemacht. Alles hätte sie ihrer Elsa im Nachhinein verziehen, wo das Kind doch letzten Endes einen so guten Weg gemacht hat.

Ach, die Kartoffeln! Jetzt aber schnell auf den Herd damit.

Johannes tritt schwungvoll in die Runde und klatscht in die Hände: »Auf geht's, Leute!«

Jetzt stehen Sport und Spiel auf dem Programm. Die Konfis würden natürlich lieber im Bodensee plantschen oder am Ufer chillen, setzen sich aber murrend in Bewegung. Nur Sebastian muss noch dringend eine SMS verschicken. Thomas vom Jugendwerk und Tina vom CVJM haben schon das Netz gespannt.

Leo rüttelt an einem Pfosten und verbessert die Standfestigkeit mit einem Keil. Muss der sich denn überall einmischen? Aber Thomas und Tina kümmern sich nicht darum, die haben sowieso nur Augen füreinander.

Johannes lässt sich bei den Volleyballern nieder und blinzelt in die Sonne. Die sollen sich nur austoben, dann gehen sie wenigstens bei der Abendandacht nicht über Tische und Bänke.

Mathilda nähert sich mit einem windschiefen Klappstuhl und versucht, ihn neben Johannes aufzustellen. Das Ding klemmt, sie rüttelt, quetscht sich den Finger und lässt sich sogar zu einem ärgerlichen »Ach, Mist!« hinreißen.

Was tun? Johannes rutscht unruhig auf seinem komfortablen gepolsterten Terrassenstuhl hin und her. Seine Hilfe anbieten? Das könnte als typisch männliche Überheblichkeit aufgefasst werden: Na, Mädchen, kriegst du's nicht hin? Im Übrigen wäre es sicher überhaupt nicht der Sache dienlich, wenn auch er noch an dem verzogenen Klappstuhlgestänge herumfingern wollte. Sitzen bleiben und abwarten? Das schiene, als fehle es ihm an Achtsamkeit für die Nöte der Mitmenschen. Ihr gar den eigenen bequemen Sitzplatz anbieten? Ach nein, im Kavalier alter Schule kann er sich gar nicht wiederfinden. Außerdem müsste er dann vor den lauernden Augen seiner Konfirmanden den aussichtslosen Kampf mit dem Campingmöbel aufnehmen.

Mathilda stößt inzwischen missmutig den halb entfalteten Stuhl immer wieder heftig auf den Boden.

Johannes wirft ihr einen teilnahmsvollen Blick zu: »Will's nicht?«

Blöde Frage, aber was soll man dazu schon sagen. Das Klappgelenk rührt sich nicht.

Wo ist eigentlich Leo? Wenn man ihn braucht, ist er nicht da. Johannes lässt einen besorgten Blick schweifen. Da – Entwarnung! –, Sandra und Birthe stehen in der Mädchengruppe herum.

Nur Vera ist nicht zu sehen. Sie ist vorhin nach der Andacht wortlos verschwunden, während sie das Abschlusslied sangen, *Vergiss es nie … – Du bist ein Gedanke Gottes, ein genialer noch dazu*, ein schönes Lied vom Angenommensein, aber Vera schien es nicht zu gefallen, sie lief mit grimmigem Gesicht davon. *Du bist du, das ist der Clou.* Aber das war nichts Ungewöhnliches. Vera geht immer ihre eigenen Wege und trägt ihre stets fettig glänzende Stirn meist in finstere Falten gelegt. Was will man machen. Es kann alles nur ein Angebot sein. Jeder ist eingeladen, aber keiner kann gezwungen werden, die Einladung anzunehmen.

Elmar kommt mit Kaugummi mahlenden Kiefern und Händen in den Hosentaschen herangetrottet. Wahrscheinlich hält er auf diese Weise heimlich die Hose fest, damit er sie im Gehen nicht verliert, so schlackert sie an seinem hageren Körper.

»Na, Frau Ffarrerin, will's nich?«

Schau an, die Frage scheint sich doch irgendwie aufzudrängen. Damit nimmt der Bursche die Hände aus den Hosentaschen, packt den Stuhl und schmettert ihn einmal kräftig auf den Boden. Johannes zieht den Kopf ein. Aber bitte, er steht.

»Oh danke!«, sagt Mathilda.

»Keine Ursache, Frau Ffarrerin.«

»Warum spielst du nicht mit?«, fragt Mathilda aufmunternd und weist mit dem Kopf in Richtung Spielfeld.

Elmar versenkt wieder seine Hände und schiebt ein paar Mal den Unterkiefer hin und her. »Ich bin zu gut. Dann hätte die andre Mannschaft keine Chance.« Er grinst, trottet weiter und lehnt sich am Spielfeldrand an einen Baumstamm.

Mathilda rückt ihren Stuhl nahe an Johannes heran, der schläfrig mit den Augen den Ball verfolgt. Sie sieht mit leisem Kopfschütteln zu Elmar hinüber. »Was da für Kräfte frei werden! – Langsam kenne ich deine Jungs und Mädels auch ein bisschen.«

Damit will sie wohl ein Gespräch unter Pädagogen eröffnen. Dafür ist Johannes zwar gerade gar nicht sensibilisiert, aber er kann sich dem Thema wohl schwer entziehen. Er richtet sich ein wenig auf.

Gerade giften Sandra und Birthe sich an, weil Sandra den Ball schief erwischt hat.

»Ich weiß gar nicht, was mit den beiden los ist«, raunt Johannes zu Mathilda hinüber, »sonst sind sie immer die allerbesten Freundinnen.«

»Ach ja?« Sie lehnt sich noch etwas weiter zu Johannes herüber. »Ich glaube, Sandra ist ein bisschen in Leo verliebt.«

»Wie bitte?! – Warum? – Ich meine, wieso meinst du?«

»Ach, das merkt man doch. Wie sie zu ihm hinguckt. Wie sie sich bewegt, wenn er in der Nähe ist.«

Merkt man das? Was Frauen immer so merken.

»Das kann ich mir ja überhaupt nicht vorstellen«, insistiert er. »Jedenfalls hab ich mal gehört, wie sie ganz schön frech mit ihm geredet hat.«

»Ach du, darauf kannst du doch nichts geben. Heute schreien die Girls doch ihrem Typen ins Gesicht: ›Verpiss dich, du Wichser, fick dich ins Knie‹, und dabei träumen sie die ganze Nacht von ihm. Das ist völlig normal.«

Aus Mathildas Mund wirken diese Worte noch einmal um vieles drastischer.

»Ich glaube – Leo, der hat so was«, fährt sie fort, »so eine Gelassenheit, eine natürliche Selbstgewissheit – wie ein Fels in der Brandung ...« Dabei hat sie den Blick ins Leere gerichtet und reibt Daumen und Zeigefinger der erhobenen Hand aneinander, als hätte sie da eine geheimnisvolle Essenz, deren Duft und Konsistenz mit größter Sorgfalt zu erspüren und zu beschreiben sei. »Ja, er ruht in sich selbst. Diese Sicherheit, diese breiten Schultern – das mögen die Mädels immer noch. Das ist einfach eine große Stärke von reiferen Männern, diese Selbstgewissheit. – Obwohl die dann natürlich auch allzu oft in Selbstgefälligkeit umschlägt ...« Sie verstummt sinnend.

Ob sie das mit der Selbstgefälligkeit nur so ganz allgemein gesagt hat, oder ob sie jemand Bestimmtes meint?

Sie legt nachdenklich den Kopf schräg. »Aber bei Leo wirkt es sehr echt, sehr authentisch. Und dann ist da noch – ja – etwas Fürsorgliches ...«

Ob sie jetzt bald fertig ist? Man könnte fast meinen, dass nicht nur Mädchen im Pubertätsalter für diese geheimnisvolle Essenz empfänglich sind.

»Und Birthe?«, unterbricht er sie, »Was hat die damit zu tun?«

»Vielleicht ist sie auch in ihn verknallt.«

»Ach, du liebe Güte.« Johannes lehnt sich kopfschüttelnd zurück.

Derselbe Mann im Visier, und schon ist es vorbei mit der Innigkeit. So sind die Frauen.

»Hach, das ist aber wirklich unangenehm«, sagt Mathilda unvermittelt mit einem angewiderten Unterton.

Johannes fährt hoch. »Was denn??«

»Dieser Mann da drüben, dieser d… – ziemlich gut genährte.«

Offenbar meint sie den völlig verfetteten kahlköpfigen Menschen, der vor seinem Wohnwagenvorbau im Campingstuhl sitzt und das Volleyballspiel beobachtet. Beiderseits quellen unter den Armlehnen derartige Fettmassen hervor, dass man sich fragen muss, wie der Mann jemals wieder seinen Stuhl verlassen will. Zumal er sich ohne Unterlass Kartoffelchips in den Mund schiebt und mit prallen Backentaschen kaut. Gewiss fällt es bei diesem Anblick schwer, die Gottesebenbildlichkeit eines jeden Menschen im Auge zu behalten. Aber in all diesem kann Johannes noch keinen hinreichenden Grund für Mathildas angeekelten Gesichtsausdruck erkennen.

»Was meinst du?«

»Na, wie der auf unsere Mädchen glotzt!«

Ach so? Nun ja, dieses ständige dümmliche Grinsen könnte so seine Erklärung finden. Eben streckt sich Birthe mit einem respektablen Hüpfer nach dem Ball, wobei ihr bauchfreies T-Shirt ein wenig nach oben rutscht und der üppige Busen auf und nieder wippt. In der Tat, das Grinsen verbreitert sich, die Speckmassen erbeben, das Klappstuhlgestänge ächzt, eine extragroße Portion Chips verschwindet in dem gewaltigen Schlund. Daneben sitzt die Ehefrau, die ihrem Gatten figürlich nur wenig nachsteht, und schält einen Apfel nach dem anderen. Obstsalat?

Inzwischen ist auch Vera wieder aufgetaucht. Sie sitzt, das Kinn auf die angezogenen Knie gelegt, am Spielfeldrand und sieht zu. Schön, dann sind ja alle beisammen.

Leo kommt mit einer angerosteten blau gestreiften Campingliege, die er mit wenigen Faustschlägen errichtet. Dann lässt er sich mit einem Schnaufer nieder und betrachtet die Spieler und die Umgebung.

Sandra hebt mit beiden Händen die Haare aus dem Nacken und lässt sie mit einem temperamentvollen Kopfschwung wieder fallen. Dann macht sie ein paar unmotivierte Schritte, hebt dabei die Schultern und dreht die Hüften.

Leo wendet sich zu Mathilda um. »I hab mi grad mit dr Vera unterhalta«, sagt er. »Sie hat gsagt, sie hätt des Lied zom Kotza gfunda. Sie will des gschenkte Leba überhaupt net, sagt se, sie hätt net drum bittet. Ziemlich schlecht drauf, des Mädle.«

Warum erzählt er das eigentlich nicht mir, fragt sich Johannes.

Mathilda nickt ernst. »Ja, ich glaube, sie hat Schwierigkeiten mit ihrem Selbstbild. Sie findet sich unattraktiv. Dieser Druck, schön und begehrenswert zu sein, ist gerade für Frauen und Mädchen einfach sehr belastend.«

Aha, die Feministin kommt, denkt Johannes.

»I hab ihr von meiner Tante Agnes erzählt«, sagt Leo. »Die hat scho emmer soooo en Hintra ghabt« – er hält die Hände einen Meter auseinander – »on trotzdem emmer mindeschtens a halbs Dutzend Verehrer ...«

Johannes hätte gern mehr über Tante Agnes erfahren, aber Leo bricht plötzlich ab, setzt sich auf und stellt die Füße beiderseits der Campingliege auf den Boden. »Des isch ja ekelhaft«, knurrt er, »dem läuft glei dr Sabber aus ’m Maul.« Er beobachtet eine Weile den Dicken mit den Chips. Dabei klopft er unruhig mit beiden Händen auf die Kanten der Campingliege. Dann lehnt er sich wieder zurück.

Johannes atmet auf.

Leo hat die Arme verschränkt und die Stirn gerunzelt. Er richtet sich wieder auf.

Johannes hält den Atem an.

Leo steht auf. Er geht mit langsamen Schritten auf den Dicken zu.

Johannes und Mathilda sehen sich an.

Leo hat die halbe Strecke hinter sich gebracht. Jetzt hat der Dicke ihn bemerkt. Seine chipsbeladene Hand bleibt vor dem geöffneten Mund stehen. Die Frau lässt das Schälmesser sinken.

Mathilda steht auf. Johannes fühlt sich zu keiner Bewegung in der Lage.

Der Dicke scheint mit jedem von Leos Schritten ein bisschen kleiner zu werden, seine Frau hingegen hat sich hoch aufgerichtet und hält das Schälmesser entschlossen in der Faust.

Mathilda marschiert los. Johannes setzt sich auf und hält die Armlehnen umklammert. Er kann nicht aufstehen, seine Hände lassen nicht los.

Jetzt steht Leo direkt vor dem Mann. – Jetzt neben ihm. – Bückt sich und sagt etwas, was Johannes nicht verstehen kann. Der Dicke hat die Augen aufgerissen und schüttelt den Kopf. Leo sagt etwas und weist mit einer großen Geste zum Spielfeld. Der Dicke macht eine abwehrende Handbewegung und schüttelt heftiger den Kopf. Seine Frau ergreift einen Apfel und setzt das Messer an.

Mathilda ist ein paar Schritte davor stehen geblieben und beobachtet die Szene.

Leo berührt den Dicken am Oberarm und scheint ihn, indem er weiter auf ihn einredet, von seinem Sitzplatz ziehen zu wollen. Der Mann hat einen panischen Ausdruck und fuchtelt mit beiden Händen. Die Chipstüte ist zu Boden gefallen.

Nun richtet Leo sich auf und wendet sich zum Gehen. Nach ein paar Schritten dreht er sich noch einmal um und ruft mit unnatürlich erhobener Stimme und einem seltsamen Singsang: »Wenn i Sie no zur nächsta Morgaandacht eilada darf! Um siebene am Grillplatz! Gäschte sen herzlich willkomma!«

Der Dicke schwenkt noch einmal abwehrend die Hände. »Ja, nein, danke schön, Herr Pfarrer, da schlafen wir doch noch, höhö!«

Würdevoll kommt Leo zurückgeschritten.

Mathilda marschiert hinterdrein und lässt sich mit einem vergnügten Giekser in ihrem Klappstuhl nieder. »Johannes, da hast du was verpasst!«

»Was hat er denn gesagt?«

Leo dreht sich um. »I hab ihn zom Mitspiela eiglada. I hab gsagt:« – er hebt wieder mit großer Geste die Hand – »Sie gucket emmer so rüber zu unsrer christlicha Jugendgruppe, so freudig erregt.« – Mathilda kichert – »Sie sen gern eiglada, koiner soll draußa bleiba on sich ausgschlossa fühla.«

»Hast du dich als Pfarrer ausgegeben!?«, fragt Johannes entrüstet.

»Noi, wieso? I woiß au net, wie der da draufkommt.«

Der Dicke hat sich inzwischen den Campingstuhl abgestreift und ist im Inneren des Vorzeltes verschwunden. Jetzt kommt er mit einer Bierflasche wieder heraus, reißt den Kronkorken herunter und lässt sich, während der Bierschaum über seine Faust trieft, in den Klappstuhl fallen. Der Klappstuhl sinkt in sich zusammen.

ELSA räumt erleichtert das Kaffeegeschirr vom Terrassentisch. Schwiegermama hat sich schon früh wieder verabschiedet.

An jedem zweiten Wochenende, am Samstag oder Sonntag, kommt Schwiegermama zum Nachmittagskaffee. Und auch der Umstand, dass ihr Sohn nicht da war, konnte sie heute nicht davon abhalten. Oder wahrscheinlicher verhielt es sich eher andersherum: Sicher hatte sie das Gefühl, dass sie gerade heute nicht absagen könnte, weil Elsa sonst hätte denken können, dass sie ihrer Schwiegermutter als Kaffeetischgesprächspartnerin nicht genügt, und dann hätte sie verletzt sein können.

Also ist Schwiegermama gekommen, obwohl Johannes nicht da ist. Eigentlich hätte Elsa ganz gern gesagt: Wollen wir es nicht eine Woche verschieben, weil Johannes nicht da ist? Aber dann hätte Schwiegermama womöglich gedacht, dass Elsa ihre Schwiegermutter nicht um ihrer selbst willen zum Kaffee einlädt, sondern nur in ihrer Eigenschaft als Mutter von Johannes, und dann hätte sie verletzt sein können.

Also ist Schwiegermama gekommen. Aber jetzt ist diese Hürde gemeistert. Die Kaffeenachmittage mit Schwiegermama sind atmosphärisch immer etwas angespannt, auch wenn Johannes dabei ist. Oder gerade dann. Wenn Mutter und Sohn zusammen an einem Tisch sitzen. Elsa hat früher nie so recht an die Macht der Gene geglaubt. Bis zu der Stunde, als sie erstmals ihrer künftigen Schwiegermutter begegnete – Veronika Lichtenfeld, Johannes' Mutter.

Unvergessene beklommene Augenblicke: »Ich stelle dich meinen Eltern vor«, hatte Johannes gesagt.

»Muss ich mich da anständig benehmen?«, hatte Elsa gefragt und gelacht, und Johannes sagte: »Sei einfach du, dann wirst du sie im Sturm erobern. Mein Vater träumt schon lange von einer tüchtigen Frau für mich.«

Mit verlegener Freundlichkeit in Empfang genommen, stand Elsa dann in der Küche der gepflegten Altbauwohnung, während Schwiegermama letzte Hand an die Vorbereitung der Kaffeetafel legte.

»Ich darf doch du sagen?«, fragte sie, aber der Vorname ihrer Schwiegermutter, Veronika, würde Elsa nie wirklich erreichen und immer ein bisschen fremd bleiben. »Schwiegermama«, das sagte alles.

»Wir haben ihn nur mit Mühe durchs Große Latinum gebracht«, sagte Schwiegermama und wendete dabei eine Schachtel Puderzucker hin und her, suchte nach dem besten Weg, sie zu öffnen, als sei es die erste Puderzuckerschachtel ihres Lebens. Dann blickte sie in eine Schublade, klappte eine Schranktür oben auf, eine unten, murmelte vor sich hin: »Wo ist denn nur das Sieb?«

»Da liegt ein Sieb in der Spüle«, sagte Elsa, und erschrocken fiel ihr auf, dass es seit der Begrüßung ihr erster vollständiger Satz gewesen war.

»Ach ja«, sagte Schwiegermama, »wie dumm von mir«, stellte den Puderzucker zur Seite, spülte das Sieb, klopfte es heftig in einem Handtuch aus, warf dabei die Puderzuckerschachtel um, nahm sie auf, verwandelte sie mit wenigen Handgriffen in eine zerfetzte Ruine, wobei sich die nähere

Umgebung weiß bestäubte, entleerte die halbe Schachtel in das Sieb, ging damit zum Kuchen, wobei sie eine weiße Spur auf dem Küchenfußboden hinterließ, und bedeckte schließlich tatsächlich den Kuchen, es war ein gedeckter Apfelkuchen, sowie die Tischplatte darum herum mit einer gewaltigen Puderzuckerschicht.

Dann fragte Elsa, wo die Toilette sei, obwohl sie keine Toilette brauchte, denn sie wollte sich und der Mutter ihres, wenn man so wollte, Verlobten ersparen, auch bei der Säuberung der Küche zuzusehen. Allzu gern hätte sie gesagt: »Lass mich das machen«, oder wenigstens: »Nimm am besten den Staubsauger«, aber das kam natürlich nicht in Frage.

Später beim Kaffeetrinken fiel es Elsa wie Schuppen von den Augen: Die Art, wie Johannes die Zuckerdose zur Hand nimmt – die zögernd suchende Bewegung der Hand, die sekundenlang über der Kaffeetafel schwebt, während er weiterspricht, einen neuen Gedanken einbringt, scheinbar ganz und gar auf das Gesprächsthema konzentriert, sodass der Griff nach dem Zucker noch immer auf sich warten lässt – es ist genau dieselbe Bewegung wie der Griff seiner Mutter nach dem Milchkännchen. Und in Wirklichkeit ist es nicht die Intensität des Gespräches, die dem frischen Zugriff im Weg steht – nein, dies ist ihre raffinierte Art, zu vertuschen, dass sie das Milchkännchen und die Zuckerdose nicht finden können. Der Blick schweift unruhig über die Teller und Tassen, die Zuckerdose steht direkt vor ihm, aber er sucht am andern Ende des Tisches, genau wie seine Mutter die fernste Region der Kaffeetafel fixiert.

»Hier ist die Milch«, sagte Elsa und reichte Schwiegermama das Kännchen.

Die lächelte leis und sagte: »Ach, wie dumm von mir.«

Nur Dekan i. R. Karl-Friedrich Lichtenfeld schien von alledem nichts zu bemerken. »Man muss das Theodizee-Problem nicht gerade auf dem Kirchentag vertiefen, das verdirbt den Leuten nur die Laune«, sagte er in gepflegtem Honoratiorenschwäbisch und schob sich mit zitternder Hand, schon von Krankheit gezeichnet, ein Stück puderzuckerrieselnden Apfelkuchens in den Mund.

JOHANNES schaut suchend zwischen Schuhen, Liederbüchern und Kekstüten herum.

»Vermisst du etwas?«, fragt Mathilda.

»Neinnein«, sagt Johannes schnell.

Ah, da ist er ja, sein rotblauer Pappbecher. Genau vor seiner Nase.

Die ältere Generation hat sich im Pfarrerzelt versammelt. Draußen ist es zu ungemütlich geworden. Mathilda und Johannes trinken Bodensee-Spätburgunder, Leo Apfelschorle. Ein merkwürdiger Heiliger. Wahrscheinlich hat er ein Alkoholproblem.

Irgendwann haben Mathilda und Leo angefangen, sich zu duzen. Bei so einem Zeltlager ist eben alles sehr unkompliziert. Mathilda, die Gute, immer ganz offen und frei von Vorbehalten. Da wollte Johannes in diesem Umfeld des Vertrauens natürlich nicht zurückstehen. »Reichst du mir gerade mal die Salzstangen rüber« klingt auch einfach ungezwungener als: »Könnten Sie mir mal ...«

Johannes und Mathilda unterhalten sich über die Organisation des Spüldienstes und spirituelle Ausdrucksformen von Jugendlichen.

Dann meint Mathilda wohl, sie müsste auch Leo ins Gespräch einbeziehen, und fragt doch tatsächlich: »Ach, Leo, wie stehst du denn eigentlich zum Glauben?«

Fragt sie einfach so.

Das ist jetzt spannend. Mal sehen, was er diesmal sagt.

Leo gießt sich eine weitere Apfelschorle ein und antwortet: »I find des mit dem Jesus ganz okeh. Sonst wär i net hier.«

Aha. Na so was! Elsas Verdienst? Rudimentäre Reste christlicher Prägung?

Zugegeben, im Rahmen eines Taufgespräches wäre Johannes über ein derart persönliches, dezidiertes und differenziertes Bekenntnis entzückt gewesen.

Das mit dem Jesus.

Wohin mit der leeren Weinflasche? Johannes lehnt sich zum Ausgang und lässt sie ins Vorzelt fallen. Es macht ein unschönes Geräusch von Glas auf Glas. Ach so, da liegt ja schon die andere.

Leo hebt die Augenbrauen. »Die wievielte war des eigentlich?«

»Die zweite, wieso?« Johannes lässt die dritte Flasche verstohlen in den Karton zurückgleiten. Keiner sagt etwas. Er zuckt mit den Schultern. »Wir sind doch zu dritt.«

Mathilda sieht irritiert zwischen Leo und Johannes hin und her. »Ach, bei so einem Zeltlager darf es doch mal ein Schlückchen mehr sein«, sagt sie versöhnlich und kichert ein bisschen.

Mit ihren drei Bechern Rotwein hat sie wohl für ihre Verhältnisse schon gewaltig über die Stränge geschlagen.

Ein Flattern der Zeltwand und ein klopfendes Geräusch lässt die drei aufhorchen. Eine Windbö. Regentropfen. Bisher haben sie mit dem Wetter Glück gehabt. Obwohl die Wolkenberge, zugegeben, immer wieder ein wenig bedrohlich aussahen.

»Ach, im Zelt, wenn's regnet, das ist doch eigentlich ganz besonders gemütlich«, sagt Mathilda vergnügt.

Aber wenn es richtig anfängt zu schütten, bevor sie sich ins Frauenzelt aufgemacht hat, was dann?, fragt sich Johannes. Bleibt sie dann etwa hier?

Leo rückt unbehaglich herum und rüttelt an einer Zeltstange. »Aber wenn's oim 's Zelt unterm Hintern wegbläst, dann isch's nemme so gemütlich«, knurrt er.

Miesmacher.

Es trommelt heftiger. Mathilda sieht nicht mehr so vergnügt aus. Vielleicht sollte sie sich auf den Weg ins Frauenzelt machen. Der zurückgeschlagene Zelteingang schlackert im Wind.

Es prasselt.

»Die Zelte sind auch für starken Regen ausgelegt«, sagt Johannes mit erhobener Stimme, damit man ihn durch das Getöse hindurch noch hören kann.

Mathilda schaut ihn skeptisch aus dem Augenwinkel an.

Blitz und Donnergrollen.

Mathilda lässt den Pappbecher sinken.

»Da hemmer die Bescherung«, sagt Leo.

Das hilft jetzt auch nicht weiter.

Der Himmel hat die Schleusen geöffnet. Der Regen bricht rauschend hernieder. Fast augenblicklich hat sich ein Rinnsal gebildet, das über den Vorzeltboden herankriecht.

Johannes springt auf. Jetzt nur nicht den Kopf verlieren. »Wir müssen – evakuieren!«, schreit er gegen das Wetterbrausen. Das hört sich so dramatisch an, dass er darüber ganz kopflos wird.

Er wankt ein wenig, legt sich eine Hand auf die heiße Stirn und versucht sich zu konzentrieren. Unter ein Dach!

»Alle müssen unter ein festes Dach! Der Aufenthaltsraum beim Haupthaus!«, ruft er, stürzt sich aus dem Zelt, stolpert fast über eine Weinflasche und ist augenblicklich bis auf die Haut durchnässt. Halbblind durch die blitzdurchzuckte Dunkelheit, *und führt sie irre, wo kein Weg ist, dass sie in der Finsternis tappen ohne Licht, und macht sie irre wie die Trunkenen*, endlich angekommen, die Tür, das Licht – er wischt sich das Wasser aus den Augen: besetzt. Alles voll mit den Schlafsäcken und Leibern anderer Menschen, die längst aus ihren undichten Kuppel- und Hauszelten herausgekrochen sind und hier Zuflucht gefunden haben. Im Sitzen passen hier vielleicht fünfzig Menschen hinein, im Liegen nur zwanzig. Arche Noah: heute geschlossen.

Johannes macht auf dem Absatz kehrt und stürzt wieder hinaus. Eine Sturmböe peitscht ihm ins Gesicht. Drüben ein Licht: das Sanitärgebäude. Hauptsache feste Mauern. Zurück durch knöcheltiefes Wasser, es schwappt in seinen Schuhen. Flackerndes Taschenlampenlicht, Thomas vom Jugendwerk und Tina vom CVJM eilen von Zelt zu Zelt. Elmar und Sebastian schälen sich aus ihrem zusammengefallenen Zweimannzelt. Jemand ruft: »Mein Schlafsack ist quatschnass!«

Johannes nimmt seine ganze Stimmkraft zusammen und schreit gegen Sturm und Regen: »Alles raus aus den Zelten und ins Sanitärgebäude, bis der Sturm vorbei ist! Los, schnell!«

Drüben zetert eine Mädchenstimme: »Da soll ich raus?!«, eine andere: »Ins Klohaus? Iiiiihhhh!«

Da kommt ein Donnerschlag zu Hilfe. Die Erde erzittert. Jetzt kommt Bewegung ins Dunkel, ein Wuseln um die Zelte, wie eine aufgescheuchte Herde eilen schimpfende und kreischende Kreaturen, unter Isomatten geduckt oder über eilig zusammengeraffte Schlafsäcke gebeugt, dem rettenden Licht zu.

Im geräumigen Damen-Waschraum hat sich bisher nur eine Familie mit drei schreienden Kindern eingefunden. »Sie haben's aber lang draußen ausgehalten!«, ruft ihnen der Vater entgegen.

Das strohblonde Engelchen auf seinem Schoß hört auf zu schreien und nörgelt stattdessen: »Die blöden Leute sollen wieder rausgehen, das is unser Haus!«

Endlich sitzen achtunddreißig feuchte, notdürftig bekleidete, aufgeregt schwatzende Jugendliche auf den Umkleidebänken, Johannes und Mathilda laufen die Reihen entlang und zählen und zählen wieder, ob womöglich ein Schäfchen verloren gegangen sei. Das ist nicht so einfach, weil immer irgendeiner meint, er müsste gerade jetzt aufspringen und seinen feuchten Schlafsack ausschütteln oder aufs Klo gehen.

»Tobias fehlt!«, schreit jemand, Johannes' Pulsschlag stockt, da schreit es vom andern Ende des Raumes: »Neee, ich bin doch hier, du Spasti!«, so geht es ein paar Mal, bis Gewissheit eingekehrt ist: Ja, es sind alle gerettet.

Johannes lehnt sich erschöpft an ein Waschbecken und wischt sich eine Handvoll Wasser aus den Haaren. Im Raum hängt noch die schwüle Wärme des vergangenen Tages, alles dampft, tropisches Klima. Das Donnergrollen ist leiser geworden. Entspanntes Murmeln ringsum, nur drüben streiten sich fünf Mädchen um ein Handtuch. Leo rollt auf dem Fußboden feuchte Isomatten aus. Thomas und Tina rubbeln sich gegenseitig die Haare trocken.

Das Donnergrollen wird wieder lauter. Der Regen rauscht unvermindert weiter. Das kann noch lange gehen.

Eine Expedition wird zusammengestellt, um Handtücher, Schlafsäcke und andere nützliche Dinge aus den Zelten herbeizuschaffen. Die Müllsäcke aus den Abfallkörben müssen als Regenschutz dienen, der Abfall wird einfach in die Ecke gekippt: Anarchie macht sich breit, ein Schulbeispiel für Grenzsituationen menschlicher Existenz. Aber dann auch: Mut, Kameradschaft, Ritterlichkeit. Da müsste ein Jugendreferent lange nachdenken, um so viel Leben in die christliche Jugendarbeit zu bringen.

»Soll noch mal einer sagen, Konfirmandenunterricht wär eine trockene Angelegenheit«, sagt Mathilda mit schiefem Lächeln.

So viel Wortwitz hätte Johannes ihr gar nicht zugetraut. Ja, in besonderen Lebenslagen wächst der Mensch über sich selbst hinaus.

»Herr Lichtenfeld!?« Elmar lehnt mit den Händen in den Hosentaschen an der Außentür und betrachtet den schwach beleuchteten Regenvorhang. »Sind Sie ganz sicher, dass die vorige Sintflut wirklich die letzte war?«

»Was ist schon sicher im Leben?«, antwortet Johannes, da gibt es, als sei es die Antwort von oben, einen Donnerschlag, die Erde scheint zu erbeben, die Fensterscheiben scheppern, blaue Funken springen aus den Steckdosen, das Licht flackert und erlischt. Mädchen kreischen, alle drei Kinder schreien.

Eine Knabenstimme murmelt in die Dunkelheit: »Ach du Scheiße«, dann hört man nur noch das Rauschen des Regens auf dem Flachdach.

»Ich hab 'ne Taschenlampe!«, sagt jemand, gleich darauf huscht ein dünner Lichtkegel durch den Raum.

Ein Licht, das da scheint an einem dunklen Ort. Johannes kommt es vor, als habe er jetzt zum ersten Mal wirklich begriffen, was ein Licht in der Dunkelheit ist.

Unruhe, Stimmen am Eingang: Die Expedition ist zurück.

»Leute, war das 'n Donnerschlag!«, verkündet Sebastian in Heldenpose, »Ich dachte, mein letztes Stündlein hat geschlagen!«

Die Expedition hat eine Futterkiste mitgebracht, die auch Kerzen für romantische Abendrunden enthält. Knisternde Tüten von Salzstangen und Erdnussflips werden gierig aus der Kiste gerissen, als hätten diese jungen Menschen seit Tagen nichts gegessen.

Die Kerzen flackern, der Regen rauscht. Murmeln und das Knurpsen der Salzstangen, Johannes trocknet eine gerettete Gitarre ab und versucht ihr ein paar Töne zu entlocken. *Bewahre uns Gott, behüte uns Gott.* Da singen doch tatsächlich welche freiwillig mit. *Voll Wärme und Licht/im Angesicht,* das geht aber auch wirklich unter die Haut jetzt. Die Luft ist ein bisschen dick, und die Hose dürfte etwas trockener sein, aber sonst ist es eigentlich ganz gemütlich. Menschenwarm. Eine unglaubliche Intensität des Zusammenseins.

Ein Handy düdelt.

»Ja, hallo? Muddi? Du, ich hör dich ganz schlecht«, schreit Elmar ins Gerät. »Wie? – Ja klar, hier schwimmt alles weg, in den Zelten steht knöcheltief das Wasser! – Was, abholen? Nee, bloß nich, du, alles prima, wir sitzen alle im Sanitär ... – neinnein, nicht im Krankenhaus, wir machen gerade so 'ne Art Mitternachtsandacht im Klohaus, super Stimmung du, ja ehrlich, bleibt ihr mal schön zu Hause – bis morgen, Gruß an Daddy, tschühüs!«

X

Johannes bläst eine steife Seebrise über die dampfende Wasseroberfläche. Ein weißer Eisberg aus Badeschaum driftet lautlos davon. Seit er vom Konfi-Camp zurückgekehrt ist, weiß er ein bisschen Komfort ganz besonders zu schätzen.

Ja, die Jungs und Mädels werden dieses Konfi-Camp nicht so schnell vergessen. Was will man mehr? Gemeinsam Schwierigkeiten meistern, das schweißt zusammen.

Zur Nachlese hat er sie erst mal einfach reden lassen. Natürlich übertrafen sie sich gegenseitig in dramatischen Schilderungen ihrer Erlebnisse in Sturm und Regen. Voll krass. Da verkündet Sebastian, bei diesem Blitz und Donnerschlag hätte er gedacht, jetzt hilft nur noch Beten. Und als das Licht ausging, haben sich fünf Mädchen an den Händen gefasst. Großartig. Lauter schöne Anknüpfungspunkte.

Und inhaltlich, was so Thema war? Irgendetwas im Gedächtnis geblieben? Natürlich spricht keiner vom Konfi-Camp-Motto: *Es ist dir gesagt, Mensch, was gut ist.* Vera erzählt ganz beseelt von einem Satz, den Leo gesagt hat. Er hat gesagt: »Es ist egal, wie ein Gesicht aussieht, wichtig ist nur, was drin passiert.«

Eigentlich müsste Sebastian jetzt einen dummen Witz machen. Tut er aber nicht, das muss man ihm hoch anrechnen.

Seitdem, sagt Vera, seh ich mich immer um, was in den Gesichtern passiert. Dabei hat sie Johannes ganz gerade ins Gesicht gesehen, sodass er unwillkürlich seinen Blick abwenden musste. So was hat sie früher nie getan. Früher hat sie immer zur Seite gesehen. Überhaupt ist sie regelrecht aufgeblüht seit dem Konfi-Camp. Ob das Tante Agnes zu verdanken ist?

Dann sagt Elmar auch noch: »Leo ist echt voll cool«, und die andern nicken beifällig: »Ja, total.«

Wie schön.

Und nun? Auf zu neuen Ufern. Robbis Badeente nimmt Fahrt auf, touchiert den Wannenrand und kippt haltlos auf die Seite. Ein Bild des Jammers.

Elsa schien nur mäßig interessiert am Verlauf des Konfi-Camps. Interessant war für sie anscheinend nur die Frage, ob die Zusammenarbeit mit Leo harmonisch verlaufen sei – nun, da konnte er sie beruhigen.

Eigentlich hätte sie auch mal so was sagen können wie: »Schön, dass du wieder da bist.« Nun gut, vier Tage sind nicht die Welt. Und wenn man so lange verheiratet ist … Wie lange? Fünfzehn, sechzehn Jahre? Unglaublich. Er dreht den Warmwasserhahn noch einmal auf. Eine warme Wolke kriecht seine Beine hinauf.

Fünfzehn Jahre. Und doch, diese Ehe ist noch immer so wohltuend wie – ja, wie ein warmes Bad. Johannes lässt sich tiefer ins Wasser gleiten, rings umspielt von sanften warmen Wirbeln. Jetzt wird es ihm aber etwas zu heiß. Er drückt mit dem linken Fuß den Wasserhebel hinunter und legt das Bein auf dem Badewannenrand ab. So ist es besser. Der große Zeh trägt eine Mütze aus Schaum.

Johannes schließt die Augen und atmet tief ein. Das Wasser trägt. Er schwebt im Nichts, spürt auch das Wasser nicht mehr. Es ist einfach alles behaglich warm, ohne jede Anstrengung.

Und wenn er sich aufsetzen würde, wenn dann womöglich ein kalter Luftzug über seine Haut striche? Besser gar nicht dran denken. Er zieht das Bein vom Badewannenrand und drückt sich, so weit es geht, bis zum Kinn, bis fast zur Nase unter die Wasseroberfläche.

So ist es gut. Alles warm, ohne Anstrengung. Im Nichts.

Elsa lässt einen Finger über die Bruchstelle gleiten. Rau, mit scharfen Kanten. Ganz anders als die seidenglatten Rundungen der kleinen Porzellanfigur da, wo sie noch intakt ist. Man kann die beiden Teile wieder zusammenfügen, dann sieht sie fast aus wie früher, nur die Bruchkante ist am Rand ein bisschen abgesplittert. Die kleine Tänzerin im zartrosa Kleid, es fällt in vielen sanften Falten, schwingt weit aus, weil das schlanke zarte Mädchen sich im Tanz dreht. Sie hat den Kopf ein wenig zurückgeworfen und die zierlichen Arme erhoben, im Dekolleté ein kleiner Blumenstrauß, wer mag nur diesen winzigen Blumen die stecknadelkopfgroßen bunten Blüten aufgemalt haben. Und der kleinen Tänzerin ihren rosenroten Mund.

Wie oft hatte die kleine Elsa vor diesen Porzellanfiguren gestanden und geschaut, von vorn, von der Seite, von der andern Seite, denn sie durfte sie nicht herumdrehen. »Sieh es an, freu dich dran, aber – nicht anfassen!«, wie Oma Gertrud zu sagen pflegte. Die Figuren hatten schon der Ururgroßmutter gehört, die waren richtig wertvoll und überhaupt eben kein Spielzeug, sondern nur zum Anschauen da.

Die Gesellschaft aus Porzellan ist auf einer Augenhöhe mit Klein-Elsa. Sie kneift ein Auge zu und geht ganz nah heran. Jetzt kann sie sich vorstellen, sie wäre eine von ihnen und könnte zwischen ihnen herumlaufen. »Elsa?!« – die mahnende Stimme der Großmutter. Elsa tritt ein wenig zurück.

Wie sie in der Sonne glänzen, die winzigen Goldknöpfe. Da ist der Knabe mit der Flöte, das Mädchen im hellgelben Kleid mit Schürze, sogar ein kleiner gefleckter Hund. Aber keine ist so schön wie die kleine Tänzerin. Elsa hebt die Hand – »Elsa!«, ruft die Großmutter tadelnd, »dass du immer deine Hände nicht bei dir behalten kannst!« Und sie kommt und rückt die Figuren zurecht, obwohl Elsa sie gar nicht angefasst hat.

JOHANNES rührt im Nudeltopf und blättert mit der anderen Hand in den Andachten unter freiem Himmel. Eigentlich eine Zumutung, gleichzeitig Spaghetti kochen und einen Gottesdienst im Grünen konzipieren zu müssen. Und hätte Elsa nicht wenigstens den Gurkensalat vorbereiten können?

Anne sitzt mit ihrer Schulfreundin Sarah am Esstisch und tauscht Sticker. Sarah bleibt zum Essen. Ihr kleiner Bruder ist wieder mal im Krankenhaus, er hat Leukämie, es sieht ernst aus. Seine Mutter ist bei ihm, jetzt kommt Sarah mittags immer zum Essen ins Pfarrhaus. Die Mädchen ereifern sich gerade darüber, ob ein Glitzersticker so viel wert ist wie ein Samtsticker oder zwei einfache, sie diskutieren, kombinieren, wählen, verwerfen. Endlich wandert ein Sticker von einem Stickeralbum ins andere Stickeralbum und ein anderer in Gegenrichtung; morgen wird es wieder umgekehrt sein. Und der kleine Bruder kämpft in der Klinik mit dem Tod. So sind Kinder. Gut so.

Oh, er hat vergessen, den Küchenwecker zu stellen! Die Nudeln sehen schon ein bisschen verkocht aus. Wo sind jetzt wieder die Topflappen?

Draußen geht eine Sirene los. Bei genauem Hinhören lässt sich erkennen, dass es eigentlich Robert ist, aber es hört sich genauso an wie eine Sirene: in mittlerer Tonlage beginnend, mäßig laut, fast zögernd, dann immer höher und lauter, immer schriller, bis zu einem schier unerträglichen Dauerton. Johannes wirft die dampfenden Nudeln ins Sieb, die Hälfte geht daneben.

Da kommt Robert auch schon hereingestapft, mit schmerzverzerrter Miene. »Bei mein Robota is der Kopf aaaaab!«

»Du musst so ein Spielzeug ja auch nicht mit rausnehmen. Wie oft haben wir dir schon gesagt, dass du den Roboter nicht mit rausnehmen sollst.«

Eigentlich ist Johannes ganz froh, dass das grässliche Ding endlich hinüber ist. Seit die Batterie leer ist und die Augen nicht mehr rot blinken, hat es eigentlich sowieso keinen Sinn mehr. Außerdem ist es ein Kampfroboter, pengpeng, rattattatta, wo immer Robert das Ding herhaben mag.

»Du kannst dir ja zum Geburtstag einen neuen wünschen«, schlägt Anne mitleidig vor.

Wünschen kann er sich natürlich alles.

Robert heult weiter.

Sarah streicht ihm mütterlich über den Kopf. »Vielleicht kann man's ja wieder kleben.«

Roberts Geheul verstummt. »Ja, Papa, wieder kleben!«

In diesem aufgewühlten Zustand kann das Kind nicht einmal mehr richtig sprechen.

»Papa, bitteeee!«

Wenn sie wirklich etwas wollen, dann geht es plötzlich mit dem »Bitte«.

Johannes dreht das Robotermonster hin und her, als ob er es kundig untersuchen wollte, und stellt möglichst bestimmt fest: »Das geht nicht, das Kunststoffzeug, das wird nicht mehr halten.«

»Leo hat gesagt, mit Sekundenkleber kriegt man alles geklebt!«, ruft Anne.

»Leeeoooooo!«, schreit Robert sofort und stürzt in den Flur hinaus, von wo schleifende Geräusche zu hören sind.

Sekundenkleber! Hochgiftig, das Zeug. Johannes zerstückelt die Gurke, obwohl die eigentlich nichts dafür kann.

Leo kommt herein, zieht ein Stück Zeitung aus dem Altpapierkarton, als sei er sein eigen, und breitet sich am Küchentisch aus. Die Kinder scharen sich um ihn.

»Alles weg da!«, schnauzt er, »des Zeug isch giftig! Tür auf!«

Der könnte sich auch mal einen anderen Ton angewöhnen. Aber wie die Kinder springen!

Leo beginnt mit Tuben und Fläschchen zu hantieren. »Wo i scho mal am Kleischtra bin«, knurrt er, »hat no oiner was zom kleba?«

»Ich weiß noch was!«, ruft Anne und stürzt hinaus.

Elsa erstarrt und hält den Atem an. Da, auf dem Küchentisch! Sie lässt kraftlos den Einkaufskorb auf den Boden sinken. Ja, kein Zweifel. Die kleine Tänzerin. Sie haben die kleine Tänzerin einfach zusammengeklebt.

Das kann nur Leo gewesen sein. Warum hat er das getan? Mike hatte schon recht. Der repariert alles, was ihm zwischen die Finger kommt. Wer hat ihn darum gebeten?

Elsa schiebt sich auf die Eckbankkante. Da steht sie, die kleine Tänzerin. Um die Mitte etwas ausgefranst. Aber wenn man nicht so genau hinsieht ... Elsa lässt ihre Hand langsam über den Tisch gleiten und fasst die Figur mit Daumen und Zeigefinger an der Taille. Jetzt liegt sie ganz zart und leicht auf ihrer Handfläche. So wie damals.

Da war Elsa schon so groß, dass sie von oben auf die Porzellangesellschaft schauen konnte. In der Mitte die kleine Tänzerin, dieser Platz stand ihr auch ganz sicher zu, als ob sich alle anderen um sie drehten, auch der Jüngling mit der komischen steifen Jacke und den Schnallenschuhen, der vor ihr niederkniet. Die Großmutter ist nicht da, sie schlachtet ein Huhn, Elsa soll das nicht sehen, als ob sie noch ein Baby wäre, aber die Großmutter will es so. Dabei hat sie schon einmal heimlich zugesehen, wie Oma Gertrud ein Huhn gepackt und ihm den Kopf abgehackt hat, dann hatte sie den Kopf in der Hand und das Huhn rannte davon, es kam noch ganz schön weit, erstaunlich, so ohne Kopf. Aber als dann die Federn runter waren, war es schon nicht mehr wiederzuerkennen.

Die Großmutter braucht lange, es fällt ihr nicht mehr so leicht, ein Huhn zu fangen, sie ist nicht mehr so beweglich. Elsa hebt die Hand und berührt das Haar der kleinen Tänzerin, ein zierlicher aufgesteckter Knoten, kühl und glatt und rund. Wie ist dieser Arm so zart. Elsa lauscht. Die Hühner gackern aufgeregt. Sie werden allen Grund dazu haben.

Elsas Herz schlägt höher. Ihre Finger schließen sich um die schlanke Gestalt. Da ist sie, sie liegt in ihrer Hand, Elsa lässt eine Fingerkuppe über ihren Körper gleiten und dem Auf und Ab der Rockfalten folgen.

Da! Schwere Schritte auf der Treppe. Schnell! Schnell, die Tänzerin wieder an ihren Platz. Da fällt der flötende Knabe, oh Gott!, auf die Seite, reißt den kleinen Hund mit sich, Elsa versucht, beide wieder aufzurichten, doch dabei kommt der Jüngling zu Fall, die Tür öffnet sich.

»Elsa!« Die Großmutter in ihrer blutbefleckten Schlachtschürze hat die Augen weit aufgerissen, »Elsa!!«, das Entsetzen in ihrem Gesicht wandelt sich in Zorn, sie macht einen Schritt nach vorn.

Und was tut Elsa? Sie hebt die Hand, die noch immer die kleine Tänzerin umklammert hält, und ruft – bis heute weiß Elsa nicht, wie das geschehen konnte –, sie ruft: »Bleib stehen, ich lass sie fallen!« Aber die Großmutter tut noch einen weiteren Schritt, Elsa ruft noch einmal, lauter: »Ich lass sie fallen!«, macht einen Schritt zurück, aber da geht es schon nicht mehr weiter, kein Ausweg, kein Entkommen. Elsa dreht sich nach links, nach rechts – da spürt sie einen harten Schlag an der Hand, es gibt ein seltsames knackendes Geräusch und ein dumpfes Fallen, Elsa kann es jetzt noch hören. Sie hat die Tischkante gestreift, und die kleine Tänzerin ist zerbrochen, mittendurch an ihrer zarten Taille. Da liegt der Unterleib, der sinnlos schwingende Rock, unversehrt, er ist auf dem dicken Teppich weich gelandet, aber der Tanz ist für immer vorbei.

Da blieb die Großmutter stehen. Erst sah sie erstaunt aus und dann ganz traurig, wie zusammengefallen, ihre Arme baumelten nur noch an der Seite. »Elsa, Elsa«, murmelte sie und begann den Kopf zu schütteln, ganz langsam, immer hin und her, sie hörte gar nicht mehr auf, und so, immer weiter kopfschüttelnd, wandte sie sich um und ging hinaus.

Später erfuhr Elsa, dass alle Hühner entkommen waren. Und zwischen ihr und Oma Gertrud wurde es nie wieder so wie früher.

Und jetzt liegt sie da in ihrer Hand, die kleine Tänzerin.

Elsa stellt sie wieder vor sich hin, legt die Arme auf den Tisch und das Kinn auf die Arme, sodass sie fast in Augenhöhe mit der Tänzerin ist. Sie kneift ein Auge zu. Wie die sich so selbstvergessen im Tanz dreht. Elsa hebt den Finger, betastet den filigranen Arm, die Rockfalten.

So, jetzt kann ich dich anfassen, soviel ich will. Elsa lächelt.

Gewiss, sie ist nicht mehr so makellos, mit der Naht am Bauch. Sie ist jetzt eine Porzellantänzerin mit Vergangenheit, vom Leben gezeichnet.

Es ist nicht ungeschehen gemacht. Es ist immer noch passiert. Vielleicht ist es sogar gut, was passiert ist. Vielleicht musste es sogar passieren.

Elsa ergreift behutsam die Porzellantänzerin und steht auf. Nicht mehr zwei Bruchstücke im Dunkel der Schreibtischschublade. Du kommst jetzt in die Vitrine im Wohnzimmer. Meine Porzellantänzerin. Die mit der Naht am Bauch.

Johannes betrachtet die bunten leuchtenden Flecken, die das Sonnenlicht auf den Kirchenfußboden wirft. Hin und wieder huschen die Schatten wippender Birkenzweige vor dem St.-Dionysius-Fenster darüber hin. Und da ist ein dunkler Fleck an der Stelle, wo Mesner Rölke einen Sprung in der Scheibe mit Leukoplast verklebt hat.

Gut, dass seine Konfirmanden ihn jetzt nicht sehen können, denn Johannes hat die Füße auf die vordere Sitzbank gestellt und beide Ellbogen auf die Knie gestützt. Das ist sein Lieblingsplatz in seiner Kirche.

Selten nur muss er wegen einer Beerdigung hier Einkehr halten. Beerdigungen sind – nein, nicht Routine geworden, Gott bewahre, aber Alltag sind sie geworden. Die getragene Musik, die unbekannten bleichen Gesichter, Schnäuzen hier und dort, Schluchzen auf dem Weg zum Grab, Tränen, die, je weiter hinten im Trauerzug sie vergossen werden, umso mehr der eigenen Vergänglichkeit gelten als dem Verlust des verstorbenen Menschen.

Das Ritual der trostreichen Worte. Und wer die Ewigkeit nicht glauben kann, der fühlt doch zumindest den Trost des ewig Gleichen. Du bist nicht allein auf diesem Weg hinter dem Sarg her zum Grab, Hunderte, Tausende sind ihn schon vor dir gegangen, auf die gleiche Weise, seit Jahrhunderten. Du bist nicht allein.

Das Ritual ist Alltag geworden, denn das ist der Gang des Menschenlebens. Vor allem, wenn der Verstorbene hochbetagt war.

Dieser hier aber, der eben zu Grabe getragen wurde, war fünf Jahre alt. Und, zu allem Überfluss, der kleine Bruder von Annes Schulfreundin Sarah.

Gott hat alle Kinder lieb, sangen sie in der Kinderkirche, als Johannes einmal wieder hereinschaute, warum musste es gerade an diesem Sonntag sein. Sarah kaut stumm auf der Unterlippe. Mein kleiner Bruder hat Leukämie, sagt sie, hat Gott meinen kleinen Bruder nicht lieb? Alle starren betroffen auf ihre Füße, oder sie sehen ihn an, den Pfarrer, sag was, Johannes! Seht nicht auf den Fußboden, seht zum Himmel, hätte er sagen mögen, aber er sagt natürlich: Doch, er hat ihn auch lieb, aber das heißt nicht, dass es allen gut geht – allen gut geht es erst, wenn wir bei ihm sind, und wir wissen auch nicht, warum gerade dieser eine, das können wir nicht ergründen ... Viel hat er geredet, aber es war keine gute Antwort darunter. Gibt es eine?

Am Grab hatte er Angst vor Sarah. Seine eigenen Worte von vorhin drehen sich in seinem Kopf: Abschied nehmen allzu kurze Zeit Klinik Leiden Familie von Liebe umfangen von uns genommen bleibt uns die Hoffnung ... Sarah kaut auf ihrer Unterlippe.

Hände schütteln, ein paar persönliche Worte zum Schluss. Wir verreisen ein paar Tage, sagt Sarahs Mutter, um Abstand zu gewinnen. Danke für alles. Sarah starrt ihn feindselig an, als hätte er Schuld. Was mag sie jetzt denken? Gott ist blöd, du bist blöd.

»Das ist gemein«, sagt sie trotzig, »warum hat er nicht weiterleben dürfen und gesund werden?«

»Sarah!«, sagt ihre Mutter.

Johannes beugt sich zu Sarah hinunter. »Pass auf«, sagt er, »stell dir vor, das Leben auf der Erde ist eine Reise. Für manche ist es eine schöne lange Reise und für manche schwer und traurig, aber zum Schluss gehen alle nach Hause.«

»Aber vielleicht wollte er gar nicht nach Hause«, presst Sarah heraus, »vielleicht wollte er noch hierbleiben«, und läuft weg.

»Sarah!«, ruft ihre Mutter, und zu Johannes: »Entschuldigen Sie!«, und presst ihr Taschentuch vor den Mund.

Wieder keine gute Antwort.

Später steht er, den Talar säuberlich in die schwarze Tasche gepackt, vor der Friedhofskapelle herum. Eine Frau in mittleren Jahren lehnt an der Mauer und sieht ins Leere, greift in ihre Blazerjacke und zieht eine Zigarettenschachtel heraus. »Haben Sie Feuer?«, fragt sie.

Johannes bedauert.

»Sind Sie Verwandtschaft?«, fragt sie.

Johannes verneint.

»Ach so«, sagt die Frau, »ich habe Sie gar nicht erkannt, so ohne Talar.«

Johannes lächelt.

»Ich bin seine Ärztin«, sagt sie, und verbessert sich: »Ich *war* seine Ärztin.« Sie steckt die Zigarette zwischen die Lippen und zieht sie wieder heraus. »Tja, wenn wir Weißkittel am Ende sind mit unserer Weisheit, dann seid ihr Schwarzkittel am Zuge.« Sie lächelt, aber nur mit dem Mund.

»Das Menschenmögliche hat seine Grenzen«, sagt Johannes und denkt: Wenn du wüsstest, wie es um *meine* Weisheit bestellt ist.

Nach Hause gegangen – was soll ein Kind damit schon anfangen?

Es wäre alles einfacher, wenn Johannes nicht selbst solche Angst vorm Sterben hätte. Aber das ist sein Geheimnis, das darf keiner wissen.

Er hat diesen Krankenhausgeruch noch in der Nase. Da sitzt sein Vater, Dekan i. R. Karl-Friedrich Lichtenfeld, ein angesehener Mann, einer, auf dessen Wort man hört.

Jetzt sitzt er auf der Bettkante, seine Hände sind schon ganz durchsichtig und zittern. »Johannes«, sagt er, »ich muss dir was sagen. Johannes, ich habe so Angst vor dem Tod«, und er schüttelt den Kopf und legt sich eine Hand auf die Stirn, wie wenn man sagt: Das ist doch wohl völlig unglaublich! »Stell dir vor, Johannes«, sagt er, »da predige ich mein Leben lang, dass nach dem Ende die Vollendung kommt, aber nun habe ich gar nichts im Sinn mit der Vollendung, ich will noch weiterkriechen als Erdenwurm«, er lacht ein bisschen. »Du darfst es aber keinem sagen, versprich es mir.«

»Das ist doch nur menschlich«, sagt Johannes.

»Das kann es doch nicht sein«, sagt sein Vater, »je näher ich meinem Schöpfer komme, desto ferner ist er mir, ich finde keinen Trost, was soll ich tun?«

»Ich glaube, das ist nur eine Phase«, sagt Johannes, »du wehrst dich noch. Das geht vorüber.« – So hat er es gelernt.

Aber das war das letzte Gespräch. Dann hat sich sein Vater ganz leise aus dem Leben gestohlen, er entglitt in einen Dämmerzustand, sprach nicht mehr, sah nicht mehr, er verging, eine leere Hülle, noch bevor die Ärzte sagten: Es ist vorbei. Hinterher sah er genauso aus wie vorher, was ist der Unterschied?, fragte sich Johannes, die Schwelle war nicht zu erkennen, wenn *der Geist wieder zu Gott kommt, der ihn gegeben hat.*

Sein Vater konnte ihm nicht mehr sagen, ob er noch Trost gefunden hatte. Ob er seinem Schöpfer wieder nahe gekommen war. Keiner wird es je erfahren.

Elsa kann sich nur wundern. Anne und Kathrin sitzen in ungewohnter Eintracht Seite an Seite beisammen, knacken Erbsenschoten und lassen die Erbsen – kling, klang – auf ihre Teller hüpfen.

»Und wie ist Sarah so drauf?«, fragt Kathrin.

Sarah ist gerade von der Reise mit ihren Eltern zurückgekehrt. Zehn Tage ist es jetzt her, dass ihr kleiner Bruder zu Grabe getragen wurde.

»Eigentlich ganz gut«, sagt Anne und lehnt sich zurück, »aber ’n bisschen komisch ist sie schon. Sie redet dauernd davon, wie toll es ist, nach Hause zu kommen. Am Gardasee war’s total schön, hat sie gesagt, aber jetzt wär es genug gewesen, jetzt wär sie gerne wieder nach Hause gekommen, jetzt wär’s einfach Zeit gewesen dafür, und immer so weiter.« Anne schiebt ihren Daumen durch eine weitere Erbsenschote.

»Echt komisch«, sagt Kathrin, »dabei muss es doch total ätzend sein, jetzt wieder in die Wohnung zu kommen, und der Kai ist nicht mehr da.«

Die Erbsen tanzen in die Stille.

Johannes knirscht den Kiesweg herauf. So wie vor zehn Tagen. Das hat sich Elsa tief eingeprägt. Robert rannte ihm heulend entgegen, er hatte sich gerade irgendwo gestoßen, gekratzt, gestochen, was auch immer, grenzenloser Schmerz und Kummer, wie üblich. Da kniete sich Johannes zu ihm hinunter, mit seiner schwarzen Hose, nahm ihn in die Arme und drückte ihn an sich, lange, lange.

Bis irgendwann Klein-Robert die Arme vom Hals seines Vaters löste, sich wegdrückte und sagte, Elsa konnte es durch das offene Küchenfenster genau hören, er sagte: »Du, Papa, so schlimm isses jetz einklich nich mehr.«

Wer hat sich da an wem festgehalten?

Jetzt gießt Johannes sich einen Kaffee ein und klaut ein paar Erbsen. »Hmmm«, sagt er, »eigene Ernte?«

»Äääääii!«, protestiert Anne, und Kathrin sagt in den Raum hinein, als würde sie gar niemand Besonderes meinen: »Ich kann mir echt überhaupt nicht vorstellen, wie das sein soll, wenn man nach dem Tod ewig lebt und so …«

Johannes hört auf zu kauen, schluckt seine Handvoll Erbsen hinunter und sagt: »Nein, das kann man sich nicht vorstellen. Das ist einfach unvorstellbar.«

Aber Kathrin ist noch nicht fertig. »Ich weiß gar nicht, ob ich das gut finden soll. Kann ja jeder kommen und sagen, das wär dann die ewige Seligkeit.«

»Vielleicht sprecht ihr da besser ein andermal drüber«, sagt Elsa, denn sie hat Annes betroffenen Blick bemerkt, und Johannes reibt sich müde die Augen.

Unglaublich, Kathrin mit ihren dreizehn Jahren. Sie selbst hatte erst achtzehn werden müssen, bevor sie in der Lage war, Gedanken wie diesen überhaupt zuzulassen.

Kathrin lässt nicht locker. »Ich meine, was tut man denn da?«, sinniert sie. »Ich könnte mir ehrlich überhaupt nichts vorstellen, auch wenn's das Allertollste wäre, was ich immer, immer tun wollte. Also auch nicht immerzu über blühende Wiesen laufen oder wie eine Möwe übers Meer fliegen oder so.«

»Da hast du ganz recht«, sagt Johannes müde, »in diesem Menschenleben kann man sich das wirklich nicht vorstellen. Das ist was ganz total anderes.«

Armer Johannes. Tod und Sterben, das ist einfach nicht sein Thema. Das merkt man an der Art, wie er darüber spricht. So kurz angebunden, wie es sonst gar nicht seine Art ist. Und – »Bei allen Verheißungen bleibt es doch ein Fallen ins Ungewisse«, hat er einmal gesagt. Mit andern Worten: Er hat Angst vorm Sterben. Auch wenn er das nie so sagen würde.

»Ich meine«, sagt Kathrin, »ist ja klar, dass da nicht alle auf Wolken sitzen und die Engel singen und so, ich glaub ja auch nicht mehr an den Weihnachtsmann. Aber was denn sonst?!« Sie sieht ihren Vater forschend an.

»Hat er doch schon gesagt«, sagt Anne gereizt, »kann man sich nicht vorstellen! – Aber schon schön«, murmelt sie trotzig hinterher.

»Wollt ihr euch jetzt darüber streiten?«, fragt Elsa.

Mit einer plötzlichen heftigen Bewegung setzt Johannes den Kaffeebecher auf den Tisch. »Also Leute!«, sagt er ungewöhnlich laut, »ich bin Pfarrer, aber ich bin nicht verantwortlich für die ewige Seligkeit. Und ich bin auch noch nicht da gewesen!«

Ausgerechnet jetzt kommt Leo herein, bleibt in der Terrassentür stehen und sieht von einem zum andern. »Was isch denn hier los?«

Annes Gesicht wird von einem hoffnungsvollen Schimmer erhellt. »Leo – Leo, was meinst du, was mit den Leuten passiert, die gestorben sind?«

Leo holt Luft und sieht zu Johannes hin. Gleich wird er sagen: »Da frag doch besser deinen Vater.«

Johannes hat die Arme verschränkt.

Aber nein, Leo sagt es nicht. Er sieht Anne an, Anne sieht ihn an, gespannt und erwartungsvoll.

Leo steckt die Hände in die Hosentaschen. »Keine Ahnung«, sagt er, »aber i bin sicher, dass es ihne net schlecht geht.«

Anne lehnt sich erleichtert zurück.

»Sicher!?«, sagt Johannes heftig. »Aha, und woher kommt diese Sicherheit?«

Bestimmt denkt er jetzt: Ha, hab ich dich erwischt – du bist sicher, das heißt: Du glaubst es, du glaubst also auch etwas, irgendwie!

Leo hebt die Schultern. »Woiß net«, sagt er, »aber da bin i zom Glück koim a Erklärung schuldig.« Er zeigt mit dem Daumen auf sich selbst und schüttelt den Kopf. »I net!«

Die beiden sehen sich an wie zwei Boxer vor dem Gongschlag.

Worum geht es hier eigentlich?

Jedenfalls nicht um die ewige Seligkeit.

XI

Johannes beugt sich über den Tisch und betrachtet noch einmal das großformatige Zeitungsfoto. Dies ist also die Ursache, dass seit einer Woche den ganzen Tag das Telefon klingelt. Dass man sich um Interviews mit ihm reißt. Dass plötzlich alle Welt seine Meinung zu allem und jedem hören will. Sogar im Fernsehen.

Dabei ist es reiner Zufall, dass er da auf diesem Bild zu sehen ist. Jeder andere hätte ebenso gut da stehen können. Das sagt er jedem, aber es interessiert keinen. Es ist auch reiner Zufall und bedauerlich genug, dass die Staatsgewaltdebatte in neuester Zeit wieder einmal zum brennenden Thema wurde. Da kam dieses Foto gerade recht.

Er lehnt sich zurück und schließt die Augen. Die Geschichte hat er in den letzten Tagen Dutzende Male erzählt. Es ist keine große Geschichte, schon gar keine Heldengeschichte. Aber das will niemand hören.

Es war im zeitigen Frühjahr, als wieder einmal ein Atommülltransport unweit von Heilbronn durchs Schwabenland rollte – Inbild eines menschenverachtenden technologischen Machbarkeitswahns. So war es ihm ein unbedingtes persönliches Bedürfnis, hier deutlich Stellung zu beziehen. Und zwar in Form von körperlicher Gegenwart. Obwohl ihm klar war, dass er damit den Unwillen bestimmter leitender Kreise innerhalb der Kirche auf sich ziehen würde. So etwas nahm er gern in Kauf, mehr noch: Es war ihm eine Genugtuung. Er konnte sicher sein: Der Dekan würde die Nase rümpfen. Der Prälat würde auf ein problematisches politisches Profilierungsbedürfnis hinweisen. Der Landesbischof würde anmerken, dass hier eine – rein persönliche! – wenn auch verständliche kritische Haltung missverstanden werden könne als – womöglich unzureichend hinterfragte! – Positionsbestimmung der Kirche als Institution.

Es war ein kühler, feuchter Tag gewesen. Johannes erinnert sich noch gut, wie er mit klammen Fingern den Talar überstreifte, über ihm die Weite der wolkigen Himmelskuppel statt wie sonst die rissige Decke der Sakristei. Und er erinnert sich, wie ihn schon dabei ein Gefühl des Ausgeliefertseins befiel. Im Morgengrauen hatte sich ein kleines Häuflein Gläubiger um ein grob gezimmertes Holzkreuz versammelt. Die Andacht war kurz und akzentuiert, der Gesang – *Freunde, dass der Mandelzweig* ... – dünn und anrührend, der Talar ein eigentümlicher Fremdkörper in dieser dunstverhangenen Abgeschiedenheit.

Doch gerade als Johannes zum Segen anheben will, macht sich am nahen Waldesrand, wo die Gleise verlaufen, eine Unruhe breit. Ein Haufen vermummter Gestalten huscht aus dem Unterholz und macht sich an den Schienen zu schaffen. Und das war erst der Anfang. Plötzlich Motorendröhnen, quietschende Reifen, Rufe, Hundegebell – gleich drüben, auf der anderen Seite, springt eine Hundertschaft von grün Uniformierten aus den Mannschaftswagen.

Und er, Johannes, mittendrin, allein zwischen den gegnerischen Schlachtreihen, denn seine kleine Gemeinde hat sich längst zurückgezogen. Nur wenige Meter von ihm entfernt prallt ein erster Bahnschotterstein auf einen Schutzschild, aus Lautsprechern krächzen blechern unverständliche Anweisungen. »Haun Sie da ab, Mann!«, ruft eine Männerstimme – aber wohin? Fünf Meter nach links die einen, fünf Meter nach rechts die andern, und er mitten dazwischen. Gott, bewahre!

Ratlos hebt er die Arme.

In diesem Augenblick hatte der junge Pressefotograf auf den Auslöser gedrückt. Und es ist ihm, wie dem erläuternden Text zu entnehmen ist, gelungen, die gespenstisch anmutende Szene auf suggestive Weise zu dokumentieren. Die Phalanx der Schilde. Die Reihe der Vermummten. Die pure Aggression, die Konfrontation. Dazwischen das Kreuz. Der Geistliche im Talar. Die Geste, wie beschwichtigend, wie segnend.

Ein Jahrhundertfoto. Erster Preis im Landeswettbewerb Bestes Pressefoto, Kategorie Junior. Ein Bild geht um die Welt. Titel einer renommierten Wochenzeitschrift. Dann Tagespresse, flächendeckend.

Der Dekan, so wurde Johannes hintertragen, hatte Tränen in den Augen, als er das Bild betrachtete. Der Prälat ließ verlautbaren, die Renaissance der großen Geste habe hier ihren längst überfälligen Niederschlag gefunden. Der Landesbischof stellte fest, es seien hier Zeichen gesetzt worden, auf die die geistliche – und die weltliche! – Öffentlichkeit – mit Recht! – schon seit Langem gewartet habe – eine Kirche, die Farbe bekennt!

Das Telefon klingelt.

Elsa wird ganz viel Käse auf den Zucchiniauflauf tun. So wird sie es machen. Anne wird kaum merken, dass da Zucchini drin sind. Sie öffnet die Schublade. Wo ist jetzt wieder die Käsereibe?

Robert zupft an ihrem Schürzenzipfel. »Mamaaa? Ich brauch mal Wäscheklammern.«

»Wäscheklammern? Wozu denn Wäscheklammern? Da draußen im Korb sind welche.«

Anne schlurft in die Küche und lässt die Tür offen stehen. »Was gibt's denn heute?«, fragt sie grußlos. »Waaas? Zucchini!?« Sie stampft mit dem Fuß auf. »Ich hab dir doch schon tausend Mal gesagt, dass ich keine Zucchini mag! Ich hasse Zucchini!«

»Ich mach ganz viel Käse …«

»Nein! Ich ess das nicht. Ich geh mir Pommes kaufen! Das ist ja entsetzlich hier!« Und – rums!, die Türe zu – sie ist draußen.

»Ich will auch Pommes«, sagt Robert.

Elsa schiebt mit einer heftigen Bewegung die Schublade zu. Es scheppert. Elsa, gelassen bleiben. Elsa, die Käsereibe. Sie zieht an der Schublade. Die Schublade geht nicht auf. Die Schublade klemmt. Elsa reißt und rüttelt.

»Mamaaaa? Wo is der Kleeeheeeb?« Robert wühlt unten im Schrank.

»Nein, lass, Robbi. Wozu brauchst du denn Kleber?«

Ja, so geht das. Das geschieht dir recht, Elsa. Dahin kommt man, wenn man wütend Schubladen zuknallt. Sie ist sich selber fremd. Wahrscheinlich sind es nur prämenstruelle Stimmungsschwankungen.

Was machen wohl andere Frauen in einer solchen Lage? Sibylle würde eine Viertelstunde zu gregorianischen Gesängen meditieren. Mathilda würde zehn Minuten Besinnung bei Kerzenlicht einschieben. Charlotte wäre nach fünf Minuten stillem Gebet wieder auf der Höhe. Nur sie, Elsa, sie weiß keine Methode, die weniger als drei Stunden in Anspruch nehmen würde.

Elsa rüttelt an der Schublade. Sie braucht diese Käsereibe.

Nur kein falscher Stolz. Sie steckt den Kopf aus der Terrassentür. »Du, Leo, hier klemmt so 'ne Küchenschublade. Könntest du dir das mal angucken?«

»Hmmm, glei«, sagt er.

Hoffentlich meint er mit »gleich« nicht dasselbe wie die Kinder, nämlich: irgendwann, wenn's mir gerade in den Kram passt, oder auch gar nicht.

»Maaamaaaaa? Das läuft da so raus.«

Auch das noch! Da liegt die Uhutube auf dem Tisch, Robbi hat sie kräftig zusammengedrückt, es läuft und läuft. Elsa greift zu, es läuft weiter, es rinnt ihr über die Finger. Die Küchenrolle, wo ist sie? Es tropft auf den Fußboden.

»Kuck mal, Mama, ich hab den Indiana an die Wäscheklammer geklebt, jetz kann ich den da überall dranmachen.« Robbi versucht, die verkleisterte Klammer am Fenstervorhang zu befestigen.

»Nein, lass, Robert, du machst ja alles voller Kleber!«

Aber Elsa kann nicht zugreifen, es klebt, sie wischt, die andere Hand klebt auch, wohin mit dem verklebten Tuch? Und wo, um alles in der Welt, ist der Tubendeckel?

Die Küchentür wird aufgerissen, Johannes stürmt herein. »'n Abend, ich muss sofort wieder los, hab noch 'n Interview. Ich muss nur schnell was essen.« Er gießt sich einen Apfelsaft ins Glas. »Ach nein, Elsa, was ist denn das für ein Zuckerwasser, warum hast du denn nicht den Naturtrüben genommen?« Er öffnet den Kühlschrank. »Käse aus der Plastikpackung? Elsa! Ich dachte, wir wollen so ein Supermarktzeug nicht essen. Ist mein Hemd gebügelt? Ach Elsa, hab ich doch extra heute Morgen gesagt. Was hat der Typ vom Sportverein gesagt wegen der Radtourgeschichte? Wie, vergessen? Du, das ist eilig. Okeh, ich weiß ja, du hast viel um die Ohren, aber das war mir jetzt echt wichtig. Ich fänd's ehrlich hilfreich, wenn du die Prioritäten ein bisschen bewusster setzen würdest.« Und rauscht wieder hinaus.

Da steht Elsa still und stumm, und aus der Klebertube quillt es noch immer auf ihre Hand.

Ach, da steht ja Leo in der Terrassentür. Er hat alles mit angehört.

»Er – ist ziemlich im Stress in letzter Zeit«, sagt Elsa.

Leo legt die Stirn in viele Querfalten und sagt nichts. Er nimmt ihr die Tube aus der Hand, schraubt sie zu, wirft die verklebten Papierfetzen in den Müll. Elsa steht noch immer mit erhobenen Kleberhänden. Leo reißt noch ein Stück Papier ab und hält es ihr hin. Elsa steht reglos. Er macht einen Schritt auf sie zu, fasst ihr Handgelenk und wischt ihr die Hand ab.

»Den Rescht kannsch abrubbla, wenn's trockn't isch«, sagt er.

Sein Bart ist gar nicht einfach rot. Es gibt dunklere Borsten und hellere, auch ein paar fast blonde, vor allem am Schnäuzer, und ein paar graue sind auch dabei.

»Was isch?«, fragt er und grinst, »Hasch au no Gips verschluckt?«

Sie muss wohl eine ziemlich komische Figur machen.

Leo sieht sich um. »Die da?« Er rüttelt an der Schublade.

Elsa lässt die Hände sinken. Die Prioritäten bewusster setzen! Das ist ja unglaublich!

»Er ist wirklich ziemlich angespannt, noch mehr als früher schon immer«, hört sie sich sagen.

Leo versetzt der Schublade ein paar kräftige Schläge von vorn.

»Wenn man Hunger hat, ist die Laune sowieso besonders schlecht, da legt man nicht jedes Wort auf die Goldwaage«, sagt Elsa.

Er wirft ihr einen Blick zu.

Elsa schüttelt unwillig den Kopf. »Da kann man ihm jetzt keinen Vorwurf draus machen! Sonst ist er eigentlich nicht so!«

Leo öffnet die Schranktür, geht in die Hocke und späht von unten her unter die Schublade.

»Ich glaube, es ist auch eigentlich alles zu viel für ihn. Er steht total im Rampenlicht. Aber man muss auch verstehen, dass er das jetzt durchzieht. Er macht es ja nicht für sich selbst. Wenn die Medien sich mal für die Kirche interessieren, das muss man doch ausnutzen.«

Leo zieht einen Schraubenzieher aus der Hosentasche.

»Er meint immer, alles muss perfekt sein. Vor allem er selber. Das kann doch keiner durchhalten. Er ist schließlich auch nur ein Mensch!« Missmutig betrachtet sie die weißlichen Krusten auf ihren Fingern.

Kathrin steckt den Kopf in die Küche. »Maaama, ist das Essen schon fertig? – Och Mönsch, ich hab Hunger. Wann is denn fertig? Ich will dann doch mit Vanessa ins Kino!«

Elsa macht auf dem Absatz kehrt, stampft auf die Terrasse und knallt die Tür hinter sich zu. Sie schließt die Augen. Dumpf hört sie durch die Glasscheibe Kathrins Stimme: »Was ist denn mit der los?«

Leo antwortet nicht.

JOHANNES lässt staunend die Zahlenkolonne auf dem Bildschirm an sich vorüberziehen. 1500 – 850 – 2000 – 1200 ... Seit Eliane sich für das Martinswalder Dionysiusfenster stark macht, haben sich die Türen und Konten der Stuttgarter Geschäftswelt für dieses Spendenanliegen geöffnet. Sparkasse und Volksbank, Haus für Softwarelösungen und Exclusiv-Boutique, Milano Schuhmode, Severing Lichtideen und sogar das Buchhaus Weber. Und Rowald Hoppe, der Backstuben-König. Natürlich hat er gespendet. Da konnte er nicht nein sagen.

Johannes kann es sich genau vorstellen: Wie Eliane hereintritt, im gepflegten Blazerkostüm, wie ihr Gesprächspartner sich lächelnd vorbeugt: »Bitte, nehmen Sie doch Platz. Was kann ich für Sie tun?« Wie sie sich setzt und die Beine übereinanderschlägt, dann mit verheißungsvollem Lächeln ein Foto des Dionysiusfensters aus der Mappe zieht. Kunsthistorisch bedeutsam. 15. Jahrhundert, wie durch ein Wunder erhalten. Außergewöhnliche Farbkomposition. Generationen zur Hochzeit, zur Taufe.

Sie streicht sich mit dem Ringfinger eine Strähne aus der Stirn. »Sie wissen, die finanzielle Situation der Kirche.« Augenkontakt. »Selbstverständlich können Sie die Spende auch steuerlich geltend machen«, sagt sie und spitzt bei »stoierlich« ein klein wenig den Mund, der ein klein wenig dunkler rot geschminkt ist, als es zu dem seriösen Outfit passen würde. »Am Sechsundzwanzigsten findet bei uns wieder eine musikalische Matinee statt, wenn ich Ihnen bei dieser Gelegenheit das Objekt persönlich vorstellen dürfte ...«

Der feste Händedruck einer Führungskraft. Etwas länger, als es notwendig gewesen wäre. 1200 Euro.

Johannes hat dann nur noch die Aufgabe, im Namen der Kirchengemeinde ein überschwängliches Dankschreiben mit Briefkopf – neuerdings mit einer expressiven Kirchenskizze von Elianes Hand – und seinem »Pfarrer Johannes Lichtenfeld« nebst beigelegter Spendenquittung auf den Weg zu bringen. Und ein weiterer Posten verlängert die Spalte in der Rubrik »Spenden Kirchenfenster«.

Wenn das so weitergeht, ist es in diesem Jahr noch zu schaffen. Seit Jahren bemüht er sich um dieses Kirchenfenster, sammelt Spenden, 10 Euro, auch mal 50, Opfer nach der Sonntagspredigt 186 Euro 35 Cent. Herzlichen Dank dafür.

Dann kam Eliane. So einfach ist das.

Und dann der Gemeindebrief. Auch der ist mittlerweile nicht mehr vorstellbar ohne das ehrenamtliche Engagement von Eliane Przybilla-Nelling. Nichts erinnert mehr an das dürftige, verwaschen grau kopierte Blättchen von einst. Sauberer Druck, farbiges Titelbild, 28 Seiten, Platz genug für zwei Seiten Grußwort des Pfarrers zum Thema *Versagt euch die Freude des Augenblicks nicht* – Sirach 14,14 –, besinnlich und doch lebensbejahend.

Es hat sich ausgezahlt, dass Johannes seine Vorbehalte aufgegeben und den Gemeindebrief für gewerbliche Anzeigen geöffnet hat. Im Kirchengemeinderat hatte natürlich Winfried Wulf einzuwenden: »Aber wie unterscheiden wir uns dann überhaupt noch vom Anzeigenblättchen?«, und Charlotte sagte: »*Ihr könnt nicht Gott dienen und dem Mammon.*«

Aber zuletzt waren doch alle einverstanden. Handel und Gewerbe sind schließlich ein natürlicher Bestandteil der Lebenswirklichkeit, und es ist nicht angebracht, sie aus ideologischen Gründen auszuklammern.

Natürlich gibt es im Gemeindebrief nicht irgendwelche Anzeigen. Ein streng lokaler Bezug muss gegeben sein, die Anzeigen möglichst persönlich gehalten. Das stärkt das Heimat- und Wir-Gefühl vor Ort.

Eliane akquiriert nicht nur mit viel Charme die Anzeigen, sie entwirft auch noch jede einzelne individuell. Das sei eine interessante Herausforderung für sie, hat sie gesagt: die gängigen Denkmuster der Werbebranche zu kontrapunktieren. Die neue Bescheidenheit. Keine Gehirnwäsche, keine belanglosen Werbesprüche. Unter dem Motto *Genieße das Leben, das dir Gott unter der Sonne gegeben hat* macht Reisebüro Fiehn auf sich aufmerksam. *Schau an der schönen Gärten Zier,* lockt Baumschule Rieger, und *Trink deinen Wein mit gutem Mut ...,* ermuntert Haidle Wein und Spirituosen die Leser mit gutem Gewissen, weil Insidern klar ist, wie es weitergeht: ... *denn dies dein Tun hat Gott schon längst gefallen.*

Das Ergebnis hat selbst den Kirchengemeinderat beeindruckt. Charlotte seufzte: »Für die gute Sache.« Nur Winfried Wulf hatte natürlich noch Vorbehalte. »Aber!« – sagte er und wiegte ernst den Kopf –, »aber da kann man die Werbung und den redaktionellen Teil ja kaum noch auseinanderhalten.« Den Tag wird die Welt wohl nicht mehr erleben, an dem Winfried Wulf einfach »ja« sagt.

Johannes wiegt den Gemeindebrief in der Hand. Damit kann man sich sehen lassen. Ein großer Schritt vorwärts. Das Kirchenfenster, der Gemeindebrief – wenn das so weitergeht, dann wird Johannes bald all das erreicht haben, was er sich immer gewünscht hat.

Elsa zupft ein paar vertrocknete Blätter aus den Topfpflanzen. Halb ein Uhr mittags. Der Eintopf steht auf dem Herd. Es ist ein Augenblick ungewohnter Stille. Nur leise Radiomusik von oben, wo Kathrin ihre Hausaufgaben macht. Und von draußen, von der Terrassenliege her, ein leises Schnarchen. Sein Ursprung verbirgt sich jenseits der aufrecht gestellten Rückenlehne. Elsa tritt näher und lugt hinüber. Da ruht Leo, ganz entspannt, halb sitzend, halb liegend, wie hingesunken.

Der hat die Ruhe weg.

Elsa lächelt. Sie legt die Unterarme auf die Rückenlehne und sieht hinunter auf den schon etwas gelichteten Blondschopf. Die Haare bewegen sich leicht im Wind. So dünn, gar keine richtigen Männerhaare.

Sie hebt eine Hand.

Schau es an, freu dich dran, aber – nicht anfassen!

Sie lässt die Hand wieder sinken.

Leo schnauft und wendet den Kopf zur andern Seite.

Ganz weich, hat Anne gesagt.

Sie hebt von Neuem die Hand und lässt sie einmal ganz vorsichtig über die Locken gleiten. Wirklich ganz weich. Ganz weich und leicht, fast wie Daunen.

Noch einmal.

Er bewegt sich, dreht den Kopf und blinzelt sie von unten an.

Erwischt. Elsa zieht die Hand zurück und fühlt sich erröten.

»Ach, du bisch des.« Er macht eine Pause. »Ich hab dacht, ois von de Kender.« Er lächelt und lehnt den Kopf wieder an. »Mach doch weiter.«

Elsa bleibt unschlüssig stehen. Wenn sie das jetzt nicht tut, dann sieht es so aus, als ob sie sich das nur heimlich traut. Als hätte sie das Gefühl, dass es eigentlich verboten ist. Aber dann hätte sie es auch nicht heimlich tun dürfen.

Dein Problem ist, dass du deine Hände nicht bei dir behalten kannst.

Aber warum sollte verboten sein, was man auf der Straße alle Tage tut? Zum Beispiel bei Frau Häbichs Rauhaardackel, der auf dem Rücken gar nicht rau ist, sondern schon ganz abgestreichelt, glatt und glänzend.

Also greift sie beherzt noch einmal zu und fährt ein paar Mal langsam durch die Haare. »Fühlt sich gut an«, sagt sie dazu.

Leo legt den Kopf in den Nacken und guckt sie von unten verkehrt herum an. Das ist seltsam, wenn man Augen falsch herum sieht. Es sind immer noch Augen, aber die Augenbrauen hängen unten drunter und das Unterlid ist viel zu groß. Er hebt langsam die Arme, um sich zu recken.

Elsa tritt rasch einen Schritt zurück.

Da hat er schon die Oberkante der Lehne gefasst, da, wo gerade noch ihre Arme gelegen haben. Er wirft die Beine zur

Seite und blinzelt sie um die Stuhllehne herum an. »Krieg i en Kaffee?«

JOHANNES hält den Atem an. Was zu viel ist, ist zu viel.

Da hat er sich nun bemüht, schnell nach Hause zu kommen, damit noch etwas Zeit für eine Spielstunde mit Robert bleibt. Das macht er gern, wenn er die Kinder hüten muss: bei der Gelegenheit ganz gezielt die Vater-Sohn-Beziehung vertiefen. Dazu käme er nie, wenn er es nicht in den Terminkalender schreiben würde. Für heute Abend hat er schon den detaillierten Plan für eine ganz neue Dampferkonstruktion aus Legosteinen im Kopf – aber was sagt der junge Herr Sohn? Er sagt: »Neinnein, Papa, du, ich hab mit Leo schon eine Burg aus Lego gebaut, ganz toll, die zeig ich dir, komm mit!«

Johannes hatte wohl seine Gesichtszüge nicht ganz im Griff, jedenfalls sagt Elsa, als wollte sie sich entschuldigen: »Ach so, ja, du, ich musste vorhin mal kurz weg wegen der Sportvereingeschichte, da hab ich Leo gebeten, mal kurz auf Robert aufzupassen.«

Dann zerrt Robert ihn in den Spielkeller und erläutert ihm atemlos vor Begeisterung die Feinheiten der zugegeben imposanten Burganlage: »Und hier ist der Kerker, da macht man die Klappe auf, und da werden die Bösewichter reingeschmissen, ganz tief. Da unten sind dann die Krokodiiiile. Und hier, da kann man durchschießen auf die Feinde, und da steht eine ganz große Kanooone, damit kann man in echt schießen, guck mal!«

»Das ist ein Katapult.« Mehr fällt Johannes jetzt dazu nicht ein.

ELSA summt leise vor sich hin und nimmt ein sauberes, frisches Geschirrtuch aus dem Schrank.

Leo kommt herein. »Hasch mal en Bleistift?«

»Hmm, vielleicht in der Schublade da unten?«

Er hockt sich nieder und beginnt in der Schublade zu kramen. Ein benutztes Stück Sandpapier, eine Spitzerdose, die sofort ihren Deckel verliert, sodass sich der Inhalt auf dem Fußboden verteilt, eine abgetretene Einlegesohle, eine abgebrochene rosa Haarspange. Misstrauisch beäugt Leo einen entleibten Barbiekopf, den er zwischen zwei Fingern am verfilzten Schopf gefasst hat. Aber da: ein daumenlanger Bleistiftstummel, ohne Spitze, doch da war ja die Spitzerdose, welch glückliche Fügung.

Seine Beute triumphierend erhoben, brummt Leo zufrieden: »Na also.«

Elsa lehnt an der Spüle. In stillvergnügtem Einverständnis schauen sie sich an. Sie wendet sich wieder dem alten emaillierten Stieltopf in ihrer Hand zu und lässt das Geschirrtuch über das orangerote Blumendekor gleiten.

Wie gut er mir tut. Lächelnd wirft sie einen kurzen Blick hinüber, dann wieder auf den Topf.

Am Rand des Bodens ist eine Ecke von der Emaille abgeschlagen. Der schwarze Fleck gehört zu dem Topf, seit sie ihn kennt. Langsam wandert das Handtuch über den Topfboden, immer rundherum. Bei ungefähr der fünfzehnten Runde wirft sie wieder einen Blick zur Seite. Er sieht sie immer noch an, oder wieder.

Was ist das jetzt? Es ist doch ein ganz gewöhnlicher Morgen, sogar ein ziemlich trüber Morgen mit bewölktem Himmel, unauffälligem Vogelgezwitscher und dem üblichen fernen Kindergeschrei, von irgendwo das Motorengeräusch eines Flugzeugs, ein kaum wahrnehmbarer Wind verursacht eine leichte Bewegung der Fenstervorhänge, und der Kühlschrank brummt monoton. Darauf war sie nicht gefasst.

»Elsa, du …«, beginnt er. »I …« Er atmet aus, ohne den Satz zu beenden.

Elsa hat inzwischen mindestens die dreiunddreißigste Runde begonnen. Er macht einen Schritt auf sie zu. Elsa lehnt noch immer an der Spüle und konzentriert sich auf den Topf. Jetzt steht er unmittelbar vor ihr. Die kreisende Bewegung des Handtuchs erstirbt. Elsa hält den Atem an.

Jetzt ist er ganz nah. Reglos verfolgt sie, wie er beiderseits ihrer Hüften seine Hände auf den Spülenrand setzt. Sie ist eingeschlossen, gefangen. Vorsichtig hebt sie den Blick. Mit den Augen scheint er ihr Gesicht abzutasten, auf und ab. Eigentlich hätte ich alle Zeit der Welt, Halt! zu schreien, denkt sie.

Er nähert sich sehr, sehr langsam, bis sie seinen Atem auf der Wange spürt, und küsst sie ganz behutsam auf den Mund. Das hat etwas Zaghaftes, Zögerndes, wie wenn man an einer heißen Tasse Kaffee nippt. Elsa verharrt bewegungslos. Sie spürt ihren Pulsschlag im Hals. Er sieht sie forschend an. Sie schlägt die Augen nieder.

Er richtet sich auf und nimmt ihr Topf und Handtuch aus den Händen. Ihre Hände bleiben leer erhoben. Was fällt dem ein? Sie lässt sich nicht gerne einfach etwas aus den Händen nehmen.

Die Abtropffläche scheppert blechern unter dem Kochtopf. Das Geräusch weckt Elsa aus ihrer Erstarrung. Aber zu spät, seine Arme haben sich schon um sie geschlossen.

So anschmiegsam weich und doch fest fühlt es sich an, gerade so, wie sie es sich immer vorgestellt hat. Nie gekannt und trotzdem wie zu Hause.

Nein! Sie muss ihm jetzt sagen, dass das nicht geht. Jetzt gleich.

Rings umschlungen. Was für ein paradiesischer Ort, die Welt bleibt draußen.

Für den ist das, was er gerade in den Händen hält, das Zentrum des Universums. Hat Johannes gesagt.

Einmal das Zentrum des Universums sein!

Um Gottes willen, was mache ich jetzt nur, denkt sie noch. Aber ihre Arme haben sich schon längst an seinen hinaufgeschoben und schließen sich um seinen Nacken.

Dein Problem ist, dass du deine Hände nicht bei dir behalten kannst.

Der Bart kratzt unglaublich an ihrer Wange, ihrem Mund, und es ist ein überraschendes Gefühl, irgendwo darin auf diese weichen Lippen zu treffen, sie zu ertasten, zu erforschen. Seine Hände sind warm und rau.

Es klingelt wie von ferne. Da ist jemand an der Haustür. Egal, keiner da. Aber halt! Sie fährt zusammen. Es ist überhaupt völlig verrückt, ringsum Fenster, und die Terrassentür steht offen. Elsa richtet sich mit einem Ruck auf, Leo sieht sie überrascht an, tritt zögernd einen Schritt zurück, er hat verstanden, gerade noch rechtzeitig.

»Hallooo?!«, sagt eine Männerstimme von draußen, und es klopft an der Terrassentür. »Frau Lichtenfeld?«

Herr Siebold, der Reisebuchhändler, steht in der Tür. Das heißt, er steht nicht richtig, sondern hat sich zu einer kleinen Verbeugung ein wenig vorgeneigt. Natürlich! Herr Siebold, zehn Uhr, nur auf ein Viertelstündchen, die Patenbriefe drohten auszugehen, und das Supersonderangebot »Gottes Segen für jeden Tag« jetzt fünfzig Cent billiger.

»Ooh! Ich bitte um Verzeihung! Frau Lichtenfeld! Ich dachte, Sie sind vielleicht im Garten! Ich möchte keinesfalls stören!«

Elsa zupft verstohlen den Bund ihres T-Shirts zurecht. Leo räuspert sich und greift nach dem Bleistiftstummel.

Herr Siebold sieht umständlich auf seine Uhr, wohl um zu demonstrieren, dass er von der Uhrzeit her gesehen mit einer gewissen Berechtigung hier steht. »Frau Lichtenfeld! Ich komme gern in einer Viertelstunde wieder, wenn Sie noch etwas abzuschließen haben!«

Leos Mundwinkel zucken. Blödmann. Elsa fühlt ihre heißen Wangen. Ist das die Verlegenheit oder sind es die Folgen der stechenden Bartborsten?

»Gerne auch eine halbe Stunde!« Herr Siebold hebt mit einer ausladenden Bewegung abermals das linke Handgelenk, sieht auf die Uhr, zu Elsa, zu Leo, greift nach seinem prallen schwarzen Musterkoffer.

»Aber neinnein, Herr Siebold.« Elsa hat sich gefasst. »Wir waren so weit … – Leo, brauchst du noch was von mir?«

Er lehnt am Küchenschrank, scheint mit der Zeigefingerkuppe die Spitze des Bleistifts zu prüfen und blinzelt sie von der Seite an. Brauchst du noch was von mir. Hätte sie nicht etwas anderes fragen können?

Er richtet sich auf. »Nee, fürs Erschte alles klar«, und schiebt sich an ihr vorbei zur Terrassentür, ziemlich nah an ihr vorbei, oder doch ganz normal an ihr vorbei?, immerhin steht sie genau auf dem Weg zur Tür, er hätte sonst einen Bogen um sie machen müssen, das wäre auch unnatürlich, so streift er sie fast und ist hinaus.

Elsa zieht rasch das tropfnasse Geschirrtuch aus der Spüle und wringt es aus, während Herr Siebold sich mit einem erleichterten Schnaufer auf einen Küchenstuhl sinken lässt. Die Verhandlungen über Hunderte von Euro aus dem Gemeindeetat finden traditionell am Küchentisch statt.

»Schwarz, ohne Zucker, nicht wahr?«, sagt Elsa und streicht sich die Haare zurecht.

»Genau! Frau Lichtenfeld! Sie sind unschlagbar!«, ruft Herr Siebold. »Dafür habe ich auch ein absolutes Supersonderangebot für Sie!« Er senkt die Stimme. »Ich mach Ihnen einen Sonderpreis. Aber« – er lehnt sich verschwörerisch zu ihr hinüber – »wenn ich Sie preisbezüglich um Diskretion bitten darf – Sie wissen schon …«

JOHANNES richtet das Wort beschwörend in die Runde. »Ich bin der Überzeugung, es ist das A und O, die Menschen ganz persönlich anzusprechen. Die Leute wollen eingeladen sein, nicht belehrt.«

Die Eine-Welt-AG hat sich ganz neu formiert und ist noch auf der Suche nach den konkreten Inhalten ihres Engagements. Johannes möchte sich da nicht einmischen. Aber vielleicht auf unauffällige Weise ein wenig lenkend eingreifen. Nicht dass sie womöglich wieder eine dieser ewig gleichen belanglosen Info-Ausstellungen machen, »Leben und Probleme in den Entwicklungsländern« mit Fotos und Zeitungsausschnitten auf Stellwänden.

Die seltsame Gesellschaft ist schwer unter einen Hut zu bringen: vier Schülerinnen der elften Klasse Gymnasium, eine Zahnarztgattin, ein Malerlehrling und ein Sehr-Alt-68er-Apotheker im Vorruhestand.

Vielleicht ein Gottesdienst zum Thema?

»Ach, sooo kirchlich sind wir eigentlich gar nicht. Und vielleicht mehr was Praktisches«, sagt eine sommersprossige Schülerin.

Einfach regelmäßig im Welt-Laden helfen?

»Ich möchte mich doch aber ganz persönlich einbringen«, sagt die Zahnarztgattin.

Eine Patengemeinde in einem Entwicklungsland?

»Aber mit dr Mission will i nix zom do han!«, sagt der Malerlehrling.

Vor der Kirche Produkte aus fairem Handel verkaufen?

»Geld, Geld, Geld! Des isch doch genau die Einstellung, die älles kaputt macht! On überhaupt liegt des Kernproblem bei denne internationale Pharmakonzern«, sagt der Apotheker.

»Ich dachte, vielleicht machen wir so was wie eine Ausstellung«, sagt die Schülerin.

»Das wär doch nett, so mit Zeitungsausschnitten«, sagt die Zahnarztgattin.

»Aber vor ällem mit Foddo«, sagt der Malerlehrling.

»On mit deutliche Hinweis auf die Unterdrückungsmechanisma on ausbeuterische Struktura on die immanent ungerechte Weltwirtschaftsordnung«, sagt der Apotheker.

Also doch Stellwände. Schöne, standfeste Stellwände mit stabilen großen Füßen. Mit Stellwänden wollen sie etwas bewegen. Also gut.

»Schön, dann hätten wir's ja so weit«, sagt Johannes. »Wenn Sie gleich einen Termin fürs nächste Treffen ausmachen möchten.« Von selbst käme da wahrscheinlich keiner drauf. Die würden warten, bis er sie wieder einlädt. »Und wenden Sie sich dann doch bitte an den Mesner Herrn Rölke wegen der Stellwände, hier ist die Telefonnummer. Stehen alle auf der Teilnehmerliste? Danke. Und halten Sie mich auf dem Laufenden!«

Dem Laufenden. Mit Stellwänden.

Als alle gegangen sind, schließt Johannes die Augen und sieht eine endlose Reihe von Stellwänden, auf denen das Elend der Welt mit Pinnnadeln festgeheftet ist, durch endlose graue Straßen marschieren. Er schüttelt den Kopf und richtet sich auf. Aber dafür ist die Sache dann doch ziemlich schnell gegangen. Noch Zeit für eine Tasse Tee. Eine Tasse Tee bei Eliane.

Ja, er geht gelegentlich ganz spontan hinüber, auf eine halbe Stunde. Es gibt doch immer wieder dies und das zu besprechen. Über Gemeindebriefanzeigen, Sponsoring-Aktionen oder besondere Altarraumdekorationen. Aber auch anderes, was sie gerade bewegt. Es tut einfach gut, mal aus den gewohnten Kreisen herauszukommen. Ein Besuch in Elianes Atelier, das ist wie Eintauchen in eine andere Welt und Wirklichkeit. Und schließlich ist es immer bereichernd, sich von Zeit zu Zeit mit ganz anderen Lebensentwürfen zu konfrontieren.

Um diese Zeit ist sie meist bei der Arbeit. Vor allem dienstags. Jedenfalls hat er damit in letzter Zeit immer Glück gehabt.

Wie auch diesmal.

»Ach, Johannes, du kommst gerade recht.« Sie lächelt und streicht sich mit dem Ringfinger eine Strähne aus der Stirn. »Ich habe gerade das Teewasser aufgesetzt.«

Johannes kennt diesen Raum schon auswendig. Elianes Werkstatt, ihr Allerheiligstes, ihr kreatives Zentrum, und er kann wohl für sich in Anspruch nehmen, dass er es schon häufiger betreten hat als selbst der Herr des Hauses Nelling.

Es ist ein ungewöhnlicher Ort voller seltsamer Gegensätze und so in gewisser Weise, wie es Johannes scheint, ein perfektes Abbild seiner Bewohnerin. Neuzeitliche Effizienz auf der einen Seite in Gestalt von Schreibtisch, Computer und Zeichenplatte mit strengen Winkellinealen; hier watet man meistens knöcheltief durch zerrissenes und zerknülltes Papier – die verworfenen Gestaltungsversuche ihrer temperamentvollen Schöpferin. Auf der anderen Seite die Flechtwerkstatt, im Zentrum ein altertümlicher Schemel, auf dem sie hockt, wenn sie Weidenruten zu bizarren Skulpturen zusammenfügt. Prätentiöses Kunsthandwerk, hat Anneliese von Rettenbach einmal gesagt, mit spöttisch gespitztem Mund. Johannes hat sich ziemlich darüber geärgert, konnte ihr aber nicht eigentlich widersprechen.

An der hinteren Wand der Werkstatt schließlich befindet sich die Ruhezone: Rattanmöbel, eine Matte für Yogaübungen, ein metallenes Klangspiel, das beim leisesten Luftzug zarte vibrierende Laute aussendet, nur bisweilen übertönt von klassischer Musik aus der Stereoanlage, Debussy, Chopin, nichts Schweres. Im Raum schwebt stets der Duft von Vanille- oder Früchtetee, Typ Tropic. Eine abgeschiedene Insel der Ruhe. Hier entstehen nicht nur seltsame Naturobjekte, sondern auch extravagante Gartengestaltungen für die Damen der städtischen Gesellschaft, farbensprühende Hinterglasmalereien ebenso wie schwer verständliche, überraschend wortkarge Gedichte. Und schließlich profane Anzeigen für den Gemeindebrief.

Neu ist heute der gewaltige Webstuhl, vor dem Eliane jetzt steht. Sie nimmt ein Wollknäuel in warmem Olivgrün zur Hand, legt einen Faden an das braunrote Webstück, betrachtet ihn prüfend, legt das Knäuel wieder zurück, wählt ein orangefarben glänzendes Band, verwirft es mit heftigem

Kopfschütteln, greift nach einem rauen Garn in sattem Dunkelblau. »Ich war doch jetzt zwei Wochen auf einem Web-Workshop in Lappland«, sagt sie wie zu sich selbst. »Das ist so eine herbe, karge Landschaft« – sie dreht sich um – »das kannst du dir nicht vorstellen. Da kann die Seele frei atmen.« Sie holt wie in Erinnerung tief Luft. »Aber dann auch diese Wärme und Geborgenheit in den Hütten, am offenen Feuer. Ich versuche das hier auszudrücken, diese Farbenwelt, diese Kontraste.« Sie lässt ein paar elfenbeinweiße Holzperlen von einer Hand in die andere rollen. »Und dann dieses Wasser. Dieses köstliche Wasser. Ich hätte den ganzen Tag davon trinken mögen – es fühlen – es belauschen ...«

Wenn sie die kristallklaren Wasser Lapplands hier in Wolle und Sisal darstellen will, dann hat sie sich wirklich viel vorgenommen. Aber das behält Johannes lieber für sich.

Der Wasserkocher gluckst und sprudelt. »Vanille oder Früchte?«, fragt Eliane.

»Wenn ich mir diese Webarbeit ansehe« – Johannes macht eine Kunstpause – »eher Vanille.«

»Ja!«, ruft Eliane aus und wirft ihm einen strahlenden Blick zu, »ja, du hast recht, Früchtetee Tropic, oh nein, das wäre ja fürchterlich«, und sie lacht ausgelassen über diesen absurden Gedanken.

Johannes lässt sich in einen knarrenden Rattansessel fallen, während Eliane es sich im Schneidersitz auf der Yogamatte bequem macht. So ganz unkompliziert. Auch das ist Eliane. Als Arbeitskittel trägt sie ein übergroßes gestreiftes Herrenhemd mit abgeschnittenen Ärmeln. Es steht ihr großartig. Diese Frau kann einfach alles tragen.

Sie schaut zu ihm auf und nippt am Tee. »Dein Konfi-Camp muss ja ein toller Erfolg gewesen sein«, sagt sie unvermittelt.

Damit hatte er gar nicht gerechnet, dass sie auf seine Arbeit eingeht. Das Konfi-Camp, das ist doch schon so lange her.

Er hebt abwiegelnd die Hand. »Das war nicht *mein* Konfi-Camp, sondern *unser*. Was meinst du, wie viele Leute da mitgearbeitet haben. Und ob was rüberkommt, atmosphärisch, das lässt sich sowieso nicht planen, das muss einfach – kommen.«

Sie lächelt. »Aber irgendwer muss ja erst mal den Rahmen schaffen, damit etwas wachsen kann. Und ich denke, das kann nicht jeder.«

Johannes senkt den Blick in die Teetasse. »Aber leider ist das alles für mich etwas untergegangen in dieser seltsamen Geschichte mit dem Foto.«

»Seltsam? Wieso seltsam?!« Eliane schüttelt den Kopf. »Das war doch großartig!« Sie schlägt mit einer heftigen Bewegung die Beine unter und erhebt sich leichtfüßig. »Endlich hat mal jemand etwas wahrgenommen von dem, was du tust. Das gibt es viel zu selten! Jetzt hat die Welt es endlich mal sehen können. – Und dieser Ausdruck! Es ist ein tolles Foto.« Sie regt sich richtig ein bisschen auf.

»Ich weiß nicht, dieser Rummel behagt mir nicht«, sagt Johannes. »Jetzt haben sie mich sogar schon zu einer Diskussionsrunde im SWR eingeladen. Ich weiß gar nicht, ob ich das machen soll ...«

»Aber natürlich! Das ist doch fantastisch! Da bist du doch genau der Richtige. Das muss ich mir unbedingt ansehen! Endlich mal jemand im TV, der wirklich was zu sagen hat!«

Nun ja, wenn sie meint. Offenbar ist ihr das nicht zu primitiv. Johannes gießt sich noch eine Tasse ein und rückt sich behaglich im Stuhl zurecht. Eliane setzt sich in den anderen Rattansessel. Es gibt einen Augenblick des Schweigens. Nur das Klangspiel lässt einen glockenreinen Ton hören.

»Was macht deine Ausstellung?«, fragt Johannes in die Stille hinein.

Eliane lächelt stillvergnügt, zieht ein Bein an und legt das Kinn aufs Knie. »Das läuft!«, sagt sie, »stell dir vor! Im September ist Vernissage. Kommst du?«

»Ich werd's schon einrichten«, sagt Johannes.

Ihre Blicke treffen sich. Keiner sagt etwas. Das Klangspiel macht bing-bang.

Johannes sieht auf die Uhr. »Tja, ich muss dann mal wieder. Termine, Termine.«

Mit beschwingtem, energischem Schritt eilt er den Kiesweg entlang. Auf zu neuen Taten.

Elsa weiß nicht, wo sie hinsehen soll. Sie entscheidet sich für die verkrustete Bratpfanne und stellt sie vom Herd auf die Spüle. Und nun?

Leo kratzt sich raschelnd mit dem Daumen unterm Kinn. »Hab i di irgendwie überrumpelt gestern?«

Überrumpelt? Was soll das heißen? Überrascht, überfordert, außer Kontrolle geraten? Das kann sie nicht auf sich sitzen lassen. Andererseits: Sie könnte jetzt einfach ja sagen. Stimmt es nicht vielleicht sogar? Wenigstens ein bisschen? – »Ja, gut, dass du es ansprichst«, könnte sie sagen, »weißt du, ich weiß gar nicht, was in mich gefahren ist, du, nimm es mir nicht übel, versteh mich nicht falsch, aber ich glaube, ich habe da einen Fehler gemacht …« – Nur ein Ausrutscher, nicht bedeutsam, nicht einmal wert, dass sie Johannes davon erzählt.

Dafür hast du aber ganz schön fleißig mitgemacht, würde Oma Gertrud jetzt sagen.

»Überrumpelt?«, fragt sie, um Zeit zu gewinnen, und hantiert ziellos mit Geschirr herum. Ja, sie hat einen Fehler gemacht. Es wird nie wieder so werden, wie es war. Sie klappt mit einer heftigen Bewegung den Geschirrspüler zu und setzt ihn in Gang.

»Isch des dein Ernscht?«, fragt Leo.

»Was?!«

»Du hasch grad dr Butter in d' Spülmaschin glegt.«

Elsa springt panisch zur Spülmaschine und reißt sie auf. Eine delikat obenauf gelagerte Tasse verliert das Gleichgewicht und stürzt zu Boden, wo sie mit einem Knall zerspringt. Elsa legt die Butterpackung auf den Spülbeckenrand und bückt sich nach den Scherben, dabei rammt sie mit dem Kopf die Kante, die Butter setzt sich in Bewegung und gleitet mit einem leisen Plumps ins heiße Spülwasser.

»Da hättsch se au glei in dr Spülmaschin lassa könna«, sagt Leo.

Gerade war ihr noch zum Weinen zumute gewesen, aber jetzt muss sie lachen, während sie im trüben Wasser nach der Butter tastet.

Leo greift kundig nach Kehrschaufel und Handfeger, geht in die Hocke und beginnt, die Scherben aufzukehren. Er sieht dabei aus wie ein riesiger Frosch. Jetzt sieht er sie von unten herauf an und lässt langsam den Handfeger sinken.

Schritte auf dem Kiesweg, Klingeln an der Haustür. Zum Glück kommt Anne heute früh aus der Schule.

Johannes rümpft die Nase und zieht die Mundwinkel nach hinten. Ein seltsames Gefühl im Gesicht. Aber im Fernsehstudio geht es nicht ohne Schminke, sonst glänzen Sie wie eine Speckschwarte, hat ihm die freundliche Dame beim Pudern versichert. Und ihn nach getaner Arbeit so stolz angesehen, als hätte sie ihn selbst gemacht. »Es ist mein erstes Mal«, sagte Johannes und warf ihr einen Blick aus den Augenwinkeln zu, da legte sie ihm ganz mütterlich eine Hand auf die Schulter und sagte: »Sie machen das schon.«

Eine Talkshow im Regionalfernsehen, Thema »Jugend im Abseits?« – Bildung und so, keine große Sache, sollte man meinen. Aber Johannes ist mindestens so aufgeregt wie vor seiner ersten Predigt. Und ebenso gut vorbereitet. Schließlich hat er nicht nur für sich selbst einzustehen, es geht um Größeres. Ein wenig Lampenfieber ist da wohl angemessen. *Schaffet mit Furcht und Zittern.*

Die Moderatorin tritt auf ihn zu, mit jenem Ausdruck eines unausgesprochenen, freudig überraschten »Oh!«, den er von so vielen Frauengesichtern gewohnt ist. Die Studiosessel sind in Anbetracht der Situation geradezu aufdringlich bequem. Ein paar Worte zum Aufwärmen. Die Vertreter und Vertreterinnen der gesellschaftlichen Gruppen rutschen auf den Polstern herum und versuchen entspannt auszusehen.

Die schmalschultrige Dame gegenüber ist in ihrer Eigenschaft als Hausfrau und Mutter schulpflichtiger Kinder eingeladen worden. Sie hat das linke Bein so verkrampft über das rechte geschlagen, dass die glänzend nylonbestrumpften Schienbeine parallel nebeneinander zu liegen kommen. Johannes wirft ihr einen aufmunternden Blick zu. Sie dreht kühl den Kopf zur Seite, was ihre straffe Frisur in kreisförmige Schwingungen versetzt, und schaut seinen Nachbarn an. Wahrscheinlich hält sie den jungen Mann von der Lehrergewerkschaft für den evangelischen Pfarrer, weil er so aussieht: blass, schütteres Haar, zauseliger Vollbart, ausgetretene Schuhe.

Kamera läuft, die Begrüßungsrunde. Johannes nickt und lächelt zur Kamera und versucht sich vorzustellen, hinter dem schwarzen Auge säßen ganz viele nette, aufgeschlossene Leute.

Das Gespräch nimmt seinen Lauf, allgemeines Klagen über die Fehler der anderen, über verfehlte Zielsetzungen, fehlende Impulse und Fehlentwicklungen der Gesellschaft. Verbissene Mienen, verdrießliche Gesichter. »Der Mangel an Bildungskonzepten …«, »Die überforderten Lehrer …«, »Die wachsende Gewaltbereitschaft …« Johannes legt den Ellbogen auf die andere Armlehne. Wenn er jetzt nicht bald zu Wort kommt, sieht es wieder so aus, als ob die Kirche nichts zu sagen hätte.

»Die Elite muss wieder Elite sein dürfen«, sagt Armin Graf Proschwitz. Das ist einer von der alten Schule. Der ganz alten Schule. Er redet und redet und preist die Vorzüge der Privatuniversität, besonders seiner eigenen. Die Moderatorin lächelt versteinert. Johannes wirft ihr einen verschwörerischen

Blick zu und dreht die Augen zur Decke. Die Moderatorin lächelt amüsiert.

Die Hausfrau und Mutter hat jetzt das rechte Bein über das linke geschlagen; ihre Frisur ändert, je nachdem, wer spricht, regelmäßig ihre Schwungrichtung. Jetzt sagt sie auch etwas, sie sagt: »Es isch doch au Aufgab dr Schual, de Kender Werte zu vermittla. En de Familia wird des ja nemme gleischtet. Wenn i mir aguck, was bei de Mitschüler meiner Töchter … D' Schual muss doch au Orientierung gebba!«

Achtung, jetzt!

»Orientierung geben – dieses Stichwort müsste Sie doch unmittelbar ansprechen, Herr Pfarrer Lichtenfeld«, sagt die Moderatorin und lehnt sich ein wenig vor.

Johannes richtet sich auf und lächelt. Einwirken lassen. Jetzt tief Luft holen und reden ohne Punkt und Atempause, damit kein anderer dazwischenkommt: »Nun, leider ist die einzige Orientierung, die ich an unseren Schulen ausmachen kann, die Orientierung auf Leistung, auf Verwertbarkeit, auf eine möglichst geradlinige Entwicklung – nur keine Umwege, kein Nachdenken, wo ich eigentlich hin will als junger Mensch. Da könnte jedes Infragestellen, jedes Ausscheren schon tödlich sein für den Lebenserfolg. Eine unmenschliche Maschinerie der Vorsortierung. Wer da aufs Abstellgleis gerät, der hat von vornherein ausgespielt. Da werden unsere Kinder – ich wähle diesen Ausdruck mit Bedacht – auf dem Altar der Wirtschaftlichkeit geopfert.«

»Aber Herr Lichtenfeld, sehen Sie, die Welt ist doch, wie sie ist, und wir müssen die Jugend für diese Welt rüsten!«, wirft Graf Proschwitz ein.

Plötzlich wachen alle auf. Endlich mal ein echter Dissens anstelle des einträchtigen Gejammers. Die Moderatorin strahlt über das ganze Gesicht. Jetzt kommt Pep in die Runde.

»Soziale Vorsortierung« tönt es von links, »Altlinke Erziehungsideologie« von rechts. Graf Proschwitz hebt die

Stimme. »Sehen Sie, Herr Lichtenfeld, ich möchte Ihnen in ihrer Eigenschaft als Kirchenmann eine gewisse Weltferne ja durchaus zugestehen, aber …«

Das war eine offene Herausforderung.

Inzwischen ist der Graf beim Vergleich mit dem europäischen Ausland: »Sehen Sie, wir müssen unsere Schätze von Begabten heben, sonst geraten wir unweigerlich ins Hintertreffen …«

»Die Schätze sind für Sie die Begabten – und die andern, die weniger Begabten, was sind die für Sie?«, ruft Johannes dazwischen und, bevor sein Kontrahent antworten kann: »Ich denke, das ist eine Frage des Menschenbildes!«

Der Graf reißt die Augen auf. Ein temperamentvoller weißhaariger Greis. »Sehen Sie«, beginnt er mit betont geduldiger Stimme, wie man mit einem uneinsichtigen Schuljungen spricht, »warum brauchen wir denn Privatuniversitäten …« Jetzt ist er wieder bei seinem Lieblingsthema.

Das ist einer von denen, die sich im Vollbesitz der Wahrheit sehen und, um dies zu unterstreichen, jeden Satz mit »Nicht wahr!?« oder »Ja!?« beschließen oder eben mit »Sehen Sie« beginnen – mit jedem Satz ein kleiner Hammerschlag, um die eigenen Gedanken ins Hirn des Gegenübers zu treiben.

»Sehen Sie, diese Ideale der Chancengleichheit sind ja alle schön und gut, aber …« – der Graf zögert einen Lidschlag lang, vielleicht war der begonnene Gedanke bildungspolitisch nicht opportun –, »… sehen Sie …«

»Nein, ich sehe nicht!«, sagt Johannes laut und fest.

Alle schauen ihn an. Selbst das schwarze Kameraauge sieht überrascht aus.

»Nein, ich sehe es nicht«, sagt Johannes noch einmal, wendet mit ratloser Geste seine Handflächen nach oben, schüttelt den Kopf, hebt die Schultern. »Auch wenn ich mich sehr bemühe, ich sehe es nicht. Und ich kann mir Ihre Sichtweise nur so erklären, dass Sie es sind, der hier vor den Realitäten, vor der Lebenswirklichkeit konsequent die Augen verschließt. Und ich empfinde es als bizarr, dass gerade Sie unter diesen Umständen jeden Satz mit ›sehen Sie‹ beginnen.«

Die Moderatorin lächelt. Der Lehrer hebt die Hand vor den Mund und räuspert sich. Die Mutter kichert.

Der Graf schaut nach links und rechts und in die Runde. »Tu ich das?«, fragt er betroffen.

Der Lehrer ergreift die Gelegenheit beim Schopfe. »Hier fiel jetzt gerade das Stichwort Chancengleichheit, ich möchte das jetzt gleich mal aufgreifen …«

Der Schlagabtausch geht weiter. Aber Johannes hört nicht mehr zu. Er sieht auf den Grafen, der in seinen Sessel zurückgesunken und verstummt ist. Schäm dich, Johannes. Das war ein Schlag unter die Gürtellinie. Ein platter Triumph. Weit hast du's gebracht, Johannes.

Sie reden und reden, die Sendezeit neigt sich schon dem Ende zu. Was tun?

Aber jetzt rührt der Graf sich wieder. »*Wenn* es um Werte geht« – das »Wenn« am Satzbeginn hat er besonders betont: Hört her, kein »Sehen Sie!« –, »dann geht es auch immer um Vorbilder, und das ist es, was der Jugend heute fehlt: tragfähige Vorbilder! Und ich kann zu meinem Bedauern nur feststellen, dass die traditionellen Institutionen in dieser Hinsicht durchweg versagen. Die Familie, die Schule. Oder die Kirche!«

Johannes zieht innerlich den Kopf ein. Aber der Graf fixiert ihn gnadenlos. Die Situation gleicht einer Aufforderung zum Duell. Es entsteht ein Augenblick des Schweigens. Die Hausfrau hat ihre Beine entknotet und die Schienbeine senkrecht nebeneinander gestellt. Der Lehrer hüstelt. Sechs Augenpaare blicken auf Johannes. Wenn das Ganze demnächst auf den Bildschirm kommt, werden es noch erheblich mehr sein. Johannes, jetzt sitzt du in der Tinte. Er sieht den Grafen mit gehobenen Augenbrauen an. Das wird wenigstens nachdenklich aussehen.

Johannes richtet sich auf und wechselt den Beinüberschlag. »Ich denke, es gibt im Bewusstsein der Jugendlichen heute wohl eher zu viele Vorbilder als zu wenige – Vorbilder im Sinne von Idolen. Da bleibt, ich stimme Ihnen hier absolut zu, die Frage: Was trägt? Tragfähige Vorbilder sind im geistigen Umfeld der Jugendlichen schwer zu vermitteln. Das gilt auch und gerade für das, aus meiner Sicht, tragfähigste Vorbild von allen: Jesus von Nazareth. Vorbild nicht im Sinne von nach*eifern*, sondern von nach*folgen*. Aber, Graf Proschwitz, wenn ich jetzt den Nachfolgegedanken in den Blick nehme, dann ...« – er macht eine Pause, fasst die Armlehnen und beugt sich ein wenig vor –, »... dann beschämt es mich. In diesem Licht betrachtet – mein Verhalten vorhin war nicht korrekt. Ich habe eine kleine persönliche Schwäche von Ihnen für eine billige Pointe ausgenutzt. Ich bitte Sie um Verzeihung.«

Alles schweigt betroffen.

Der Graf murmelt: »Ich b-bitte Sie.«

Selbst die Moderatorin lässt ihr Konzeptpapier sinken und ringt um Worte. »... Wir kommen nun langsam zum Abschluss ... sicherlich ein Thema, bei dem Polemik und Lagerdenken fehl am Platze sind ...«

In der folgenden Schlussrunde sind sich plötzlich alle einig, ein gemeinsamer Wille, sich den Herausforderungen der Zukunft zu stellen, ja, es liegen sich geradezu alle verbal in den Armen.

Ein besonders bewegender Augenblick aber ist, als der Graf – anstelle des erwarteten wortreichen Schlussplädoyers für die Privatuniversität – abwinkt mit den Worten: »Ich denke, alles wirklich Wesentliche ist schon gesagt.« Dabei nickt er Johannes zu.

Und Johannes, mit einem lächelnden Blick hinüber: »Ich schließe mich den Worten von Graf Proschwitz an.«

Kamera aus.

Die Leute umringen Johannes in ehrfürchtigem Abstand. Anscheinend halten sie ihn für einen Heiligen. »Was Sie gsagt hen, hat mi sehr beeindruckt«, sagt die Hausfrau, drückt ihm die Hand und schlägt die Augen nieder.

Ein Mann im blauen Jackett legt der Moderatorin eine Hand auf die Schulter – »Iris! Schön gemacht!« – und wendet sich dann an Johannes: »Herr Lichtenfeld! Das war großartig! Die Leute hungern und dürsten nach solchen Worten. Nach solcher Echtheit! Ich finde, wir sollten darüber nachdenken – wenn Sie Lust hätten –, dass wir Ihnen hier einen festen Sendeplatz einräumen. Natürlich erst mal nur ganz ins Unreine gedacht ...«

Wie betäubt tritt Johannes auf die Straße. Das ist es doch, was du immer wolltest. Aufmerksamkeit. Die Menschen unmittelbar ansprechen. Ein kleines Stückchen von der Botschaft in die Welt tragen. Im Grunde ist es genial gelaufen: Er hat sich eine Blöße gegeben und damit seinen Kontrahenten entwaffnet. Zwar eigentlich aus Versehen, aber dafür authentisch, und auch noch ziemlich souverän.

Ein eigener Sendeplatz. Er bleibt stehen und lächelt belustigt. Johannes Lichtenfeld als spiritueller Pausenclown. Ich werde darüber nachdenken, über die Urlaubszeit, hat er gesagt. Aber – kann man da überhaupt nein sagen?! So eine großartige Chance für die Anliegen der Kirche! Die Breitenwirkung des Fernsehens ist einfach unerreicht.

Elianes Worte klingen ihm noch im Ohr: »Endlich mal jemand im TV, der wirklich was zu sagen hat.« Und wie hatte doch Rowald Hoppe gesagt: »Mann, Sie verstehen sich zu verkaufen.«

Es steht außer Zweifel, dass Johannes für so eine Aufgabe prädestiniert wäre. Wir sollen uns doch alle mit unseren Gaben einbringen. Da kann man eigentlich gar nicht nein sagen.

Elsa stopft das Staubtuch in den Putzschrank. Das wäre erledigt. Der Dekan kommt schließlich nicht alle Tage zu Besuch, da soll das Wohnzimmer mal richtig blitzblank aussehen.

Jetzt der Einkaufszettel. Milch, Mehl, Eier …

»Mamaaa?« Anne stellt energisch ihr Saftglas auf den Tisch und stützt das Kinn in die Hand. »Du, Mamaaa, liebst du den Leo?«

Elsa schluckt und erstarrt in der Bewegung, der Puls klopft ihr augenblicklich bis zum Hals.

Jetzt nichts Unbedachtes sagen. Und möglichst auch nichts Unwahres.

Sie schreibt mit großer Sorgfalt »Tomaten« auf den Zettel, als ob diese Tätigkeit sie im Moment ganz und gar in Anspruch nähme.

Flucht nach vorn. »Ja du, den hab ich inzwischen richtig ins Herz geschlossen. Anfangs fand ich ihn ziemlich – fremdartig, aber das hat sich total geändert.«

»Das mein ich nicht.« Anne klingt etwas ungeduldig. »Ich meine: als Mann.«

Das war deutlich. Wie kommt das Kind nur auf so was?

»Nein, das geht doch gar nicht. Ich bin doch mit dem Papa verheiratet.«

»Wieso geht das dann nicht?«

»Na ja, also, gehen tät's schon, aber ich will ja nicht.«

Anne lässt nicht locker. »Aber man kann doch nicht einfach wollen oder nicht wollen. Das kommt doch einfach so.«

»Ach, du kennst dich aber gut aus! Wo hast du die Weisheit denn her?« Dabei hatte Elsa sich eigentlich vorgenommen, im Gespräch mit den Kindern niemals ironisch zu werden. »Also ich finde«, sagt sie schnell, »das hat eine ganze Menge mit Wollen zu tun.«

Nachdenklich wendet Anne sich wieder ihrem Saftglas zu und schlürft geräuschvoll. »Du, Mamaa«, fängt sie dann wieder an, »ich finde den Leo ja auch gut. Aber ich will auch den Papa behalten.«

Elsa knetet den Kugelschreiber in der Hand und weiß nicht, ob sie lachen oder weinen soll. »Den Papa behalten«, wiederholt sie kopfschüttelnd, »aber natürlich, Anne, wie kommst du denn da drauf?« Sie sagt es etwas vorwurfsvoll, als sei das eine ganz wunderliche Idee. Arme Anne.

Man muss nur wollen. Das hat Oma Gertrud auch oft gesagt. Man muss nur wirklich wollen.

Johannes sinkt in den Fahrersitz und klappt den Terminkalender zu. Noch ein Gremium. Aber er hatte einfach keine andere Wahl.

Es ging um die bezirksweite Aktion »Erlebnis Kirche«. Öffentlichkeitswirksam kirchenferne Bevölkerungsgruppen ansprechen mit attraktiven Aktionen, die Schwellenangst abbauen. Musikveranstaltungen, Kurzandachten, Gemeindefeste.

Die Plakatgestaltung wurde präsentiert. Unglaublich! **ERLEBNIS KIRCHE** in Großbuchstaben, so was Altbackenes! Da musste er einfach etwas dazu sagen. Obwohl er sich jetzt mit Wortmeldungen bewusst zurückhält. Seit er berühmt geworden ist, steht jedes Wort von Johannes Lichtenfeld wie ein Hammerschlag unter lauter Fingerzeigen.

Und dann brach es los, da hat jeder etwas beizutragen. Schlicht und modern soll es sein, **ERLEBNIS KIRCHE**. Die Kollegin mit **Erlebnis Kirche** findet keine weitere Beachtung, aber einer meint, vielleicht darf es doch durchaus etwas offensiv-plakativer sein, so in der Art von ***erlebnis kirche***. Und dann kommt es, wie es kommen muss: Irgendjemand sagt etwas von »dem Zeitgeist nachlaufen« – ja genau, ruft es von drüben, das klingt sowieso alles wie »Erlebniskirche« – Erlebnisurlaub, Erlebniseinkauf, Erlebniskirche ..., ist es denn das, was wir transportieren wollen?!? Wie wäre es dann mit »Kirche erleben«, schlägt einer vor, ein anderer findet, das sei mal wieder viel zu schwach, zu bescheiden, zu defensiv, wie man denn auf diese Weise jemals Gehör finden wolle?! »Faszination Kirche«, das doch mindestens.

Johannes malt sich vor seinem inneren Auge aus, wie Menschen unter der Überschrift »Faszination Kirche« auf

Gemeindefesten mit Krepppapierblumen und angekohlten Grillwürsten hantieren. Das läuft doch alles aus dem Ruder. Also eine Arbeitsgruppe. Leute mit Randgemeindeerfahrung. Keine Frage, wer den Vorsitz übernehmen wird. Wie soll er das wieder Elsa beibringen? Er kann ihren resignierten Blick schon in der Vorstellung schwer ertragen. Am besten sagt er ihr gar nichts, sie wird sowieso keinen Unterschied bemerken.

Gerade für dieses Thema hätte sie sicher überhaupt kein Verständnis. Erst dieser Tage hat sie zu ihm gesagt: »Ich glaube, ihr nehmt dieses Wortgeklingel vielleicht ein bisschen zu wichtig.« Er konnte zwar genau sehen, dass es ihr gleich darauf leidtat, dass ihr das herausgerutscht war, aber so hat sie es gesagt. Elsa ist manchmal ein bisschen unkontrolliert.

Wortgeklingel. Der Ausdruck dreht sich in seinem Kopf. Er steckt den Schlüssel ins Zündschloss. Das hat sie gesagt. Wortgeklingel. *Wenn ich mit Menschen- und mit Engelzungen redete und hätte die Liebe nicht, so wäre ich ein tönendes Erz oder eine klingende Schelle.* Klingende Schelle. Wortgeklingel. *Wenn ich wüsste alle Geheimnisse und alle Erkenntnis und hätte die Liebe nicht, so wäre ich nichts.*

Sie hat gut reden. Immerhin geht es um eine Botschaft. Wie ließe sich eine Botschaft anders verkünden als mit Worten? Mit eimerweise Kartoffelschälen vielleicht? Johannes legt die Arme aufs Lenkrad und betrachtet die Regentropfen, die sich auf der Frontscheibe zu kleinen Bächen sammeln und abwärts rinnen.

Kartoffeln schälen. Wie sie da beisammen hocken, all diese Frauen, alte und junge. Wie knorrige Finger den Schäler ansetzen, wie raue Hausfrauenhände die Knollen drehen. Dazu reden sie miteinander oder singen.

Vielleicht liegt die Botschaft ja wirklich im Kartoffelnschälen.

Jedenfalls hatte er schon mal ein Gefühl, als ginge da ein Engel durch den Raum. Eigentlich kann er diese gefällig-modische Engelromantik überhaupt nicht ausstehen, aber hier passt es einfach. Als ginge ein Engel durch den Raum. So ein Gefühl hat er bei seinen Synodalsitzungen jedenfalls nie.

Johannes gibt sich einen Ruck und lässt den Motor an. Apropos Synode. Wie war das mit der Stellungnahme zur Modifizierung der Umsetzung der Grundsatzentscheidung zur Regelung von Kasualvertretungen? Oder Umsetzung der Modifizierung? Oder so. Da werden sich die Engel auch fernhalten. Kann man verstehen.

Jetzt wieder dieses Kneifen im Magen. Enzymstörungen, hat der Arzt gesagt. Schonen Sie sich, langsam essen. Was der sich vorstellt!

Ja, Johannes, da kannst du fleißig sein und dich abstrampeln und klug daherreden, aber deswegen wird trotzdem nie ein Engel durch den Raum gehen.

Rote Lichter, Bremse, ein Ruck. Das war knapp. Wieso bremst der da vorn auch so plötzlich? Johannes setzt zurück, lenkt vorbei. Na klar, Frau am Steuer.

Jedenfalls hat Charlotte gesagt, sie findet gut, was er macht. Hat sie gesagt!

Sie hat gesagt: »Johannes, ich finde es gut, dass du hinausgehst in die Stürme der Welt.« Sie drückt sich gern ein bisschen schwülstig aus. »Ich weiß«, hat sie gesagt, »wir hier in unsern Kirchenkreisen, wir leben wie auf einer Insel. Aber es muss auch jemanden geben, der sich aufmacht und hinausgeht in diese fremde kalte Welt da draußen. Ich bin froh, dass du das wagst, Johannes.«

Oha, jetzt hat er die Abbiegung verpasst.

Johannes, wo willst du eigentlich hin?

Elsa betrachtet den schwarzen Fleck am Stieltopfboden. Eigentlich könnte sie das alte Ding endlich wegwerfen.

Jetzt ist die Terrasse fertig. Wie geplant, rechtzeitig vor den Ferien. Geradezu sang- und klanglos ist sie fertig geworden. Die Mädchen haben sich an den Händen gefasst und unter dem Glasdach in die Runde getanzt, und Klein-Robert hat alle seine Piraten, Ritter und Indianer einschließlich Schiff, Burg und Tipis herangeschleppt und erklärt, dass er ab jetzt immer nur noch draußen spielt. Leo musste dann schnell los. Nicht mal für einen Terrasseneinweihungskaffee hat es mehr gereicht.

Der fand dann am Wochenende mit Schwiegermama statt. »Sehr schön«, sagte Schwiegermama, »saubere Arbeit.«

Elsa öffnet die Hängeschranktür. Sie schwingt lautlos auf, ganz leicht. Ja, saubere Arbeit. Überall.

Warum nur hat sie sich nicht damit begnügen können, diesen Händen bei der Arbeit zuzusehen? Wie sie einen Hammerstiel umfassen, nach einem Schraubenzieher greifen, prüfend über eine rund geschliffene Kante streichen. Warum musste sie diese Hände an ihrem Körper spüren? Auf ihrer Haut?

Sie sind immer noch da. Auf ihrem Weg haben sie eine warme Spur hinterlassen. Von den Oberarmen hinauf über die Schultern bis fast zum Hals, dann abwärts, ohne jede Eile, über ihre Brüste, wie beiläufig, als hätten sie nur gerade am Wege gelegen, dann um ihre Taille herum nach hinten.

Dabei verfolgte er seine Hände mit den Augen, warf ihr nur gelegentlich einen prüfenden Blick zu. Und all das mit einem Gesichtsausdruck wie ein kleiner Junge, der seinen Eisbecher noch einen Moment lang betrachtet, bevor er den Löffel hebt.

Elsa schließt die Augen. Die Wärme dieser Hände auf ihrem Weg beginnt zu prickeln und zu rieseln, sie wird zur strömenden Hitze, die in ihrem Körper kreist, sich im Unterbauch sammelt, unter ihrem Nabel verwirbelt und zwischen ihren Beinen zum Sieden kommt.

Sie reißt die Augen auf, schüttelt den Kopf und setzt den Stieltopf auf die Herdplatte.

Abstand. Sie muss Abstand gewinnen. Der Urlaub wird ihr guttun. Einfach mal was anderes sehen. In Urlaub fahren.

Landschaft, die wie ein Film vor den Autofenstern vorüberrauscht. »Maama, sind wir bald da?« »Maama, ich hab Durst!« »Maama, ich langweile mich!« »Maama, ich muss mal Pipi!«

Aber dann: zwei Wochen Südfrankreich. Weißer Strand, blauer Himmel, warmes Meerwasser. Einfach mal gar nichts tun, das haben sie ganz bewusst so gewählt. Weißbrot und Käse, und heute putzt der Papa den Salat.

Robert braucht noch Badesandalen, und Kathrin einen neuen Badeanzug, und Anne eine Sonnenbrille, sie hat so empfindliche Augen.

Abstand gewinnen, das wird ihr guttun.

XII

Elsa schließt gehorsam die Augen und lässt ihre Hand über das Gras gleiten. Beim ersten Frauengesprächskreis nach den Ferien wird nicht gesprochen, sondern Körperwahrnehmung ist angesagt. Nämlich im sinnlichen Austausch mit der Natur.

»Wir konzentrieren uns ganz auf die Gräser und Kräuter unter unserer Hand?«, sagt Sibylle mit aufsteigender Melodie in der Stimme. »Die lebende Pflanze – die kühle Oberfläche – glatt – oder rau – die Zartheit der Blätter …«

Autsch. Elsa hat eine Pflanze mit Stacheln erwischt.

»Wir spüren unseren Empfindungen nach … – wir lassen den Atem fließen …?«

Das war der Urlaub. Lange Tage, Sonne, Sand und Meer. Kurze Nächte: »Maaamaaa! Ich hab geträumt, ich hab Angs'!«

Die gelangweilte Kathrin, die jammernde Anne mit Sonnenbrand und Dornen in den Fußsohlen, der anhängliche kleine Robert, der sich nur mit Papa ins Wasser traut. Der stets müde Johannes mit seinen Büchern und seiner Rotweinflasche. Nur Robert konnte ihn da wegbewegen. Vater und Sohn, das ist eben eine besondere Beziehung.

»Wir wählen eine Pflanze aus und konzentrieren uns ganz auf sie? Der Saft, der Lebensstrom – sie ist verbunden mit der Erde, tief verwurzelt – du und die Pflanze, ihr seid verbunden in eurer Lebendigkeit …«

Hoffentlich sieht uns keiner, denkt Elsa.

Anschließend sagt jede, wie sie sich dabei gefühlt hat. Eliane hat ihre eigene Körperlichkeit ganz neu empfunden. Marie-Luise meint, dass wir von den Pflanzen sehr viel lernen können. Stephanie fand das Ganze einfach total spannend. Jedenfalls fühlen sich jetzt alle unglaublich verbunden mit dem Wachsen, Werden und Vergehen in der Natur.

Als Nächstes kommt ein Baum dran. Es ist ein sehr dicker Baum, alle betasten die Rinde und sagen dann ganz frei, was sie dabei empfinden.

»I han gmerkt – da ben i richtig verschrocka«, sagt Roswitha hinterher, »dass i eigentlich no nie so richtig en Baum anglangt han. So *richtig*, moin i.«

Elsa fragt sich, wie man einen Baum *richtig* anfasst. Und ob sie ihn jetzt gerade wohl *richtig* angefasst hat?

Dann gibt es eine Erdmeditation. »Wir fühlen die Erde, ihre Kühle, ihre Tiefe … – wir fühlen das Leben unter uns, in uns, wir sind ein Teil davon … – wir lassen die Kraft des Lebendigen auf uns wirken und geben uns ihr ganz hin, lassen uns fallen …«

Die lebenspendende Feuchtigkeit der Erde und der Saft zermalmter Pflanzenteile sind inzwischen an Elsas Rücken bis zur Hautoberfläche vorgedrungen.

Zum Schluss strecken sich alle, lassen sich vom sanften Wind streicheln, erspüren die Sonnenwärme auf ihrer Haut, versuchen, die Lehmkrusten von ihrer Kleidung zu kratzen, und sammeln sich zum Schlussgebet. Dank für die gute Schöpfung. Für alle, die sich danach fühlen.

JOHANNES spürt ganz genau, dass Charlotte ihn von der Seite mustert. Er versucht, kein Gesicht zu machen. Was für ein Einstieg nach dem Urlaub!

Die Sache mit dem Feierabendmahl war doch schon so gut wie beschlossen gewesen, alle schwelgten in Fantasien von sinnstiftender Gemeinschaft und neuen Wegen zu sinnlich erlebbarer Spiritualität – da meldet Charlotte sich zu Wort. Verweist streng auf die Heilige Schrift, zitiert frei nach Matthäus 26,26 ff. – *… das ist mein Blut des Bundes, das vergossen wird für viele zur Vergebung der Sünden …* – und gibt noch so manches zum Besten, wobei sie wahrhaftig auch vor der Vokabel »Blutopfer« nicht Halt machte. Da verstummte sogar der Dekan, nur die Brüder und Schwestern aus der pietistischen Ecke murmelten anerkennend.

Da hat Charlotte mal wieder zugeschlagen. Ja, Charlotte kennt keine Rücksichten.

Johannes lässt sich mit einem Schnaufer in den Fahrersitz fallen und zieht so beherrscht die Autotür zu, dass er noch einmal nachfassen muss. Er dreht am Rückspiegel.

An diesem Platz hat er gerade genug Zeit verbracht auf der Rückfahrt aus dem Urlaub. Verstopfte Straßen, zeternde Kinder und über all dem der Gedanke an den überquellenden Schreibtisch daheim. Diese Sitzung des Gesamtkirchengemeinderats hätte ein kleines Highlight für den Anfang werden können – und dann das! Und diese verhaltenen Blicke von ringsum, als sei er schuld, weil er Charlotte mitgebracht hat.

Er steckt den Schlüssel ins Zündschloss.

Charlotte auf dem Beifahrersitz räuspert sich. »Des isch wohl net so gut ankomma«, sagt sie, aber ganz unbefangen, ohne eine Spur des Bedauerns.

Johannes seufzt. »Ach Charlotte. Jede Meinung soll gehört werden, das ist nicht der Punkt. Aber – es wäre hilfreich gewesen, wenn du deine Position etwas früher eingebracht hättest.« So viel Kritik muss erlaubt sein.

Jetzt sieht Charlotte doch etwas bedrückt aus. »Ja. Ja, da hasch recht. Da hab i gar net drüber nachdacht.«

»Aha«, sagt Johannes tonlos.

»Aber – es isch so über mi komma, des musch verschtanda.«

Aus ihrer Sicht ist es zweifellos direkt senkrecht von oben gekommen. Das muss man verstehen.

»Johannes!« Jetzt klingt Charlotte wieder sehr fest und bestimmt. Auf ihre sanfte Art fest. »Tut mir leid. Aber i han doch bloß gsagt, was i saga müssa han. Woisch, i bin doch niemand Rechenschaft schuldig außer meim Herrn Jesus. Was soll i mir da Gedanka macha, ob i wo ens Fettnäpfle tapp?«

Wenn das so einfach wäre. Charlotte und ihr Herr Jesus. Mit dem Herrn Jesus im Rücken stapft sie ungeniert durch die

Wirklichkeit wie ein Elefant im Porzellanladen. Und warum muss sie überhaupt den *Herrn* immer so betonen?

»Des mit dem Herrn Jesus schmeckt dir wohl net?«, sagt Charlotte unvermittelt und kichert dabei auch noch leise.

»Wie? Dochdoch. Ich finde deine konsequente Art bewundernswert«, sagt Johannes schnell. »Ich meine, ich würde das für mich jetzt nicht so sagen wollen. Ich würde sagen – meine Orientierung, mein Maßstab – die Quelle, aus der ich schöpfe …«

»Noi«, Charlotte legt den Kopf schief, »noi, mir wär des alles z'wenig. Jesus isch mein *Herr*. Aber« – sie lächelt und blinzelt ihn von der Seite her an – »aber dafür mein einziger!« Sie sieht ihn noch immer an, als ob sie eine Antwort erwartet.

Aber dafür mein Einziger. Mein einziger Herr. Wenn er darüber predigen müsste, dann würde er sagen: Diese Worte fragen uns an: Welchem Herrn dienen *wir*? Was will sie ihm damit eigentlich sagen, mit diesem Seitenblick? Aber dafür mein Einziger.

Hinten hupt einer, die Ampel ist längst grün.

Da ist schon der Mietblock, in dem Charlotte wohnt. Johannes fährt rechts ran, stellt den Motor ab und lehnt sich zurück.

Charlotte legt ihm eine Hand auf den Arm. »Johannes, guck mi an!«, sagt sie.

Das darf doch nicht wahr sein, als wäre er ein kleiner Junge.

Sie umfasst fest und doch ganz sanft, ganz unentrinnbar sanft seinen Arm und sieht ihm in die Augen. »Johannes«, sagt sie leise, aber eindringlich, »i mach mir Sorga um di. I möcht dir eins ans Herz lega: Mir werdet doch alle *ohne Verdienscht gerecht aus seiner Gnade durch die Erlösung, die durch Chrischtus Jesus geschehen ischt*. Hörsch du? Ohne Verdienscht. Net durch des, was mir schaffet on erreichet.« Damit drückt sie noch einmal seinen Arm, nickt ihm aufmunternd zu und öffnet die Autotür. »Danke fürs Bringa!«, ruft sie noch.

Was soll er damit anfangen? Meint Charlotte, ihm Nachhilfe in Theologie geben zu müssen? Rechtfertigung allein aus Gnade, keiner kann sich den Weg zu Gott verdienen. Danke, ist bekannt.

Aber das ist so ihre Art. Wenn ihr etwas sehr wichtig ist, dann beginnt sie unversehens aus der Bibel zu sprechen. Und dann meint sie, jetzt ist alles klar. So ist sie nun mal, das darf man nicht persönlich nehmen. Typisch Charlotte.

Elsa liegt wach und starrt in die Dunkelheit. Es ist alles wie immer und doch alles so anders, seit sie aus dem Urlaub zurück sind. Sie hat sich seitdem noch nicht bei Leo gemeldet, obwohl er noch siebzig Euro zu bekommen hat. Keine Frage, aus Feigheit. Sie müsste mit ihm sprechen. Schluss machen, ein alberner Ausdruck, es hat ja eigentlich gar nichts wirklich angefangen. Was war das nur damals, in der Küche.

Johannes schnarcht, sie versetzt ihm einen leichten Knuff. Er dreht sich schnaufend auf die Seite. Jetzt ist Robbi aufgedeckt, Elsa packt ihn in ihre eigene Bettdecke ein und zieht ihm den Daumen aus dem Mund.

Eins steht fest, sie kann es nicht einfach auf sich beruhen lassen, schweigen, stillhalten, vergessen. Aber wann und wo sollte sie mit ihm sprechen? Am Telefon? Nein.

Elsa ist gleichzeitig hellwach und verschlafen. Sie setzt sich auf, lässt die Beine über die Bettkante baumeln und stößt sich an der Bettschublade. Die hat Johannes mal wieder offen stehen lassen.

Draußen ist noch stockdunkle Nacht, aber sicher wird es auch heute so ein strahlender Septembermorgen wie die letzten Tage. Samstagmorgen, Leo wird wieder in aller Herrgottsfrühe auf sein Motorrad steigen und hinausfahren. Das hat er ihr erzählt, am Wochenende, wenn alle noch schlafen, wenn die Straßen frei sind, dann steht er ganz früh auf und fährt einfach los. Erst wenn der Motor schon läuft, entscheidet er, in welche Richtung, und dann einfach los.

Sie wird jetzt duschen und die Küche aufräumen und den Einkaufszettel schreiben. Vielleicht schon auf den Markt gehen oder ungestört etwas im Garten tun, alles schöne Dinge, ja. Bis neun Uhr wird keiner sie beanspruchen, so lange schlafen die andern.

Da hat Elsa eine Idee. Sie springt auf die Füße, tappt barfuß zum Telefon und hat die Nummer gewählt, bevor die Vernunft sich zu Wort meldet. Und wenn er nun heute doch ausschlafen will, durchzuckt es sie, womöglich eine lange Freitagnacht gehabt hat. Oder wenn er womöglich nicht allein ist!? Sie hebt die Hand – aber da knackt es schon in der Leitung.

»Ja, hallo on guta Morga!?«

Die vertraute Stimme klingt immerhin ganz munter. Gleich ist alles wieder da.

»Hier ist Elsa. Fährst du heute raus? Wir müssen reden.«

Er schweigt einen Moment. »Klar. I hol di ab. In ra halba Stund, vorne an dr Sparkass?«

»Gut.«

»Zieh di warm an. Bis glei.«

Elsa spürt, dass ihr das Herz bis zum Halse schlägt. Jetzt gibt es kein Zurück mehr. Sie weiß genau, was sie ihm sagen will. Sie hat keine Ahnung, was sie ihm sagen will. Und sie freut sich. Zu dumm. Das ist nicht gut. Das ist falsch.

Sie eilt in die Küche, ins Bad, zum Kleiderschrank. Leo, du bist wirklich was Besonderes für mich ... – nein, das klingt wie eine Einladung – weißt du, es hat mich ziemlich verwirrt, damals, aber ich habe nachgedacht ... Der Kaffee schmeckt nach Zahnpasta, in die Thermoskanne damit und dann los.

Hier in der Morgendämmerung an der Straßenecke zu stehen, wenn ringsum alle Häuser noch ihre Rollladenaugen fest verschlossen halten, das ist, als täte man etwas Verbotenes. Elsa verschränkt die Arme, um sich besser warm zu halten, und tritt von einem Fuß auf den andern. Es ist kühl. Obwohl sie alle erdenklichen Schichten von Bekleidung übereinandergezogen hat. Ein altes langes Unterhemd, ein formloses langärmeliges T-Shirt, einen ausgeleierten Strickpullover. Nur eine lange Skiunterhose hatte sie nicht eigens herauskramen wollen. Das wäre allzu umständlich gewesen, denn die Skiunterhosen wandern im Sommer immer in den alten Kleiderschrank auf dem Speicher, so wie alle Wintersachen. Im Herbst, nach dem ersten Frost, tauschen sie ihren Platz mit den Sommersachen. Dann wissen alle: Es ist wirklich Winter. So kommen und gehen die Jahreszeiten, Sommersachen raus, Wintersachen rein, Wintersachen raus, Sommersachen rein, und *die Sonne geht auf und geht unter, der Wind geht nach Süden und dreht sich nach Norden und wieder herum.*

In der Samstagmorgenstille ist das Motorrad unnatürlich laut. Leo reicht ihr wortlos Sturmhaube und Nierengurt, Helm auf und Klappe zu, sie schwingt sich hinter ihn auf die Maschine und lässt sich davontragen.

Es ist sicher eine gute Zeit für so ein Gespräch, gut gewählt, diese frische, kühle, nüchterne Morgenstunde. Ihr wird leicht zumute. Wenn der junge Tag noch vor dir liegt, dann kannst du auch über Bitteres lachen, ausgeruht, und alles liegt noch vor dir, vorwärts schauen, nicht zurück. *Nähme ich Flügel der Morgenröte ...* Der erste Sonnenstrahl blitzt über den Horizont.

Hoch am Berg biegen sie in einen breiten Waldweg ein, noch ein Stück am Hang entlang, und kommen zum Stehen. Elsas Knie sind steif, sie stakst ein bisschen herum wie eine Holzpuppe und zieht den Helm ab. Ein herbes Vergnügen, diese Morgenfahrt, ein bisschen wie kalt duschen.

Leo streift sich seine raschelnde blaue Motorradhose ab und sagt dabei: »Koi Sorg, i han no was drunter.« Er kann also doch noch sprechen.

Die Sonne lässt ringsum auf dem Gras kristallene Tautropfen funkeln, ein Spinnennetz, zwischen Brombeerranken ausgespannt, blitzt wie ein filigranes Kunstwerk. Da drüben liegt ein gewaltiger Baumstamm, was muss das für ein Riese gewesen sein, als er stand, und was für ein Krachen, als er zu Boden stürzte. Die Sonne hat ihn schon fast abgetrocknet, er dampft noch ein bisschen. Hier lehnen Elsa und Leo sich an und trinken Kaffee aus ihren Thermoskannen. Er hat auch eine mitgebracht, nun haben sie reichlich.

»Mit Milch?«, fragt Elsa. »Fängt da nicht die Thermoskanne an zu muffeln?«

»Noi«, sagt Leo, »mit Kukident geht alles wieder raus.«

Mit Hausfrauentipps hätte Elsa jetzt am allerwenigsten gerechnet.

»Aber meine Zäh' sen no meine eigene«, sagt er nach einer kleinen Pause.

Er steht ziemlich nah neben ihr. Fast auf Tuchfühlung. Elsa hat das Gefühl, seine Wärme an der Schulter zu spüren.

Es ist kalt. Vor allem von vorne, da, wo gerade, während der Fahrt, noch der warme große Körper gewesen ist. Sie schiebt sich rückwärts auf den Baumstamm, zieht die Knie an und umschlingt die Beine mit den Armen. So ist es besser.

Hinten raschelt irgendein Tier im Gebüsch. Ein Vogel zwitschert. Eine Ameise eilt den Baumstamm entlang. *Die schöne scheue Schöpferstunde.* Da ist der Tag noch so zart und jung, man möchte ihn gar nicht mit Worten stören.

Aber dafür ist sie schließlich hier. Um zu sagen: Du, Leo, ich habe nachgedacht, über uns …

Leo setzt den Becher ab und schiebt sich neben sie auf den Baumstamm.

Oder soll sie erst mal ganz normal anfangen, wie geht's und so, bisschen warmreden?

Sie schweigen.

Elsa zieht die Beine noch etwas näher heran, legt das Kinn auf die Knie und spürt die erste Sonnenwärme auf Armen und Gesicht. Ein kleiner Schauder läuft ihr den Rücken hinunter und schüttelt sie.

»Kalt, hm?«, brummt Leo. »I hätt dir doch no a Jack mitbringa solla.«

Er fängt an herumzurücken, schwingt umständlich ein Bein über den Baumstamm, sitzt nun rittlings darauf und schiebt sich näher. Schon ist er heran und hat die Seiten seiner offenen Jacke um sie herumgeklappt, sodass sie nun dasitzt wie ein Küken unter den Flügeln der Glucke.

Sie duckt sich und packt ihre Knie noch fester. Aber wie kriecht diese Wärme so wohlig herüber. Die kühle Morgenluft schmeckt noch köstlicher, jetzt, wo ihr die Kälte nichts mehr anhaben kann. Elsa atmet tief.

Wir schließen die Augen und spüren unseren Empfindungen nach. Wir lassen den Atem fließen. Das Wachsen, Werden und Vergehen in der Natur.

So ist es schön. Nun liegt ihr Kopf auf seiner Schulter.

Irgendwo oben auf der Straße fährt ein Auto vorüber. Sonst hört sie nur seine Atemzüge in dem sanften Rhythmus, in dem sie seine Brust sich heben und senken fühlt, und spürt den kühlen Luftzug in ihrem Nacken. Aber jetzt ist da noch etwas anderes, es ist warm und weich, und dann kitzelt es.

Sie hebt den Kopf und wendet sich ihm zu, und, oh Schreck, er ist ganz nah vor ihr und sieht ihr in die Augen, ganz nah, sieht ihr in die Augen und dann auf den Mund und kommt noch näher. Halt, nein, das darf nicht sein, aber was jetzt sagen?, ihr will kein Wort einfallen, sie schüttelt den Kopf und legt ihm die hohle Hand auf den Mund. Ja, das ist gut, das muss er verstehen.

Da sitzen sie, regungslos, sehen sich an, und ihre Hand liegt auf seinem Mund. Sein Atem streicht über ihren Handrücken. Er bewegt die Lippen. Das ist weich und ein bisschen feucht, und es macht ein Gefühl, als ob ihr jemand mit einer Zahnbürste innen sanft über die Hand schrubbte. Ein lustiges bürstiges Gefühl. Sie muss lächeln.

Er fasst ihre Hand und macht es noch einmal. Die Handinnenfläche, dann die Fingerspitzen, und dann ist es nur noch ein winziger Sprung zu ihren Lippen, er hält ihre Hand fest und ihren Rücken umschlungen, es gibt kein Entrinnen und kein Entwinden, obwohl sie es versucht, aber er hat sie fest, ringsum. So fest, dass sie, als er seine Lippen einmal ganz kurz von ihren löst, sich trotzdem nicht abwenden kann, sondern diese Lippen wieder sucht, und mehr noch, ganz vorsichtig mit der Zungenspitze Einlass begehrt und die Zähne ertastet, hart und glatt, die sich willig öffnen.

Elsa, was tust du da!

Sie fährt zusammen und richtet sich auf. Ja, es ist Wirklichkeit. Diesmal ist es wieder Wirklichkeit.

Er sieht sie fragend an.

Ihre Hand liegt auf seinem Bein, ziemlich weit oben. Sie zieht sie rasch zurück und rückt ein Stück ab. Seine Arme bleiben noch einen Moment im Leeren stehen, als hätten sie noch nicht begriffen, dass da nichts mehr zu halten ist.

Sie holt ganz tief Luft, das bringt sie wieder ins wahre Leben zurück, sie kann sich wieder bewegen, dreht sich herum und kniet sich auf den Baumstamm, in angemessenem Abstand von Leo. So, Auge in Auge, könnte man gut reden.

Weil er sitzt und sie kniet, ist er jetzt kleiner als sie und sieht sie von unten an, sieht sie an und wartet, sein Atem geht jetzt schwerer, die Schultern heben und senken sich, er sieht sie an und wieder auf ihren Mund. Was mag in diesem großen Kopf jetzt passieren? Wahrscheinlich nicht mehr viel, kein Zweifel, dies ist ein begehrlicher Blick.

Er stützt die Hände vor sich auf und schiebt sich, längs den Baumstamm entlang, ein Stück heran. Diese Männer! Ist sie nicht ganz deutlich von ihm abgerückt? Aber er lässt nicht locker. Rückt heran, bis er an ihre Knie stößt, und sieht sie von unten an mit seinen hellgrauen Augen. Mit braunen Sprenkeln. Sitzt vor ihr auf diesem Baumstamm, lässt beiderseits die Füße baumeln und wartet.

Wie ist es möglich, es in Worte zu fassen, was sie zu sagen hätte? Sie schließt die Augen und öffnet sie wieder, ja, es ist alles noch da. Zum Greifen nahe, nicht nur geträumt, wie hundertmal zuvor. Er wartet immer noch.

Er wartet geduldig, bis sich Elsas Hände auf seine Oberschenkel legen und sie sich über ihn beugt, sodass er das

Gleichgewicht verliert, hintenüber fällt, längs auf den Baumstamm, und sie mitzieht. Elsa schließt die Augen und fühlt die Risse und Grate der Baumrinde. Ja, kein Zweifel, so fühlt sich Baumrinde an, wenn man sie *richtig* anfasst. Und darauf diese weichen, geradezu zarten Haare. Sein Kopf liegt auf der groben rauen Borke, das muss ziemlich hart sein. Sie schiebt ihren Unterarm darunter. Was für ein großer, schwerer Kopf, erst bemüht er sich noch, sich selbst zu tragen, dann sinkt er ganz auf ihren Arm. Mit der anderen Hand packt sie in seine Haare.

Wir fühlen das Leben unter uns, wir lassen die Kraft des Lebendigen auf uns wirken und geben uns ihr ganz hin.

Jetzt hat sie ihn, da liegt er unter ihr, er kann sich kaum rühren. Auch wenn er versucht, den Kopf zu heben, er schafft es nicht, sie hat ihn in der Hand. Jetzt ist er die Beute zwischen ihren Löwentatzen. Sie beißt vorsichtig zu und weicht wieder zurück, er versucht sie zu halten, aber nein, nicht so eilig. Das macht Spaß, soll er ruhig ein bisschen zappeln. Er ruckt ungeduldig mit den Beinen – Vorsicht, es ist kippelig auf dem Baumstamm! Dann zuckt und schnauft er ein bisschen unter ihrer kalten Hand auf seiner Haut. Seine Hände sind warm, sie haben den Weg bis unter das hinfällige Unterhemd gefunden. In Schritthöhe spürt sie an ihm eine unmissverständliche Härte.

Elsa löst sich einen Moment, um Atem zu schöpfen, und stützt sich auf einen Arm. Sie sieht sich flüchtig um. Ringsum alles Gesträuch und Gestrüpp, Baumwurzeln und feuchtes Gras, gut so, weit und breit kein Ort zum Lagern. Was für ein günstiger Umstand, dass sie hier auf diesen Baumstamm geraten sind, wäre es doch sonst ein Leichtes für den kräftigen Mann, sich zur Seite zu wälzen und die Dinge voranzutreiben. So aber hat er keine Chance.

Er stellt ein Bein auf und krümmt sich ein bisschen zusammen, der Arme, der knorrige Baum drückt. Seine Hände suchen an Elsas Vorderseite unter ihrem Hemd den Weg aufwärts, ohne Eile, dabei sieht er ihr dreist in die Augen. Zur Strafe lässt sie wieder ihr ganzes Gewicht auf ihn niedersinken, entzieht ihm sein Kopfpolster, packt ihm in die Haare, links und rechts, und rückt sich auf ihm zurecht. Er macht ein ächzendes Geräusch und schnappt nach Luft. Das war gut. Gleich noch einmal. Er schließt die Augen und packt sie fester. Sie spürt, wie sich seine Beinmuskeln spannen. Es ist so ein gutes Gefühl.

»Hmm – lass des!«, sagt er.

Das kann nicht ganz ernst gemeint sein. Nein, sie lässt es nicht, ganz im Gegenteil!

»Ohu, hör auf!«, schnauft er, heftiger, aber da ist es schon zu spät.

Ein Erdbeben, er bäumt sich auf, alles gerät ins Rutschen, sie verliert den Halt, Zweige brechen, ein Ast kracht, Elsa spürt einen jähen Schmerz in den Rippen und findet sich mit dem Gesicht im feuchten Waldmoder wieder. Wir fühlen die Erde, ihre Kühle, ihre Tiefe. Ein schwarz glänzender Laufkäfer sucht eilig das Weite.

Elsa richtet sich auf.

Leo sitzt im Farngestrüpp, wischt sich mit der Hand übers Gesicht und schüttelt den Kopf, als müsste er etwas wegwischen. Er blinzelt zu ihr hinüber. »Lebsch no?«

»Weiß nicht«, sagt Elsa, »der Stumpen hat sich in meine Rippen gebohrt.«

Er sieht ziemlich mitgenommen aus. Aus seiner Unterlippe sickert ein bisschen Blut. Ist sie das gewesen oder der Sturz?

Er rutscht auf dem Hinterteil rückwärts, lehnt sich an den Baumstamm, legt den Kopf zurück und schließt die Augen. Elsa hebt sich mühsam auf die Knie und kriecht auf allen Vieren an seine Seite. Seine Hand legt sich um ihre Hüfte. Sie legt ihr Kinn auf seine Schulter.

Er seufzt. »Tut mir leid, des war's erscht mal«, und, nach einer Pause: »Du solltesch besser do, was i dir sag.«

Elsa ist nicht in der Stimmung, darauf einzugehen. »Vielleicht ist es besser so«, sagt sie.

Leo rückt unbehaglich herum. »'n Präser han i emmer dabei, aber koi Unterhos.«

Der hat Probleme.

Er dreht den Kopf und sieht sie leidend an. Sie küsst ihn auf den Mund. Vielleicht ist das ein Fehler. Aber jedes Mal kann das letzte Mal sein.

Jetzt runzelt er plötzlich die Stirn, dreht sich herum und lugt über den Baumstamm. »Ach du Scheiße.«

Elsa späht neben ihm hinüber. Der schmale Waldweg, der ein Stück unterhalb abzweigt, lässt sich bis zur nächsten Kurve überblicken. Dort nähert sich eine Truppe rot bestrumpfter Wandersleut.

»Hoffentlich gehen die unten rum«, sagt Elsa.

Unter den rüstigen älteren Herrschaften in der Gemeinde, schießt es ihr durch den Kopf, könnte durchaus so mancher im Albverein sein. Dr. Wurster beispielsweise steht in dem Ruf, dass er sämtliche Burgruinen des Schwabenlandes kennt wie seine Westentasche, einschließlich der schönsten Wanderwege und Einkehrmöglichkeiten.

Die Gruppe hat sich jetzt um einen Wegweiser versammelt, Wanderkarten werden umständlich ausgebreitet und zum allgemeinen Stimmengewirr deuten Finger in drei Himmelsrichtungen. Dr. Wurster ist anscheinend doch nicht dabei. Aber sieht die mit dem Hut nicht aus wie Frau Kleymann von gegenüber? Endlich hat man sich geeinigt, die Wanderkarten werden eingefaltet, die Wanderstöcke ergriffen und ein fröhliches Wanderlied angestimmt. *Im Frühtau zu Berge wir ziehn, fallera,* zum Glück den unteren Weg entlang. Elsa atmet erleichtert auf. Bis der Gesang plötzlich Brüche bekommt, an Kraft verliert, schließlich verstummt.

»Da oba wär doch eigentlich a netts Plätzle für a Rascht!«, hört sie einen Mann rufen.

Nur das nicht.

Die Gruppe nähert sich unaufhaltsam mit einem kraftvollen *Aus grauer Städte Mauern*, Elsa hört das Knirschen der

Wanderschuhe, schon passieren die ersten den Baumstamm. Das einsame Motorrad hat bereits Aufmerksamkeit erregt.

»Ja, muss denn des sei, dass die scho em Wald romfahret!?«, fragt eine Frauenstimme, und »Oglaublich!« sagt eine andere.

Elsa vergräbt ihr Gesicht an Leos Schulter.

Nun hat man die beiden am Baumstamm entdeckt, was den Gedanken an eine Rast offenbar augenblicklich zunichte macht. Flüstern, Tuscheln, die Truppe setzt sich wieder in Bewegung, auf dem gleichen Weg zurück, den Blick angestrengt abgewandt. Einer stimmt *Wenn die bunten Fahnen wehen* an, verstummt aber, als er ganz allein bleibt.

Als die Schritte sich entfernen, richtet Leo sich ein wenig auf, sie hört ihn rufen: »Übrigens, die Herrschafta, da unta geht's direkt zom Steinbruch, zehn Meter freier Fall!«, dann, leiser: »Die Luft isch rein, du kannsch wieder auftaucha.«

Die Sonne steht schon hoch am Himmel. Elsa sieht auf die Uhr. Oh weh, schon halb neun. Was soll sie zu Hause sagen, wo sie gewesen ist? Und, schwieriger noch: Wo all die Kratzer herkommen, das zerrissene Hosenbein, die Prellung an den Rippen, die ihr die Luft raubt? – Die Treppe am alten Friedhof! Ja! Sie muss behaupten, sie sei auf der Treppe am alten Friedhof ausgerutscht, auf eine Kante gestürzt. Sie muss lügen. Sie muss ihnen ins Gesicht sehen und lügen. Johannes wird sich um sie sorgen und Salbe auf die Schrunden schmieren, die sie sich zugezogen hat, als sie sich mit einem andern Mann im Unterholz gewälzt hat.

Sie spürt, wie es ihr den Hals zusammenzieht. »Komm, bring mich nach Hause, bitte, schnell«, sagt sie, springt auf und stopft sich das Unterhemd in die Hose.

Johannes schüttelt den letzten Tropfen Seußlitzer Heinrichsburg Müller-Thurgau aus dem Glas auf seine Zunge und sieht sich suchend um. Hellmuth lässt den Blick unstet zwischen einem Bad Kösener Köppelberg Kabinett und einem

2006er Weinböhlaer Gellertberg hin- und herwandern. Die Leute finden es unglaublich originell, dem Pfarrer aus dem Osten zum Geburtstag und anderen Anlässen ein Fläschchen Wein aus seiner alten Heimat zu verehren, er hat schon einen ganzen Keller voll davon.

Johannes weiß: Pfarrer Hellmuth Hohner-Riedl hat es nicht leicht. In Sonthausen leuchten keine Freudenlichter – Schlafstadt, Sozialwohnungsbau, bröckelndes Gemeindehaus. Und im Gegensatz zu Johannes hat Hellmuth keine Elsa im Rücken. Im Gegenteil. Seit er in den Westen kam, ist er eigentlich in erster Linie Ehemann der hochengagierten Pfarrerin Mathilda Riedl. Außerdem hat ihm seine Herkunft in gewissen Kreisen seiner Gemeinde den Kosenamen »Honni« eingebracht, worunter er heimlich unheimlich leidet. Warum es nur für Ost und West noch immer so schwierig ist, unvoreingenommen aufeinander zuzugehen.

Hellmuth dreht noch immer die Flaschen. Entscheidungsfreudig ist er auch noch nie gewesen. Typisch Ossi.

»Nehm' wir doch erst mal den Roten«, schlägt Johannes vor.

Hellmuth setzt dankbar den Korkenzieher an und zerrt mit einem Plopp den Korken aus dem Flaschenhals.

Johannes lehnt sich zurück und schaut sich um. Da liegt ein Stapel DVDs auf dem Regal. Seltsam. Er weiß, Mathilda ist der stumpfe, passive TV-Konsum ein Gräuel. Und wenn die Leute meinen, sie müssten alle Highlights ihres Lebens auf Video bannen, um sie für alle Zeiten festzuhalten. Insbesondere Hochzeiten und Taufen in der Kirche.

»Seit wann guckt ihr denn DVDs?«

»Ach das. Das sind die so genannten Baby-DVDs«, sagt Hellmuth mit einem schiefen Grinsen. »Mathilda möchte doch unbedingt noch 'n drittes Kind. Das will sie sich bei allem Engagement im Beruf nich nehmen lassen, sagt sie. Aber es is gar nicht so einfach.«

»Wie, und da guckt sie sich Baby-DVDs an?«

Womöglich um die Hormone auf Trab zu bringen? Den Frauen ist alles zuzutrauen.

»Neee!« Honni schwappt sich eine Portion Rotwein ins Glas. »Die DVDs sin für die Kinder! Sendung mit der Maus, Augsburger Puppenkiste un so. Eben was pädagogisch okeh is. So lange hammer dann unsre Ruhe. Weil, ahmds is doch immer zu viel Brogramm. Bosaungor, Biblgreis, Ahmdgebäd, ehner von uns had immer was, kennste ja ooch, und hinderhär bisde fix und ferdsch. Also nachmidags. De Sache is blos« – er lehnt sich vertraulich zu Johannes herüber – »de Filme sin immer blos dreißsch Minuden lang. Weil, de Kinder solln dor ni so viel fernsähn.« Er leert sein Glas in einem Zug.

Der gute Honni hat schon ziemlich einen sitzen. Verträgt überhaupt nichts, keine Kondition, sollte mal ein bisschen mehr Sport machen. Das ist doch erst die zweite Flasche.

Honni wechselt das Thema. »Was hast 'n da vorhin gesachd, was is 'n das für ä Problem mit dor Elsa un dir?«, fragt er teilnahmsvoll.

»Kann ich dir ganz schwer sagen«, nuschelt Johannes. Er hätte doch besser gar nicht erst davon anfangen sollen.

»Seid ihr denn noch ... – nu ja, isch mehne – kommd ihr noch zusamm'?«

Enthemmt ist er auch schon.

Honni zielt mit dem Flaschenhals auf Johannes' Weinglas. Halb getroffen. Johannes nimmt einen Schluck. Gar nicht so schlecht. Irgendwo da drüben muss es auch ein sonniges Eckchen geben.

Zusammenkommen? Seltsamer Ausdruck. Er legt den Kopf nach hinten auf die Sessellehne. Eine klitzekleine Spinne durchmisst die unendlichen Weiten der Wohnzimmerdecke. »Ja, schon, aber ...«

Honni setzt das Glas ab und hebt die Augenbrauen.

Johannes betrachtet das Spiegelbild seines Auges im Weinglas. »Aber ich hab das Gefühl, wie soll ich sagen – ich hab das Gefühl, sie meint dabei nicht mich.«

Er bereut im gleichen Moment, dass er das gesagt hat. Gleich wird es mit seelsorgerlicher Wucht auf ihn niederprasseln. Dabei kann er sich, objektiv gesehen, wirklich überhaupt nicht beklagen. Genau genommen kommen sie sogar öfter zusammen als je. Oder jedenfalls seit Jahren. Aber seltsam ist nicht nur dieser Umstand an sich, sondern auch die Tageszeit, die Elsa sich dafür ausgesucht hat. Seit Neuestem pflegt sie ihren Jüngsten, wenn er in aller Herrgottsfrühe morgens ins elterliche Bett gekrochen kommt, umgehend wieder in sein eigenes Lager zurückzuschaffen. Eigentlich bewundernswert, Johannes wäre zu so früher Stunde niemals zu einer solchen körperlichen und seelischen Leistung in der Lage.

Dann liegt sie wach, wälzt sich von einer Seite auf die andere. Und dann – beim ersten Mal, als ihm das passiert ist, war er noch im Halbschlaf. Und – er wüsste nur nicht, wie er ihr das sagen sollte – eigentlich hätte er lieber weitergeschlafen. *Ein Jegliches hat seine Zeit*, und die richtige Zeit dafür ist sicher nicht um sechs Uhr morgens. Besonders, wenn man erst um halb eins zu Bett gegangen ist.

Honni verkostet jetzt den Schloss Wackerbarth Weißburgunder, da muss Johannes auch mal probieren.

Nun freilich ist all dies immer noch besser, als wenn die Frau in der Morgendämmerung auf alten Friedhöfen herumirrt und auf algenglitschigen Treppenstufen zu Fall kommt. Ist es doch seit diesem merkwürdigen Ereignis, so will es Johannes scheinen, dass diese seltsamen Veränderungen eingetreten sind.

»Aaach, Johannes!« Hellmuth schaut ihn ein bisschen mitleidig von der Seite an. »Isch weeses dor ooch ni, woran oder an wen de Frauen dabei so dengn. Will isch ooch lieber gar ni wissen. An Schorsch Gluni, oder Juh Gränd – oder ähmd velleischd an disch ...?«

Johannes verschluckt sich und muss husten. »An mich!? Was meinst du denn damit? Willst du mich auf 'n Arm nehmen?« Dann kommt ihm ein Gedanke. »Du meinst doch nicht etwa Mathilda?!«

Honni sieht verlegen zur Seite und wendet sich der leeren Rotweinflasche zu. Den Mittelfinger hat er in den Flaschenhals gesteckt und lässt sie nun hin und her baumeln. Es gibt zwei Möglichkeiten: Entweder die Flasche fällt gleich zu Boden, oder er wird seinen Finger nicht mehr herausbringen. Das macht Johannes ein unbehagliches Gefühl. Ganz abgesehen von der ordinären Symbolik.

»Nach 'm Gonfi-Gämb war se jedenfalls so rischdsch beseeld.«

Es scheint ihm gar nicht in den Sinn zu kommen, dass das Konfi-Camp beseelend gewesen sein könnte, denkt Johannes verdrießlich und checkt in Gedanken seine Kontakte zu Mathilda. Alles ganz freundschaftlich und geschlechtsneutral.

»Vielleicht hat sie sich ja auch in Leo verknallt, wie die Teenies«, schlägt Johannes vor.

»Hä? Ach so, där. Animalischer Scharm, was? Hat se erzähld, hähä. – Gomm, hör dor off.« Honni schaut aus dem Fenster. »Du bisd ä Fraundyb, das weesde dor.«

Jetzt sieht er Johannes an, jedenfalls mit einem Auge, das andere ist ein bisschen zur Seite gerutscht. »Hobbsala!« Die Flasche ist zu Boden gepoltert. Er hebt sie umständlich auf. »Hähä, eschendlisch ganz budsich. Hunderde von Fraun wärn versessn drof zu guggn, was de underm Dalar hasd, un deine eischne Frau dengt an en andern.«

Seine seelsorgerliche Sensibilität hat auch schon gewaltig gelitten.

Ihre Blicke treffen sich. Honni verstummt betroffen. »Tschulige«, murmelt er, »isch globe, isch bin schon ä bissl besoffn.«

Johannes greift eigenmächtig zur Flasche Pesterwitzer Jochhöhschlösschen. Plötzlich fühlt er sich ziemlich müde. »Is schon gut. Aber weiß du, du verstehs mich falsch. Ich meine nich, sie *dengt* an ein andern, sondern, sie *meint* ein' andern.« Er rupft die Kapsel ab und stößt den Korkenzieher in den Korken. »Also, wenn wir ... – dann geht sie gewissermaßen mit mir selber fremd. Soll ich das etwa unterstützn?«

Honni sieht ihn glasig an. »Hasde mit 'er drüber gequatschd?« Er lässt sich rückwärts gegen die Sofalehne sinken und schließt die Augen.

Drüber geredet? Was soll man da reden? Schließlich will Johannes sich nicht lächerlich machen. Leo ist seit Wochen nicht mehr da gewesen, Elsa ist häuslich wie nie, geht jeden Abend um zehn zu Bett, und heimliche Besuche sind undenkbar, da Johannes schließlich zu allen Zeiten unverhofft und unberechenbar im Pfarrhaus aus- und eingeht.

Aber sie hat sich verändert. Kürzlich erst hat er sie zufällig, aus Versehen, bei einem Blick von außen ins Küchenfenster dabei beobachtet, wie sie mit geschlossenen Augen an der Spüle lehnte, völlig reglos, mit diesem alten geschmacklosen Stieltopf in der Hand. Nein, das ist nicht ihre Art.

Einmal hat er einen Versuch gemacht und gesagt: »Elsa, du bist so verändert irgendwie.«

Da hat sie ihn nicht mal angesehen, sondern nur zu ihrem Salatkopf gesagt: »Ach du, ich find auch Verschiedenes nicht so toll im Moment, weißt du ja, tut mir leid, ich muss das erst mal für mich klarkriegen.« Dann hat sie aus dem Fenster geguckt und gesagt: »Es ist auch schon immer so dunkel jetzt.«

Johannes bemerkt überrascht, dass er, statt sich ein Glas einzuschenken, die Flasche angesetzt hat. Er lässt ein paar herzhafte Schlucke den Schlund hinunterrinnen. »Hab's versucht. Komm aber nich an sie ran.«

Hellmuth antwortet nur mit einem leisen Schnarchen.

XIII

Johannes reibt sich die Augen und seufzt.

»Johannes der Täufer war ein Jünger von Jesus und hat eine Apostelgeschichte geschrieben und die Offenbahrung des Johannes geschrieben.«

Johannes der Religionslehrer hasst die Klassenarbeiten fast noch mehr, als es seine Schüler gewiss tun. Die Stunde der Wahrheit. Lustlos hebt er den Rotstift und streicht das h aus der Offenbarung weg. Alles andere ist hoffnungslos.

Er sieht auf die Uhr und springt halb erschrocken, halb erleichtert auf. Jetzt aber schnell. Heute Vormittag muss er noch mit Eliane die letzten Anzeigen für den Gemeindebrief abklären und dann schleunigst zum siebzigsten Geburtstag von Regierungsrat Goedel.

Längst ist er es gewohnt, das nachbarliche Grundstück auf dem direkten Weg zu betreten, über den Gartenzaun. Ein klassischer Lattenzaun, der denkbar schlecht mit dem asiatisch überhauchten Ambiente der Gegenseite harmoniert. Die Anfänge eines Bambusdickichts lassen erkennen, dass Eliane es wohl ähnlich gesehen hat.

Als er mit ausholender Bewegung das rechte Bein über den Zaun schwingt, fällt sein Blick auf den bräunlichen Schatten, den Roberts Schokoladeneis auf der väterlichen Hose hinterlassen hat. Johannes zögert. Das dunkelblaue T-Shirt ist auch schon breiter als lang und ganz und gar verwaschen. Ob er sich schon umziehen soll für nachher? Aber im Geburtstagsbesuchsanzug bei Eliane vorzusprechen, das wäre ihm noch peinlicher.

Kurz entschlossen zieht er das linke Bein nach und schreitet zügig auf runden weißen Kieseln den Gartenweg entlang.

Gleich unten rechts ist die Gartentür von Elianes Werkstatt. Ob sie schon bei der Arbeit ist? Er klopft, wie immer, dreimal. Nichts geschieht. Noch einmal, lauter.

Er sieht auf die Uhr.

Endlich öffnet sich die Tür. Eine verstrubbelte Eliane im Bademantel schaut heraus und rubbelt sich dabei mit einem sonnengelben Handtuch die Haare. »Ach, Johannes, hallo, entschuldige, ich war noch unter der Dusche, du kommst sicher wegen der Anzeigen?«

Johannes tritt einen halben Schritt zurück. »Ach, entschuldige, du, ich kann gern später noch mal wiederkommen ...«

»Neinnein, kein Problem, ich hab alles hier drüben, kommt doch grad rein.«

Eliane legt sich das Handtuch über die Schultern. Ihre nackten Füße auf dem matten sandbraunen Fliesenboden – überraschend kräftig, mit hohem Spann, beweglichen Zehen, schön gewölbter Sohle.

Sie greift nach einer Mappe auf der Schreibtischkante. »Schuhhaus Langer habe ich einmal im Querformat und einmal einspaltig gemacht, dann seid ihr flexibler bei der Seitengestaltung.«

Da sah er eine Frau sich waschen; und die Frau war von sehr schöner Gestalt. Johannes atmet tief ein. Dabei ist der Bademantel nicht einmal sonderlich kurz. Er sieht im Raum herum.

Da fällt sein Blick auf einen seltsamen Fremdkörper. Es ist ein Bild von apokalyptischer Finsternis. Umeinander gewundene Knochengestalten, Menschen und Tiere, fast flimmernd, als wären sie in Bewegung. Rußschwarz, schmutzig braun, zur Mitte hin ein bedrohliches Glutrot. Keine Spur von sonnensatten Naturfarben, pastellener Luftigkeit, nachtblauer Schwermut und was er sonst noch hier anzutreffen gewohnt ist. Nein, es ist beunruhigend, aufwühlend. Es ist richtig – gut.

»Johannes? – Ach, das Stoffbild.« Sie lässt die Mappe sinken und lächelt verlegen. »Du, das war nur ein Versuch. Ich beschäftige mich jetzt mit der Kunst der australischen Ureinwohner. Unglaublich kraftvoll. Und diese tiefe Beziehung zum Lebendigen. Ich war jetzt doch auch zwei Wochen da unten. Diese Weite!« Sie legt den Kopf in den Nacken, als wollte sie durch die Decke ihres Ateliers hindurchsehen, und schließt lächelnd die Augen. »Das kannst du dir nicht vorstellen. Aber« – sie öffnet die Augen wieder und betrachtet kopfschüttelnd das Stoffbild – »es ist ganz falsch geworden. Die Farben, nichts von dieser Wärme, und die Skelette. Es ist ein – Totentanz!« Sie schüttelt noch einmal verächtlich den Kopf und wendet sich ihrem Schreibtisch zu. »Findest du die Schuhe in Ordnung? Ich wollte erst Stiefel« – sie kramt eine flüchtig hingeworfene Skizze hervor –, »aber schau mal, ich finde, die wirken irgendwie aggressiv.«

Es ist falsch geworden? Vielleicht ist es ja auch das erste Bild, das richtig geworden ist.

Er folgt ihr und schaut ihr über die Schulter. »Ist doch wunderbar mit den Schuhen«, murmelt er, während ihm ein zarter Blütenduft von Bodylotion in die Nase steigt. Möglichst beiläufig macht er einen Schritt rückwärts, steckt eine Hand in die Hosentasche, was er sonst nie tut, er weiß auch gar nicht, was die da soll, zieht sie wieder heraus, verschränkt die Arme und setzt sich halb auf die Kante des Zeichentisches.

Eliane schiebt die Finger ihrer Rechten wie einen Kamm durch die feuchten Haare und schüttelt ein bisschen den Kopf: »Ach, irgendwie gefallen mir die Stiefel doch besser. Und jetzt für den Winter ...« Sie lässt das Blatt sinken und lächelt resigniert. »Aber wir sind ziemlich knapp in der Zeit, nicht wahr?«

Sie schaut ihn fragend an und will sich mit dem Ringfinger eine Strähne aus der Stirn streichen, findet aber keine. Was wollte sie jetzt gerade von ihm wissen? Johannes reibt sich ratlos das Kinn. Der flauschige, blütenweiße Bademantel ist ein wenig verrutscht und gibt den Blick auf ein filigranes Schlüsselbein frei.

»Emmm – du, ich finde das mit den Schuhen völlig in Ordnung. Du musst die Skizze mit den Stiefeln ja nicht wegwerfen, die können wir später noch nehmen. Aber der Entwurf muss auch noch zu Herrn Langer zum Absegnen, und nächste Woche wird schon gedruckt.«

Eliane dreht sich wieder zum Schreibtisch um und stützt die Hände auf die Tischkante. »Natürlich, du hast recht, irgendwann muss man mal zu einer Entscheidung kommen. Weißt du, das ist so ein Problem von mir – wenn es endlich so weit ist, denke ich immer: Vielleicht wäre es anders doch besser gewesen, und dann fange ich wieder von vorne an.« Sie lacht bitter.

Johannes sieht zur Seite und konzentriert sich auf das Gewirr von Blättern und Halmen eines Sumpfgrases, das den Winkel zwischen Schreibtisch und Zeichenplatte ausfüllt. Er spürt es genau. Es ist wie mit Händen zu greifen. Ein Gedanke, eine Idee kriecht sein Rückgrat herauf, erreicht das Gehirn, breitet sich darin aus, beherrscht sein ganzes Inneres: Wenn sie nun womöglich darunter gar nichts anhat?

Du sollst nicht begehren deines Nächsten Weib.

Wenn sie nichts drunter hat, dann wäre es ohne Weiteres möglich, die Hände an der Rückseite der Oberschenkel hinaufgleiten zu lassen, unter diesen Bademantel zu schieben, bis man schließlich, ohne jedes Hindernis, die Rundung der Pobacken erreicht. Johannes reibt sich die Augen. *Wer eine Frau ansieht, sie zu begehren, der hat schon mit ihr die Ehe gebrochen in seinem Herzen.*

Neben dem Schreibtisch steht ein geflochtener Papierkorb mit breiten braunweißen Ringeln. Es sind sieben von jeder Farbe. Ja, genau sieben. Eliane kehrt ihm noch immer den Rücken zu und grübelt über ihren Entwürfen.

Über der Rundung der Pobacken höher, ein bisschen zur Seite, die Beckenknochen, ganz fest umfassen an beiden Seiten, dann zur Mitte, der straffe, flache Bauch.

Es wird ihm heiß um die Mitte.

Du sollst nicht.

Du sollst nicht so geil sein, dass du darüber den Verstand verlierst.

Einmal im Leben so geil sein, dass man darüber den Verstand verliert.

Der Bauch, der unter der Berührung ein bisschen zurückweicht, dann die Unterkante der Rippen, und weiter, höher. Ganz nah hinter ihr stehen, sie von hinten ganz fest heranziehen, dass ihre Pobacken sich in seine Leistengegend schmiegen.

Wenn dich aber dein rechtes Auge zum Abfall verführt, so reiß es aus und wirf's von dir.

Wenn es nur das Auge wäre.

Mit einer langsamen, aber bestimmten Bewegung schiebt sie eine der Reinzeichnungen in eine Plastikhülle und dreht sich um. »Vergiss es, hier sind die Anzeigen!«

Beim »Vergiss es!« ist er zusammengezuckt.

Jetzt hat sie etwas gemerkt. Kein Zweifel, sie hat es gemerkt. Sie zögert einen Sekundenbruchteil, lässt die Mappe sinken, mustert ihn prüfend. Was sieht sie jetzt? Einen Mann in einer bekleckerten hellen Sommerhose, das zu kurze T-Shirt halb aus dem Hosenbund gerutscht, der sie reglos anstarrt und die Tischplatte so verkrampft umklammert, dass sich seine Knöchel weiß abzeichnen müssen.

Ganz, ganz langsam legt sie die Mappe hinter sich auf dem Tisch ab und kommt näher. Sie steht vor ihm, lächelt ungläubig erstaunt und sagt: »Johannes.«

Es ist kein Ausruf und keine Frage, es ist eine Feststellung. Sie steht vor ihm und legt ihm eine Hand auf die Brust. Johannes wird schwindlig.

Es ist allesentscheidend, was er jetzt tut. Er muss sich schnell entscheiden.

Sie sieht ihn an, aber sie lächelt nicht mehr, nein, ihr Gesichtsausdruck ist geradezu verzweifelt. »Johannes«, jetzt hat sie es geflüstert. Ihre Hände gleiten an seinem Körper hinunter.

Er lässt sie gewähren. Er will es gar nicht sehen, er schließt die Augen. Nur er und diese Hände auf seinen Oberschenkeln. Er kann es nicht verhindern, seine Gedanken wandern zur Yoga-Matte. Und wie nebenan die knöchernen Kreaturen vom andern Ende der Welt sich im Todeskampf umeinanderwinden, so die zwei verschlungenen Leiber, besinnungslos, endlich, das entfesselte Verlangen von Monaten, ja, er hätte auch schon gleich damals, auf der Schmutzwäsche ... Jetzt drückt sie sich an ihn, er hört einen Seufzer, während sich ihre Fingernägel für einen Moment in seine Haut bohren. Er spürt ihren Atem an seinen Lippen, dann ihre Lippen auf seinen, es greift nach ihm, warm, weich und feucht.

Er hält noch immer die Tischkante umklammert. Der Tisch ist hart und kalt. Nur nicht loslassen.

Die Intensität des Gefühls, das durch sein T-Shirt dringt, verrät ihm, dass sie den Bademantel geöffnet hat.

Er könnte einfach sagen: »Sie hat mich verführt.«

Einfach zugreifen, davongetragen werden, nimm es dir, auch nur ein Mann. Verführt von der Nachbarin im Bademantel. Wie trivial. Aber ist es nicht genau das, was er sich schon tausendmal erträumt hat? Seit seinem sechzehnten Lebensjahr bestimmt, mindestens. Das wären gut fünfundzwanzig Jahre. Tausendmal erträumt. Tausend durch fünfundzwanzig, das macht vierzig, vierzigmal im Jahr, knapp einmal die Woche, ja, das kann hinkommen. Er wendet das Gesicht ab und öffnet die Augen. Die sandbraunen Fliesen stoßen wohltuend geordnet rechtwinklig aneinander. Er atmet tief ein.

»Das ist es nicht, was ich wollte«, sagt er leise.

Eliane erstarrt in ihrer Bewegung. Sie weicht einen Schritt zurück und ist sofort eine Unendlichkeit von ihm entfernt. Unbeabsichtigt streift sein Blick noch ihren nackten Körper, nur einen Lidschlag lang, bevor sie den Bademantel darüber zusammenzieht, so fest, als sei sie es, die sich vor ihm schützen muss.

»Es – tut mir leid«, sagt er noch und bereut es im selben Moment. Er hat gemeint: Es tut mir leid, dass ich dich in diese Situation gebracht habe, zurückgewiesen zu werden, aber sie könnte es ganz falsch verstehen, etwa so: Es tut mir leid, dass du von mir nicht das bekommst, was du willst.

Sie sieht ihn an und beginnt erst ganz leicht, dann immer deutlicher den Kopf zu schütteln. »Es ist doch nicht wahr«, sagt sie, »natürlich willst du, ich habe es doch – gesehen, ich hab es doch gespürt! Sonst hätte ich doch niemals … – Es ist alles völlig verdreht.« Sie wendet sich ab.

Dieser endlos lange, ganz leicht gebogene Schwanenhals, diese schmalen, fast schon kantigen Schultern.

Sie fährt herum. »Weißt du, was ich glaube? Du willst nicht wollen. Dabei dachte ich, du wärst nicht einer von denen. Einer von diesen – diesen verbogenen Du-darfst-nicht-Frommen!«

Sie sieht ins Leere, schlägt dann plötzlich die Hände vors Gesicht und ruft: »Was habe ich da nur angerichtet!«, fährt sich mit den Händen durch die Haare, schüttelt wieder den Kopf, beginnt erregt auf und ab zu gehen und zu reden, aber mehr wie zu sich selbst. »Erzähl mir nur nicht, es wäre wegen Elsa. Wenn du jemals an Elsa gedacht hättest, wäre es nie so weit gekommen.« Dabei mustert sie ihn mit einem Ausdruck der Verachtung, und Johannes kann nicht umhin, den Blick zu senken.

Nein, er hätte es niemals gewagt, an Elsa zu denken, er hat es peinlich vermieden. Nein, Elsa hat mit alldem nichts zu tun. Und er möchte jetzt, hier, ihren Namen gar nicht hören.

Aber Eliane kennt keine Gnade. »Elsa …«, sagt sie, als müsste sie den Klang dieses Namens schmecken, »sie ist eine wunderbare Frau. Sie ist eine Erdfrau. Wie ich sie beneide. Ich wäre auch gern so, aber es gelingt mir nicht. Nicht *wirklich*. Sie ist der Erde so nah.« Sie richtet den Blick zum Fenster, in die Ferne. »Nein, mehr – sie *ist* die Erde – so warm und tief und voller Leben …«

Und wenn Elsa eine Erdfrau ist, was ist dann Eliane? Ein Himmelsgeschöpf? Ein schwarzer Engel?

Plötzlich ist sie wieder nah vor ihn getreten. »Natürlich hast du es gewollt! Du hast es die ganze Zeit gewollt. Sieh mich an! Ich weiß es! Warum kannst du es nicht? Weil es Sünde ist?!« Das Wort »Sünde« hat sie mit gehobener Stimme hervorgestoßen. »Was für ein Unsinn! Es ist doch – wunderbar! Wie es brennt, das Verlangen, das Wollen, und die Erfüllung ...« – dabei schließt sie die Augen, und ein Schauer scheint sie zu erschüttern. »Ist es nicht köstlich? Ist es nicht – göttlich?«

Ihr Gesicht ist ganz nah vor seinem, ja, sie meint es ernst, es ist mehr Verzweiflung als Wut, und sind das nicht Tränen in ihren Augen? Sie hat noch nicht aufgegeben. Sie kämpft, und Johannes kämpft auch, aber er weiß nicht, wofür oder wogegen.

Er sieht nach oben zur Decke, um sich von ihren Augen zu lösen. »Es ist eine Naturgewalt«, sagt er, »es ist manchmal sehr schön und manchmal sehr zerstörerisch, wenn es außer Kontrolle gerät.« Halt! Jetzt hat er etwas Falsches gesagt. Aber nun hat er es schon gesagt.

»Kontrolle!«, ruft Eliane, lacht bitter, und noch einmal: »Kontrolle!« Sie legt ihre Fingerspitzen auf den Mund, als wollte sie die Worte daran hindern, vorschnell hervorzuquellen, und sieht einen Moment starr geradeaus. »Aber hör mal«, sagt sie dann, leiser, hörbar beherrscht, »wir sind doch einmal so geschaffen! Es ist schön! Die Welt ist doch gut geschaffen, und wir sind ein Teil davon!« Sie macht eine beschwörende Geste. »Du sprichst doch selbst immer so viel von Annehmen. Jetzt nimm dich doch endlich einmal selber an! Lass dich los! Der Mensch ist, wie er ist. Du auch. Ihr könnt doch nicht immer noch gegen die Menschen arbeiten wollen!«

Das ist es, was er die ganze Zeit hat kommen sehen. *Ihr.* Ihr Feinde der Sinne und der Lust und der Lebensfreude.

Denn alles, was in der Welt ist, des Fleisches Lust und der Augen Lust und hoffärtiges Leben, ist nicht vom Vater. Und das ihm. Oh, könnte er doch das Wort »Fleisch« aus der Bibel und aus den Menschenköpfen tilgen.

Eine Wut packt ihn, wofür hältst du mich eigentlich, will er am liebsten schreien, aber bevor er sich wieder gefasst hat, spricht sie schon weiter und schüttelt dabei ärgerlich den Kopf: »Nein, ihr könnt die Menschen nicht verdrehen. Sieh das doch endlich ein. Wir Menschen sind, wie wir sind, und die Welt ist, wie sie ist.«

»Das sehe ich anders.«

»Ach Johannes. Wer soll daran etwas ändern? Du?«

»*Ich* nicht. Ich kann das nicht.«

»Ja, ja, ich weiß …« Sie sieht aus dem Fenster. »Es ist ja rührend, aber – aber du stehst auf verlorenem Posten.«

So, rührend findet sie ihn. Rührend. Auf verlorenem Posten. Wie es aussieht, hat sie recht. Verloren.

Elsa lässt die Hände sinken. Dabei will sie doch nur den Pflaumenkuchen anschneiden, das Herzstück des Sonntagsnachmittagskaffees. Aber dafür braucht sie das Messer mit der breiten scharfen Klinge aus der linken Schublade. Vor dieser Schublade aber steht Schwiegermama und spricht über kunst- und kulturhistorische Details der Wallfahrtskirche St. Anna in Haigerloch, Ausflugsziel des Akademischen Seniorenkreises in der vergangenen Woche.

Und wenn Elsa jetzt sagt – ganz normal und beiläufig sagt: »Darf ich mal gerade an die Schublade?«, dann wird Schwiegermama unter tausend Entschuldigungen mit einer übertrieben eifrigen, hastigen Bewegung zur Seite treten, wortreich und leicht errötend, woran man sehen kann, dass ihre Betroffenheit echt ist. »Wie dumm von mir!«, wird sie sagen, obwohl sie doch schließlich nicht wissen konnte, dass Elsa gerade an diese Schublade muss. Dann wird sie sich vor denjenigen Schrank stellen, den Elsa als Nächstes öffnen muss.

Elsa hat eine Idee. »Setz dich doch!«, ruft sie fröhlich, wenn auch etwas unhöflich mitten in die beeindruckenden Stukkaturen hinein und nickt auffordernd zum Küchenstuhl hin.

»Ja, ach«, sagt Schwiegermama, »kann ich dir nicht etwas helfen?«

»Neinnein, danke schön, im Moment nicht«, antwortet Elsa rasch.

Schwiegermama tritt zögernd an den Stuhl heran, zieht ihn zur Seite, wobei sie unter dem Kreischen der Holzbeine auf dem Linoleum zusammenzuckt, und platziert sich an der Stirnseite des Tisches.

Jetzt sind ihr die Stukkaturen verloren gegangen. Elsa bringt es nicht über sich, sie daran zu erinnern.

Schwiegermama betastet flüchtig ihre Frisur im Nacken, zieht unter Elsas Blick rasch, wie ertappt, die Hand zurück und legt sie in den Schoß, sodass sie auf der anderen Hand zu liegen kommt. Sie betrachtet den Blumenstrauß auf dem Tisch. »Wunderschön, ich liebe Astern, sie haben so sanfte Herbstfarben«, sagt sie.

Knirschend gräbt das Messer ein Viereckraster in den Pflaumenkuchen. Die Küchenuhr tickt. Aus dem Treppenhaus ist ein Poltern zu hören.

»Kommt Anne mit ihren Flötenstunden jetzt besser zurecht?«, fragt Schwiegermama.

Bevor Elsa antworten kann, wird die Tür aufgerissen. Anne stürzt in die Küche, noch halb umgewendet, und schreit hinter sich: »Verpiss dich bloß, du Scheißpippikackearschloch!« Erst jetzt bemerkt sie ihre Großmutter und murmelt ein verlegenes »Hallo, Oma«.

Im selben Moment erscheint Kathrins Kopf in der Tür – »Dann geh doch zu deiner Mutti, du blöde Heulsuse« – und verschwindet augenblicklich wieder, die Küchentür knallt, dann die Haustür.

Elsa löst sich aus ihrer Erstarrung und ist mit einem Satz am Fenster. »Kathrin, du erscheinst bitte in zehn Minuten hier zum Tischdecken, sonst kannst du Fernsehen heute Abend vergessen!« Sie schließt beherrscht das Fenster.

Anne ist verschwunden, die Küchentür wird lautlos von außen zugeklinkt.

Schwiegermama sitzt da wie eine geknickte Chrysantheme.

Das Messer ist auf halbem Wege stehen geblieben. Elsa stochert in dem Kuchen herum. »Anne hat keinen leichten Stand«, sagt sie in die Stille hinein, »als mittleres Kind.«

Schwiegermama richtet sich, hörbar einatmend, kerzengerade auf. »Oh ja, Johannes war ja auch ein mittleres Kind«, ruft sie dankbar aus, als wäre es eine gute Nachricht. Dann, leiser: »Vieles ist mir erst später klar geworden.« Ihr Blick wandert in den Garten, in die Ferne, und scheint im herbstgelb überhauchten Buschwerk zur Ruhe zu kommen, während sie weiterspricht. »Sein großer Bruder hatte seine Position als Ältester, und die kleine Schwester war das umsorgte Nesthäkchen, ja, ich glaube, das hat ihn sehr geprägt ...«

Seltsam, Elsa war unter ihren Geschwistern die Jüngste, aber sie hat nie das Gefühl gehabt, dass das von Vorteil gewesen wäre, eher im Gegenteil. Ihre Mutter hat ihr einmal gesagt, dass sie ein ungeplantes Kind war. Vielleicht war das als eine Art Entschuldigung gedacht, dass ihre Eltern nie da waren; nur Oma Gertrud war immer da.

Klein-Robert war auch ein ungeplantes Kind. Ein Unfall, wenn man so will. Aber Elsa ist fest entschlossen, alles zu tun, damit er es nicht spürt.

So was, jetzt hat sie darüber schon zehn Kuchengabeln abgezählt. Dabei braucht sie bloß fünf.

»Mit sechs Jahren war er seinem großen Bruder verbal schon ganz deutlich überlegen«, sagt Schwiegermama nicht ohne Stolz. »Und er war so ein fantasievolles Kind. Was hat er sich für Geschichten ausgedacht!«

Das ist seltsam. Eigentlich erzählt sie über Johannes immer nur solche Dinge wie, dass er nie Lederhosen tragen wollte oder dass er erst beim zweiten Versuch den Führerschein geschafft hat. Nur ganz selten sagt sie etwas so Persönliches.

»Er war früher sehr zart, aber ...« – ein leises Lächeln huscht über Schwiegermamas Gesicht – »... er war immer schon sehr hübsch. Und ich glaube, er wusste es.«

Schon wieder! Elsa lauscht mit den Kuchentellern in der Hand.

Normalerweise, wenn sie ihrer Schwiegermutter zuhört, fühlt sie sich wie ein Goldsucher, der Stunde für Stunde, Tag für Tag Flusssand siebt, bis vielleicht irgendwann einmal ein Goldklümpchen aufblitzt. So gesehen ist heute ein großer Tag.

Elsa macht leise einen halben Schritt in die Vorratskammer und ergreift ein Kondensmilchdöschen. Ihre Schwiegermutter ist die Einzige weit und breit, die ihren Kaffee nur mit Kondensmilch trinkt. Eigens für sie wird stets eine kleine Dose Bärenmarke bereitgehalten. Um sie zu öffnen, braucht man dieses ganz und gar altmodische Gerät: ein Holzgriff mit einem dicken Metalldorn, mit dessen Hilfe man zwei kreisrunde Löcher in den Dosendeckel bohrt, so dass sich die Kondensmilch in sattem Strahl in ein adrettes Milchkännchen ergießen kann – und zwar möglichst im Beisein von Schwiegermama. Denn nie sieht man ein solches geradezu lustvolles Blitzen in ihren Augen wie bei diesem Anblick.

Aber – oh weh! Der Dosenstecher, als selten gebrauchtes, fast schon exotisches Werkzeug, liegt in der Küchentischschublade, vor die Schwiegermama ihren Stuhl gerückt hat. Umständliches, hastiges Aufspringen, tausend Entschuldigungen, untermalt vom Kreischen der Stuhlbeine ... – eine unerträgliche Vorstellung.

»Ach, schade, dass der alte Birnbaum nicht mehr da ist«, sagt Schwiegermama unvermittelt. Das sagt sie seit dem Sommer jedes Mal.

»Ja, aber er war doch schon sehr morsch«, sagt Elsa. Das antwortet sie jedes Mal.

»Wir hatten einen Apfelbaum«, sagt Schwiegermama. Das sagt sie jedes Mal. Aber diesmal fährt sie nach einer kleinen Pause fort: »Ich habe schon mal gedacht – es ist nur so eine dumme Idee, aber ich frage mich, ob Johannes es vielleicht absichtlich getan hat, damals, als er vom Apfelbaum gefallen ist. Es ist vielleicht ein bisschen verrückt, ein Kind von fünf Jahren. Mein Gott, ich werde es nie vergessen, das Geräusch beim Aufschlag« – ihre obere Hand umgreift die untere fester – »ich dachte, es ist vorbei – ich bin ja so dankbar ...« Sie hebt eine Hand an den Mund und spricht nicht weiter. Dann, als sie sich wieder gefasst hat: »Der Große hatte gerade so Probleme in der Schule, und Judith mit ihrem Asthma, die Kleine, unser Sorgenkind – und gerade da stürzt Johannes vom Apfelbaum.«

Davon hat sie noch nie etwas erzählt. Warum hat sie gerade jetzt davon gesprochen? War es ein bedrängender Gedanke, der seinen Weg ins Freie suchte, gleichgültig, wo und wie?

Nein, das hat Elsa noch nicht gewusst, dass Johannes als Kind vom Apfelbaum gefallen ist. Davon hat auch er noch nie etwas erzählt.

Schweigen liegt über Elsa, ihrer Schwiegermutter und der Kondensmilchdose.

Da liegt ein langer Nagel, den hat Leo wohl liegen lassen. Ein Nagel, ein Holzbrett, ein Gedanke!

»Und es ist nichts Schlimmes passiert bei dem Sturz?«, fragt Elsa, nur um etwas zu sagen, und treibt mit einem kräftigen Schlag auf das Holzbrett ein Loch in die Milchdose.

JOHANNES zieht mit dem Staubpinsel eine gewundene Bahn über den dunklen Computerbildschirm und entstaubt dann sorgfältig, ohne die Grenze zu überschreiten, die obere rechte Hälfte. Heute hat er es ihr gesagt. Obwohl ja eigentlich gar nichts passiert ist, er musste es ihr trotzdem sagen. Es musste raus. »Elsa, ich muss dir was sagen«, hat er gesagt, »Eliane und ich, wir sind uns nähergekommen, näher, als gut ist. Es ist nichts passiert, aber …«, und dann wusste er nicht mehr weiter.

Sie hat langsam genickt und ihn von der Seite angesehen und schließlich gefragt: »Möchtest du lieber mit ihr zusammen sein?«

Was für ein absurder Gedanke. Nein, nein, das will er nicht. Warum denkt sie das? Denkt sie das wirklich? Aber wenn es ihr nun in Wirklichkeit ganz recht wäre? Vielleicht wäre sie mit Leo glücklicher. Wie ist sie doch in seiner Nähe aufgeblüht, wie hat sie gestrahlt! Und jetzt ist sie so in sich zusammengesunken, man kann es kaum mit ansehen. Vielleicht sollte er sich zurückziehen, man hat sich viel geschworen damals, aber es lässt sich nicht erzwingen.

Johannes gießt sich den Rest Rotwein in seinen Zahnbecher und knipst die alte Schreibtischlampe an. Wie viele Nachtstunden hat sie beschienen, in denen er über erleuchtenden Sätzen zur Sonntagspredigt saß, mehr vielleicht noch über Anträgen zur Durchführung von substanzerhaltenden Renovierungsmaßnahmen am Kirchengebäude oder über der neuesten Anweisung des Oberkirchenrats zur Abrechnung von Reisespesen anlässlich von Fortbildungsveranstaltungen für ehrenamtliche Mitarbeiter.

Natürlich könnte sie nicht im Pfarrhaus bleiben, aber Elsa schafft das, kein Zweifel. Irgendeine Arbeit, ob als Lehrerin oder in der Reinigung, und Leo gibt vielleicht ihr zuliebe seine Freiheit auf und jobbt wieder in einem Baumarkt oder Möbelhaus. Dann ziehen sie in eins von diesen klapprigen alten Häusern im Stuttgarter Osten, Leo macht es wohnlich, neue Treppe, das Dach ausbauen, er setzt neue Fenster ein, während Kathrin draußen im Acht-Quadratmeter-Hinterhof die Wäsche aufhängt, Robert sitzt daneben in seiner Sandkiste und schiebt den neuen Kipplader hin und her, drinnen übt Anne auf der Flöte, und Elsa steht in der Tür und trocknet sich die Hände an der Schürze ab …

Unten im Zahnbecher steht ein unappetitlicher Bodensatz aus Kalk, Weinresten und Korkenkrümeln.

Im Briefständer, hinter Charlottes Ansichtskarte aus den Einkehrtagen auf der Alb, lugt die Visitenkarte von Rowald Hoppe hervor. Johannes zieht sie heraus und lässt sie mit dem Daumen schnippen. Gute Papierqualität, alles vom Feinsten. Er wirft sie, ohne hinzusehen, in den Papierkorb und stützt den Kopf in die Hände.

Bei denen können Sie doch nichts werden. Gehen Sie in die Wirtschaft, da können Sie was bewegen.

Johannes blinzelt in das grelle Licht der Schreibtischlampe und schließt die Augen.

Er sieht sich, wie er am späten Abend in einem blitzblanken, gepflegten Mercedes S-Klasse vorfährt, einen ganzen Tross von ebenso kostspieligen Fahrzeugen hinter sich. Neben ihm seine Assistentin, sie sieht ziemlich genau so aus wie Eliane, nur ein paar Jahre jünger.

»Und hier«, sagt Johannes mit einer ausholenden Armbewegung, während er mit der anderen Hand die Autotür zuschlägt, »das also war meine Kirche, hier habe ich gepredigt und den Segen gesprochen, getauft und getraut.«

»Ach, wie romantisch!«, sagt die Dame aus dem rosa Cabriolet, und der junge Mann aus dem silbernen BMW: »Das Gemäuer hat was.«

»Steht natürlich unter Denkmalschutz«, sagt Johannes, »ein besonderes Kleinod ist das St.-Dionysius-Fenster, was habe ich für Kämpfe ausgetragen damals, dass es endlich restauriert wird, von Pontius zu Pilatus bin ich gelaufen. Heute ist so was einfacher, ein paar Telefonate, eine Unterschrift, und die Sache läuft. – Und stellt euch vor, da drüben in dem Haus hab ich gewohnt.«

Alle setzen sich in Bewegung, durch das quietschende Gartentor, die betagte Lady in ihren hellblauen Pumps bewältigt nur mit Mühe den geschotterten Gartenweg. »Was für ein süßes Häuschen!«, ruft die Dame mit dem fliederfarbenen Seidenschal.

Die Leute verteilen sich im Vorgarten und versuchen einen Blick durch die Fenster zu werfen. Das Küchenfenster ist erleuchtet, Johannes schaut hinein. Da drin sitzt er, zehn Jahre jünger, mit Elsa und den Kindern am Küchentisch, er spielt auf der Gitarre, sie singen, es ist jetzt auch heller Tag, die Sonne scheint durch die offene Terrassentür herein.

»Trautes Heim, Glück allein«, sagt der Glatzkopf im türkisfarbenen Jackett in spöttelndem Singsang, »Hach, wie purzelig«, ruft die Dame mit dem olivgrünen Schultertäschchen.

Johannes tritt einen Schritt zurück in die Dunkelheit und macht eine Kehrtwendung. »Wollt ihr mal meine Kirche von innen sehen?« Er geht zur Kirche und dreht sich nicht mehr um. Die Kirchentür fällt hinter ihm hallend ins Schloss. Die andern trauen sich doch wahrhaftig nicht herein. Er setzt sich in seine Lieblingsecke am Dionysiusfenster, da, wo die Sonnenstrahlen farbige Flecken auf den Steinfußboden malen. Ein leichter Frühlingswind bewegt draußen die frisch belaubten Zweige, sie lassen die bunten Lichtflecken flimmern und kratzen ein bisschen am Fenster, draußen zwitschert irgendwo ein Vogel, sonst ist es ganz still.

»Johannes, da bist du ja«, sagt eine sanfte Frauenstimme. Wenn sie jetzt fragt: »Wo bist du gewesen?«, was soll er dann sagen?

Aber in Wirklichkeit ist es ja alles nicht wahr, nur ein Traum. Die Kirchenglocke schlägt. Johannes fährt hoch. Ist da nicht eine Bewegung an der Tür, als wäre gerade jemand gegangen? Er reibt sich die Augen. 00:27 sagt die Digitaluhr.

Er schiebt den Stuhl zurück, richtet sich nur halb auf und lässt sich auf das durchgesessene Sofa fallen. Die alte karierte Decke riecht nach Staub. Er schließt die Augen. Hoffentlich wird es eine traumlose Nacht.

Wie wäre es mit einem Abendgebet? Er versucht sich zu konzentrieren, aber die Gedanken flattern wie zerrissene Fahnen im Wind, so laut, dass es alles übertönt. Ein Psalm, wenn die eigenen Worte fehlen. *Lass mich nimmermehr zuschanden werden … neige deine Ohren zu mir …* Obwohl, was hätte er diesen Ohren überhaupt zu sagen? *… du wollest mich aus dem Netze ziehen, das sie mir heimlich stellten … dass du mein Elend ansiehst …* Wieso eigentlich Elend, morgen ist ein ganz normaler Donnerstag, ein Becher Kaffee, Reli in der 7 b, Robert vom Kindergarten abholen, es ist ja alles Unsinn, ein ganz normaler Donnerstag, noch mal mit Elsa reden … *wollest mich leiten und führen … du bist mein Fels … aus dem Netze ziehen … in deine Hände … Fels … Netze …*

XIV

Elsa weiß genau, was sie sagen will. Vor allem muss man die Sache realistisch sehen. Wahrscheinlich hat sie sich schon viel zu viele Gedanken gemacht. Mit Sicherheit ist sie nicht die einzige Frau in seinem Leben. Für ihn war es wahrscheinlich gar nichts Besonderes, da im Wald ... Leo ist es vermutlich gewöhnt, nichts anbrennen zu lassen. Vielleicht wird er gar nicht verstehen, was sie von ihm will. Dann werden sie ein bisschen plaudern, und sie gibt ihm das Geld, das ihm noch zusteht. Etwas peinlich ist es schon, aber das ist es ihr wert, um die Sache endlich zu klären.

Vorsichtshalber hat sie sich aber an einem öffentlichen Ort mit ihm verabredet, unter vielen Menschen. Die Pizzeria *Da Vito,* Haltestelle Ostendplatz. Hat Leo vorgeschlagen. Er wohnt wohl da in der Nähe. Jedenfalls besser als *Rudi's Imbissbude.*

Elsa ist angenehm überrascht. Ein langgestreckter Raum, gegliedert durch hölzerne Querwände, die jeweils Grüppchen von drei bis vier Tischen umfrieden. Tischdecken mit straffen Bügelfalten, kleine hellblaue Vasen mit dunkelroten Nelken. Da drüben sitzt er, auf dem Stuhl zurückgelehnt, die Beine lang unter den Tisch gestreckt. Ja richtig, so sieht er aus. Helle Haare, roter Bart, verwaschenes grünes Halstuch. Elsa zögert; er hat sie noch nicht bemerkt. Seine ganze Aufmerksamkeit scheint dem Bierdeckel zu gelten, den er in seinen Händen dreht, immer um die Querachse, drehen, ansehn, andersrum drehen, ansehn, als hätte man ihm ein kniffliges Rätsel aufgegeben, das nur durch den konzentrierten Vergleich von Vorder- und Rückseite des Bierdeckels zu lösen ist.

Er blickt auf.

»Hallo, Leo!«, sagt Elsa verlegen, tritt an den Tisch heran und bleibt stehen. Sie kann sich nicht recht entscheiden, ob sie sich ihm gegenübersetzen soll oder seitlich über Eck.

Er sieht sie von unten an, nickt nur irgendwie zur Begrüßung und richtet sich auf seinem Stuhl auf. »Willsch net hinsitza?«

Sie entscheidet sich für den Platz gegenüber. Immerhin soll heute Abend Klartext geredet werden, den Dingen ins Gesicht gesehen, die Sache geradeheraus angegangen.

Sie rutscht umständlich mit dem Stuhl hin und her und schaut sich flüchtig um. Am Nachbartisch sitzt ein Pärchen, jeder sägt an seiner Pizza. »Willst du meine Oliven?«, fragt der junge Mann gerade halblaut.

Nun sitzen sie sich gegenüber, Elsa und Leo, beide wohlgeordnet die Handgelenke auf der Tischkante vor sich abgelegt.

»On?«, fragt Leo.

»Was und?«, fragt Elsa und beginnt, sich zu ärgern: über ihn, über sich, über die ganze Idee, hierherzukommen.

»Wenn bloß die Haustür quietscha tät«, sagt Leo, »hättesch di wohl net groß mit mir hier verabredet.« Es klingt ein bisschen aggressiv.

Er nimmt langsam den Bierdeckel wieder auf und beginnt, mit der Kante sinnlose Linien auf dem Tischtuch zu zeichnen.

Zum Glück kommt der Ober, oder ist es der Chef des Hauses *Da Vito*?, und fragt nach ihren Wünschen, frisch, laut, unbefangen, so richtig italienisch, das tut gut.

»Leo«, fragt er vertraulich – Leo scheint hier Stammgast zu sein –, »Leo, was kann ich für dich tun? Essen, trinken? Und – la bella donna?« Damit wendet er sich ihr zu.

Ein Italiener wie aus dem Bilderbuch.

»Willsch was essa?«, fragt Leo.

Elsa schüttelt den Kopf. Vorhin hat sie die restlichen Nudeln von Robert und den übrigen Gurkensalat von Anne vertilgt, das reicht für den Abend. Leo nimmt eine Apfelschorle und Elsa ein Mineralwasser. Wie es scheint, wird Vito an diesen Gästen nicht viel verdienen.

Was nun?

»Hast du abgenommen?«, fragt Elsa und lächelt dabei, denn sie meint es so halb als Scherz, obwohl es ihr wirklich so vorkommt. Oder hatte sie ihn nur zu breit in Erinnerung?

»Hmmm, dr Winterspeck isch runter. On außerdem machet die Fraua mi fertig«, sagt Leo.

»Ach so? Wie denn das?«, fragt Elsa überrascht.

»Mei Fräulein Tochter pubertiert, dass kracht, on mei Ex tut so, als wär i dran schuld.«

»Schuld? An der Pubertät?!«

»Noi, am Krach.«

Damit scheint das Thema für ihn abgeschlossen zu sein. Er schweigt.

»Und – sonst noch?«, fragt Elsa vorsichtig. »Die Frauen, meine ich.«

Leo richtet sich auf und setzt die Ellbogen auf den Tisch. »On du, du läsch mi am ausgstreckta Arm zappla.«

Elsa schrickt hoch und reißt die Augen auf. »Wie – was mach ich? Ich hätte ... – wieso denn? Ich meine, ich dachte, ich musste erst mal ...«

Er sieht sie finster an.

Sie lässt sich an die Stuhllehne zurückfallen. Ein Frontalangriff. Damit hat sie nicht gerechnet.

Er sieht sie finster an.

Auf dem Tischtuch ist ein ausgewaschener rosa Tomatenklecks.

»Tschuldigung, kann ich noch mal so 'n Rotwein haben?«, sagt die junge Frau am Nebentisch über Elsa hinweg in den Raum hinein.

»Ich dachte nicht, dass es wichtig für dich ist«, sagt Elsa zu dem Tomatenklecks.

Leo richtet sich noch weiter auf und lehnt sich ein Stück nach vorn. »Für was hältsch mi eigentlich?« Und, kein bisschen leiser: »I ben net dr Mike, der mal über a Frau drüberrutscht und dann isch gut.«

Die zwei am Nebentisch lassen ihre Gläser sinken.

»Neinnein, ich weiß ...«

Elsa macht eine beschwichtigende Handbewegung, die aber gar nichts bewirkt, im Gegenteil, er rückt noch weiter nach vorn, als wollte er gleich über den Tisch springen, und schüttelt unwillig den Kopf.

»I bin doch net aus Holz«, sagt er. »Der Baumstamm war aus Holz, i bin a Mensch.«

Die zwei am Nebentisch sehen kurz herüber, dann einander an und ganz schnell wieder auf ihre Teller.

»Wenn moinsch, i …«, setzt er unvermindert laut wieder an, und sie kann schließlich nicht »pssst!« sagen, oder: »Jetzt sprich doch ein bisschen leiser!« oder dergleichen, was soll sie machen, sie legt die Hände auf seine Handgelenke und sagt: »Leo!«

Seine anbrausenden Worte, was immer er sagen wollte, geraten ins Stocken, verebben und versanden. Er sinkt ein wenig auf seinem Stuhl zusammen.

»Leo«, sagt Elsa, »ich musste doch selber erst mal klar werden.«

»Klar werda über was?«, brummelt er.

»Na, wie es weitergehen soll!« Jetzt hat sie seine Handgelenke fest gepackt, dabei hatte sie sich geschworen, ihn nicht anzufassen, außer höchstens für einen warmen Händedruck zum Abschied.

»Eine Schorle, ein Wasser, prego!« Elsa lässt rasch Leos Hände los, aber Vito lächelt ihr im Gehen aufmunternd zu.

Jetzt hat sie wieder den Faden verloren.

»Und mich machen die Männer fertig«, sagt sie schließlich, ja, das kann sie wohl mit Fug und Recht behaupten, plötzlich kommt es heraufgeblubbert und einfach aus ihrem Munde heraus. »Johannes hat mir gebeichtet, dass er mit unserer schönen Nachbarin – na ja, sie sind wohl nicht ganz ins Bett, aber fast, soweit ich verstanden habe.« Sie senkt den Blick, als ob sie etwas Schlimmes angestellt hätte.

Warum musste sie das jetzt erzählen? Das hat sie sonst noch keinem erzählt.

Leo hat gerade das Glas gehoben und hält jetzt so abrupt inne, dass es oben herausschwappt. »Was hat der? – Noi. Des isch ja en schöner Heiliger!«

Wie auf ein geheimes Kommando neigen sich die beiden vom Nebentisch einander zu, tuscheln und kichern.

Leo setzt das Glas ab und schüttelt den Kopf. »Hat se 'n tatsächlich rumkriegt.«

Das ist ja nun ein starkes Stück. Typisch Mann. Da ist es natürlich die Frau gewesen. Elsa holt tief Luft und pumpt sich in die Senkrechte auf. »Was soll denn das jetzt heißen?«, fragt sie gereizt. »Weißt du was, ich glaube, sie ist gar nicht so, wie alle denken. Ich glaube, eigentlich ... – eigentlich sucht sie was und kann es nicht finden.« Beim Sprechen geht die Luft leider verloren und Elsa schrumpft wieder zusammen. »Ich weiß nicht«, fährt sie leise fort, »ob sie es gerade bei Johannes finden könnte.«

»I glaub, da musch du dir keine Sorga macha«, sagt Leo stirnrunzelnd.

Seltsam. Wie kann er das behaupten? Oder weiß er etwas, was Elsa nicht weiß?

Aber er spricht gleich weiter: »On jetzt?«

Ja, Elsa, jetzt verhalte dich mal dazu. »Ich glaube, er leidet furchtbar«, sagt sie schnell.

»Er?!« Leo hebt die Augenbrauen. »Ah ja. Gut so. – On du?«

»Ach.« Elsa zuckt mit den Schultern und konzentriert sich auf ihren angekauten Daumennagel. »Ich weiß nicht. Eigentlich« – sie schlägt die Augen nieder – »eigentlich bin ich ja selber nicht besser.«

»Des war doch wohl was ganz andres!«

»Ach ja, war es das?«, fragt Elsa leise. »Wieso denn?«

»Weil du ... Weil i ... – Des isch gar net dr Punkt, ob mir ...«

Nein, das ist wirklich nicht der Punkt. Und Elsa ist sich ganz sicher: Hätte sie ihn nicht versehentlich vorzeitig schachmatt gesetzt, dann wäre es passiert, Wald und Wiese hin oder her. Wo ein Wille ist, da ist auch ein Weg. Sie kann es sich durchaus vorstellen, wie das hätte gehen sollen. Sie hat es sich schon öfter vorgestellt. Vor allem morgens, zugegeben im warmen Bett, vielleicht nicht ganz realistisch. Aber sie hätte nie gedacht, dass sie zu solchen Gedanken überhaupt fähig ist.

»Mein Gott, i versteh di net«, knurrt Leo und reißt sie aus ihren Gedanken. »Für jedes hinterletschte Arschloch fällt dir emmer no a Entschuldigung ei, bloß wenn's um di selber geht, dann gibt's koi Gnade.«

Stimmt das? Keine Gnade? Stimmt nicht. »Doch, aber die Gnade kann ich mir nicht selber geben.«

Leo seufzt tief und macht ein Jetzt-das-wieder-Gesicht. »Ach so, Vergebung der Sünden on so, alles klar«, sagt er.

Sie schüttelt ärgerlich den Kopf. »Ach was, nichts ist klar. Was stellst du dir eigentlich vor?« Sie kann es sich ziemlich genau denken. »Du meinst wohl, unsereins macht ein kleines Stoßgebet: ›Großer Gott, welch ein Fehltritt, Gnade, Gnade, ich bereue!‹« – dazu hebt sie dramatisch die Arme und rollt mit den Augen – »›Herr, du weißt, der Geist ist willig, aber das Fleisch ist schwach, ich will's auch gewiss nicht wieder tun!‹ – und alles ist vergeben und vergessen und fertig, oder wie?«

Er sieht sie an und wartet.

Gut, sie ist noch nicht fertig. »Neinnein, so einfach ist das nicht. Weißt du, Gott ist kein Mülleimer für Sünden, Deckel drauf und vergessen. Da überlege ich mir ganz genau, was ich da vorbringe. Und ich muss keinem was vormachen, auch mir selber nicht, weißt du, nur er und ich« – sie klopft mit dem Zeigefinger auf die Tischplatte, dass das nur klar ist. »Es ist ja nicht nur, dass es passiert ist, sondern auch: Warum? Warum habe ich's gemacht, was steht dahinter, ja? Es ist schwer. Was glaubst du, was ich da dran gearbeitet habe. Ich habe dran rumgemeißelt wie an einem Felsblock, und wenn wieder ein Brocken runter war und ich dachte, jetzt hab ich's – den Klotz, der mir auf der Seele gelegen hat, jetzt hab ich alles abgeladen –, da merke ich hinterher, nein, das war's noch nicht, ich muss noch tiefer. Es ist schwer. Manchmal ...« – das sagt sie lieber wieder dem Tomatenklecks – »manchmal tut es richtig weh.«

Leo sieht sie groß an.

Ach, das war jetzt eine Predigt. Dabei war es das doch gar nicht, was sie ihm sagen wollte, und weshalb überhaupt diese Aufregung, irgendwie peinlich. Sie sieht sich vorsichtig um. Die junge Frau schräg gegenüber am Nebentisch guckt ihr mit großen Kulleraugen gerade ins Gesicht und sieht ziemlich albern aus, weil zwischen ihren Zähnen ein Olivenkern klemmt.

Leo hat das Kinn auf die Hand gestützt und blickt betrübt vor sich hin.

Elsa, du ziehst schon wieder eine Spur der Verwüstung hinter dir her.

»Jetzt guck nicht so«, sagt sie, »es ist ja nicht schlimm. Es ist sogar ziemlich gut. Und es ist auch nur die eine Seite. Die andere ist ...« – sie beugt sich etwas vor und spricht ganz leise, als hätte sie ein Geheimnis zu verraten, dabei müsste sie eigentlich gerade das jetzt ganz laut sagen – »na ja, die andere Seite ist *Glaube Hoffnung Liebe* und so, du weißt schon, *aber die Liebe ist die größte unter ihnen.* Aber es ist trotzdem nicht immer gleich klar, was zu tun ist. Was gut ist für mich und für die andern, also, was richtig ist und was falsch ...« Sie hält inne und verstummt. Wer soll dieses Gestammel eigentlich verstehen?

Leo nimmt die Hand vom Kinn. »Was isch net klar?«, fragt er. »I hätt jetz dacht, alles wär klar.«

Ach richtig. Natürlich. Alles ist klar. Das ist jetzt ihr Stichwort. Also los. Sie legt die Stirn in die Hand und versucht, sich zu konzentrieren. Es war doch alles ganz einfach. Sie hätte es sich vielleicht doch aufschreiben sollen. Völlig verrückt. Jetzt ein Zettelchen herausziehen und sagen: »Leo, ich habe ein paar Augenblicke mit dir gehabt, die ich nie vergessen werde ...« – mit dem Positiven anfangen, das hatte sie sich gut überlegt – *aber,* und dann das große Aber, »du musst verstehen, es kann so nicht weitergehen, es ist besser, wir sehen uns nicht mehr. Mach's gut.« Und aufstehen und gehen und dann sieht sie ihn nicht mehr.

Ach ja. Darüber hat sie überhaupt noch nicht nachgedacht. Nicht wirklich. Wenn sie jetzt geht, dann sieht sie ihn nicht wieder. Sie blickt auf und gerade genau in seine hellgrauen Augen, die sie aufmerksam ansehen. Sie rettet sich zu dem Tomatenklecks. Elsa, was ist denn los mit dir. Sagen und gehen. Der Tomatenklecks beginnt zu verschwimmen.

»Ich, emm, ich bin gerade mal ...«, sagt sie schnell und steht auf, läuft erst einmal in die falsche Richtung, ach so, nein, anders, um die Holzwand herum.

Die grelle Nüchternheit des Toilettenraums tut gut. Elsa klatscht sich ein paar Handvoll kaltes Wasser ins Gesicht und richtet sich straff auf. Da sieht sie sich aus dem Spiegel heraus an. Ein grausames Licht, weiß, von schräg oben, es meißelt ihr Fältchen ins Gesicht, die eigentlich noch gar nicht da sind, auf der Stirn, um die Augen, um den Mund. Sie stützt sich auf den Waschbeckenrand, beugt sich vor und betrachtet sich. Ach, Elsa, jetzt stell dich doch nicht so an, würde sie jetzt gern laut sagen, wenn da nicht die zwei Mädchen wären, die kichernd am Kondomautomaten drehen.

Los jetzt, Elsa!! Aufrecht und entschlossen tritt sie aus der Tür und hält inne.

Vito steht bei Leo am Tisch und sagt gerade eben kopfschüttelnd und mit einer dramatischen Geste: »Verheiratet? Mein Gott, *che sfortuna*, was für ein Unglück! Gehst du zu ihr, machst du sie unglücklich. Gehst du nicht zu ihr, machst du sie auch unglücklich. *Che sfortuna*!«, und immer noch kopfschüttelnd wendet er sich zum Gehen.

Die beiden vom Nebentisch sehen ihm über ihre Eisbecher hinweg nach.

Leo liegt mehr auf seinem Stuhl, als dass er säße, nun richtet er sich schwerfällig auf und zieht wieder seinen Bierdeckel zu Rate, der inzwischen einen Knick bekommen hat.

Elsa lässt sich auf ihren Stuhl fallen. Wasser! Gierig trinkt sie ihr Glas auf einen Zug leer. Leo sieht ihr zu. Sie setzt das Glas vor sich auf den Tisch, es ist schön kühl, sie hält es mit beiden Händen fest und lässt ihre Augen den Glasrand entlangwandern, immer in die Runde, herum und herum.

Jetzt los. »Leo«, sagt sie, aber – nein, anders. Sie starrt vor sich hin, sie überlegt.

Aber jetzt kommt seine Hand in ihr Gesichtsfeld. Auf der weißen Tischdecke schiebt sie sich langsam heran, zögert, die Finger klopfen unentschlossen auf die Tischplatte. Wenn sie jetzt nichts unternimmt, wird er gleich ihr Glas erreicht haben.

Nein, sie wird – ihn – nie – wiedersehen, und wenn doch irgendwann, zufällig, dann ist es nicht eigentlich dieser, nur einer, den sie mal kannte, was war da doch gleich, war da was? Ein heißes Wühlen steigt aus ihrem Innern herauf, das Glas verschwimmt mitsamt seiner Manschette aus weiß verkrampften Fingern. »Ach, Leo«, bringt sie gerade noch hervor, »es fällt mir so schwer«, mit gequetschter Stimme, keine Glanztat, aber immerhin. Sie springt auf, »Mach's gut«, sagt sie, drückt flüchtig seinen Unterarm, zieht ihre Jacke vom Garderobenhaken und stürzt hinaus.

Draußen ist es dunkel und die Luft ist kalt, der Nieselregen kühlt ihr heißes Gesicht. Sie bleibt stehen und zieht ganz tief die Luft ein, bis der Atem wieder ruhiger wird. Na also. Es geht doch. Die Welt ist noch da. Die Straßenlaterne und eine Bierdose, die vom Wind getrieben durch den Lichtkegel rollt. Eine Böe trägt einen kalten feuchten Schwall in ihren Nacken. Sie streift sich die Jacke über. Die Beine fühlen sich so schwach an. Jetzt bloß an nichts denken. Ihre Knie sind ganz weich. Nicht nachdenken. Worüber auch?

Da drinnen, ganz tief, zieht sich etwas heiß zusammen, ganz innen drin. Immer mehr, bis es schmerzt. Aber jetzt öffnet es sich und drängt nach oben. Das soll nicht sein, sie macht ein paar stolpernde Schritte, aber es hilft alles nicht, ein komischer

Schluchzer drängt sich ins Freie. Wenn das bloß keiner sieht. Gleich da drüben ist ein dunkler Hauseingang, eine schwarze Höhle, wo der Lichtschein der Laterne nicht hineinkommt. Sie tastet sich an der Wand entlang und lässt sich auf die unsichtbaren Stufen sinken. Da sitzt sie, eine erwachsene Frau, und heult wie ein Schulmädchen, haltlos, das Gesicht in die Hände gepresst. Was für ein Unsinn. Elsa! Hoffentlich kommt jetzt keiner! Aber es hilft alles nichts, wie es sie schüttelt und wie die Tränen aus den Augen rinnen, es geschieht einfach so.

Elsa fährt zusammen und blickt auf. War da eine Bewegung am Eingang zur Pizzeria? Da kommt einer herausgetrottet, kein Zweifel, das ist Leo. Elsa drückt sich tief in den Schatten. Die Hände in den Hosentaschen, geht er ein paar Schritte, bleibt stehen, kickt plötzlich mit einer heftigen Bewegung die Bierdose über die Straße.

Da regt es sich wieder an der Restauranttür. Vito kommt heraus, mit einer Flasche in der Hand, tritt von hinten an Leo heran und legt ihm eine Hand auf die Schulter. »Die schenk ich dir«, hört Elsa ihn sagen, »wenn du mir versprichst, dass du nichts andres trinkst! Versprich es mir! Ehrenwort?« Damit geht er um ihn herum und streckt ihm die Rechte hin.

Leo zieht langsam die Hände aus den Taschen, die Rechte für den Händedruck und die Linke für einen leichten Schlag an Vitos Oberarm, und nimmt die Flasche. Der Italiener fasst ihn noch mal an beiden Seiten an den Schultern und geht wieder hinein.

Nun macht Leo zu allem Überfluss noch ein paar Schritte auf den Hauseingang zu. Elsa umfasst ihre Knie und macht sich ganz klein. Da steht er im Regen drei Schritte vor ihr und betrachtet die Colaflasche. Elsa hält die Luft an.

Aber jetzt stutzt er und hebt den Kopf, sieht in ihre Richtung und schirmt mit der Hand das Licht ab. »Elsa?«, sagt er ungläubig.

Sie steckt die Nase zwischen die Knie und macht die Augen zu.

Aber er stellt die Flasche auf die Treppe, fasst sie an der Schulter, dann am Arm, und zieht, mit beiden Händen, bis sie bei ihm oben ist, sie muss gar nicht stehen, er hält sie, er ist um sie herum, ganz nah, macht einen seltsamen Schniefer und sagt: »Elsa.«

JOHANNES reibt sich die Augen. Die Digitaluhr zeigt 22:10.

Spätestens um halb zehn ist sie wieder zu Hause, hat sie gesagt. Was soll's, sie wird sich verplaudert haben. Außerdem sind die Busverbindungen ziemlich schlecht um diese Zeit. Warum hat sie nicht den Wagen genommen? Sie könnte an so einem Abend doch wirklich ohne Alkohol auskommen. Aber klar, sie fürchtet sich vor dem Stuttgarter Straßenverkehr, Elsa ist ein Kind vom Lande.

Sie hatte es ganz sachlich angekündigt und ziemlich unbewegt, mehr nebenbei nach dem Mittagessen: Ich habe noch was mit Leo zu besprechen. Johannes war nur zusammengezuckt, weil es so unerwartet kam, der Name war schon seit Wochen nicht mehr gefallen. Samstagabend in der Stadt hätte sie mit ihm ausgemacht, um sieben in einer Pizzeria. Außerdem bekommt er noch siebzig Euro von mir, hatte sie auch noch gesagt, sie wollte ihm das nicht einfach überweisen oder so, sie wollte noch mit ihm reden. Da hatte Johannes Verständnis, keine Frage.

Ob er sich Sorgen machen muss? Nein, eigentlich nicht, wenn kein Bus fährt, wird sie ein Taxi nehmen.

Die Predigt für morgen steht, kein Höhepunkt seiner Kanzellaufbahn, aber solide Arbeit.

22:20.

Eigentlich könnte sie anrufen, wenn sie so viel später kommt. Normalerweise macht sie das immer. Obwohl, es ist natürlich ihre Freiheit.

Johannes löscht die Schreibtischlampe. Jetzt noch ein bisschen ausspannen, das hat er sich verdient. Die Weinflasche ist schon fast leer. Das war die letzte. Schade. Warum hat Elsa keinen Wein mehr eingelagert? Dieser rote Italiener ist wahrhaftig nicht teuer.

Johannes macht sich auf den Weg zur Küche. Beim Flurteppich ist eine Ecke umgeschlagen, immer ist diese Ecke umgeschlagen, es wird noch mal einer drüberfallen. Er versucht halbherzig, sie mit dem Fuß flach zu drücken.

Verdrießlich schlägt er die Küchenschranktür zu. Den Rumverschnitt, den Elsa zum Backen verwendet, hat er schon vor drei Wochen ausgetrunken, und sie hat immer noch keinen neuen gekauft. Im Kühlschrank findet er ein angebrochenes Glas saure Gurken und isst zwei.

Er hat Kopfschmerzen. Die zwei Pillen haben überhaupt nicht geholfen. Er wühlt in der Hausapotheke und findet diesen Saft, den er bekommen hat, als sie ihm zwei Weisheitszähne gezogen haben. Ruhig ein guter Schluck, viel hilft viel.

Er tritt vor die Haustür und atmet die kalte, feuchte Novemberluft. Das tut gut.

Die Kirchturmuhr zeigt Viertel vor elf.

Wenn sie sich um sieben mit ihm getroffen hat, und sie haben vielleicht eine Stunde geredet, sagen wir anderthalb, dann Straßenbahn, dann musste sie auf den nächsten Bus warten ... Was soll's, sie ist eine erwachsene Frau.

Die kalte Luft hat die Müdigkeit vertrieben. Nein, er könnte sich nicht vorstellen, jetzt ins Bett zu gehen. Er schläft auf der linken Seite, am Fenster, Elsa auf der rechten, bei der Tür.

Vielleicht ist sie mit ihm mitgegangen. Was sollte sie drei Stunden in einer Pizzeria herumsitzen?

So wird es sein, sie sind zu ihm gegangen. Es ist kalt und nass draußen dieser Tage, was sollte sie stundenlang in der Stadt herumlaufen?

Er geht in die Küche und löffelt die Reste eines Magermilchjoghurts. Kalte Nudeln mit Ketchup wären auch noch zu haben. Ach nein. Aber in der Käsedose liegt ein Stückchen angetrockneter Camembert, er stopft es in den Mund und lässt sich kauend auf einen Küchenstuhl sinken. An der Wand gegenüber steht sauber gerahmt und mit einem Blütenkranz verziert in Kreuzstich: *Bete und arbeite*. Was für eine schlichte kleine Welt sieht ihn aus diesen Worten heraus an.

Ob sie erst etwas gegessen haben oder gleich ins Bett gegangen sind? Wahrscheinlich irgendwelche alten Matratzen in der Ecke, daneben ein Digitalradiowecker aus den siebziger Jahren, im schwachen Licht einer Klemmlampe. Und auf den Matratzen ... – aber wieso eigentlich auf den Matratzen? Vielleicht gibt es auch ein Sofa, ja, wahrscheinlich. Oder auf dem Teppich. Sie warten schon lange aufeinander, und wenn Elsa weiß, wo sie hinwill, dann kann sie sehr zielstrebig und direkt sein. So wie damals auf dem Kirchentag. Drei Gospelchöre, die Bühne im grellen Scheinwerferlicht, der ganze Saal tobt im Rhythmus, singt, tanzt, nur hinten, im dunkelsten Winkel, Elsa und Johannes, er hatte die ganze Zeit Angst, jemand könnte vorbeikommen oder das Saallicht könnte angehen oder das Gospelkonzert schneller zum Ende kommen als er, aber das machte die Sache nur noch aufregender.

Erst jetzt bemerkt Johannes die Hand zwischen seinen Beinen und zieht sie unangenehm berührt zurück.

Kurz entschlossen springt er auf. Was soll er hier herumsitzen und warten und alten Käse kauen? Er wird in die Stadt fahren! Er streift die Jacke über und lässt den Autoschlüssel in die Tasche gleiten.

Aber wohin eigentlich?

Er könnte anrufen. Ganz einfach, der direkte Weg: Ist Elsa bei dir? Ach so, alles klar. Mechanisch greift er zum Handy und steckt es in die andere Tasche. – Aber die Nummer? Wie heißt er doch gleich mit Nachnamen? Keine Ahnung. Leo. Erst Sie, dann du. Wo ist Elsas Adressbuch? Aber das begreift sowieso niemand außer ihr. Johannes sinkt in sich zusammen. Sie ist verschwunden, unauffindbar in dieser großen Stadt.

Anne! Anne hat doch die Nummer für den großen Tag, wenn ihr Kopf groß genug sein wird für den Motorradhelm! Fast beschwingt springt Johannes die Treppe hinauf, kommt beinahe zu Fall, als er über die Teppichecke stolpert, schiebt sich leise ins Kinderzimmer. An der Pinnwand Bilder, Zettel, Fotos aus Monaten und Jahren in ungezählten Schichten, aber rechts unten in der Ecke, auch im spärlich einfallenden Flurlicht mühelos zu erkennen, man möchte fast meinen: an einem Ehrenplatz, eine einzelne Telefonnummer in großen Ziffern. Er reißt den Zettel herunter, stopft ihn in die Gesäßtasche und fühlt sich gleich besser.

Anne atmet ruhig und gleichmäßig. Ein Bein hängt heraus, er steckt es unter die Decke. Dann schaut er noch zu Kathrin hinüber und schleicht sich in Roberts Zimmer. Der hat im Schlaf die Arme hoch über den Kopf gelegt, wie er es schon als Baby getan hat. Johannes nimmt eine kleine Hand, sie fühlt sich ganz weich und warm und trocken an. Dann geht er schnell hinaus.

Der Scheibenwischer zieht Schlieren auf der Frontscheibe, aber er kennt den Weg fast auswendig. Da gibt es doch diese nette kleine Bistro-Bar *La Lionne* in der Eberhardstraße, da kann man auch um diese Zeit noch kultiviert eine Kleinigkeit essen. Das wird ihn auf andere Gedanken bringen.

Für die späte Stunde ist das Restaurant noch erstaunlich gut besetzt. Johannes entscheidet sich für einen Barhocker, einen trockenen Roten und drei überbackene Baguettes und lässt den Blick schweifen. Die dunkellockige junge Frau hinter der Bar wirft ihm ein routiniertes Lächeln zu. Drei Plätze weiter sitzt eine etwas verlebte, aber gepflegte Blondine mit grotesk verknoteten Beinen, spießt lustlos eine Olive nach der anderen auf und versenkt sie zwischen ihren aufreizend rot geschminkten Lippen. Schätzungsweise Reisebüro oder Parfümerieabteilung bei Karstadt. Drüben kämpft ein älteres Paar mit seinen gegrillten Garnelen.

Zum Dessert dürfte es ein bisschen süß sein. Er bestellt einen halbtrockenen Sherry.

Die Blondine wirft ihm über die Schulter einen Blick zu und platziert dabei eine weitere Olive zwischen den Lippen, wo sie auffällig lange verweilt.

Und wenn ihr nun doch etwas zugestoßen wäre?, durchzuckt es ihn. Er fühlt, wie ihm das Blut aus den Wangen weicht und eine Kälte bis zur Stirn emporkriecht. Ein Leben ohne Elsa, wie wäre das? Es würde nicht an Bewerberinnen mangeln, die an ihre Stelle treten wollten, oh nein, ein großes Gerangel würde es geben. Aber er will keine andere. Elsa, sie ist sein Fixstern, ohne sie müsste er ins Leere taumeln.

»Kann ich mal die Erdnüsse haben?«, fragt die Blondine mit sanfter Stimme.

Jetzt will die ihn auch noch anbaggern. Wie? Erdnüsse? Er blickt orientierungslos auf dem Tresen herum. Die Barfrau schiebt mit einer beiläufigen Handbewegung die Schale zu der Blondine hinüber und erntet einen kühlen Dank.

Die Blondine verknotet die Beine andersherum, zupft an ihrem Rocksaum, der dabei seine Lage auf dem Oberschenkel um keinen Millimeter verändert, und greift lustlos in die Erdnüsse. Sie wirft Johannes einen langen, prüfenden Blick zu. »Ist Ihnen nicht gut?«

Johannes nimmt, um Zeit zu gewinnen, einen Schluck von seinem frischen Whisky auf Eis und antwortet möglichst unbewegt: »Nur bisschen im Stress, alles im grünen Bereich.« Das war doch ziemlich cool.

»Sind die Baguettes zu empfehlen?«, fragt die Blondine.

»Käse auf Käse mit Käse, alles fett, ziemlich ungesund.«

»Ach, gesund, ungesund, egal, ich liebe Käse. – Ich weiß, eigentlich sollte ich es besser wissen, ich bin nämlich Krankenschwester« – sie lässt das Wort einen Moment im Raum stehen und einwirken, sicher ist sie gewohnt, damit Überraschung zu ernten – »aber wenn ich mir die Ärzte ansehe, die geben auch nichts auf Gesundheit, rauchen wie die Schlote.«

»Sind Sie gern Krankenschwester?«, fragt Johannes fast mechanisch. »Ich meine, es ist ein ziemlich belastender Beruf?«

»Das ist eine gute Frage«, sagt die Blondine und entknotet ihre Beine. Sie lächelt nachdenklich. »Ja. Ja, doch. Ich bin gerne Krankenschwester. Trotz allem. Wissen Sie, es ist nicht so, dass das einfach wäre. Aber ich habe immer noch das Gefühl, dass es eine sinnvolle Arbeit ist. Und wer kann das schon von seiner Arbeit sagen?«

Ja, wer?

»Ich meine«, fährt sie fort, »es ist nicht so, dass ich keine Probleme hätte. Aber ich wollte nicht ehrlich was anderes machen. Obwohl, die Arbeitszeiten. Und dann diese Verantwortung. Die Ärzte …«

So redet sie weiter. Vielleicht hätte er doch eine andere Frage stellen sollen. Elsa ist inzwischen wahrscheinlich längst zu Hause und wundert sich, wohin er verschwunden ist. Sie wird denken, er hätte einen Notfalleinsatz. Allerdings schreibt er dann eigentlich immer einen Zettel. Aber wenn es sehr eilig war …, wird sie denken.

»Ich lerne nur schwer Leute kennen, ist schwierig mit Kontakten. Eigentlich kenne ich fast nur Leute aus der Klinik«, sagt die Blondine.

Er könnte zu Hause anrufen. Aber vielleicht schläft sie schon. Außerdem könnten die Kinder aufwachen, und wenn sie dann doch nicht da ist?

Die Blondine nimmt von der Barfrau ein hellblaues Getränk entgegen und nutzt die Gelegenheit, ganz beiläufig ein wenig näher heranzurücken. Sie nimmt einen Schluck und streicht die Haare in den Nacken.

Johannes rückt sich auf dem Barhocker zurecht. Hoppla, das ist wackelig. Und es ist so heiß in dem Raum. Er zieht das Jackett aus und legt es zur Seite.

Die Blondine lässt ihn dabei nicht aus den Augen. Sie senkt die Stimme. »Wissen Sie, das ist mir noch nie passiert, dass ich abends wo sitze und dann so in ein Gespräch komme. Ich meine, nicht nur so das übliche Babbala, sondern – na ja, wo es wirklich um was geht.« Sie schlägt geradezu mädchenhaft die Augen nieder und lässt ihren lindgrünen Lidschatten sehen.

Lass dich nach ihrer Schönheit nicht gelüsten in deinem Herzen, und lass dich nicht fangen durch ihre Augenlider.

Johannes dreht sein Whiskyglas und beobachtet die Eiswürfel auf ihrer kreisförmigen Bahn. Als er wieder aufsieht und ihren Blick trifft, gibt es schon keinen Weg zurück mehr. Wie ihre Augen auf und nieder wandern, wie sie ihn aufsaugen!

Dann wendet sie sich plötzlich mit einer heftigen Bewegung zur Seite und sagt: »Ich weiß eigentlich selber nicht, was ich überhaupt hier suche!«

Eigentlich könnte er jetzt sagen: »Ich weiß es schon, aber von mir wirst du es leider nicht bekommen.« Oder er könnte, wie es die andern Männer auch tun, mit ihr vielleicht erst noch woanders hingehen oder ein paar Schritte an die Luft oder sie gleich nach Hause bringen, sie dann, vor der Tür, an sich heranziehen, man braucht gar nichts zu sagen, denn das ist es ja nur, worauf sie die ganze Zeit wartet, und dann mit ihr hinaufgehen. Für den Moment könnte man sie damit sogar glücklich machen, weil sie glaubt, diesmal wäre es anders, und es auch glauben will und lieber an gar nichts anderes denken mag.

Jetzt steht sie vor ihm mit großen glänzenden Augen, streicht die Haare zurück und sagt ganz weich: »Ich könnte ein bisschen frische Luft gebrauchen ...«, kein Zweifel, sie will ihn mitnehmen.

Was nun!? Was soll er jetzt sagen? Soll er etwa sagen: Das ist es nicht, was ich wollte? Tja, Johannes, jetzt ist es passiert. Jetzt sieh zu, wie du da wieder rauskommst.

Es ist inzwischen unerträglich warm und stickig, die Hitze steigt ihm aus dem Hemdkragen und lässt seinen Nacken feucht werden. Er rutscht vom Barhocker herunter und kommt dabei beinahe ins Schwanken, murmelt etwas, blickt sich suchend um und steuert dankbar den Plastikstreifenvorhang an, über dem das Schild »Toilette« den Weg weist.

Nur nicht umsehen.

Ein kühler Luftzug streicht vom andern Ende des Flurs herunter. Eine angelehnte Metalltür. Endlich frische Luft! Die Tür fällt hinter ihm ins Schloss. Außen ist nur ein Türknauf. Aber er hat es sowieso nicht eilig mit der Rückkehr, schließt die Augen und atmet tief ein. Da wird der Kopf gleich wieder klarer.

Er steht in einem engen Hinterhof, von hohen Mauern umschlossen. Ein trostloser Ort, aber die kühle Luft tut gut, und der Nieselregen, kleine kalte spitze Sprenkel in seinem Gesicht. Johannes, du bist ein feiges Arschloch.

Nach dem dritten Versuch hat er einen Mülleimer erklommen, lehnt sich hinten an der Mauer an und lässt die Beine baumeln. Die Füße sind sehr weit weg. Er lässt sie rhythmisch an die Plastikwand schlagen. Schön, wie afrikanische Trommeln. Wie afrikanische Trommeln? Er erstarrt und bleibt eine Weile reglos auf seinem Mülleimer sitzen. Eine kurze Weile. Eine lange Weile.

Bis sich drüben eine Tür öffnet. Da kommt eine Gestalt mit einem Blechkanister heraus, ein penetranter Gestank von Fett und Fisch breitet sich aus, und eine Stimme raunzt ihn an: »He, runter da, ich muss da ran!«

Er plumpst aus der Höhe herab und landet auf den Knien.

»Auch noch besoffen, was? Da geht's raus.«

Er wird unsanft durch ein schepperndes Metallgittertor geschoben und stolpert ins Freie. Wie ausgespien. Aber das ist ja eigentlich ganz angemessen. Schade. Auf dem Mülleimer hat es ihm gut gefallen.

Wo geht es jetzt lang? Die Straßen sind besonders unübersichtlich in dieser Gegend, wo Stuttgart so tut, als hätte es noch eine Altstadt.

Widerwillig macht er sich auf den Weg. Es ist kalt und nass. – Na so was! Hat er doch seine Jacke liegen lassen. Aber jetzt kann er unmöglich noch mal da reingehen. Weil diese Frau da noch ist, auf ihre Uhr sieht, stumm, mit versteinertem Gesicht, auf diese Uhr mit dem breiten rosa Plastikarmband. Dann steht sie bleich und mit rot geränderten Augen auf und geht. Er dreht sich um und sieht zurück. Aber jetzt hat er sowieso keine Ahnung mehr, wo das gewesen sein könnte. Gut so.

Da ist ein Einstieg zur U-Bahn. Da unten ist es wenigstens trocken. Seine Füße laufen den hell erleuchteten Gang entlang. Sie laufen, bei genauem Hinsehen, nicht richtig geradeaus. Die Seitenwand wankt ein bisschen, sie kommt näher, dann entfernt sie sich wieder. Interessant. Aber von außen wird es wahrscheinlich gar nicht auffallen. Nein, Torkeln ist das noch nicht, eher ein unsteter Gang.

Da drüben geht es runter zu den Gleisen. Wirklich, hier ist es wärmer. Auf einer Bank zwischen den Säulen haben sich zwei Wohnsitzlose niedergelassen. Da sitzen sie zusammengekauert mit ihren Plastiktüten. Die haben wenigstens einander. Die wissen, wo sie hingehören: Jetzt, in diesem Moment, gehören sie hierher. Das ist ihr Platz, Seite an Seite, und Johannes, jetzt predigst du schon wieder.

Er stellt sich beiläufig daneben und sucht ziellos auf dem Linienplan herum. Da ist der Neckar. Und schau an, da gibt es eine Poststraße. Das ist eine echte Loser-Straße. Billiges Pflaster, gleich am Gefängnis. Bei Monopoly hat er es auch nie zu was gebracht.

Unfug, er kann sowieso nicht mit der U-Bahn fahren, er hat ja kein Geld.

»Die da oben machn doch eh, wasse wolln«, lallt einer der Männer unvermittelt und verfällt wieder in Schweigen.

Nach einer Weile murrt der andere: »On dann isch se auf on davo, mit ma andra Kerl.«

Ein Gespräch im eigentlichen Sinne ist das wohl nicht. Da kann Johannes auch mitmachen. Mal sehen. »Und dann kommt einer und plötzlich biste einfach überflüssig«, sagt er.

»So isses!«, ruft der Erste und hebt die Schnapsflasche. »Wills auch 'n Schluck, Bruder?«

So sind sie, die Benachteiligten der Gesellschaft. Die Gemeinschaft macht sie stark. Johannes setzt die Flasche an und nimmt einen Schluck. So schlecht ist der Fusel gar nicht, kratzig und ziemlich geschmacksneutral. Er hält die Luft an und leert die Flasche zur Hälfte.

»Äi spinnstu?«, schreit der Mann und springt auf, »lass uns auch noch was übrig!«

Der andere hat nur mit entsetzt aufgerissenen Augen stumm den Arm nach der Flasche ausgestreckt.

»Jetz kauf uns 'ne Neue«, schnauzt der Erste und macht einen schwankenden Schritt auf Johannes zu.

Der geht rückwärts und hebt bedauernd die Hände. »Tut mir leid, hab kein Geld, ich – ich hab meine Jacke verloren.«

»Das kannste deiner Großmutter erzähln«, brüllt der besoffene Penner und grapscht nach ihm.

Johannes wendet sich um, wankt, stürzt vorwärts den Bahnsteig entlang. Ein Schlag an seiner Schulter, eine Säule verstellt ihm den Weg, er umschifft knapp eine Gruppe von fröhlichen Nachtschwärmern. Nur weg, die Rolltreppe hoch. Stolpernd kommt er zum Stehen und sieht sich atemlos um. Niemand ist hinter ihm her.

Heute ist der Tag des Davonlaufens.

Der Fusel schlägt voll durch. Schön, nichts mehr denken. Kein Gestern, kein Morgen. Er trottet weiter durch einsame verzweigte Gänge mit nachtstillen Geschäften. Ein tropfnasses Pärchen kommt ihm entgegen, er sieht sie lieber nicht an. Links geht es in ein Parkhaus. Ob da der Wagen steht? Keine Ahnung, aber der Autoschlüssel ist sowieso in der Jacke, und die Jacke ist irgendwie verloren gegangen. Wie soll das nur alles werden?

Jetzt geht es auch noch ins Freie hinaus. Johannes stapft mühsam die Treppen hoch – und steht vor einer überdimensionalen Kreuzigungsgruppe. Muss denn das sein? Christus am Kreuz mit klagenden Frauen. Dahinter die, die Dings, die Leo-, die Leonhardskirche. Leo!? So 'n Scheiß. Christus vor der Leokirche, und auch noch wankend wie ein Grashalm im Wind.

Johannes gibt sich einen Ruck, das Kreuz steht wieder still. Weitergehen. Regen rieselt ihm den Rücken hinunter. Da ist ein Straßenschild. Pfarrstraße. Wollen ihn denn alle verarschen? Da will er auch nicht bleiben. Die Straße hoch. Jetzt wird es auch noch steil. Außerdem dreht sich alles ganz langsam nach links unten. Er kann kaum gegenhalten, lässt sich auf die Bordsteinkante sinken und schlägt ziemlich hart auf.

Von hier unten sieht die Welt wieder ganz anders aus. Das Wasser im Rinnstein umspült seine Schuhe. Ein kleiner bunter Papierfetzen kommt herangeschwommen, drückt sich hinter seiner Ferse hindurch, wird weitergerissen, unwiderstehlich weiter, auf den Gully zu und zwischen den Rippen hinab in eine unergründliche schwarze Tiefe. Johannes sieht schnell weg. Hinab in die Finsternis. Er schließt die Augen. Er sinkt tiefer, tiefer. Etwas zieht ihn nach unten. *Spräche ich: Finsternis möge mich decken und Nacht statt Licht um mich sein …* Was soll das jetzt hier? Das hat hier nichts zu suchen. *Nacht statt Licht …* Wie geht es doch weiter? Er hat es vergessen. Nein, er hat es nicht vergessen, er weiß es nicht mehr. Das ist etwas ganz anderes. Tiefer und tiefer, in eine bodenlose Finsternis. Da ist ein seltsames Rauschen in seinen Ohren, es wird immer lauter.

Johannes reißt die Augen auf und sitzt wieder oben auf der nassen Bordsteinkante. Besser weg von hier.

Der Tag des Davonlaufens.

Er versucht sich aufzurichten. Aber das ist schwierig, er kommt nicht hoch, versucht es noch einmal, und noch einmal mit Schwung – da plötzlich aus dem Nichts zwei große bleiche grelle Lichter. Ein Kreischen, er kommt zu Fall, über ihm Lichtkegel, und noch ein dumpfes Krachen, ein harter Stoß gegen seine Schläfe und schwarz.

Doch nicht schwarz, Silberflitter tanzen vor seinen Augen, setzen sich und geben den Blick frei. Johannes ringt nach Luft und hebt den Kopf. Die Lichter stehen still, alles steht still. Über ihm eine Stoßstange, neben ihm, fast an seiner Wange, ein schwarzer, kalter Gummireifen, aber er steht still.

Das hätte es jetzt sein können.

Autotürenschlagen und Stimmen, eine weibliche: »Ja sind Sie denn von allen guten Geistern verlassen, hier eine Vollbremsung?«, eine männliche: »Höret Se, mir isch en Mann vors Auto glaufa!«, jetzt näher: »Hallo, hallo, sen Sie verletzt? – Wo isch denn jetzt mei Handy«, die weibliche: »Sehen Sie sich das an, das ist ein Neuwagen, ich hoffe, Sie sind gut versichert!«

Johannes wälzt sich auf den Rücken. Das wär's jetzt fast gewesen. Er faltet die Hände und schließt die Augen. So muss es sein, wenn man im Sarg liegt. Einfach weg sein. Keine Kränze, keine Lieder, keine Grabreden. Einfach weg. Schön.

»Hallo! Sen Sie verletzt?«

Jemand rüttelt an seinem Arm. Johannes hebt widerwillig die Lider, stemmt sich hoch und richtet sich schwerfällig auf. Er wankt. »Neinnein«, sagt er, »alles klar so weit. – Das wär's jetz beinah gewesn. Aber 's hat noch nich gereich'. – Tschschulligung.«

»Aha, na klar, sturzbetrunken!«, sagt die Frau verächtlich.

»Na bitte!«, ruft der Mann erleichtert, »hab i doch gsagt! Der isch mir oifach so vors Auto gstolpert!«

»Also, ich geh dann mal.« Johannes macht einen Schritt zur Seite.

Der Tag des Davonlaufens.

Aber der Mann packt ihn am Arm und herrscht ihn an: »Sen Sie no ganz bei Troscht?!«, und die Frau kreischt gleich los: »Halt! Nein! Stehen bleiben! Wann kommt denn endlich die Polizei!?«

Zu dumm. Ausgerechnet jetzt wird es wohl nichts mit dem Davonlaufen.

Elsa beobachtet ihre Füße. Ihre Füße auf dem nassen schwarzen Asphalt, Schritt, Schritt, Schritt für Schritt, ein Stückchen Weg durchmessen, es gleitet nach hinten, vergessen, so geht es voran, voran, ganz von allein, sie muss gar nichts tun, es tut sich von allein, Schritt für Schritt, was hinten, bleibt vergessen. Elsa geht nach Hause. Ihre Jacke ist durchweicht, die Schultern sind nass, aber das ist egal, es ist nicht kalt, weil sie läuft, läuft.

Da ist schon die Ecke, wo die Kirchstraße von der Hauptstraße abzweigt, gleich hinter der Sparkasse. Elsa bleibt stehen und schaut sich ungläubig um. Wie lang ist sie gelaufen? Sie weiß es nicht. Stunden.

Sie geht jetzt langsamer. Da drüben ein einziges trübes Licht im Fenster. Ein schlafloser alter Mensch? Ein Kind, das sich im Dunkeln fürchtet? Es ist still bis auf das Geräusch ihrer Schritte.

Aber da – ein Auto – zu dieser Zeit? Auf dieser Straße? Es kommt ihr entgegen, in langsamer Fahrt. Elsa zögert und bleibt stehen. Das Auto rollt vorbei. Hat ihr nicht jemand zugewunken? Sie kennt das Auto. Es ist Elianes weißes Cabrio. Eliane saß am Steuer, mit ihren weißen Handschuhen, und neben ihr saß ein Mann. Aber nicht Dr. Nelling, sondern einer mit dunklen Haaren.

Elsa sieht dem Wagen nach, bis die roten Rücklichter verschwunden sind.

Seltsam. Die einen kommen nach Hause, die andern fahren weg.

Elsa setzt ihren Weg fort. Aber es ist nicht mehr so schön wie vorher.

Die Kirchturmuhr schlägt zwei. Das ist seine Kirche. Da ist der Turm, das Pfarrhaus – aber was für ein seltsames Licht, ein trübes Rot auf der Hauswand, unruhige Schatten. Elsa beschleunigt ihren Schritt. Feuer!

Elsa rennt.

Das Haus! Die Kinder! Johannes!

Nein, es ist nicht das Pfarrhaus, das brennt. Es ist das Haus daneben. Nellings Haus. Elsa rennt keuchend durch das Tor in den Pfarrgarten, nach hinten zum Zaun.

Dort drüben ist das Feuer, gleich vor Elianes Terrassentreppe. Es brennt hell, es lodert, es knistert.

Man muss es löschen. Elsa springt über den Zaun und läuft auf das Feuer zu. Ein mannshoher Berg von Holzgeschnitztem, Korbgeflochtenem. Graspuppen, Webteppiche, Bilder mit und ohne Rahmen – alles wirr aufeinandergetürmt wie Sperrmüll, ein Scheiterhaufen. Das brennt vorzüglich, natürlich, selbst im Nieselregen. Keine Chance. Sie tritt einen Schritt zurück. Ihr Fuß stößt an eine Flasche. Cognac, vom Feinsten. Daher der süßliche Geruch.

Ein flambierter Scheiterhaufen.

Funken stieben, das Holzspalier auf der Terrasse hat Feuer gefangen, Flammen züngeln aufwärts.

Klingelt da nicht im Pfarrhaus das Telefon? Telefon! Elsa macht auf dem Absatz kehrt, kramt mit fliegenden Händen ihren Schlüssel heraus. Feuerwehr, 112, »Kommen Sie schnell, es greift auf das Haus über!«

Anne steht weinend vor ihr im Flur. »Mama, was ist denn los? Wo ist Papa?«

Johannes schüttelt noch einmal den Kopf. Oder nein, er dreht ihn vorsichtig hin und her. Das ist nicht so einfach, denn sein Gehirn schwappt wie eine wabernde Masse rundherum. Da dreht sich alles, über- und gegen- und durcheinander.

»Wo haben Sie Ihre Papiere gelassen? Was haben Sie eigentlich alles geschluckt?«

Johannes betrachtet die braunen Flecken auf seinen Knien. Die Luft hier ist unerträglich.

»Wollen Sie uns jetzt verraten, wie Sie heißen? Es wird doch nichts besser mit dieser Heimlichtuerei.«

Johannes kann nicht gut sehen. Dauernd rutscht alles zur Seite weg. Er kneift die Augen zu und öffnet sie wieder.

»Ist Ihnen nicht gut? Können Sie mich sehen?« Der Polizist hinterm Schreibtisch macht eine winkende Bewegung.

Das sieht unglaublich albern aus, aber höflicherweise winkt Johannes zurück.

»Was willsch erwarta bei zwei Komma acht Promille?«, sagt es von der Seite. »Dafür hält er sich doch no ganz gut.«

Mit einiger Anstrengung erspäht Johannes einen anderen, älteren Polizisten mit grauem Schnauzbart und winkt ihm vorsichtshalber auch. Der Schnauzbart verbreitert sich zu einem Grinsen.

»Ich habe den Eindruck, Sie sind sich über den Ernst der Lage nicht ganz im Klaren«, sagt der Erste und zieht ein Blatt Papier aus der Schreibtischschublade. »Für den Auffahrunfall werden Sie auf alle Fälle belangt. Also, versuchen wir's noch mal. Name?«

»Ich weiß nich ...« ... wofür das gut sein soll, will Johannes sagen, aber es ist nicht richtig herausgekommen.

»Sie wollen mir doch nicht weismachen, dass Sie Ihren Namen nicht mehr wissen? Wollen Sie mich auf den Arm nehmen?« Der Polizist wirft den Kugelschreiber hin. »Was soll's!? Ab in die Zelle!«

Aber der andere hebt beschwichtigend die Hand. »Irgendwie han i des Gfühl, i han des Gsicht scho mal gseh«, sagt er zu seinem Kollegen, und zu Johannes: »Sen Sie irgendwie – na ja, stehet Sie im Licht der Öffentlichkeit? Mir findet's sowieso raus.«

Natürlich, in der Zeitung hat er ihn gesehen. Oder womöglich sogar im Fernsehen. Hoffentlich fällt es ihm nicht ein.

»Kommet Se, es isch doch bloß zu Ihrem Beschta«, sagt der Schnauzbart. »Wie hoißet Se? Wenn Se wieder hoim wellet, müsset Se uns scho verrata, wie Se hoißet«, und, nach einer Pause: »Wellet Se dahoim anrufa?«

Zu Hause? Johannes dreht den Kopf, wartet, bis sein Hirn wieder zum Stillstand gekommen ist, und greift widerstrebend zum Hörer. Bitte, wenn der unbedingt will. Die ist doch eh nicht zu Hause.

Die Zahlen auf der Tastatur sind lächerlich klein, er muss ganz genau zielen, das ist sehr anstrengend, nach drei Ziffern muss er eine Pause einlegen.

»Was ist?«, fragt der andere Polizist ungeduldig.

Wenn der guckt? Wenn die gucken, welche Telefonnummer er tippt, dann haben sie ihn. Denen ist alles zuzutrauen. Johannes grapscht nach einem Ordner und stellt ihn zwischen Telefon und Polizist; dabei fällt der Telefonhörer zu Boden.

Der Uniformierte verdreht die Augen.

Johannes lässt einen Finger über der Tastatur schweben. Die Zeitanzeige sagt 02:05. Zu Hause. Der Rufton. Tuuut – tuuut. Fünfmal, sechsmal. Aber wenn sie jetzt wirklich abnimmt, schießt es ihm durch den Kopf, was sage ich dann? Das Herz schlägt ihm bis zum Hals.

Aber nein, sie nimmt nicht ab. Zehnmal, elfmal. Wenn nur die Kinder nicht aufwachen. Zwanzigmal. Keiner nimmt ab. Er schleudert den Telefonhörer auf die Gabel. »Sie is nich da! Sie is immer noch nich da!«, schreit er und springt auf. Seine Beine laufen ein paar ziellose Schritte hin und her. »Wenn der im Bett so gut is wie auf der Bühne, dann kann ich einpacken!«

Der Polizist hinterm Schreibtisch tippt sich mit dem Zeigefinger an die Stirn.

Der andere kommt heran, zieht Johannes sanft auf den Stuhl zurück und klopft ihm sogar väterlich auf die Schulter. »Geht's um Ihr Frau?«, fragt er. »Hen Se Probleme mit Ihrer Frau?«

Wie kommt der da drauf? Johannes schweigt.

Der Polizist kratzt sich hinter dem Ohr. »Was machet Se denn beruflich?«

Gute Frage. Die werden sich wundern! »Ich bin Pfarrer!«, verkündet Johannes.

»Wie bitte?!«

»Ich bin Pffarrrerrrr!«

Die Polizisten reißen die Augen auf und sehen sich an.

So ist es recht, da staunt ihr.

»An welcher Kirch sen Se denn Pfarrer?«, fragt nun der Schnauzbart misstrauisch.

Sehr raffiniert. Johannes schwenkt den Zeigefinger hin und her. »Das verrat ich nich, sons' verpetzt ihr mich noch beim Dekan.«

Der Polizist grinst und verschränkt die Arme. »Kommet Se, weit kann Ihr Kirch net sei. Sie hen doch vorher a Nummer ohne Vorwahl gwählt.«

Diese Schweinehunde! Jetzt haben sie ihn reingelegt. »Einssunull für Sie«, murmelt er und lässt sich auf seinem Stuhl zusammensinken.

Das wabernde Gesichtsfeld hat sich weiter beruhigt. Johannes kann inzwischen fast den ganzen Schreibtisch übersehen. Die Polizisten unterhalten sich über ihn, aber das ist ihm egal. Er hat etwas Seltsames, etwas Faszinierendes entdeckt. Er legt den Kopf schräg.

Es ist ein zylinderförmiges Gebilde, weinrot, an dem jede Menge Büroklammern kleben, wie Riesenameisen, die einen Baumstamm erklimmen. Beim zweiten Anlauf hat er das Ding zu fassen gekriegt und versucht nun, alle Büroklammern durch das Loch an der Oberseite ins Innere zu stecken. Das ist schwierig, denn die vorwitzigen kleinen Dinger kleben an der Oberfläche fest und schnappen immer wieder dahin zurück, wenn man sie nicht sehr gut festhält.

Der Polizist hinterm Schreibtisch sieht ihm misstrauisch zu.

Die Stimme des andern sagt von hinten: »Mensch, Werner, jetz sei doch net so, wenn er so a Freud dran hat!«

Jetzt hat Johannes etwas ganz Spannendes herausgefunden. Das muss er denen sofort erzählen. »Gucken Sie mal, die kleben sogar zusammen, wie eine Kette! Hier, eins klebt am andern!«

Von hinten wird ihm auf die Schulter geklopft. »Tolle Entdeckung, alle Achtung!«

Der andere grinst blöd.

Johannes lehnt sich zurück, er muss nachdenken. Jetzt hat er's. »So ist das auch mit dem Glauben!!«

Die beiden Polizisten sehen ihn verdutzt an. Der eine lümmelt immer noch im Schreibtischstuhl, der andere lehnt jetzt daneben an der Schreibtischkante.

»Oder vielmehr: So sollte es sein.« Johannes lässt eine Büroklammerkette von der Magnetdose herunterbaumeln. »Also: Das große Ding hier, das wär Jesus, und diese Dinger, das sind wir. Und die Kraft geht durch alle durch – durch die Jahrhunderte auch, ja?, und von Mensch zu Mensch – man sieht nicht, wo sie herkommt, aber solange die Verbindung da ist, ja?, da ist auch die Kraft da. Man sieht sie nicht, und man weiß nicht, wo sie herkommt. Aber sie hält alles zusammen. Klar?« Das ist großartig. Danach hat er schon lange gesucht. »Und das Beste: Wenn eins runtergefallen ist – wupp, wird es wieder angezogen. Da! Wupp! Ist es wieder bei den andern!« Ja, so muss es sein. So muss es einfach sein. Das ist wichtig. Lebenswichtig.

Der Polizist an der Schreibtischkante schüttelt den Kopf und schiebt ihm wieder das Telefon hin. »Wollet Se's nommal probiera?«

Johannes schiebt es wieder weg. »Ach was, die liegt woanders im Bett. Hat gar kein' Zweck. Weck ich bloß die Kinder auf.«

Die Miene des Polizisten verfinstert sich. Wahrscheinlich hat er auch Kinder.

Über dem Waschbecken in der Ecke hängt ein Spiegel. Johannes erhebt sich schwerfällig, trottet hinüber und klatscht sich zwei Handvoll Wasser ins Gesicht. Er betrachtet sich im Spiegel. Das Kinn ist blutig abgeschürft, die Haare nass, das Hemd verdreckt und verklebt, aber sonst sieht er noch ganz gut aus. Wie ein Kinofilmstar nach der Kinofilmschlägerei.

»Könnt ihr euch wohl nich vorstellen, was? So 'n toller Mann, schön und berühmt, und da lässt die Frau sich mit 'nem andern ein.«

Er hat genug. Er mag dieses Gesicht jetzt nicht mehr sehen. Er dreht sich um. Die Wand gegenüber ist schmutzig gelblich-weiß, mit einem breiten schwarzbraunen Kratzer auf halber Höhe. Und darüber ist eine halbmondförmige Kerbe. Aber sonst ist die Mauer schön groß und glatt und übersichtlich, einfach viereckig, vier Geraden, vier Ecken. Klar, überschaubar, ohne Geheimnisse. Ein Gebilde ohne Wenn und Aber, ohne Zwischentöne, Untertöne, ohne Botschaft, ohne Bilder. Nur sehen, berühren, wissen: Es ist da, wirklich da. Er muss hin zu dieser Wand. Schon stürzt sie auf ihn zu.

»Halt!«, schreit es von der Seite, völlig sinnlos, es gibt kein Zurück mehr.

Die Stirn schlägt auf die Halbmondkerbe, ein kalter, trockener Schlag, als wäre augenblicklich das Gehirn versteinert und erfroren. Die Kälte packt den ganzen Körper, er spürt, wie die Knie einknicken.

Durch das Pfeifen in den Ohren kann er nur noch hören, wie einer »Au, Scheiße!« schreit und »Los, ruf in der Klinik an!«

XV

Elsa schüttelt den Kopf. »Nein, ich habe die Gesichter nicht erkannt.«

»Aber Sie sagten doch, dass Frau P-hhh-äääh-Nelling am Steuer saß?« Der Polizist hebt die Augenbrauen.

»Ich« – Elsa fasst sich an die Stirn – »nein, ich habe ihr Gesicht nicht gesehen. Es war nur ihr Auto, und ich habe die weißen Handschuhe gesehen, so wie Eliane – Frau Nelling sie trägt.«

Der Polizist nickt geduldig und räuspert sich. »Und nun – Ihr Mann? Was ist denn nun mit Ihrem Mann?«

Elsa lässt die Hände und die Schultern fallen. »Ich weiß es nicht!!«

Ein spöttisches Auflachen gleich neben ihrem Ohr lässt sie zusammenfahren.

»Ich bitte Sie!« Es ist Dr. Nelling.

Wo kommt der jetzt plötzlich her?

»Ich bitte Sie«, ruft er, »das liegt doch auf der Hand!«

Der Polizist schiebt seine Schirmmütze nach hinten.

»Nelling!«, bellt Dr. Nelling. »Ich bin gerade von einem Kongress in Tokio zurück. Ich bin der Besitzer von dem allen hier.« Er macht eine mehr wegwerfende als hinweisende Handbewegung zum Haus hin. »Ihr Kollege hat mich schon informiert. Sie brauchen nichts aufzuschreiben. Ich bezahle alles. Das war nur ein kleines – ein kleines Freudenfeuer meiner Frau. Sie ist Künstlerin, müssen Sie wissen.« Die »Künstlerin« hat er mehr ausgespuckt als gesprochen.

»Wir müssen den Vorfall schon ordnungsgemäß aufnehmen«, sagt der Polizist und zieht die Schirmmütze wieder in die Stirn.

Inzwischen hat sich eine kleine Runde von Zuschauern zusammengefunden, obwohl es drei Uhr nachts ist. Vier Männer von der Feuerwehr, die gerade nichts mehr zu tun haben, weil gleich ein Löschzug mit neun Mann vorgefahren ist, und ein junger Mann mit Kinnbart, ein Aufnahmegerät in der Hand. Das wird einer von der Presse sein, auf der Jagd nach Sensationen. So einer hat jetzt gerade noch gefehlt. Und der sieht auch schon so unseriös aus, mit seinen knallrot gefärbten Haaren.

Zu allem Überfluss steigt soeben Herr Nägele, bekleidet mit einem Trainingsanzug, über seinen Gartenzaun, seine Frau im langen Mantel und mit Kopftuch bleibt dahinter stehen und ruft: »Was isch denn passiert?! Kann des Feuer übergreifa?!«

Dabei ist von dem Feuer nur ein rauchender Trümmerhaufen übrig geblieben.

»Wie war das jetzt mit Ihrem Mann?«, fragt der Polizist noch einmal mit gesenkter Stimme.

Elsa hebt ratlos die Schultern. Was spielt denn das für eine Rolle? Was hat denn Johannes damit zu tun?

»Hören Sie, liebe Frau Lichtenfeld«, sagt Dr. Nelling mit bebender Stimme, »nichts für ungut, machen Sie sich doch nichts vor ...«, und dann, zum Polizisten gewandt: »Der ist mit meiner Frau durchgebrannt! Da gibt's gar kein Vertuschen und Drumrumreden! Der ist mit meiner Frau durchgebrannt!« Den letzten Satz hat er mit ausladender Geste an die ganze Runde gerichtet.

»Des isch ja unerhört!«, ruft Herr Nägele und sieht sich nach seiner Frau um.

»Was isch passiert!?«, ruft Frau Nägele noch einmal, und es gelingt ihr, trotz des langen Mantels den Zaun zu überwinden, wobei nackte weiße Beine und ein rosa Négligé hervorblitzen.

Dr. Nelling wendet sich wieder an Elsa. »Frau Lichtenfeld! Ihnen ist doch wohl auch nicht verborgen geblieben, was hier die ganzen Monate abgelaufen ist! Sie müssen Ihren Mann doch jetzt hier nicht in Schutz nehmen! Machen Sie sich doch nichts vor! – Wie die sich schon immer angesehen haben!« Er rollt mit den Augen.

Elsa verschränkt die Arme. Nein, sie packt sich an den Oberarmen und hält sich an sich selber fest. Die Schuhe des Polizisten sind voller Lehm und Asche. Seine Hose hat eine scharfe Bügelfalte.

»Was, der Herr Pfarrer!?!«, schreit Frau Nägele. »Um Gottes willa! I han's ja komma seh!«

Plötzlich haben es alle schon immer gewusst.

Elsa sieht dem Polizisten fest in die Augen. »Können Sie eine Suchmeldung rausgeben oder so was? Ich meine, rausfinden, wo mein Mann ist?«

»Ach, Frau Lichtenfeld!«, ruft Dr. Nelling aus und schüttelt den Kopf.

Der Polizist lächelt gütig. »Verstehen Sie mich nicht falsch, Frau Lichtenfeld. Die meisten Ehemänner, die nachts verloren gehen, tauchen ziemlich bald von ganz allein wieder auf.«

Sein Kollege kommt herangetrabt. »Ich han da ebbes Komischs gfunda«, sagt er und weist mit dem Daumen hinter sich, »vor dr Kirchatür.«

Die zwei Polizisten vorneweg, setzt sich die ganze Gesellschaft in Bewegung. Frau Nägele lüpft ihren Mantel und wirft Elsa einen mitleidigen Blick zu.

Vor der Kirchentür liegen ein Jutesäckchen, säuberlich verschnürt mit breitem Schleifenband, und ein aufgerolltes Stück Stoff. Das Jutesäckchen enthält Geldscheine und ein paar Münzen, eine beträchtliche Summe, das sieht man auf den ersten Blick. Und auf einem gefalteten Stück Büttenpapier steht in ausladend geschwungener Handschrift: »Der Rest fürs Kirchenfenster«. Auf dem entrollten Stoffstück ist ein seltsames Bild zu erkennen: bizarr verwundene skelettartige Menschen- und Tiergestalten in finsteren Braun- und grellen Rottönen.

Die Polizisten nehmen den Vorfall ordnungsgemäß auf. Dr. Nelling blickt versteinert.

»Des isch ja oglaublich«, sagt Frau Nägele.

Auf der Straßenseite gegenüber wird nun ein Rollladen hochgezogen.

Elsa reibt sich die Augen. Die Kirchturmuhr zeigt drei Uhr dreißig.

Der feuerrothaarige junge Mann von der Presse packt sein Aufnahmegerät ein und tritt an sie heran. »Ist denn der Wagen in der Garage?«, fragt er wie beiläufig von der Seite.

Sie sieht ihn an und versteht nicht. Sie kann nicht mehr denken. Ihr Gehirn ist so vollgestopft mit Angst und Scham und Ratlosigkeit. Es braucht lange, sehr lange, bis der Gedanke bei ihr Fuß fasst. Da aber macht sie kehrt und rennt zur Garage. Sie zerrt das Tor hoch. Die Garage ist leer.

Sie lässt das Tor langsam wieder sinken, drückt es behutsam zu, lehnt sich mit dem Rücken daran und sieht nach oben in den Nachthimmel. Wenn er mit diesem Wagen weggefahren ist, dann kann er nicht mit *ihr* weggefahren sein. Wie hat sie nur je zweifeln können? Das wäre doch nicht seine Art.

Die Gruppe vor der Kirche hat sich aufgelöst. Die zwei Polizisten stehen am Polizeiauto und murmeln. Der junge Mann von der Presse ist verschwunden.

Ist der Wagen in der Garage? Als hätte ein Engel es ihr ins Ohr geraunt.

Johannes hebt die Lider. Weiße Decke, eine Reihe lichtloser kantiger Neonleuchten. Die Wände graugelb in der Dämmerung. Ist es Morgen? Ist es Abend?

Über ihm baumelt ein galgenartiges Gebilde. Die weiße Bettdecke streckt sich vor ihm hin wie ein weites Feld. An der Wand gegenüber hängt ein kleines Kruzifix mit dem Gekreuzigten daran.

Ein katholisches Krankenhaus.

Neben der Tür ein Spruch, in wuchtigen gotischen Lettern und dunkelbraun gerahmt: »Herr, hilf!«

Ein Spruch von geradezu protestantisch-asketischer Knappheit. Sonst sind sie doch so wortreich, die katholischen Glaubensbrüder. Maria, du Gebenedeite, lass uns in deiner Fürsprache vor Gott, dem Allmächtigen …

Herr, hilf.

Das Bett nebenan steht leer und schweigend. Johannes hat keinen Zweifel: Der zuletzt darin lag, der ist gestorben. Sie haben ihn weggebracht. Jetzt steht das Bett da, weiß und glatt und kalt, und wartet auf den Nächsten.

Erinnerung? Er schließt die Augen. Die letzte Erinnerung ist Licht und Wasser. Wasser an seiner Wange, an seiner Stirn. Das süße Plätschern von Wasser, wie an einem kleinen Bach. Wie leises Glockenläuten. Wie das Wasser im Taufbecken. *Des Vaters und des Sohnes und des Heiligen Geistes.* Licht und Wasser.

Die Tür wird aufgerissen und etwas Weißes stürmt herein. Unerträglich laut und schnell. Aber doch: ein Mensch, wenn auch mit strengen Zügen.

»Ja, da semmer ja endlich aufgwacht«, sagt die Krankenschwester. »Wie geht's denn? Jetzt sitza mr mal na.« Mit wenigen kraftvollen Handgriffen stellt sie sein Kopfteil höher, »Recht so?«, und macht sich daran, seinen Puls zu messen. »Wellet Se ons net saga, wie Se hoißet? Mir möchtet doch bloß Ihr Familie benachrichtiga.«

Er schweigt und lächelt schwach. Das hat bei seiner Mutter auch immer gewirkt.

Ob die mich gewaschen hat?, fragt sich Johannes.

Die Krankenschwester schaut wärmer und beugt sich ein wenig über ihn. »Bestimmt macht sich jemand Sorga um Sie.« Sie betrachtet ihn und schüttelt langsam den Kopf. »Wer wird sich denn ombrenga wolla. Des Leben isch ons doch gschenkt.«

Wie kommt sie darauf, dass er sich umbringen wollte? Das ist doch absurd. Aber für sie ist es wohl die einfachste Erklärung. Die Menschen suchen immer nach einer einfachen Erklärung.

»So, jetzt kommet Se z'erscht mal wieder zu Kräfta, on denket Se mal über älles nach. Wenn Se ebbes brauchet, könnet Se da klingla. Wellet Se jemand von dr Seelsorge seh?«

Johannes reißt entsetzt die Augen auf. »Nein!«, bringt er heraus.

Das erste Wort danach. Nein.

»So, mir könnet ja doch schwätza!«, sagt die Krankenschwester spitz, »ganz wie Se wellet«, und verschwindet aus dem Zimmer.

Nichts geschieht außer einem gelegentlichen Klappern vor der Tür, Schritten auf dem Flur, draußen fährt ein Auto vor.

Bestimmt macht sich jemand Sorgen um Sie.

Es klopft, zweimal, polternd, als stünde das Schicksal vor der Tür und begehrte Einlass. Elsa klopft jedenfalls nicht so. Johannes schließt die Augen. Am besten sollen alle draußen bleiben. Es klopft noch einmal. Dann öffnet sich die Tür, erst einen Spalt, ein aschblonder Rundkopf mit Brille wird zur Tür hereingeschoben und mustert ihn neugierig.

»Herr Lichtenfeld?«

Woher weiß der, wie ich heiße? Johannes hält den Atem an.

Der Rest des Körpers schiebt sich herein. »Ich darf mich vorstellen. Reiner Kreuzer von der Neuen Zeitung. Wie ich höre, ist Ihnen heute Nacht das ein oder andere Missgeschick widerfahren?«

Johannes dreht mühsam den Kopf. Am liebsten würde er gar nichts sagen. Die Zunge liegt ihm groß und schwer und pelzig wie eine tote Ratte im Mund. Von der Neuen Zeitung. Was geht da vor?

»Sind Sie Reporter oder so was?«, fragt er nuschelnd.

»So nennt man es gemeinhin.« Der Mann wippt ungeduldig mit den Fersen auf und nieder.

»Und woher wissen Sie, wer ich bin?«

»Tjahaaaaa«, ruft der Zeitungsmann nicht ohne Stolz, »das habe ich gar nicht gewusst, das habe ich geraten.« Dabei tippt er sich an die Nase. »Aber alles keine Zauberkünste, reine Routine. Verschwundene Männer findet man – wenn überhaupt – am ehesten in Ausnüchterungszellen oder Kliniken wieder. Bisschen telefonieren und Klinken putzen … Ohne Fleiß kein Preis.« Er hält das Zeitungsfoto von der Einweihung des Ökumenischen Jugendzentrums hoch. »Die Nachtschwester hat Sie gleich wiedererkannt. – Apropos: Darf ich ein Foto machen?«

»Nein! – Was wollen Sie überhaupt von mir?«

Der Mann schaut wichtig drein. »Nun, ich bitte Sie! Sie sind eine Persönlichkeit, die im Licht der Öffentlichkeit steht! Es besteht ein objektives Informationsinteresse daran, Näheres über die rätselhaften Umstände Ihres Verschwindens zu erfahren, und die Zusammenhänge mit den Vorgängen rund um Ihre Kirche …«

»Wie? Was ist passiert?« Johannes richtet sich heftig auf, aber sofort zieht sich sein Gesichtsfeld flimmernd zusammen, er sinkt zurück. »Ich verstehe nicht«, sagt er leise.

Es klopft abermals, dreimal und hart. Die Tür fliegt auf, ein Jüngling mit Kinnbart, knallroten Haaren und schwarzem Köfferchen unter dem Arm tritt ein. »Guten Morgen, die Herren. Ich hoffe, ich störe nicht. Lars Wagner von Radio VIF. Herr Lichtenfeld? Herr Lichtenfeld, alle wollen wissen: Was ist geschehen!« Er reißt ein Mikrofon aus seinem Koffer.

»Das will ich auch wissen.«

Alle schauen hin und her und wieder hin.

»Herr Lichtenfeld, Ihre Frau hat gesagt …«, beginnt der Radiomensch.

Ihre Frau? Elsa.

»Was ist mit ihr? Haben Sie mit ihr gesprochen!?«

»Jaja, nun regen Sie sich nicht auf, sie wird sicher bald hier sein.«

Jetzt ergreift der Zeitungsreporter wieder das Wort. »Warum machen Sie sich Sorgen um Ihre Frau, Herr Lichtenfeld? Und« – er macht eine bedeutungsvolle Pause – »und was wissen Sie über den Verbleib Ihrer Nachbarin Frau Dr. Prrizibilla-Nelling und die dramatischen Umstände ihres Verschwindens?«

Der Radiomensch drückt auf eine Taste.

Was soll das alles? Johannes drückt sich in sein Kopfkissen. Hat er tagelang im Koma gelegen? »Pschibilla«, sagt er. »Nichts weiß ich.«

»Aber Herr Lichtenfeld«, insistiert der Zeitungsreporter, »es kann doch kein Zufall sein – verstehen Sie mich nicht falsch, aber es kann doch kein Zufall sein, dass gerade in der Nacht, in der Sie spurlos verschwinden, auch Frau Prrzibilla-Nelling verschwindet. Und vorher noch das halbe Haus abbrennt.«

Johannes fährt wieder hoch. »Abbrennt? Und das Pfarrhaus nebenan!?« Sein Kopf hämmert höllisch.

»Neinnein«, sagt der Jüngling beschwichtigend, »alles halb so wild, eigentlich hat sie nur ein bisschen Klimbim im Garten angesteckt, der Kollege übertreibt maßlos.«

»Das ist doch absolut unseriös, was Sie hier betreiben«, wettert der Zeitungsmann. »Es ist doch überhaupt durch nichts belegt, dass sie das Feuer selbst gelegt hat!«

»Aber es ist objektiv belegt, dass nicht das Haus gebrannt hat, auch nicht das halbe!«

Johannes schließt die Augen. Was ist da nur alles passiert? Er hat doch gar nichts getan.

»Herr Lichtenfeld!« Der Zeitungsmann beugt sich vertraulich zu ihm herunter. »In solchen Fällen ist es immer ratsam, dass Informationen aus erster Hand, Herr Lichtenfeld, *aus erster Hand* an die Presse gehen. Ich rate Ihnen, jetzt ganz von Mensch zu Mensch gesprochen, in Ihrem eigenen Interesse ...«

Sie sollen weggehen. Sie sollen einfach weggehen.

Es klopft noch einmal. Oh nein, nicht noch einer! Vielleicht kommt jetzt das Fernsehen.

Ein Mann steht in der Tür, groß und breit. Den kenne ich doch, denkt Johannes. Aber der gehört nicht hierher. Das kann nicht sein. Leo.

Endlich, endlich ein vertrautes Gesicht.

Elsa hat ihn geschickt! So muss es sein. Um ihm zu sagen, dass sie nicht kommt.

Leo steht noch immer in der Tür und hat die Augen aufgerissen. »Was, duuu?« Er starrt ihn eine Weile an. »Was machsch du denn für en Scheiß?« Er macht einen zögernden Schritt in den Raum herein, schließt die Tür hinter sich und mustert die anderen zwei Männer. »Stör i?«

»Neinnein«, murmelt Johannes und setzt sich ganz vorsichtig auf. »Die Herren wollten sowieso gerade gehen.«

Aber der Zeitungsreporter lässt sich nicht beirren. »Herr Lichtenfeld, von Mensch zu Mensch ... Sagen Sie doch einfach, was geschehen ist. So lässt sich Gerüchten und Verdächtigungen am ehesten wehren.«

»Es wird gemutmaßt«, mischt sich der Radio-Jüngling wieder ein, »dass Ihr Schicksal mit dem von Frau Przybilla-Nelling in irgendeiner Weise, wenn ich so sagen darf, verknüpft ist.«

»Herr Lichtenfeld!« Der Zeitungsmann hebt beschwörend die Hände. »Wo und wie haben Sie die letzte Nacht verbracht?«

Leo hat die Stirn gerunzelt und kratzt sich raschelnd mit einer Hand unter dem Kinn. »Die Pressefuzzis wollet di übern Tisch zieha, oder?«

»Hören Sie«, erwidert der Zeitungsreporter entrüstet, »wir sind ein seriöses Blatt!«

»Sie sehet gar net aus wie a Blatt. Aber des kann sich ändra, wenn Se net sofort verschwindet.«

»Wollen Sie mir drohen? Wer sind Sie überhaupt?«

»I?« Leo verschränkt die Arme und grinst. »I bin dr Bodyguard. Herr Lichtenfeld isch nämlich en VIP, und jeder VIP hat en Bodyguard. Möchtet Se des Zimmer durch die Tür oder durch des Fenster verlassa?«

Der Zeitungsmann zieht den Kopf ein, der Radiomensch rafft seine Utensilien zusammen.

»Das könnte unangenehme Folgen für Sie haben, Herr Lichtenfeld!«, ruft der Zeitungsreporter jetzt noch über die Schulter.

Leo schließt die Tür hinter ihnen und bleibt unschlüssig stehen.

Johannes lässt sich zurücksinken und schließt die Augen. »Dich hat der Himmel geschickt.« Sein Satz bleibt schwebend im Raum stehen.

»Des wüsst i aber«, brummt Leo.

»Setz dich doch.«

»Noi«, sagt Leo, geht zum Fußende des Bettes und stützt sich aufs Bettgeländer, »sonst schlaf i ei.«

»Spät geworden?«

»Geht so.«

Beide schweigen.

»Wie kommst du überhaupt hierher?«, fragt Johannes.

»Die von dr Klinik hen gsagt, sie hen oim en Zettel mit meiner Telefonnummer aus dr Hosatasch zoga. Ich han denkt, des wär oiner von meine Kumpel, den se irgendwo aus dr Gosse zoga hen, wär net 's erschte Mal.« Er richtet sich auf und verschränkt die Arme. »On jetz bisch du des. Ich han denkt, mi trifft dr Schlag.« Dabei sieht er Johannes forschend ins Gesicht.

Johannes weicht dem Blick aus. Klar, der denkt, so weit ist es schon, Suff total. Na gut, eigentlich stimmt's ja.

Er schielt zu Leo hinüber. Ihre Blicke treffen sich.

»Wo ist Elsa?«, fragt Johannes.

Leo zieht die Augenbrauen hoch. »Na, wahrscheinlich drhoim.« Er runzelt die Stirn. »Was denksch du denn?«

»Was soll ich schon denken?« Johannes sieht auf das Kruzifix. »Sie war in der Nacht nicht zu Hause.«

»Doch, klar! Mir waret vielleicht bis elf, halb zwölf zamma.«

»Es war zwei Uhr nachts. Ich habe ewig klingeln lassen. Sie war nicht zu Hause.« Er versucht, ihn kalt anzusehen. Soll er es doch wenigstens zugeben.

Leo steht reglos, seine Augen huschen hin und her. »Aber ...« Er verstummt und starrt auf die Bettdecke.

Also, sag's schon.

Leo richtet sich auf, sein Gesicht erhellt sich. »Wahrscheinlich isch se glaufa! I hab gfragt, ob i se no zom Bahnhof bringa soll, und sie hat gsagt, sie kommt scho irgendwie hoim, sie hat alloi sei wolla. Sie isch glaufa.«

Leos Gesicht ist leicht gerötet. Johannes hat ihn noch nie so aufgeregt gesehen. Und für seine Verhältnisse redet er ziemlich viel.

Leo fasst sich an die Stirn. »Wie lang braucht mr da. Des geht, da geht mr – entweder übern Berg oder unta die Bundesstraß. Drei Stund, des könnt hinkomma. – Om zwei, sagsch?« Er zählt mit den Fingern »Halb zwölf, halb ois ... – Ach egal, i ruf se an.« Er stürzt zum Telefon auf Johannes' Nachttisch.

»Halt, warte!« Johannes greift nach seiner Hand. »Ich will nicht, dass du es ihr sagst.«

»Dann sag's du ihr!«

Er soll sie jetzt anrufen? Was soll er ihr sagen?

»Ach, schämsch di?«, fragt Leo. »Sag mal, sie woiß no gar nix, oder?« Er schlägt sich mit der flachen Hand an den Kopf. »Sie kommt hoim, du bisch weg on rührsch di überhaupt net? – Mensch, wenn du scho Scheiße bausch, dann steh doch wenigschtens dazu.«

Johannes schweigt. Johannes seufzt. »Ich kann nicht«, sagt er.

Leo rollt mit den Augen. »Oh Gott, i han denkt, bei euch wird emmer jeder freudig angnomma!? Bei euch kann jedes Arschloch no ankomma, wenn sich's besser besinnt? Also, da kannsch des jetz mal selber in Anspruch nehma!«

Alle Achtung, das war eine Predigt! Kurz, lebendig, hörerbezogen und vor allem direkt umsetzbar. Nur der Bibeltext fehlt. Aber kein Problem, da nehmen wir doch – klar, den verlorenen Sohn nehmen wir da. *Denn dieser mein Sohn war tot und ist wieder lebendig geworden; er war verloren und ist gefunden worden. Und sie fingen an, fröhlich zu sein.* Schön wär's.

Leos Hand liegt auf dem Hörer und Johannes' Hand obenauf.

Das soll er nun sein, das Objekt seines Hasses der vergangenen Nacht, die Wurzel allen Übels.

Johannes packt die Hand fester. »Seid ihr …«, stammelt er, »habt ihr – seid ihr zusammen ins Bett gegangen?«

Leo will sich aufrichten, aber Johannes hält ihn an der Hand fest, soviel seine Kräfte hergeben.

Leo schweigt.

Jetzt antworte schon. Was gibt es da so lange nachzudenken. Es ist doch ganz einfach. Ja oder nein.

»Noi«, sagt Leo.

Er hat nein gesagt. Aber das ist zu einfach.

»Warum nicht?«, fragt Johannes.

Leo hebt die Augenbrauen. Steht da und sieht ihn an, und über sein Gesicht geht eine Bewegung, als würden unter der Oberfläche die Gedanken hin und her huschen. Schließlich holt er Luft und sagt: »Wenn's nach mir ganga wär, wära mr scho.«

Johannes löst seinen Griff und lässt eine weiße Spur auf Leos Handgelenk zurück. Er lässt sich zurücksinken, sein Arm fällt auf die Bettdecke. Das heißt also mit anderen Worten: Sie hat nicht gewollt. Ganz klar. Leo hätte schon gewollt, natürlich. Aber sie hat nicht gewollt.

Elsa springt ins Taxi. »Marienhospital!«, ruft sie atemlos, »bitte!, schnell!«

Der Taxifahrer nickt stumm.

Endlich, endlich. Ihr Engel hat wieder angerufen. Am Küchentisch war sie eingeschlafen, vom Telefondüdeln hochgeschreckt, wusste nicht, wo sie war, was war und wieso. Da nuschelt einer etwas ins Telefon wie »Radio Wiff«, sie will schon sagen: Ich kaufe nichts, da sagt der: »Ihr Mann ist im Marienhospital, bisschen angeschlagen, aber sonst ganz gut beieinander. Keine Ursache.«

Danke, sagt Elsa, danke, danke, aber er hat schon aufgelegt. Sie hat die Stimme wiedererkannt. Das war ihr Engel.

Hatte sie nicht gerade noch all diese Pressetypen zum Teufel gewünscht? Wie dumm von ihr, sie wird es niemals lernen.

Aber egal, jetzt schnell, schnell.

Marienhospital. Marienkirche, Marienplatz. Ob das da in der Nähe ist? Namen aus der Vergangenheit, aus einer fernen Welt.

Endlich, die Ampel ist grün. Jetzt soll ihr nichts und niemand mehr im Wege stehen.

Johannes greift zum Telefon. Jetzt wird er sie anrufen. Was soll er nur sagen?

Er könnte sagen: »Elsa, sei so gut, mach einen Zettel an die Kirchentür: Gottesdienst fällt heute aus. Pfarrer Lichtenfeld hat einen Unfall gehabt.« Nein, endlich ehrlich sein: »Pfarrer Lichtenfeld ist in der Gosse gelandet.« Oder besser noch: »Pfarrer Lichtenfeld ist der Gemeinde nicht mehr zumutbar.« – Nein, alles Unsinn! Er wird sagen: »Elsa, komm zu mir! Bitte, komm zu mir!« Ja, das wird er sagen.

Er hebt den Telefonhörer ans Ohr und drückt auf eine Taste. Nicht freigeschaltet.

Er lässt den Hörer fallen und sieht zu Leo. Leo sieht stumm zur Tür. Da steht Elsa.

Elsa, sie ist schon da.

Nie weiß er, wo Elsa ist.

Elsa lehnt am Türrahmen und sieht mit großen Augen Leo an. »Was machst du denn hier?«, fragt sie. »Jetzt versteh ich gar nichts mehr.« Dann sieht sie zu Johannes hin, geht mit schnellen Schritten auf ihn zu und setzt sich auf die äußerste Kante des Stuhles, der am Kopfende steht. Sie nimmt seine Hand. »Johannes, was machst du denn«, sagt sie mit kehliger Stimme.

»Du warst nicht da«, sagt Johannes und denkt gleichzeitig: Ich Idiot, jetzt mach ich ihr Vorwürfe, statt zu sagen: Ich bin ein Arschloch. Oder so. Aber ich habe mich besonnen, und jetzt möchte ich von dir angenommen werden. Johannes muss beinahe lachen.

»Ich bin zu Fuß gegangen von der Stadt«, sagt Elsa, »ich musste – ich musste nachdenken.« Ihre Augen scheinen zum Fußende des Bettes zu streben, wo Leo wieder steht, aber sie kommen gleich wieder zurück zu Johannes.

»Bei Nellings hat es gebrannt«, sagt sie nach einer Pause. »Ich glaube, ich habe Eliane wegfahren sehen, mit einem Mann. Dr. Nelling hat mich ganz schön runtergemacht, weil er dachte, sie – sie wär mit dir durchgebrannt.« Sie lächelt schief.

»Ach so!«, sagt Leo. »Hehe, na also, jetz hatter se so weit.«

»Wer?«, fragen Johannes und Elsa wie aus einem Munde.

Leo windet sich etwas. »Na ja, Mike natürlich.«

»Mike!?«, schnauft Johannes, »Dieser ...?«

Leo kneift die Augen eng zusammen. »Dieser was?«

Johannes schweigt.

»I hab doch gsagt, der kriegt jede rum«, sagt Leo zu Elsa. »Hat ja lang gnug braucht. Vor a paar Wocha isch's dann plötzlich glaufa, als hätt oiner en Schalter umglegt. Vorher hat's emmer bloß zom ma kleina Mittags... – äh, Beisammasein en dr Mittagspause glangt, aber dann isch se voll eigstiega. Echt en goldener Griff für dr Mike – schön on reich.«

Elsa sieht zu Leo. Nur gut. Dann sieht sie nicht Johannes' angeekelten Gesichtsausdruck. Er spürt einen Brechreiz.

Warum eigentlich? Sicher hat sie ihn vor dem Beisammensein immer gut gewaschen. Natürlich, Johannes, gib's zu: Weil dieses Inbild feinsinniger Weiblichkeit sich die ganze Zeit mit diesem Menschen im Bett oder sonst wo gewälzt hat, während der große und kluge und schöne Johannes Lichtenfeld sich einbildet, er ließe ihr Herz höher schlagen. Der Brechreiz lässt nicht nach. Vielleicht sollte er sich wirklich einmal übergeben. Wenn er alles nur einfach auskotzen könnte – seine Arroganz, seinen Größenwahn, seine Gier nach Anerkennung.

»Sie hat alles auf den Scheiterhaufen geworfen, woran sie jahrelang gearbeitet hat«, sagt Elsa und schüttelt traurig den Kopf. »Ich wünsche den beiden ein bisschen Glück zusammen.«

Und das meint sie bestimmt ganz ehrlich. So ist sie.

Sie schweigen.

Leo steht immer noch am Fußende des Bettes, die Ellbogen aufgestützt, und starrt mit leerem Blick vor sich hin. Was mag er jetzt denken? Plötzlich erhellt sich seine Miene, wie von einem Lichtschein überflutet. Er sieht an Johannes vorbei und sagt: »Jetz isch se eigschlafa.«

Tatsächlich. Elsas Kopf ist seitlich herabgesunken, ihr Ellbogen droht jeden Augenblick von der Armlehne zu rutschen.

Aber Leo ist schon da, lässt sich vor ihr auf ein Knie nieder und fasst sie vorsichtig an beiden Armen. »Elsaaa, aaufwacha, du kippsch glei vom Stuhuuhl!«

Sie hebt langsam den Kopf, blinzelt und lächelt, es ist der gleiche warme Sonnenstrahl. Sie sehen sich in die Augen, so.

Johannes spürt einen Stich, als hätte ihn das Flammenschwert durchbohrt. Da *lagern vor dem Garten Eden die Cherubim mit dem flammenden, blitzenden Schwert.* Und er hatte doch schon einen Moment lang gedacht, der Weg ist frei, alles wird gut. Etwas zieht ihm den Boden weg, er fällt. Da helfen keine Ausflüchte, kein Abwiegeln. Er braucht sich nichts mehr vorzumachen. Es ist mehr zwischen den beiden, mehr, als er je befürchtet hatte. Es beginnt sich wieder in seinem Kopf zu drehen.

Jetzt sitzt er in der Grube, ringsum Wände und kein Weg hinaus. *Und sie warfen ihn zu den Löwen in die Grube ... Und sie brachten einen Stein, den legten sie vor die Öffnung der Grube.* Jetzt sitzt er in der Falle, und die harte Wahrheit hockt wie ein hungriger Löwe neben ihm, um ihn zu zerfleischen. Wenn sie jetzt gleich aufstehen und zusammen hinausgehen, dann wird es ihn zerreißen.

Er lässt sich langsam an der Rückenlehne herunterrutschen und zieht die Decke über den Kopf. Da riecht es seltsam. Das müssen seine Ausdünstungen vom Giftcocktail der letzten Nacht sein. Aber es ist schön warm und dunkel hier, nur an den Falten scheint ein bisschen Licht durch. Am besten gar nicht da sein. Warum ist er nicht gleich unter dem Auto geblieben? Ich bin ein elender Feigling, denkt Johannes. Immer davonlaufen.

Jetzt dringt von draußen dumpf Elsas Stimme herein. »Johannes, was ist denn, ist dir nicht gut?«

»Vielleicht hatter doch en Hirnschada abkriegt«, sagt Leo.

Die Decke wird weggezogen. Grässlich, dieses grelle Licht.

»So – i geh dann mal«, sagt Leo und kratzt sich raschelnd unter dem Borstenkinn, und, zu Johannes gewandt: »Mach's gut. Besser di.« Er geht langsam zur Tür, zögert kurz davor, sieht im Gehen noch einmal zurück und rammt mit der Schulter den Türrahmen. Er ertastet die Türklinke, schiebt sich hinaus und ist verschwunden.

Elsa sieht zur Tür.

Jetzt erhebt sie sich ganz schwer, wie eine alte Frau auf die Armlehnen gestützt, wendet sich um, schiebt sich hinüber auf die Bettkante und schaut Johannes ins Gesicht. Dieses Bild des Jammers, das sie jetzt sehen muss, das hätte er ihr gern erspart. Und sich auch.

»Deine Hand ist heiß«, sagt sie und sieht ihn an, wie eine Mutter ihr Kind ansieht, wenn es passiert ist.

Sie hat es kommen sehen, sie hat gesagt: Kind, steig nicht auf diesen Apfelbaum, du wirst hinunterfallen, steig nicht hinauf, aber der Sohn musste es besser wissen, dir werd ich's schon zeigen, hat er gedacht und ist hoch hinaufgestiegen, er hat einen Apfel gepflückt und hineingebissen und dann ist er runtergefallen.

Nun sieht sie ihn an mit dieser Mischung aus Selbstvorwürfen und Mitleid und Sorge. Und jetzt fängt das Kind auch noch an zu weinen und schlingt seine Arme um ihren Hals. Sie drückt ihn ganz fest und reibt ihm tröstend den Rücken.

»Elsa«, sagt er mit einer seltsamen fremden gequetschten Stimme, »Elsa, ich brauch dich so, bleib bei mir.«

Sie hält ihn fester, gottlob, sie hält ihn fester. Durch den Tränenschleier sieht er auf die Wand neben der Tür.

Das wird ein weiter Weg.

Herr, hilf.

Verzeichnis der zitierten Bibelstellen und Gesangbuchlieder

Bibelstellen – wenn nicht anders angegeben – zitiert nach: Die Bibel nach der Übersetzung Martin Luthers in der revidierten Fassung von 1984, Deutsche Bibelgesellschaft, Stuttgart 1985.

Liednummern – wenn nicht anders angegeben – aus dem Evangelischen Gesangbuch (EG), Stammteil.

S. 7 *Eure Rede sei allezeit freundlich …* – Kolosser 4,6
S. 8 *Es ist dir gesagt, Mensch, was gut ist …* – Micha 6,8
… verschiedene Gaben nach der Gnade, die uns gegeben ist – Römer 12,6
S. 15 *O Haupt voll Blut und Wunden* – EG 85
S. 16 *Großer Gott, wir loben dich* – EG 331
Auf und macht die Herzen weit – EG 454
S. 51 *Im Anfang war das Wort* – Johannes 1,1
S. 65 *Ich vergesse, was dahinten ist …* – Philipper 3,13.14
S. 68 *Wer seine Hand an den Pflug legt …* – Lukas 9,62
When Israel was in Egypt's Land – EG Regionalteil Württemberg 603
S. 72 *… in aller Demut und Sanftmut, in Geduld …* – Epheser 4,2
S. 81 *Dein Schoß ist wie ein runder Becher … junge Zwillinge von Gazellen* – Hohelied 7,3.4
S. 130 *Geh aus, mein Herz, und suche Freud* – EG 503
S. 136 *Der Tag, mein Gott, ist nun vergangen* – EG 266
S. 138 *Nehmt an, ein Baum ist gut …* – Matthäus 12,33-35
S. 141 *Ihr Sklaven, seid gehorsam …* – Epheser 6,5
Ihr Sklaven und Sklavinnen … – Epheser 6,5, nach: Die Gute Nachricht, Deutsche Bibelgesellschaft, Stuttgart 1998
S. 150 *Er weckt mich alle Morgen* – EG 452
S. 156 *… dass der Mensch nichts Besseres hat unter der Sonne, als zu essen und zu trinken und fröhlich zu sein …* – Prediger 8,15
… die Werke des Fleisches … – Galater 5,19.20

S. 174 *... und führt sie irre, wo kein Weg ist ...* – Hiob 12,24.25
S. 176 *... ein Licht, das da scheint an einem dunklen Ort ...* – 2. Petrus 1,19
S. 177 *Bewahre uns Gott, behüte uns Gott* – EG 171
S. 188 *... der Geist wieder zu Gott kommt ...* – Prediger 12,7
S. 193 *Freunde, dass der Mandelzweig* – EG Regionalteil Württemberg 655
S. 199 *Versagt euch die Freude des Augenblicks nicht ...* – Sirach 14,14
Ihr könnt nicht Gott dienen und dem Mammon – Lukas 16,13
S. 200 *Genieße das Leben ...* – Prediger 9,9
Schau an der schönen Gärten Zier, aus:
Geh aus, mein Herz, und suche Freud – EG 503
Trink deinen Wein mit gutem Mut ... – Prediger 9,7
S. 213 *Schaffet mit Furcht und Zittern* – Philipper 2,12
S. 222 *Wenn ich mit Menschen- und mit Engelzungen redete ... so wäre ich nichts* – 1. Korinther 13,1.2
S. 227 *... das ist mein Blut des Bundes, das vergossen wird ...* – Matthäus 26,26
S. 229 *... ohne Verdienst gerecht aus seiner Gnade ...* – Römer 3,24
S. 232 *Die Sonne geht auf und geht unter ...* – Prediger 1,5.6
Nähme ich Flügel der Morgenröte – Psalm 139,9
S. 242 *Ein Jegliches hat seine Zeit* – Prediger 3,1
S. 246 *Da sah er eine Frau sich waschen ...* – 2. Samuel 11,2
S. 248 *Du sollst nicht begehren deines Nächsten Weib* – 2. Mose 20,17
Wer eine Frau ansieht ... – Matthäus 5,28
S. 249 *Wenn dich aber dein rechtes Auge ...* – Matthäus 5,29
S. 253 *Denn alles, was in der Welt ist ...* – 1. Johannes 2,16
S. 260 *Lass mich nimmermehr zuschanden werden ...* – Psalm 31
S. 268 *Glaube, Hoffnung, Liebe ...* – 1. Korinther 13,13
S. 278 *Lass dich nach ihrer Schönheit nicht gelüsten ...* – Sprüche 6,25
S. 282 *Spräche ich: Finsternis möge mich decken ...* – Psalm 139,11
S. 302 *Denn dieser mein Sohn war tot ...* – Lukas 15,24
S. 305 *... die Cherubim mit dem flammenden, blitzenden Schwert* – 1. Mose 3,24
S. 306 *Und sie warfen ihn zu den Löwen in die Grube ...* – Daniel 6,17.18

Anne Kuhn, Jahrgang 1958, lebt in Ludwigsburg. Die Diplom-Biologin arbeitet als freie Buch- und Zeitschriftenredakteurin. Sie ist verheiratet und Mutter von zwei Kindern. In ihrer Kirchengemeinde ist sie ehrenamtlich aktiv.